新日檢試驗

N1

絕對合格

解析本

全MP3音檔下載導向頁面

http://www.booknews.com.tw/mp3/121240006-10.htm

iOS系請升級至iOS 13後再行下載
全書音檔為大型檔案，建議使用WIFI連線下載，以免占用流量，
並確認連線狀況，以利下載順暢。

はじめに

試験を受けるとき、過去に出された問題を解いて、どのような問題が出るのか、それに対して現在の自分の実力はどうか、確認することは一般的な勉強法でしょう。しかし、日本語能力試験は過去の問題が公開されていません。そこで私たちは、外国籍を持つスタッフが受験するなどして日本語能力試験を研究し、このシリーズをつくりました。はじめて日本語能力試験N1を受ける人も、本書で問題形式ごとのポイントを知り、同じ形式の問題を３回分解くことで、万全の態勢で本番に臨むことができるはずです。本書『合格模試』を手にとってくださったみなさんが、日本語能力試験N1に合格し、自身の夢に向かって大きく一歩踏み出されることを願っています。

編集部一同

前言：

解答歷年真題，確認試題中出現的題型並檢查自身實力，是廣大考生備考時普遍使用的學習方法。然而，日語能力考試的試題並未公開。基於以上現狀，我們通過讓外國籍員工實際參加考試等方法，對日語能力考試進行深入研究，並製作了本系列書籍。第一次參加N1考試的人，也能通過本書熟知各個大題的出題要點。解答三次與正式考試相同形式的試題，以萬全的態勢挑戰考試吧。衷心祝願購買本書《合格直通》的各位能在N1考試中旗開得勝，朝著自己的夢想邁出一大步。

編輯部全體成員

もくじ
目錄

この本の使い方

構成

模擬試験が3回分ついています。時間を計って集中して取り組んでください。終了後は採点して、わからなかったところ、間違えたところはそのままにせず、解説までしっかり読んでください。

対策　日本語能力試験にはどのような問題が出るか、どうやって勉強すればいいのか確認する。

解答・解説　正誤を判定するだけでなく、どうして間違えたのか確認すること。

正答以外の選択肢についての解説。

□・覚えよう　問題文に出てきた語彙・表現や、関連する語彙・表現。

問題（別冊）　とりはずし、最終ページにある解答用紙を切り離して使う。

スケジュール

JLPTの勉強開始時：第1回の問題を解いて、試験の形式と自分の実力を知る。

苦手分野をトレーニング

- **文字・語彙・文法**：模試の解説で取り上げられている語・表現をノートに書き写して覚える。
- **読解**：毎日一つ日本語のまとまった文章を読む。
- **聴解**：模試の問題をスクリプトを見ながら聞く。

第2回、第3回の問題を解いて、日本語力が伸びているか確認する。

試験直前：もう一度同じ模試を解いて最終確認。

本書的使用方法

構成

本書附帶三次模擬試題。請計時並集中精力進行解答。解答結束後自行評分，對於不理解的地方和錯題不要將錯就錯，請認真閱讀解說部分。

考試對策　確認日語能力考試中出現的題型，並確認與之相應的學習方法。

解答・解說　不僅要判斷正誤，更要弄明白自己解答錯誤的原因。
對正確答案以外的選項進行解說。
□・★熟記單字及表現　問題中出現的詞彙、表達，以及與之相關的詞彙、表達。

試題（附冊）　使用時可以單獨取出。答題卡可以用剪刀等剪下。

備考計劃表

備考開始時：解答第 1 回試題，瞭解考試的題型並檢查自身實力。

針對不擅長的領域進行集中練習
- **文字・詞彙・語法：**將解說部分中提到的詞彙、表達抄到筆記本上，邊寫邊記。
- **閱讀：**堅持每天閱讀一篇完整的日語文章。
- **聽力：**反覆聽錄音，並閱讀聽力原文。

解答第 2 回、第 3 回試題，確認自己的日語能力有沒有得到提高。

正式考試之前：再次解答模擬試題，進行最終確認。

日本語能力試験（JLPT）N1について

Q1 日本語能力試験（JLPT）ってどんな試験？

日本語を母語としない人の日本語力を測定する試験です。日本では47都道府県、海外では86か国（2018年実績）で実施。年間のべ100万人以上が受験する、最大規模の日本語の試験です。レベルはN5からN1まで5段階。以前は4級から1級の4段階でしたが、2010年に改訂されて、今の形になりました。

Q2 N1はどんなレベル？

N1は、旧試験の1級とほぼ同じ難易度。日本語能力試験の中で一番難しく、「幅広い場面で使われる日本語を理解することができる」レベルとされています。N1取得者は企業で優遇されることも多いです。また、日本の国家試験を受ける際にN1の認定を条件としている場合もあります。

Q3 N1はどんな問題が出るの？

試験科目は、①言語知識（文字・語彙・文法）・読解、②聴解の2科目です。詳しい出題内容は12ページからの解説をご覧ください。

Q4 得点は？

試験科目と異なり、得点は、①言語知識（文字・語彙・文法）、②読解、③聴解の3つに分かれています。各項目は0～60点で、総合得点は0～180点、合格点は100点です。ただし、3つの得点区分で19点に達していないものが一つでもあると、不合格となります。

Q5 どうやって申し込むの？

日本で受験する場合は、日本国際教育支援協会のウェブサイト（info.jees-jlpt.jp）から申し込みます。郵送での申し込みは廃止されました。海外で受験する場合は、各国の実施機関に問い合わせます。実施機関は公式サイトで確認できます。

詳しくは公式サイトでご確認ください。
https://www.jlpt.jp

關於日語能力測驗N1（JLPT）

Q1 關於日語能力測驗（JLPT）

該考試以母語不是日語的人士為對象，對其日語能力進行測試和評定。截止2018年，在日本47個都道府縣、海外86個國家均設有考點。每年報名人數總計超過100萬人，是全球最大規模的日語考試。該考試於2010年實行改革，級別由從前4級到1級的四個階段變為現在N5到N1的五個階段。

Q2 關於N1

N1的難度和原日語能力考試1級基本相同，需要熟練掌握各種場景中所使用的日語，是日語能力考試中難度最大的級別。N1的合格者通常會受到企業的優待，同時，日本的公務員考試等諸多國家考試都會將N1設為參加考試的門檻。

Q3 N1的考試科目

N1考試設有兩個科目：①語言知識（文字•詞彙•語法）•閱讀、②聽力。詳細出題內容請參閱解說（P8～）。

Q4 N1合格評估標準

N1考試設有三個評分單項：①語言知識（文字•詞彙•語法）、②閱讀、③聽力，通過各單項得分和綜合得分來評定是否合格。各單項及格分為19分，滿分60分；綜合得分的及格分為100分，滿分180分。如果各單項得分中有一項沒有達到19分，或者綜合得分低於100分都不能視為合格。

Q5 報考流程

在臺灣國內申請考試者，①必須先至LTTC（財團法人言訓練測驗中心）的官網 https://www.jlpt.tw/index.aspx 註冊會員，成為會員後才能申請受測。②接著從頁面中的選項中點選「我要報名」， 申請報名的動作並依指示繳費。③完成繳費後，於第3個以上的工作天後，可以再登入系統確認是否通過報名審核。詳細的報名流程可見 https://www.jlpt.tw/WebFile/nagare.pdf 說明。而申請在日本國內考試者，可以透過日本國際教育支援協會官網（info.jees-jlpt.jp）進行報名考試。此外，於其他國家報名考試者，請諮詢各國承辦單位。各國JLPT 檢承辦單位可以透過官網確認。

詳情請參看JLPT考試官網。

https://www.jlpt.jp

N1　題目型態及對策

語言知識（文字・語彙・文法）・讀解

問題1　漢字讀音　6題

請回答漢字詞彙的讀音。

問題1　＿＿＿の言葉の読み方として最もよいものを、1・2・3・4から一つ選びなさい。

例1　あの人は会議でいつも鋭い意見を言う。
　1　かしこい　　2　するどい　　3　すごい　　4　とうとい

例2　がんばって、試験に合格したい。
　1　ごかく　　2　こっかく　　3　ごうかく　　4　こうかく

例3　春の風が心地いい。
　1　しんじ　　2　しんち　　3　ここじ　　4　ここち

答え：2、3、4

問題1從1、2、3、4中選出＿＿最合適的讀音。

例1　那個人每次都在會議上說出尖銳的意見。
例2　希望能好好努力，考試合格。
例3　春風吹來感覺很舒服。

答案：2、3、4

POINT

例1のように、読みはまったく違うけど同じジャンルのことばが選択肢に並ぶ場合と、例2のように「っ」や「゛」、長い音の有無が解答の決め手となる場合がある。特別な読み方をする漢字語彙も出題される。例1のパターンでは、問題文の文脈からそこに入る言葉の意味が推測できることがある。問題文は全部読もう。

要點：此類題型大致可以分為兩種情況。如例1所示，4個選項雖然讀音完全不同，但詞彙類型相同；而例2的情況，「っ（促音）」、「゛（濁音／半濁音）」，或者長音的有無通常會成為解答的決定因素。同時還會考查具有特殊讀音的漢字詞彙。諸如例1的問題，有時可以從文脈中推測出填入空白處的詞彙的意思，因此要養成做題時把問題從頭到尾讀一遍的習慣。

勉強法

漢字は「読み方」「意味」「その漢字を使った言葉」を一緒に覚えるようにしましょう。そうすることで語彙も増え、漢字だけでなく語彙問題、読解問題の対策にもなります。例2のパターンでは、発音が不正確だと正解を選べません。漢字を勉強するときは、音とひらがなを結び付けて、声に出して確認しながら覚えましょう。一見遠回りのようですが、これをしておけば聴解力も伸びます。

學習方法：日語漢字的學習可以把重點放在「讀音」、「意思」、「使用了該漢字的詞彙」這三點上，除了能夠增加詞彙量，對語法問題和閱讀理解也有一定幫助。諸如例2的問題，如果讀音不正確則無法選中正確答案。學習日語漢字時，確認該漢字的讀音，並將整個詞彙大聲讀出來，邊讀邊記。這種方法不僅可以幫助我們高效記憶，也能夠間接提高聽力水平。

問題2　文脈規定　7題

選出最適合放在（　　）中的詞彙。

問題2　（　　）に入れるのに最もよいものを、1・2・3・4から一つ選びなさい。

例1　みんな帰って、教室の中は（　　）静まりかえっていた。
　　1　ぱっと　　2　じっと　　3　じんと　　4　しんと

例2　この番組では、いつも（　　）な話題を提供している。
　　1　ホット　　2　ポット　　3　ポイント　　4　ビジョン

答え：4、1

問題2　從1、2、3、4中選出（　　）最適合的選項。

例1　大家回去了，教室裡（　　）安靜了下來。
　　1　一瞬間　2　一動不動地　3　感人地　4　默默地

例2　這個節目總是帶給大家（　　）的話題。
　　1　最新的　2　鍋子　3　重點　4　展望

答案：4、1

POINT

①漢字語彙、②カタカナ語、③動詞・形容詞・副詞の問題が出る。

要點：此類題型經常考查：①帶漢字的詞彙②片假名詞彙③動詞、形容詞、副詞。

勉強法

①漢字語彙：勉強法は問題１と同じです。
②カタカナ語：カタカナ語は多くが英語に由来しています。カタカナ語の母語訳だけでなく、英語と結び付けておくと覚えやすいでしょう。語末の“s”は「ス」（例：bus→バス）など、英語をカタカナにしたときの変化を自分なりにルール化しておくと、初めて見る単語も類推できるようになります。
③動詞・形容詞・副詞：その単語だけでなく、よく一緒に使われる単語とセットで、例文で覚えましょう。

學習方法：
①帶漢字的詞彙：學習方法與問題1相同。
②片假名詞彙：由於片假名詞彙大多來源於英語，因此結合英語進行記憶會比較輕鬆。例如，「バス」來源於英語的「bus」，「s」變成了片假名的「ス」。針對此類由英語變化而成的片假名詞彙，可以按照自己的方式對其進行整理和規則化，這樣一來，即使是生詞也能夠推測出其意思。
③動詞、形容詞、副詞：除了記住該詞彙本身的意思外，還要記住經常與該詞彙一起使用的單詞。通過例句進行記憶，可以讓印象更深刻。

問題3　近義替換　6題

選出最接近＿＿＿詞彙意思的用法。

問題３　＿＿＿の言葉に意味が最も近いものを、１・２・３・４から一つ選びなさい。

例１　彼は<u>不意</u>に教室に現れた。
　　１　ゆっくり　　２　いやいや　　３　突然　　４　さっさと

例２　この店の<u>アットホーム</u>な雰囲気が気に入っている。
　　１　友好的な　　２　家庭的な　　３　現代的な　　４　古典的な

答え：３、２

問題3　從1、2、3、4中選出最接近＿＿的用法。

例1　他<u>出其不意地</u>出現在教室。
　　1　慢慢地　2　勉強地　3　突然地　4　勉強地
例2　我喜歡這間店的<u>家居</u>氛圍。
　　1　友好的　2　家庭的　3　現代的　4　古典的

答案：3、2

POINT

①漢字語彙、②カタカナ語、③動詞・形容詞・副詞の問題が出る。
どの選択肢を選んでも正しい文になることが多い。意味をしっかり確認すること。

要點：此類題型經常考查：①帶漢字的詞彙②片假名詞彙③動詞、形容詞、副詞。
此類題型很多情況下，無論選擇哪個選項都能組成正確的句子。因此需要牢牢掌握住詞彙的意思。

勉強法

よく一緒に使われる単語とセットで、単語の意味を覚えていれば大丈夫。N1レベルで覚えたほうがいい語彙はとても多いので、少しずつでも毎日勉強しましょう。

學習方法：記住該詞彙以及經常與該詞彙一起使用的單詞的意思。N1需要記憶的詞彙非常多，所以每天的積累很重要。

問題4　用法　6題

從使用題目詞彙的句子中，選出最合適的句子。

問題4　次の言葉の使い方として最もよいものを、1・2・3・4から一つ選びなさい。

例　密接

1　密接なスケジュールで、体を壊してしまった。
2　すき間ができないように、マスクをしっかり密接させる。
3　取引先とは密接な関係を築く必要がある。
4　密接した国同士、仲良くすべきだ。

答え：3

問題4　從1、2、3、4中選出下列詞彙最合適的用法。

例　密切

1　密切的行程搞壞了身體。
2　為了不要有縫隙，要密切地戴好口罩。
3　需要和客戶建立密切的關係。
4　密切鄰接的國家應該要保持良好關係。

答案：3

勉強法

単語の意味を知っているだけでは答えられない問題もあります。語彙を覚えるときは、いつどこで使うのか、どの助詞と一緒に使われるか、名詞の場合は「する」が付いて動詞になるのか、などにも注意して覚えましょう。

學習方法：此類題型，有些問題只知道詞彙的意思是無法選中正確答案的。學習詞彙時，要注意該詞彙什麼時候用在什麼地方，和哪個助詞一起使用；名詞的情況，要注意如果加上「する」是否能夠變成動詞等。

問題5　短句文法1（文法形式判斷）　10題

選出最適合放在句子裡（　　　）中的詞彙。

問題5　次の文の（　　　）に入れるのに最もよいものを、1・2・3・4から一つ選びなさい。

例1　(お知らせで)

今後もお客様により良いサービスを提供してまいりたいと思っております。（　　　）、アンケートにご協力のほど、どうぞよろしくお願いいたします。

1　すなわち　　2　つきましては　　3　要するに　　4　ただし

例2　田中「新しい職場はどう？ 楽しい？」

山田「楽しい（　　　）。毎日、残業ですよ。」

1　もんですか　　2　ことですか　　3　わけですか　　4　ところですか

答え：2、1

問題5　從1、2、3、4中選出最適合放入（　　　）的選項。

例1　(通知函)

今後我們也希望能為客戶提供更好的服務。()，請各位協助填寫問卷調查。

1　也就是說　2　因此　3　簡而言之　4　但是

例2　田中：「新的職場生活怎麼樣？　過得開心嗎？」

山田：「(　　　)開心。每天都要加班喔。」

1　怎麼可能　2　是…的嗎　3　因此才會　4　是…的情形嗎

答案：2、1

POINT

会話形式や、二文くらいの少し長めの問題もある。接続詞・敬語表現（〜ていただく・〜なさいます・〜願います など）・カジュアルな表現（〜ったって・〜んなら・〜っこない・〜ばよかったのに など）を問う問題も出る。文法問題と読解問題は時間が分かれていない。読解問題に時間をかけられるよう、文法問題は早めに解くこと。

要點：此類題型題目較長，並且還會出現對話形式的問題。有時也會考查接續詞、敬語表達（〜ていただく・〜なさいます・〜願います等）以及較隨意的表達（〜ったって・〜んなら・〜っこない・〜ばよかったのに等）的用法。語法和閱讀不會分開計時。必須為閱讀部分確保足夠的時間。因此語法問題要儘早解答。

勉強法

N1レベルの文法の中には、使う場面がほぼ決まっているものも多くあります。文法項目ごとに、自分の気に入った例文を一つ覚えておきましょう。その文法が使われる場面のイメージを持つことが大切です。

學習方法： N1中的許多語法，其使用的場景基本上都是固定的。每個語法項目，都可以通過記憶一個自己喜歡的例句來進行學習。要弄清楚該語法在什麼時候什麼樣的情況下使用，也就是說要對使用該語法的場景形成一個整體印象。

問題6　短句文法2（句子組成）　5題

在句子中四個＿＿＿填入詞彙，並選出★處的選項。

問題6　つぎの文の　★　に入る最もよいものを、1・2・3・4から一つえらびなさい。

例　日本経済は、政府の景気対策により、少しずつ＿＿＿ ＿＿＿ ＿★＿ ＿＿＿
依然、苦しい状態が続いている。
1　回復に　　2　つつある　　3　とはいえ　　4　向かい

答え：2（1 → 4 → 2 → 3）

問題6　從1、2、3、4中選出最適合放在★處的選項。

例　日本經濟，由於政府制定的景氣政策，一點一滴地＿＿＿ ＿＿＿ ＿★＿ ＿＿＿，但依然持續著艱苦的狀態。
1　回復　2　漸漸地　3　即使如此　4　向著

答案：2（1→4→2→3）

POINT

＿＿＿だけ見るのではなく、文全体を読んで話の流れを理解してから解答する。ニュース記事のような内容のものも出題される。たいていは３番目の空欄が＿★＿だが、違うこともあるので注意。

要點：不要只看＿＿＿的部分，閱讀全文，瞭解文章的整體走向後再進行作答。該類題型有時還會以新聞報導的內容作為問題。大多數情況下＿★＿會出現在第3個空白欄處，但也有例外，要注意。

勉強法

文型の前後にどんな品詞の言葉が来て、どんな形で接続するのかに注意して、語順を覚えるようにしましょう。さらに、＿＿＿の前後とうまくつながるかがヒントになるので、少し長めの文を読むときには、文の構造を図式化するなどして、文の構造に慣れておきましょう。

學習方法：注意句型前後會出現怎樣的詞類，以怎樣的形式連接，並記住單詞排列順序。同時，＿＿＿的前後是否能夠聯貫起來也是一種提示，因此在閱讀較長的句子時，可以通過將句子的結構圖示化等方法，以習慣句子的結構。

問題7　文章文法　5題

選出適合文意的用法選項。

次の文章を読んで、文章全体の内容を考えて、 例1 から 例4 の中に入る最もよいものを、1・2・3・4から一つ選びなさい。

「最近の若者は、夢がない」とよく言われる。わたしはそれに対して言いたい。 例1 、しょうがないじゃないか。子供のころから不景気で、大学に入ったら、就職率が過去最低を記録している。そんな先輩たちの背中を見ているのだ。どうやって夢を持って 例2 。しかし、このような状況は、逆に 例3 だとも考えられる。

自分をしっかりと見つめなおし、自分のコアを見つけるのだ。そしてそれを成長への飛躍とするのだ。今のわたしは高く飛び上がるために、一度 例4 状態だと思って、明日を信じてがんばりたい。

例1）1　したがって　2　だって　3　しかも　4　むしろ
例2）1　生きていけというのだ　2　生きていかなければならない
　　3　生きていってもいいのか　4　生きていくべきだろう
例3）1　ヒント　2　アピール　3　ピンチ　4　チャンス
例4）1　飛んでいる　2　もぐっている
　　3　しゃがんでいる　4　死んでいる

答え：2、1、4、3

閱讀下列文章，思考整體文意後，分別選出最適合放進 例1 到 例4 的選項。

經常聽到「最近的年輕人沒有夢想」這句話。對此我有些話想說。 例1 ，這也是沒辦法的事。從還小的時候就開始經濟不景氣，大學入學時，就職率也創下過去最低的紀錄。我們是看著這樣的前輩先人們成長的。要如何去懷抱夢想 例2 但是，在這種狀況，反倒也可以想成是 例3 。

好好地重新檢視自己，找到自己的核心價值。然後就會有飛躍性的成長。為了現在的我能夠展翅高飛，要先想成是 例4 的狀態，相信明天好好地努力下去。

例1）1　按照　2因為　3　而且　4寧可
例2）1　生活下去呢　2　必須生活下去
　　3　生活下去也好　4　應該要生活下去吧
例3）1　線索　2　宣傳　3　危機　4　機會
例4）1　飛翔著　2　潛水著　3　蹲著　4　死去

答案：2、1、4、3

POINT

以下の３種類の問題がよく出題される。
①接続詞：下記のような接続詞を入れる。空欄の前後の文を読んでつながりを考える。
・順接：すると、そこで、したがって、ゆえに、よって
・逆接：しかし、しかしながら、だが、ところが、それでも、とはいえ、むしろ
・並列：また、および、かつ

・添加：そのうえ、それに、しかも、それどころか、さらに
・対比：一方（で）
・選択：または、あるいは、もしくは、ないし
・説明：なぜなら
・補足：ただ、ただし、実は、ちなみに、なお
・言い換え：つまり、要するに、すなわち、いわば
・例示：たとえば
・転換：ところで、さて、では、それでは
・確認：もちろん
・収束：こうして、このように、その結果、結局

②文脈指示：「そんな～」「あの～」といった表現が選択肢となる。指示詞の先は、一つ前の文にあることが多い。ただし「先日、こんなことがありました。～」のように、あとに続く具体例を指す言葉が選択肢となることもある。答えを選んだら、指示詞のところに正答と思う言葉や表現を入れてみて、不自然ではないか確認する。

③文中表現・文末表現：文の流れの中で、文中や文末にどんな表現が入るかが問われる。前後の文の意味内容を理解し、付け加えられた文法項目がどのような意味を添えることになるか考える。

要點：

此類題型經常會出現以下3種問題。

①接續詞：考查下列接續詞的用法。閱讀空格前後的句子，並思考相互間的聯繫。
・順接：すると、そこで、したがって、ゆえに、よって
・逆接：しかし、しかしながら、だが、ところが、それでも、とはいえ、むしろ
・並列：また、および、かつ
・添加：そのうえ、それに、しかも、それどころか、さらに
・對比：一方（で）
・選擇：または、あるいは、もしくは、ないし
・說明：なぜなら
・補充：ただ、ただし、実は、ちなみに、なお
・改變說法：つまり、要するに、すなわち、いわば
・舉例：たとえば
・轉換話題：ところで、さて、では、それでは
・確認：もちろん
・收束：こうして、このように、その結果、結局

②文脈指示：選項中經常出現「そんな～」、「あの～」之類的表達。指示詞所指代的內容通常可以在上一個句子中找到。但是，以「先日、こんなことがありました。～」為例，指代後文中具體例子的詞語有時也會成為選項。選擇答案後，試著在指示詞的地方填入自己認為是正確答案的詞語或表達，確認是否能連接成自然的句子。

③文中表達・文末表達：結合文章走向，選擇填入文中或文末的表達。理解前後文的內容，思考選項中所使用的語法項目會賦予該選項什麼樣的意思。

勉強法

①接続詞：上記の分類を覚えておきましょう。
②文脈指示：「こ」「そ」「あ」が日本語の文の中でどのように使われるか、母語との違いを明確にしておきましょう。
③文中表現・文末表現：日ごろから文法項目は例文も一緒に覚えておくと役に立ちます。また、文章を読むときは流れを意識するようにしましょう。

學習方法：
①接續詞：記住以上分類並加以練習。
②文脈指示：明確「この」、「こんな」、「その」、「そんな」、「あの」、「あんな」等指示詞的用法，並注意和母語的區別。
③文中表達・文末表達：語法不僅需要靠平時的積累，如何學習也是非常重要的。通過例句學習和記憶語法，不失為一種有效的學習方法。另外，在閱讀文章時，要注意文章的走向。

問題8　內容理解（短文）　1題×4

閱讀200字左右的短文，並選出和內容相關的選項。

POINT

質問のパターンはいろいろあるが、だいたいは、筆者が最も言いたい内容が問題になっている。消去法で答えを選ぶのではなく、発話意図をしっかりとらえて選ぶこと。

〈よくある質問〉
・筆者の考えに合うのはどれか。
・このメールを書いた、一番の目的は何か。
・______について、筆者はどのように述べているか。
・筆者によると、______とはどういうことか。
・筆者によると、______のはなぜか。
・この案内から、______についてどんなことがわかるか。

要點：此類題型的問題形式很多，但基本上都會提問筆者在文章中最想表達什麼。解答這種問題的關鍵在於，要牢牢把握住文章的中心思想和筆者的寫作意圖，而不是用排除法。

問題9　內容理解（中篇）3題×3

閱讀500字左右的文章，並選出和內容相關的選項。

POINT

「______とあるが、どのような○○か。」「______とあるが、なぜか。」のような質問で、キーワードや因果関係を理解できているか問う問題が出題される。下線部の意味を問う問題が出たら、同じ意味を表す言い換えの表現や、文章中に何度も出てくるキーワードを探す。下線部の前後にヒントがある場合が多い。

要點：以「＿＿＿とあるが、どのような○○か。」、「＿＿＿とあるが、なぜか。」為例，列出一個關鍵詞，考查對因果關係的理解，是此類題型的考查重點。對於這種就下劃線部分的意思進行提問的問題，可以找出表示相同意思的替換表達、或者文章中反覆出現的關鍵詞。大多數情況下，可以從下劃線部分的前後文找到提示。

問題10　內容理解（長文）4題×1

閱讀1,000字左右的文章，並選出和內容相關的選項。

POINT

「＿＿＿とはどういうことか。」「＿＿＿について、筆者はどのように考えているか。」「筆者の考えに合うものはどれか。」のような質問で、文章の内容や著者の考えが理解できているか問う問題が出題される。筆者が言いたいことは、最初の段落と最後の段落に書かれていることが多いので、特に注意して読もう。

要點：該大題的問題都是「＿＿＿とはどういうことか。」、「＿＿＿について、筆者はどのように考えているか。」、「筆者の考えに合うものはどれか。」這樣的形式，考查對文章內容以及作者主張的理解。通常情況下，作者想要表達的內容會出現在最初或者最後的段落，因此閱讀文章時需要特別注意。

問題11　綜合理解 2題×1

閱讀比較兩篇300字左右的文章，並選出和內容相關的選項。

POINT

「＿＿＿について、AとBはどのように述べているか。」「＿＿＿について、AとBで共通して述べられていることは何か。」のような質問で、比較・統合しながら理解できるかを問う問題が出題される。前者の場合、選択肢は「AもBも、＿＿＿」と「Aは＿＿＿と述べ、Bは＿＿＿と述べている」の形になる。二つの文章の共通点と相違点を意識しながら読もう。

要點：該大題的提問方式比較固定，均為「＿＿＿について、AとBはどのように述べているか。」、「＿＿＿について、AとBで共通して述べられていることは何か。」這種形式的問題，需要綜合比較兩篇文章的內容和主張。前者的選項都是「AもBも、＿＿＿」和「Aは＿＿＿と述べ、Bは＿＿＿と述べている」這樣的形式。閱讀時，要有意識地找出兩篇文章的相同點和不同點。

問題12　主張理解（長文）4題×1

閱讀1,000字左右的文章（評論等），選出敘述其主張或意見的選項。

POINT

「＿＿＿について、筆者はどう述べているか。」「筆者によると、＿＿＿にはどうすればいいか。」「＿＿＿とはどういうことか。」「筆者の考えに合うものはどれか。」「この文章で筆者が最も言いたいことは何か。」のような質問で、全体として伝えようとしている主張や意見がつかめるかを問う問題が出題される。筆者の考えを問う問題では、主張や意見を示す表現（～べきだ、～のではないか、～なければならない、～ではないだろうか など）に注目する。

要點：該大題重點考察對文章整體的理解，問題通常都是「＿＿＿について、筆者はどう述べているか。」、「筆者によると、＿＿＿にはどうすればいいか。」＿＿＿とはどういうことか。」、「筆者の考えに合うものはどれか。」、「この文章で筆者が最も言いたいことは何か。」這種詢問作者的主張或者意見的形式。詢問筆者想法的問題，則需要注意表達筆者主張或意見的語句，該類語句通常以「～べきだ」、「～のではないか」、「～なければならない」、「～ではないだろうか」等結尾。

勉強法

問題9～12では、まずは、全体をざっと読むトップダウンの読み方で大意を把握し、次に問題文を読んで、下線部の前後など、解答につながりそうな部分をじっくり見るボトムアップの読み方をするといいでしょう。日ごろの読解練習でも、まずざっと読んで大意を把握してから、丁寧に読み進めるという二つの読み方を併用してください。

學習方法：在問題9和12中，首先，粗略地閱讀整篇文章，用自上而下的方法來把握文章大意；然後閱讀問題，並仔細觀察下劃線部分前後的語句等，用自下而上的方法仔細閱讀與解答相關的部分。在日常的閱讀訓練中，要有意識地並用「自上而下」和「自下而上」這兩種閱讀方法，先粗略閱讀全文，把握文章大意後，再仔細閱讀。

問題13　資訊檢索　2題×1

從700字左右的廣告、傳單中找出必要資訊回答問題。

POINT

何かの情報を得るためにチラシなどを読むという、日常の読解活動に近い形の問題。初めに問題文を読んで、必要な情報だけを拾うように読むと効率がいい。多い問題は、条件が示されていて、それに合う商品やコースなどを選ぶもの。また、「参加したい／利用したいと考えている人がしなければならないことはどれか。」という問題もある。その場合、選択肢一つひとつについて、合っているかどうか本文と照らし合わせよう。

要點：日常生活中，人們常常為了獲取信息而閱讀傳單等宣傳物品，因此，此類題型與我們日常的閱讀活動非常相近。多數情況下，需要根據問題中列出的條件選擇符合該條件的商品或課程等項目。首先閱讀問題，只收集必要的信息，然後再閱讀正文內容，這種方法效率很高。除此之外，也會出現諸如「参加したい／利用したいと考えている人がしなければならないことはどれか。」之類的問題。這種情況可以用排除法，把每個選擇項都與正文對照一下，並判斷是否正確。

勉強法

広告やパンフレットの情報としてよく出てくることばを理解しておきましょう。
（例）　時間：営業日、最終、～内、開始、終了、即日
場所：集合、お届け、訪問
料金：会費、手数料、割引、無料、追加、全額負担
申し込み：締め切り、要⇔不要、最終、募集人数、定員、応募、手続き
貸出：可⇔不可
利用条件：～に限る、一人一点限り
など

學習方法：理解廣告、傳單或者宣傳小冊子中經常出現的與信息相關的詞語。

聴解

POINT

聴解試験は、時間も配点も全体の約３分の１を占める、比重の高い科目。集中して臨めるよう、休み時間にはしっかり休もう。試験中は、いったん問題用紙にメモして、あとから解答用紙に書き写す時間はない。問題を聞いたらすぐにマークシートに記入しよう。

要點：聽力的時間和得分在考試中所占比重很大，大約是全體的三分之一。因此在聽力考試開始前要好好休息，以便集中精力挑戰考試。
聽力部分時間緊張，录音播放完畢後考試隨即結束，沒有多餘的時間把事先寫在試捲上的答案抄到答題卡上，因此考試時需要邊聽邊塗寫答題卡。

勉強法

聴解は、読解のようにじっくり情報について考えることができません。わからない語彙があっても、瞬時に内容や発話意図を把握できるように、たくさん練習して慣れましょう。とはいえ、やみくもに聞いても聴解力はつきません。話している人の目的を把握したうえで聞くようにしましょう。また、聴解力を支える語彙・文法の基礎力と情報処理スピードを上げるため、語彙も音声で聞いて理解できるようにしておきましょう。

學習方法： 聽力無法像閱讀那樣仔細地進行思考。即使有不懂的詞彙，也要做到能夠瞬間把握對話內容和表達意圖，所以大量的練習非常重要。話雖如此，沒頭沒腦地聽是無法提高聽力水平的。進行聽力訓練的時候，要養成把握說話人的目的的習慣。另外，詞彙、語法和信息處理速度是聽力的基礎，因此在學習詞彙時，可以邊聽邊學，這也是一種間接提高聽力水平的方法。

問題1　課題理解　6題

聽兩人的對話，從中聽取解決某項課題的必要資訊。

問題1では、まず質問を聞いてください。それから話を聞いて、問題用紙の1から4の中から、最もよいものを一つ選んでください。

状況説明と質問を聞く

▼

病院の受付で、男の人と女の人が話しています。
男の人はこのあとまず何をしますか。

会話を聞く

▼

M：すみません、予約していないんですが、いいですか。
F：大丈夫ですよ。こちらは初めてですか。初めての方は、まず診察券を作成していただくことになります。
M：診察券なら、持っています。
F：それでは、こちらの書類に症状などをご記入のうえ、保険証を一緒に出してください。そのあと体温を測ってください。
M：わかりました。ありがとうございます。

もう一度質問を聞く

▼

男の人はこのあとまず何をしますか。

選択肢、またはイラストから答えを選ぶ

1　予約をする
2　診察券を作成する
3　書類に記入する
4　体温を測る

答え：3

在問題1，首先聽取問題。然後聽完內容，在題目紙上的1～4之中，選出最適合的答案。

聽取狀況說明和問題

▼

男性和女性正在醫院的服務台對話。
男性在這之後首先要去做什麼事呢？

聽取對話

▼

男：不好意思，我沒有事先預約，這樣可以嗎？
女：沒問題的。您是第一次來本院嗎？　初次看診的話，要先製作就診卡。
男：我有帶就診卡。
女：那請您在這邊的文件填寫症狀等相關資訊，再和保險證一起繳交。之後再請您量個體溫。
男：好的。謝謝您。

再聽一次問題

▼

男性在這之後首先要去做什麼事呢？

從選項或附圖中選出答案

1　進行預約
2　製作就診卡
3　填寫文件
4　量測體溫

答案：3

POINT

質問をしっかり聞き、聞くべきポイントを絞って聞く。質問は「(これからまず) 何をしなければなりませんか。」というものがほとんど。「_____はいいかな。」などと話が二転三転することも多いので注意。「その前に」「～はそれからで」「先に」「差し当たり」「とりあえず」「ひとまず」「それより」など、優先順位を表す言葉を聞き逃さないようにしよう。

要點：仔細聽問題，並抓住重點。問題幾乎都是「（これからまず）何をしなければなりませんか。」這樣的形式。對話過程中話題會反複變化，因此要注意「_____はいいかな。」這樣的語句。同時，「その前に」、「～はそれからで」、「先に」、「差し当たり」、「とりあえず」、「ひとまず」、「それより」等表示優先順序的詞語也很關鍵，注意不要聽漏。

問題2　重點理解　7題

從兩人對話或是單人獨白之中，聽取整段話的重點。

問題2では、まず質問を聞いてください。そのあと、問題用紙のせんたくしを読んでください。読む時間があります。それから話を聞いて、問題用紙の1から4の中から、最もよいものを一つ選んでください。

状況説明と質問を聞く

テレビで司会者と男の人が話しています。男の人は芝居のどんなところが一番大変だと言っていますか。

▼

選択肢を読む

(約20秒)

▼

話を聞く

F：富田さん、今回の舞台劇『六人の物語』は、すごく評判がよくて、ネット上でも話題になっていますね。

M：ありがとうございます。空いている時間は全部練習に使ったんですよ。でも、間違えないでセリフを話せたとしても、キャラクターの性格を出せないとお芝居とは言えないので、そこが一番大変でしたね。

▼

もう一度質問を聞く

男の人は芝居のどんなところが一番大変だと言っていますか。

▼

選択肢から答えを選ぶ

1　体力がたくさん必要なところ
2　セリフをたくさん覚えないといけないところ
3　練習をたくさんしないといけないところ
4　キャラクターの性格を出すところ

答え：4

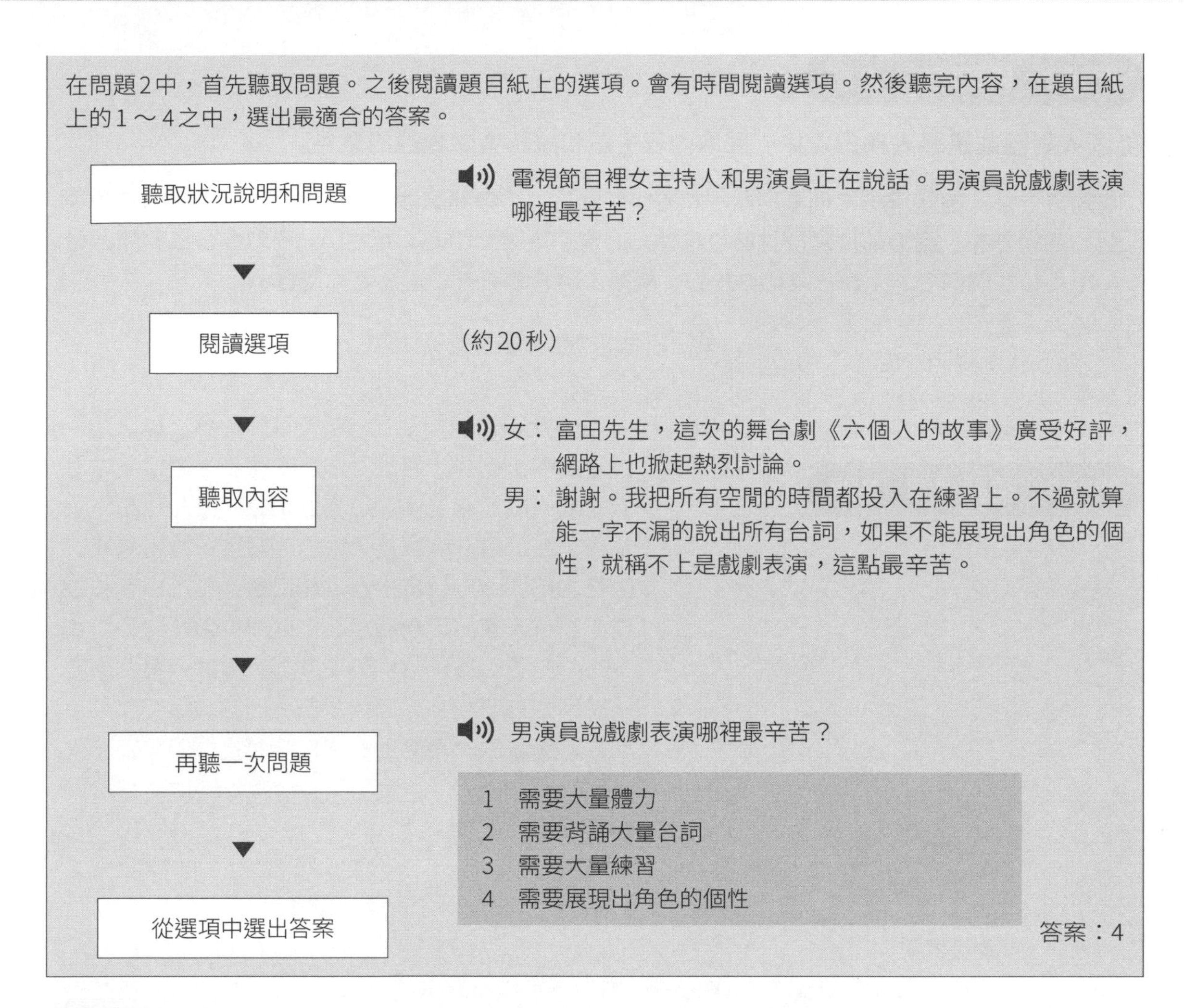

在問題2中，首先聽取問題。之後閱讀題目紙上的選項。會有時間閱讀選項。然後聽完內容，在題目紙上的1～4之中，選出最適合的答案。
聽取狀況說明和問題
電視節目裡女主持人和男演員正在說話。男演員說戲劇表演哪裡最辛苦？
閱讀選項
（約20秒）
女：富田先生，這次的舞台劇《六個人的故事》廣受好評，網路上也掀起熱烈討論。
聽取內容
男：謝謝。我把所有空閒的時間都投入在練習上。不過就算能一字不漏的說出所有台詞，如果不能展現出角色的個性，就稱不上是戲劇表演，這點最辛苦。
再聽一次問題
男演員說戲劇表演哪裡最辛苦？
1　需要大量體力
2　需要背誦大量台詞
3　需要大量練習
4　需要展現出角色的個性
從選項中選出答案
答案：4

POINT

質問文を聞いたあとに、選択肢を読む時間がある。質問と選択肢から内容を予想し、ポイントを絞って聞くこと。問われるのは、原因・理由や問題点、目的、方法などで、日常での聴解活動に近い。「実は」「しかし」「ただ」「でも」などの言葉のあとには、大事な話が続くことが多いので、注意して聞こう。

要點：聽完問題後，會有時間閱讀選項。從問題和選項預測接下來要聽的內容，並抓住重點聽。此類題型的對話場景很接近日常生活，問題通常會涉及到原因、理由、疑問點、目的或方法等等。多數情況下，對話中的重要內容會出現在「実は」、「しかし」、「ただ」、「でも」等表達後，需要特別注意。

問題3　概要理解　6題

從兩人對話或是單人獨白之中，聽取內容主題和說話者想表達的意見。

問題3では、問題用紙に何も印刷されていません。この問題は、全体としてどんな内容かを聞く問題です。話の前に質問はありません。まず話を聞いてください。それから、質問とせんたくしを聞いて、1から4の中から、最もよいものを一つ選んでください。

状況説明を聞く

日本語学校で先生が話しています。

▼

話を聞く

F：みなさん、カレーが食べたくなったら、レストランで食べますか、自分で作りますか。カレーはとても簡単にできます。じゃがいも、にんじん、玉ねぎなど、自分や家族の好きな野菜を食べやすい大きさに切って、ルウと一緒に煮込んだらすぐできあがります。できあがったばかりの熱々のカレーももちろんおいしいのですが、実は、冷蔵庫で一晩冷やしてからのほうがもっとおいしくなりますよ。それは、冷めるときに味が食材の奥まで入っていくからです。自分で作ったときは、ぜひ試してみてください。

▼

質問を聞く

先生が一番言いたいことは何ですか。

▼

選択肢を聞く

1　カレーを作る方法
2　カレーをおいしく食べる方法
3　カレーを作るときに必要な野菜
4　カレーのおいしいレストラン

▼

答えを選ぶ

答え：2

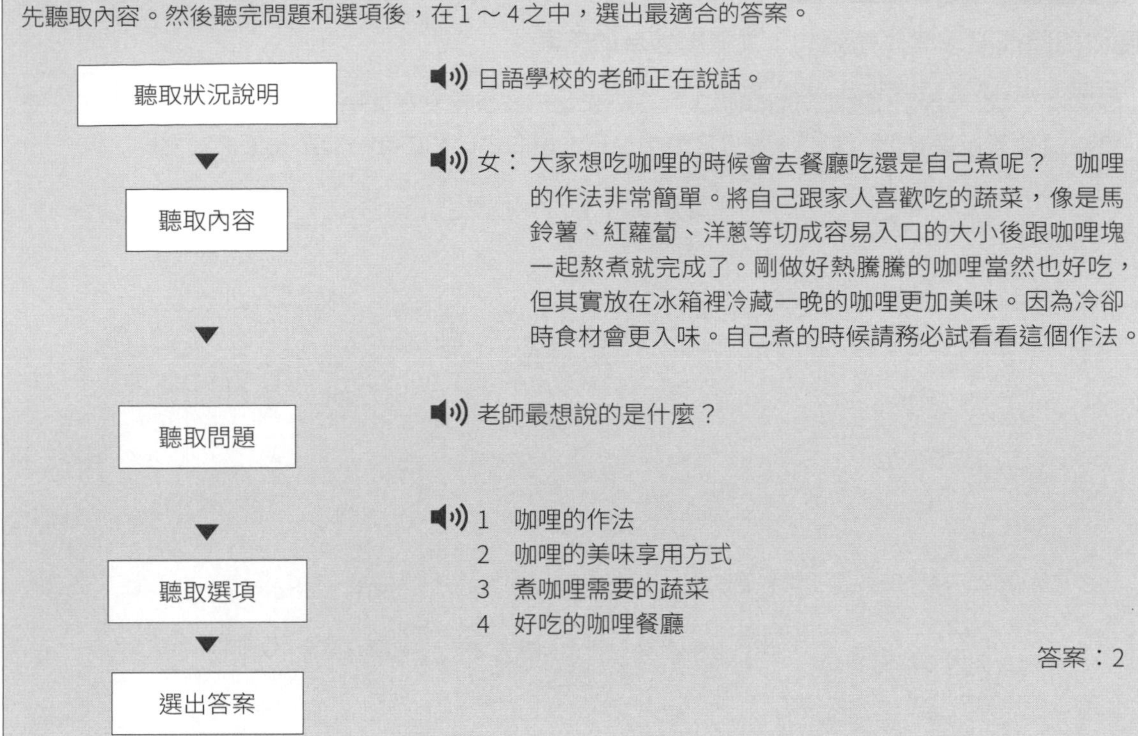

問題3並沒有印在題目紙上。這個題型是針對整體內容為何來作答的問題。在說話前不會先問問題。首先聽取內容。然後聽完問題和選項後，在1～4之中，選出最適合的答案。
聽取狀況說明
日語學校的老師正在說話。
聽取內容
女：大家想吃咖哩的時候會去餐廳吃還是自己煮呢？　咖哩的作法非常簡單。將自己跟家人喜歡吃的蔬菜，像是馬鈴薯、紅蘿蔔、洋蔥等切成容易入口的大小後跟咖哩塊一起熬煮就完成了。剛做好熱騰騰的咖哩當然也好吃，但其實放在冰箱裡冷藏一晚的咖哩更加美味。因為冷卻時食材會更入味。自己煮的時候請務必試看看這個作法。
聽取問題
老師最想說的是什麼？
聽取選項
1　咖哩的作法
2　咖哩的美味享用方式
3　煮咖哩需要的蔬菜
4　好吃的咖哩餐廳
選出答案
答案：2

POINT

話題になっているものは何か、一番言いたいことは何かなどを問う問題。細部にこだわらず、全体の内容を聞き取るようにする。とくに「つまり」「このように」「そこで」など、要旨や本題を述べる表現や、「～と思います」「～べきです」など、話し手の主張や意見を述べている部分に注意する。

要點：對話圍繞什麼話題展開，最想表達什麼，是此類題型的考查重點。不要在細節上糾結，要把握好對話全體的內容。對於「つまり」、「このように」、「そこで」等表述重點或者中心思想的表達，以及「～と思います」、「～べきです」這類表述說話人主張或意見的部分，需要特別注意。

問題4　即時應答　14題

聽取問題或要求等簡短語句，並選出適合的答案。

問題4では、問題用紙に何も印刷されていません。まず文を聞いてください。それから、それに対する返事を聞いて、1から3の中から、最もよいものを一つ選んでください。

質問などの短い発話を聞く

▼

選択肢を聞く

▼

答えを選ぶ

F：あれ、まだいたの？ とっくに帰ったかと思った。

M：1　うん、思ったより時間がかかって。
2　うん、予定より早く終わって。
3　うん、帰ったほうがいいと思って。

答え：1

問題4並沒有印在題目紙上。首先聽取語句。聽完對語句的回答後，在1～3之中，選出最適合的答案。

聽取問題等簡短語句

▼

聽取選項

▼

選出答案

女：咦，你還在呀？　我還以為你早就回去了。

男：1　嗯，比原先預期的花了更多時間。
2　嗯，比預定的還早結束。
3　嗯，我覺得還是回去比較好。

答案：1

勉強法

問題4には、日常生活でよく使われている挨拶や表現がたくさん出てきます。日ごろから注意して覚えておきましょう。文型についても、読んでわかるだけでなく、耳から聞いてもわかるように勉強しましょう。

學習方法：在問題4中，會出現很多日常生活中經常使用的問候和表達方式。如果平時用到或者聽到這樣的話語，就將它們記下來吧。句型也一樣，不僅要看得懂，也要聽得懂。

問題5　綜合理解　4題

比較複數資訊並聽取內容。

問題5では、長めの話を聞きます。この問題に練習はありません。
問題用紙にメモをとってもかまいません。
1番、2番
問題用紙に何も印刷されていません。まず話を聞いてください。それから、質問とせんたくしを聞いて、1から4の中から、最もよいものを一つ選んでください。

状況説明を聞く

家で家族三人が娘のアルバイトについて話しています。

▼

F1：ねえ、お母さん。わたし、アルバイト始めたいんだ。いいでしょう？
F2：まだ大学に入ったばかりなんだから、勉強をしっかりやったほうがいいんじゃないの？
F1：でも、友達はみんなやってるし、お金も必要だし…。お父さんだって、学生時代アルバイトやってたんでしょう？
M：そうだな…。じゃあ、アルバイトはしないで、お父さんの仕事を手伝うのはどうだ？ 1時間1,000円出すよ。
F1：えっ、本当に？ やるやる。
F2：よかったわね。でも、大学の勉強も忘れないでよ。

会話を聞く

▼

質問を聞く

娘はなぜアルバイトをしないことにしましたか。

選択肢を聞く

1　大学の勉強が忙しいから　2　お金は必要ないから
3　母親に反対されたから　4　父親の仕事を手伝うから

答えを選ぶ

答え：4

在問題5中，聽的內容會比較長。這個問題並沒有練習題。
可以在題目紙上作筆記。
第1題、第2題
題目紙上並沒有相關資訊。首先聽取內容。聽完問題和選項後，在1～4之中，選出最適合的答案。

聽取狀況說明

一家三口正在家裡談論女兒打工的事。

▼

聽取對話

女1：那個，媽。我想要去打工。沒問題吧？
女2：妳才剛上大學，應該好好唸書比較好吧？
女1：可是我的朋友都有在打工，而且我也需要錢…。像爸爸在學生時代也有打過工吧？
男：是啊…。那，還是妳別去打工，來幫忙爸爸的工作吧？　一小時可以付妳1,000日圓喔。
女1：咦，真的嗎？　那我要做。
女2：太好了呢。不過，別忘了大學也要好好唸書喔。

▼

聽取問題	🔊 女兒為什麼決定不去打工了呢？
聽取選項	🔊 1　因為學業繁忙　2　因為不需要錢 3　因為媽媽反對　4　因為要幫爸爸做事
選出答案	答案：4

POINT

１番と２番では、質問と選択肢がわからないまま１～２分程度の長めの会話を聞かなければならない。ポイントになりそうなことをメモしながら聞こう。

要點：第1題和第2題，需要在不知道選項的情況下聽一段長達1分鐘到2分鐘的對話。在聽的同時把關鍵信息寫下來。

３番

まず話(はなし)を聞(き)いてください。それから、二(ふた)つの質問(しつもん)を聞(き)いて、それぞれ問題用紙(もんだいようし)の１から４の中(なか)から、最(もっと)もよいものを一(ひと)つ選(えら)んでください。

選択肢(せんたくし)を読む

１　Ａグループ　　２　Ｂグループ
３　Ｃグループ　　４　Ｄグループ

状況説明を聞く

🔊 あるイベントの会場で、司会者がグループ分けの説明をしています。

一人の話を聞く

🔊 司会者：今から性格によって四つのグループに分かれていただきたいと思います。まず、Ａグループは「社交的なタイプ」の方。それから、Ｂは「まじめで几帳面タイプ」の方、Ｃは「マイペースタイプ」の方、Ｄは「一人でいるのが好きなタイプ」です。では、ＡＢＣＤと書かれた場所に分かれてお入りください。

▼

二人の会話を聞く

🔊 Ｍ：僕はよく研究者っぽいって言われるから、Ｄなのかなあ。
Ｆ：そう？ マイペースなだけなんじゃない？ それに、一人でいるとこなんて見たことないよ。
Ｍ：そう言われるとそうだな。じゃあ、あっちか。
Ｆ：私はどうしよう。
Ｍ：うーん、君はけっこう細かいんじゃない？ 時間にもうるさいし。
Ｆ：そっか。じゃ、こっちにしよう。

▼

二つの質問を聞く	質問１　男の人はどのグループですか。 質問２　女の人はどのグループですか。
選択肢(せんたくし)から答えを選ぶ	**答え：3、2**

第3題
首先聽取內容。然後聽完兩個問題後，分別在題目紙上的1～4之中，選出最適合的答案。

閱讀選項	1　A組　　2　B組 3　C組　　4　D組
聽取狀況說明	在一個活動會場上主持人正在說明如何分組。
聽取獨白 ▼	主持人：現在請各位依照個性分組。首先A組是「社交型」的人。然後B組是「認真且一絲不苟型」、C組是「隨心所欲型」、D組是「喜歡獨處型」的人。那麼請各位分別走到寫有ABCD的地方。
聽取對話 ▼	男：我常被說像是學者，這樣應該是D吧。 女：是嗎？應該就只是比較隨心所欲吧。而且我沒有看過你一個人喲。 男：被你這麼一說好像是這樣。那我去那邊。 女：那我呢？ 男：嗯…你不是很細心嗎？　也很準時。 女：是喔。那我來這邊。
聽取兩個問題	提問1男性屬於哪一組？ 提問2女性屬於哪一組？
從選項中選出答案	答案：3、2

POINT

ある話に関する説明を聞いたあと、それについて二人が話す会話を聞く。説明部分は、問題用紙に書かれた選択肢の周りにメモをしながら聞くこと。そのメモを見ながら会話部分を聞き、答えを選ぶ。

要點：該題分為兩個部分，首先聽一段對某事物或某話題進行的敘述說明，之後再聽兩個人針對該敘述說明進行的對話。在聽第一部分的敘述說明時，可以邊聽邊在試題的選項旁邊做筆記，然後邊看筆記邊聽第二部分的對話，並選擇正確答案。

試題中譯（注意事項）

語言知識（文字・語彙・文法）・讀解　問題1

聆聽一人的發言或二人的對話，掌握內容的重點。

★ 選項中標示「×」時，指無此發音之詞彙（專有名詞除外），為混淆用選項。

★ 當選項中的假名一音多義時，只取一近義詞或任意擇一使用；此外，當選項恰巧符合某日語中鮮用的單一生僻詞彙時亦有列出。

語言知識（文字・語彙・文法）・讀解　問題4

★ 中譯後標有「×」時，指因日文文法本身就不通，故翻譯後中文也會怪異。重點注意，有些錯誤選項中的中譯看起來雖然能通，但重點是在日文裡是不通的。

語言知識（文字・語彙・文法）・讀解　問題5

★ 選項中標示「×」時，指該詞語以下幾種狀況：①無意義、②也許有意義但無法與題目構成文法、③無法使問題通順。

時間的分配

考試就是在和時間賽跑。進行模擬測驗時，也要確實地計算自己作答的時間。
考下表為大致的時間分配。

語言知識（文字、語彙、文法）•讀解　110分

問題 問題	問題數 問題數	かける時間の目安 大題時間分配	1問あたりの時間 小題時間分配
問題1	6題	1分鐘	10秒
問題2	7題	2分鐘	15秒
問題3	6題	2分鐘	20秒
問題4	6題	6分鐘	50秒
問題5	10題	5分鐘	30秒
問題6	5題	5分鐘	1分鐘
問題7	5題	5分鐘	1分鐘
問題8	4篇短文	10分鐘	1篇2分30秒
問題9	2篇中篇文章	18分鐘	1篇6分
問題10	一篇長文	15分鐘	—
問題11	2題	10分鐘	—
問題12	一篇長文	15分鐘	—
問題13	資訊情報1則	8分鐘	—

聽解　60分

聴解は、「あとでもう一度考えよう」と思わず、音声を聞いたらすぐに答えを考えて、マークシートに記入しましょう。

進行聽力測驗時，不要總想著「我待會再思考一遍」，聽的同時就要思考答案，然後立刻填寫答題卡。

第1回　解答・解説

解答・解說

合格模試　解答用紙

N1　言語知識（文字・語彙・文法）・読解

第1回

受験番号 Examinee Registration Number		名前 Name	

〈ちゅうい　Notes〉

1. **くろいえんぴつ（HB、No.2）でかいてください。**
   Use a black medium soft (HB or No.2) pencil.
   （ペンやボールペンではかかないでください。）
   (Do not use any kind of pen.)
2. **かきなおすときは、けしゴムできれいにけしてください。**
   Erase any unintended marks completely.
3. **きたなくしたり、おったりしないでください。**
   Do not soil or bend this sheet.
4. **マークれい** Marking Examples

よいれい Correct Example	わるいれい Incorrect Examples
●	⊗ ✓ ○ ◎ ◉ ⦶ ●

問題1				
1	●	②	③	④
2	①	●	③	④
3	①	●	③	④
4	①	●	③	④
5	①	②	③	●
6	●	②	③	④
問題2				
7	①	●	③	④
8	●	②	③	④
9	●	②	③	④
10	①	②	③	●
11	●	②	③	④
12	①	②	●	④
13	①	②	●	④
問題3				
14	①	②	③	●
15	●	②	③	④
16	●	②	③	④
17	①	②	③	●
18	①	②	●	④
19	①	●	③	④
問題4				
20	●	②	③	④
21	①	②	●	④
22	①	②	●	④
23	①	●	③	④
24	●	②	③	④
25	①	②	③	●

問題5				
26	①	②	●	④
27	①	②	③	●
28	①	●	③	④
29	①	②	●	④
30	①	②	③	●
31	①	●	③	④
32	①	②	●	④
33	①	②	③	●
34	●	②	③	④
35	①	②	③	●
問題6				
36	①	②	●	④
37	●	②	③	④
38	①	②	●	④
39	①	②	③	●
40	①	②	③	●
問題7				
41	①	●	③	④
42	●	②	③	④
43	①	②	●	④
44	●	②	③	④
45	①	②	③	●
問題8				
46	①	●	③	④
47	①	②	③	●
48	①	②	●	④
49	①	②	③	●

問題9				
50	①	●	③	④
51	①	●	③	④
52	①	②	●	④
53	①	②	●	④
54	●	②	③	④
55	●	②	③	④
56	①	②	●	④
57	①	●	③	④
58	①	●	③	④
問題10				
59	●	②	③	④
60	①	●	③	④
61	●	②	③	④
62	①	●	③	④
問題11				
63	①	②	●	④
64	①	②	③	●
問題12				
65	①	②	③	●
66	①	②	●	④
67	●	②	③	④
68	①	②	●	④
問題13				
69	①	●	③	④
70	①	●	③	④

合格模試　解答用紙

N1 聴解

第1回

受験番号 Examinee Registration Number		名前 Name	

〈ちゅうい　Notes〉

1. **くろいえんぴつ（HB、No.2）でかいてください。**
   Use a black medium soft (HB or No.2) pencil.
   （ペンやボールペンではかかないでください。）
   (Do not use any kind of pen.)
2. **かきなおすときは、けしゴムできれいにけしてください。**
   Erase any unintended marks completely.
3. **きたなくしたり、おったりしないでください。**
   Do not soil or bend this sheet.
4. **マークれい** Marking Examples

よいれい Correct Example	わるいれい Incorrect Examples
●	⊗ ✓ ○ ◎ ◍ ⦶ ●

問題1

例	①	②	●	④
1	①	●	③	④
2	①	②	●	④
3	①	②	●	④
4	①	●	③	④
5	●	②	③	④
6	①	●	③	④

問題2

例	①	●	③	④
1	①	②	③	●
2	①	②	③	●
3	①	●	③	④
4	①	②	●	④
5	①	②	●	④
6	①	②	③	●
7	①	●	③	④

問題3

例	①	②	③	●
1	①	●	③	④
2	①	②	●	④
3	①	②	●	④
4	●	②	③	④
5	①	②	③	●
6	①	●	③	④

問題4

例	●	②	③
1	①	②	●
2	●	②	③
3	①	●	③
4	①	●	③
5	①	●	③
6	●	②	③
7	①	●	③
8	①	②	●
9	●	②	③
10	①	②	●
11	①	●	③
12	①	②	●
13	●	②	③
14	①	②	●

問題5

1	①	②	③	●
2	①	●	③	④
3 (1)	●	②	③	④
3 (2)	①	②	③	●

第1回　計分表與分析

		配分	答對題數	分數
文字、語彙、文法	問題1	1分×6題	／6	／6
	問題2	1分×7題	／7	／7
	問題3	1分×6題	／6	／6
	問題4	2分×6題	／6	／12
	問題5	1分×10題	／10	／10
	問題6	1分×5題	／5	／5
	問題7	2分×5題	／5	／10
	合　計	56分		a ／56

按照比例換算成60分為滿分的分數。 a ［　］分÷56×60＝ A ［　］分

		配分	答對題數	分數
閱讀	問題8	2分×4題	／4	／8
	問題9	2分×9題	／9	／18
	問題10	3分×4題	／4	／12
	問題11	3分×2題	／2	／6
	問題12	3分×4題	／4	／12
	問題13	3分×2題	／2	／6
	合　計	62分		b ／62

b ［　］分÷62×60＝ B ［　］分

		配分	答對題數	分數
聽力	問題1	2分×6題	／6	／12
	問題2	1分×7題	／7	／7
	問題3	2分×6題	／6	／12
	問題4	1分×14題	／14	／14
	問題5	3分×4題	／4	／12
	合　計	57分		c ／57

c ［　］分÷57×60＝ C ［　］分

A B C 之中，若有一門低於48分
請讀完解說和對策後再挑戰一次（48分是本書的基準）。

※這個計分表的得分，是由ASK出版社編輯部判斷問題難易度所進行的配分。

語言知識（文字・語彙・文法）・讀解

◆ 文字・語彙・文法

問題1

1 1 うながした

促　ソク／うなが-す

促す：催促

2 ～に即した：根據⋯、按照⋯
3 潰す：弄碎、壓壞
4 犯す：違犯　例罪を犯す　犯罪
侵す：侵犯　例人権を侵す　侵犯人權
冒す：侵蝕、冒著
例がんに冒される、危険を冒す　受癌症侵蝕、冒著危險

2 2 はつが

発　ハツ（ハッ・パツ）・ホツ（ホッ）

芽　ガ／め

発芽：長出植物的芽

1 葉っぱ ＝ 葉（葉子）

3 2 じゅりつ

樹　ジュ

立　リツ・リュウ／た-つ・た-てる

樹立する：樹立、創立

4 2 そしょう

訴　ソ／うった-える

訟　ショウ

訴訟：訴訟

5 4 ちゅうせん

抽　チュウ

選　セン／えら-ぶ

抽選：抽選、抽籤

6 1 したって

慕　ボ／した-う

慕う：敬慕、景仰

2 飾る：裝飾
3 謳う：歌頌、主張
例平和を謳う　歌頌和平
4 諮る：協商、諮詢
例審議を諮る　協商審議

問題2

7 2 推進

推進する：推進、推動

1 推測する：（根據事物的狀態或者性質進行）推測
例原因を推測する　推測原因
3 推考する：（根據道理或者情形對事物進行）推察
例念入りに推考する　細心推測
4 推移する：推移、變遷

8 1 脱退

脱退する：脫離、退出

2 脱出する：逃脫、逃出
3 撤退する：撤退
4 撤収する：撤回

9 1 痛む

胸が痛む：痛心，難過

2 胸を打つ：打動人心
3 耳を傾ける：傾聽
4 足を引っ張る：拖後腿

10 4 見地

科学的な見地：科學觀點

1 見積：報價
例見積を取る　取得報價
2 見識：見識　例見識が深い　見識高深
3 見当：估計，推測　例見当をつける　做出推測

11 1 カーブ

カーブ：(道路等的) 轉彎處

2 スペース：空間
3 セーフ：安全
4 スピード：速度

12 3 打ち切り

打ち切りになる：中止、結束

1 打ち消し：打消、消除
4 打ち取り：棒球術語、指投手讓擊球手出局

13 3 あらかた

あらかた：大致、大體上、幾乎全部

1 まったく（〜ない）：完全（不）
2 しばしば：屢次、經常
4 たいてい：通常、向來

問題3

14 4 忙しい

せわしない = 忙しい（忙碌）

15 1 もとにもどる

復旧する = もとにもどる（回復原樣）

16 1 単純な

シンプルな = 単純な（單純的）

17 4 思い上がって

うぬぼれている = 思い上がっている（過度自信）

1 思い悩む：苦惱、憂慮
2 思い余る：想不開、不知如何是好
3 思い込む：深信不疑

18 3 よく

ちょくちょく（〜する）= よく（〜する）（經常〜）

19 2 平凡な

ありふれた = 平凡な（平凡）

問題4

20 1 田口さんは普段は無口ですが、サッカーのことになるとよく話します。田口平時沈默寡言，但一提到足球就侃侃而談。

無口：沉默寡言

21 3 私の寮では、22時以降の外出は禁止されている。我的宿舍禁止在22點以後外出。

〜以降：…以後

1 …、休日以外は時間が取れそうにありません。…，假日以外時間抽不太出來。
4 60点以下は不合格になりますから、…
60分以下就是不及格，所以…

22 3 ささやかですが、こちらお祝いの品物です。どうぞ。雖然有些微薄，但這是我送上的祝賀禮物。還請收下。

ささやか：簡樸、微薄

4 …、静かな町で暮らしたい。…，我想在安靜的城鎮生活。

23 2 成績が上がってきたとはいえ、試験に合格するまで油断は禁物だ。即使成績有所進步，在通過考試之前還是切忌疏忽大意。

油断は禁物：切忌疏忽大意

1 …、会場内でのご飲食は禁止されています。…，會場內禁止飲食。

24 1 仕事ばかりしていないで、たまには息抜きしましょう。別一直工作，偶爾也休息一下歇口氣吧。

息抜きする：歇口氣

2 …、涼しい風が森の中を吹き抜けていった。…，沁涼的風吹過森林。

風が吹き抜ける：風吹而過

4 …、気がつくとため息ばかりついている。…，發現自己一直在唉聲嘆氣。

ため息をつく：唉聲嘆氣

25 4 さすが、若い人は仕事の飲み込みが早いね。不愧是年輕人，對工作理解得真快。

飲み込みが早い：理解得快

1 そんなにたくさん書類を詰め込むと、…塞滿這麼多文件，…

詰め込む：裝入、塞滿

2 飛び込みで営業をしても、…就算上門推銷，…

飛び込み営業：上門推銷

3 …、毎日研究にのめり込んでいて、……，每天都熱衷於研究，…

のめり込む：熱衷於、埋頭於

問題5

26 3 極まりない

～極まりない：非常地～

※「～」的部份放入［な形容詞］。經常使用有［危險、失禮、可惜」意思的詞彙。

1 ～に限る：～是最好的

2 ～て/でたまらない：～到忍不住的程度

4 ～を禁じ得ない：～無法抑制（的心情）

※「～」中放入有「流淚、憤怒、驚訝」意思的名詞。

27 4 あるからには

AからにはB：既然A理應B

※B會放入「べきだ、つもりだ、なければならない」等。

1 AとしてもB：即使A也要B

2 AものならB：若能A就要B

※B的部份使用「～する、～たい」等用法。

3 AべくB：為了做到A所以B

28 2 組織ぐるみ

～ぐるみ：包含～在內全部

例組織ぐるみの犯罪・家族ぐるみの付き合い

組織整體的犯罪、整個家庭的往來

1 ～上：從～的觀點來看

※「～」放入和「教育、法律、立場、經驗」相關的名詞。

3 ～ずくめ：淨是～

※「～」放入和「好事、開心的事、款待、會議、黑色」相關的名詞。

4 ～まみれ：滿是～的髒東西

※「～」放入和「泥土、汗水、塵土、油脂、血液、借款」相關的名詞。

29 3 や否や

Aや否やB：A的同時B

※A放入［動詞辭書形］。

1 Aと思いきやB：以為A實際上是B

2 AもののB：的確是A但是B

4 AとあってB：由於A所以B

30 4 信頼するに足りない

～に足りない：未達成～的條件、無法做到～

※「～」放入［動詞辭書形］［名詞（+する）］。

例信頼するに足りない：不值得信賴

1 ～にかたくない：簡單地能夠～

※「～」放入「想像、理解、推測、察覺」相關詞語。

2 ～に越したことはない：最好是～

3 ～にほかならない：不外乎是～

31 2 お待ちしております

「待っています（正在等你）」的謙讓語是「お待ちしております（正在期待您的到來）」。「心よりお待ちしております（打從心底期待您的到來）」是商業上經常出現的用法。

32 3 してまで

AてまでBようとは思わない：不管多麼A也不能B

2 AからしてB：單看A是如此，所以之外也理當B、從A判斷出B

4 Aする限りB：在A狀態的存續期間B

33 4 を皮切りに

Aを皮切りにB：以A開始，陸陸續續地B

1 Aを通してB：以A為媒介、手段達到B

2 AはさておきB：先不提A而是提B

3 AはおろかB：別說A了就連B也

34 1 をおいて

～をおいて他にいない：～以外沒有合適的人、～以外沒有可代替的事物

2 ～ともあろう：身為～

4 ～ならでは：～才特有的・～才做得到的

35 4 をもって

AをもってB：以～劃分開來

※B放入「結束、解散」等，含有在那個時刻終了意思的詞彙。

問題6

36 3

このような思い切った改革は　4彼の　2リーダーシップ　3なくしては　1なし得なかった　だろう。

如此果斷的改革，4他的2領導能力3若是沒有1就做不到吧。

～なくしてはなし得なかっただろう：若沒有～就無法實現了吧

37 1

半年前に　2父が　4なくなって　1からと　3いうもの、母は元気をなくしてしまった。

半年前2父親4離開人世，1自從那時3之後，母親就變得沒精神了起來。

～てからというもの：～之後一直都

38 3

しばらくお会いしていませんし、お話ししたいこともたくさんありますので、就職の　2ご報告　4かたがた　3ご挨拶に　1伺おう　と思います。

暫時見不到面，但又有好多話想對你說，所以要進行就職的2報告，4順便3問好1向你。

AかたがたB：藉A的機會一同做B

※A放入「道謝、探望、報告、打招呼」這類的名詞。

〜に伺（うかが）います：是「〜に行（い）きます（去〜）」的謙讓語。

39 4

年（とし）をとってから体力（たいりょく）が落（お）ちてきた父（ちち）は　3若（わか）いころの　1ようにとは　4言（い）わないまでも　250メートルぐらいは　泳（およ）げるようにしておきたいと、トレーニングに励（はげ）んでいる。

父親隨著年事漸長體力也越來越差3年輕時1像那樣4別說是那樣了250公尺左右想游那樣的距離，正努力訓練。

Aのようにとは言（い）わないまでもB：雖然說不上A，但至少B

40 4

これだけの事故（じこ）が起（お）きてしまったのだから、田村（たむら）さんは　2リーダー　1としての　4責任（せきにん）を　3追及（ついきゅう）されるに　違（ちが）いない。

由於造成這樣的事故，田村先生一定會2隊長1身為4的責任3會被追究。

AとしてのB：A立場下的B

責任（せきにん）を追及（ついきゅう）される：被追究責任

〜に違（ちが）いない：一定是〜、絕對是〜

問題7

41 2 なりかねません

〜になりかねない：可能會造成某種不好的結果

「あなたの言（い）っていることは違（ちが）う（你說的話不對）」、「矛盾（むじゅん）している（你話中有矛盾）」這類的發言聽來會像是要跟對方吵架一樣，所以文章中說這樣「関係性（かんけいせい）を破壊（はかい）することになりかねない（可能會破壞彼此之間的關係）」。

42 1 次第（しだい）だ

〜次第（しだい）だ：取決於〜

日本有一種很難說出不同意見的氛圍。重要的是說出口的方式，也就是「すべてが言（い）い方（かた）次第（しだい）だ（一切都取決於說話方式）」。

43 3 できるのではないでしょうか

〜のではないでしょうか：〜と思（おも）います（我想〜）

文章敘述只要變換一點視角，那麼「こういう見方（みかた）ができるのではないでしょうか（不是也能夠這樣來看嗎）」。

44 1 それが

平常都展現堅強的一面給部屬看。「それが、部長（ぶちょう）のスタイルであり、価値（かち）がそこにある。（那就是部長的風格，他的價值也就在那裡）」。

45 4 に

否定「部長（ぶちょう）のスタイル（部長的風格）」的是「お嬢様（じょうさま）（大小姐）」，所以改成受詞為主的句子後，就是「部長（ぶちょう）のスタイルがお嬢様（じょうさま）に否定（てい）される（部長的風格被大小姐否定了）」。

◆ 読解

問題8

(1) 46 2

> 20XX年7月吉日
>
> お客様各位
>
> 市内温水プールさくら管理会社
>
> **花火大会に係る営業時間変更のお知らせ**
>
> いつも市内温水プールをご利用いただきまして、誠にありがとうございます。
>
> さて、毎年恒例の夏まつり花火大会が8月10日（土）に予定されており、大会が開催される場合、午後5時以降は温水プールさくらの駐車場が車両進入禁止区域になります。
>
> つきましては、雨天などによる大会順延にも即対応できるよう、**開催日及び予備日の二日間の営業時間を午前10時より午後5時までと変更させていただきます**。
>
> お客様には大変ご不便をおかけいたしますが、何卒ご理解ご協力をお願い申し上げます。
>
> 20XX 年 7 月吉日
>
> 各位顧客
>
> 櫻花室內溫水游泳池管理公司
>
> **因煙火大會變更營業時間告示**
>
> 感謝您平日使用室內溫水游泳池。
>
> 每年固定舉行的夏季祭典煙火大會預定在 8 月 10 日（六）舉行，在活動舉辦時，下午 5 點以後將禁止車輛進入櫻花溫水游泳池的停車場。
>
> 並且，為了能即時對應因雨天而造成的活動順延，**活動日和準備日這兩天的營業時間變更為上午 10 點至下午 5 點**。
>
> 造成您的種種不便，還請您多加理解並協助配合。

2　由於是要選出最想傳達的內容，在「告示」時，首先要注意的是標題部份。告示中寫著「變更兩天期間的營業時間」，所以正確答案是2。

1・3・4　煙火大會當天，停車場在下午5點之後將設為車輛禁止進入區域。並沒有提到停車場是煙火大會的會場這件事。

※「つきましては（因此）」是「そこで（所以）」、「そのため（為此）」的禮貌說法。例如要拜託對方做某件事的時候，在商業往來上經常使用。

★ 熟記單字及表現

- □吉日：吉日
- □各位：各位
- □誠に：誠然
- □恒例：慣例
- □開催する：舉行、舉辦
- □車両進入禁止区域：禁止車輛入內的區域
- □順延：順延
- □即～：立即…
- □何卒：「どうぞ（請）」的禮貌客氣說法

(2) 47 4

ものが豊かになった。子どものころをふり返ってみると、4**食事がぜいたくになった**ことに驚いてしまう。（中略）

現在はまさに飽食の時代である。世界中の珍味、美味が町中にあふれていると言っていいだろう。「グルメ」志向の人たちが、あちらこちらのレストランをまわって味比べをしている。昔の父親は妻子に「不自由なく食わせてやっている」というだけで威張っていたものだが、今では 4**それだけでは父親の役割を果たしている、とは言えなくなってきた**。

物資變得豐盛起來了。回首看孩提時代，會驚訝於 4 **用餐越來越奢華這件事**。（中略）

現在已經是飽食時代了。世界上的珍奇美味，可以說在城市裡滿滿都是。志願成為「美食家」的人們，遊走在各家餐廳之間比較味道。以前的父親會對妻子自豪地說出「讓妳想吃就能吃飽肚子」這種話，但現在漸漸 4 **無法僅只如此就說是已盡到身為父親的責任了**。

4 「僅只如此（それだけで）」的「如此（それ）」指的是「讓妻子想吃就能吃飽肚子」這件事。和過去不同，現在用餐漸形奢華，已經不再是光靠份量就能滿足的時代了，所以正確答案是4。

★熟記單字及表現

- □**飽食の時代**：飽食時代
- □**珍味**：珍味
- □**美味**：美味（的食物）
- □**グルメ志向**：美食家志向
- □**役割を果たす**：盡到職責

(3) 48 3

二宮金次郎の人生観に、「積小為大」という言葉がある。（中略）「自分の歴史観」を形づくるためには、この「積小為大」の考え方が大切だ。つまり歴史観というのは、歴史の中に日常を感じ、同時にそれを自分の血肉とする細片の積み重ねなのだ。そのためには、まず、「歴史を距離を置いて見るのではなく、自分の血肉とする親近感」が必要だ。つまり、3**歴史は“他人事”ではなく、“わが事”なのである**。いうなれば、3**歴史の中に自分が同化し、歴史上の人物の苦しみや悲しみを共感し、体感し、それをわが事として「では、どうするか」ということを、歴史上の相手（歴史上の人物）とともに考え抜くという姿勢だ**。

2 並沒有敘述到要去實際進行類似的體驗。

3 要注意敘述換言之和結論的接續詞「つまり」「いうなれば」之後的句子！

文中提到「將自己同化於歷史裡，並思考若是自己會如何採取行動」這件事，所以3是正確答案。

4 並沒有提到。

二宮金次郎的人生觀中，有句話是「積小為大」。（中略）為了形成「自己的歷史觀」，這個「積小為大」的思考方式十分重要。也就是說所謂的歷史觀，即是在歷史裡感受到日常生活，同時將這些碎片堆積為自己的血肉。為此，首先必須要「並非隔一段距離望著歷史，而要抱著與自己血肉相連的親近感」。也就是說，**3 歷史並不是“別人的事”，而是“自己的事”**。說起來，**3 將自己同化於歷史中，和歷史人物共同感受、體驗其痛苦或悲傷，將它當成自己的事那樣考慮「那麼，該怎麼做呢？」，這樣才是和歷史上的對象（歷史上的人物）共同深入思考的態度**。

熟記單字及表現

- □人生観：人生觀
- □歴史観：歷史觀
- □形づくる：塑造
- □血肉：血與肉
- □細片：碎片
- □親近感：親近感
- □いうなれば：換言之
- □同化する：同化
- □共感する：共鳴、同感

(4) 49 4

先日、或る編集者と御飯を食べながら打ち合わせをしていたときのこと。不意に彼女が言った。

「カレーは温かいのがいいって言う人が多いけど、私は御飯かルウのどっちかが冷たい方が好きなんです」

「おおっ、俺もです！」

興奮のあまり、思わず一人称が「俺」になってしまった。**4 だって、人生の四十五年目にして初めて出会ったのだ。「御飯かルウのどっちかが冷たいカレーが好き」。そう断言するひとに。**仲間だ。私は小学校時代の同級生と小田原城の天守閣で偶然再会したとき以来の「まさかこんなところで友に会えるとは感」に襲われた。

3　作者並非由於對方明確斷言了喜好而感到興奮，所以3是錯誤答案。

4　「人生中到了第45年才第一次遇見」，也就是「之前都沒有見過」，所以4是正確答案。

前些日子，和某位編輯邊吃飯邊開會時發生了一件事。她突然這麼說：

「很多人說咖哩要溫熱的才好吃，但我喜歡吃白飯或是咖哩醬其中一樣是冷的的咖哩。」

「喔，我也是!」

由於太過興奮，不由得就把第一人稱說成了「俺（日語的「我」的比較粗魯的講法）」。**4因為，這可是我人生中到了第四十五年才第一次遇見到，能夠斷言「我喜歡吃白飯或是咖哩醬其中一樣是冷的的咖哩」這樣的人**。是夥伴啊。這是自從我和小學同班同學在小田原城的天守閣偶然重逢之後，再度出現「沒想到會在這種地方遇見朋友」的感覺。

熟記單字及表現

□不意に：忽然、冷不防　　□一人称：第一人稱

□襲う：侵襲、侵擾

問題9

(1) 50 2　51 2　52 3

四十にして惑わず、という言葉がある。男の厄年は四十二だ。別にこれらに影響されなくても、50**四十という年齢は、男の人生にとって、幸、不幸を決める節目である**と思えてならない。

(中略)

51**四十代の男が、もし不幸であるとすれば、それは自分が意図してきたことが、四十代に入っても実現しないからである。**世間でいう、成功者不成功者の分類とはちがう。職業や地位がどうあろうと、幸、不幸には関係ない。52**自分がしたいと思ってきたことを、満足いく状態でしつづける立場をもてた男は、世間の評判にかかわりなく幸福であるはずだ**。

50 文中提到四十歲是決定之後幸與不幸的時刻，2是正確答案。

51 從這裡可以看出2是正確答案。

52 「不處於這種立場」也就是指「並不持續處於心滿意足的得償所望狀態」這件事，所以3是正確答案。

家庭の中で自分の意志の有無が大きく影響する主婦とちがって、社会的人間である男の場合は、思うことをできる立場につくことは、大変に重要な問題になってくる。これがもてない男は、趣味や副業に熱心になる人が多いが、それでもかまわない。週末だけの幸福も、立派な幸福である。

52 **困るのは、好きで選んだ道で、このような立場をもてなかった男である**。この種の男の四十代は、それこそ厄代である。知的職業人にこの種の不幸な人が多いのは、彼らに、仕事は自分の意志で選んだという自負があり、これがまた不幸に輪をかけるからである。

有句話是四十而不惑。而男性的厄運年是四十二歲。但就算不受這些所影響，50 **四十歲這個年紀**，也不得不認為**對男性的人生來說，是個決定幸與不幸的分界點**。

（中略）

51 **四十幾歲的男性，如果過得不幸福，是由於自己所意欲達到的事情，到了四十幾歲還沒有實現的緣故**。和世界上對成功者、非成功者的分類不同。不論職業、地位為何，也和幸與不幸沒有關係。52 **可以心滿意足地做自己想做的事；持續保持這樣立場的男性，不管社會如何評價，應該都是幸福的**。

和家庭中會被有沒有自我意志而左右的主婦不同，男性是社會性較強的，所以是否得償所望，就成為了很重要的問題。無法做到這點的男性，也有很多熱衷於興趣或是副業上，即使如此也無妨。只有週末幸福，也是美好的幸福。

52 **會感到困擾的是，在自己喜歡而選擇的道路上，卻不處於這種立場的男性**。這種男性的四十幾歲，才正是厄運發生的年代。在腦力工作者中較多這種不幸的人，這是由於他們自負地認為工作是由自我意志所選擇的，這又讓不幸變得更勝一籌了。

熟記單字及表現

□**四十にして惑わず**：『論語』中孔子所說過的一句名言。是「人到了四十歲，就會了解道理，沒有迷惘」的意思。
□**節目**：節骨眼
□**意図する**：意圖、打算
□**副業**：副業
□**厄代**：筆者所創作的詞彙。是指容易發生災禍的年代。
□**知的**：有知識的、有智慧的
□**この種の～**：這種…、這一類…
□**自負**：自負
□**輪をかける**：更加、更強烈、更勝一籌

(2) 53 3　54 1　55 1

戦後、イギリスから京都大学へすぐれた物理学者がやってきた。招かれたのかもしれない。この人は、53**珍しく、日本語が堪能で、日本では、日本人研究者の英語論文の英語を助けることを行っていた。のち、世界的学者になる人である。**

この人が、日本物理学会の学会誌に、「訳せない"であろう"」というエッセイを発表し、日本中の学者、研究者をふるえ上がらせた。

日本人の書く論文には、たえず、"であろう"ということばが出てくる。物理学のような学問の論文には不適当である。英語に訳すことはできない、という、いわば告発であった。

おどろいたのは、日本の学者、研究者である。54**なんということなしに、使ってきた語尾である。**"である"としては、いかにも威張っているようで、おもしろくない。55**ベールをかけて"であろう"とすれば、ずっとおだやかになる。自信がなくて、ボカしているのではなく、やわらかな感じになるのである**、などと考えた人もあったであろうが、学界はパニックにおちいり、"であろう"という表現はピタリと止まった。

伝えきいたほかの科学部門の人たちも、"であろう"を封鎖してしまった。科学における"であろう"は消滅した、というわけである。

戰後，有一位優秀的物理學家從英國來到了京都大學。可能是應聘而來的。這個人53**非常難得地，日語相當流利，於是他在日本幫忙日本研究者校閱英語論文裡的英語。之後，也成為世界性的學者**。

這個人在日本物理學會的學會誌中，發表了一篇名為「無法翻譯的"であろう（是～的吧）"」的文章，讓全日本的學者、研究者都為之震動。

日本人所寫的論文，裡面不斷地出現"であろう"這個用法。在物理學這種學問的論文中是不恰當的。它無法被翻譯成英文。他可說是告發了這件事。

日本的學者、研究者都感到十分驚訝。54**這是他們什麼都沒想地一直使用至今的語尾。**"である"看來很像是在擺架子，一點也不有趣。55**而如果是蓋上一層面紗後的"であろう"的話，就看來穩重許多了。**由於也有人認為**這並非沒有自信，也不是閃爍其詞，而是帶給人溫和的感覺**，學界感到相當震撼恐慌，"であろう"這個用法就這樣戛然而止。

其他科學部門的人們聽說此事，也封鎖了"であろう"這個用法。科學上的"であろう"因此而消滅了。

53 從這部份可以看出3是正確答案。

54 「なんということなしに」是「什麼都沒想地」的意思，所以1是正確答案。

55 文中提到認為用"であろう"這個用法會給人「穩重」、「溫和的感覺」，所以1是正確答案。

★熟記單字及表現

□戦後：戰後。文中指的是第二次世界大戰結束後
□堪能：熟練、擅長
□エッセイ：隨筆、散文
□ふるえ上がる：顫抖、發抖
□不適当：不恰當、不適當
□告発：告發、檢舉
□なんということなしに：沒有深刻含義、什麼都沒想地
□語尾：詞尾
□ベールをかける：蒙上面紗
□学界：學術界
□パニックにおちいる：陷入恐慌
□封鎖する：封鎖
□消滅する：消滅、消失、消亡

(3) 56 3　57 2　58 2

論理は、いわゆる理系人間の利点、アドバンテージだと言えるのかもしれませんが、新製品の発売を決定する社内会議で、エンジニアが論理的にポイントをおさえた完璧なプレゼンをしたとしても、会議の参加者の心を動かすことができず、製品化のゴーサインが出なかった、などという話がよくあります。

57 **人間はもともと恐怖や喜びなどの感情によって生き残りを図ってきた動物なので、感情的にしっくり来ないものを直感的に避けてしまう傾向がある**のです。そのため、エンジニアのプレゼンに対して、「話の筋も通っているし、なるほどもっともだ」と頭では理解、納得しても、もう一方に 56 **「コレ、なんとなく買う気にならないんだよね」という心の声があると、多くの人は最後にはそちらを優先してしまいます。**

しかし、この「なんとなく」こそ、まさに感情と論理の狭間にあるもので、58 **それこそが会議で究明しなくてはならないもの**であるはずです。

たとえば、「なんとなく」の正体が、「試作品の色が気にくわなかった」だけだと分かれば、代わりの色を探せばよいだけの話で、せっかくの企画を没にしてはもったいないどころではありません。一方で、その製品は子供が乱暴に扱う可能性が高いため、会議の参加者が無意識下で「それにしてはヤワだなあ」ということを感じていたのなら、使用素材や設計をじっくり見直す必要があるはずです。

56 很多人如果有「總覺得不太想買」這樣的內心聲音出現，會以它為優先而不購買，所以3是正確答案。

57 人類是「會直覺性地避開在情感上無法觸動的事物」而生存下來的動物，所以2是正確答案。

58 「それこそ（那也正是）」的「それ（那個）」指的是「なんとなく（總覺得）」。文中敘述「總覺得」正是「必須得在會議上追究」的事，所以2是正確答案。

理論是理工人的優點，或許也可說是優勢，但經常聽到在決定新產品發售的公司內部會議上，即使工程師以理論觀點作出完美的簡報，也無法打動會議參加者的心，產品也沒辦法實際上線生產這樣的事。

57 **人類原本就是依賴恐懼或喜悅等情感生存下來的動物，所以在情感上無法觸動的事物，會傾向於直覺性地避開**。因此，即使對於工程師的簡報，腦子裡認為「邏輯通順，令人恍然大悟」，感到理解、同意，另一方面若內心出現 56 **「總覺得提不起想買這個的衝動」這樣的想法，大多數的人還是會以這個想法為優先**。

但是，正是這個「總覺得」，介於情感和理論的夾縫之間，58 **這也正是必須得在會議上好好探討一番的事**。

例如說能知道「總覺得」具體的理由，只是「不喜歡試作品的顏色」的話，只要找到替換的顏色就好，也不會讓難得的企劃就這樣可惜地被全盤否定。另一方面，這項產品很可能會被孩子亂丟亂玩，所以讓會議參加者無意識中覺得「這樣的話好像有點易壞」，那就應該需要重新檢討使用材料和設計。

熟記單字及表現

□論理（ろんり）：邏輯、條理　　□利点（りてん）：優點

□アドバンテージ：優勢、相對於他人處於有利地位

□生（い）き残（のこ）りを図（はか）る：謀求生存

□しっくり来（く）る：合適、符合

□直感的（ちょっかんてき）に：憑著直覺

□優先（ゆうせん）する：優先

□狭間（はざま）：夾縫、間隙

□究明（きゅうめい）する：研究明白、調查清楚

□正体（しょうたい）：原形、本來面目

□試作品（しさくひん）：試製品

□気（き）にくわない：看不順眼、不稱心

□企画（きかく）を没（ぼつ）にする：企劃不予採用

□無意識下（むいしきか）で：無意識中

□素材（そざい）：素材

問題10

59 1　60 2　61 1　62 2

占（うらな）いは若（わか）いころだけではなく、歳（とし）をとっても気（き）になるものだ。二十代（にじゅうだい）のころは、占（うらな）いのページを見（み）ているととても楽（たの）しかった。特（とく）に恋愛運（れんあいうん）はむさぼるように読（よ）み、

「あなたを密（ひそ）かに想（おも）っている男性（だんせい）がそばにいます」

などと書（か）いてあったなら、

「うふふ、誰（だれ）かしら。あの人（ひと）かしら、この人（ひと）かしら。まさか彼（かれ）では……」

と59**憎からず思っている男性の顔を思い浮かべ、けけけと笑っていた。それと同時に嫌いな男性を思い出しては、まさかあいつではあるまいなと、気分がちょっと暗くなったりもした**。今から思えば、あまりに間抜けで恥ずかしい。

「アホか、あんたは」

と①**過去の自分に対してあきれるばかり**だ。

アホな二十代から三十有余年、五十代の半ばを過ぎると、恋愛運などまったく興味がなくなり、健康でいられるかとか、周囲に不幸は起きないかとか、現実的な問題ばかりが気になる。(中略)60**占いを見ながら、胸がわくわくする感覚はなくなった**。とはいえ、雑誌などで、占いのページを目にすると、やはりどんなことが書いてあるのかと、気になって見てしまうのだ。

先日、手にした雑誌の占いのページには、今年一年のラッキーアイテムが書いてあった。他の生まれ月の欄を見ると、レースのハンカチ、黄色の革財布、文庫本といった、いかにもラッキーアイテムにふさわしいものが挙げられている。それを持っていれば、幸運を呼び込めるというわけだ。

「いったい私は何かしら」

と久しぶりにわくわくしながら、自分の生まれ月を見てみたら、なんとそこには「太鼓のバチ」と書いてあるではないか。

「えっ、太鼓のバチ?」

雑誌を手にしたまま、②**呆然としてしまった**。

レースのハンカチ、財布、文庫本ならば、いつもバッグに入れて携帯できるが、だいたい太鼓のバチはバッグに入るのか? どこで売っているのかも分からないし、万が一、入手してバッグに入れていたとしても、緊急事態で荷物検査をされた際に、バッグからそんなものがでてきたら、いちばんに怪しまれるではないか。

61**友だちと会ったときに、これが私のラッキーアイテムと、バッグから太鼓のバチを出して、笑いをとりたい気もするが、苦笑されるのがオチであろう**。その結果、今年の私はラッキーアイテムなしではあるが、62**そんなものがなくても、無事に暮らしていけるわい**と、鼻息を荒くしているのである。

59 「左右される(受其左右)」也就是「受到很大的影響」的意思。在同段落中有敘述到「邊看占卜那幾頁，邊笑或邊感到鬱悶」，所以正確答案是1。

60 文中提到「內心興奮不已的感覺已經消失了」，所以正確答案是2。

61 文中提到「只會以對方的苦笑告終吧」，所以正確答案是1。

62 「這種東西」指的是「幸運物」，所以正確答案是2。

※文末的「～わい(啊)」和「～わ(呀)」的意思相同，為年長男性表示下定決心時會用的表現。

占卜是一件不只在年輕的時候，就算年歲漸長也是會在意的事。在二十幾歲時，看占卜那幾頁真的很開心。特別是在如飢似渴地讀起戀愛運勢時，如果寫到：

「身邊有男性正偷偷地把妳放在心裡」

「呵呵，是誰呢。會是那個人呢，還是這個人呢。應該不會是他吧……」

59 **像這樣心情愉悅地眼前浮現男性的臉，嘎嘎嘎地笑著。而且同時想到討厭的男性時，心情會稍微變得鬱悶，心想該不會是那傢伙吧**。現在回想起來，實在是傻氣又尷尬。

「妳是笨蛋嗎？」
①**對過去的自己只覺得傻眼了**。

從愚蠢的二十幾歲到三十幾歲，又到了五十歲過半的年紀，就對戀愛運勢完全失去興趣，只在意是否保持健康，還有身邊是否會發生不幸的事，這種現實的問題。（中略）60 **也不再一邊看著占卜，一邊感到興奮不已了**。話雖如此，在雜誌上看到占卜的那頁時，還是會在意寫了些什麼而去看看內容。

前些日子，手邊雜誌的占卜頁上，寫有今年一整年的幸運物。看其他出生月份的欄位，列出了蕾絲手帕、黃色皮革錢包，還有文庫本，這些非常適合作為幸運物的東西。帶著這些東西，就能召喚幸運到身邊。

「我的幸運物究竟是什麼呢」
久違地興致勃勃看自己的出生月份時，上面竟然寫著「太鼓的鼓棒」。

「咦，太鼓的鼓棒？」
我手上還拿著雜誌，②**就這麼呆住了**。

如果是蕾絲手帕、錢包，或是文庫本，就能放進包包裡隨身攜帶，但是會把太鼓的鼓棒放進包包裡嗎？不但不知道哪裡有在賣，而且即使買到了放在包包裡，萬一遇到緊急狀況要檢查隨身物品時，翻出包包裡有這種東西，豈不是最可疑的嗎？

61 **和朋友見面時，我雖有點想從包包裡拿出太鼓的鼓棒，說這是我的幸運物來搏君一笑，但也只會以對方的苦笑告終吧**。結果，今年的我並沒有幸運物，62 **但即使沒有那種東西，也能平安無事地生活啊**，我意氣風發地想著。

★熟記單字及表現

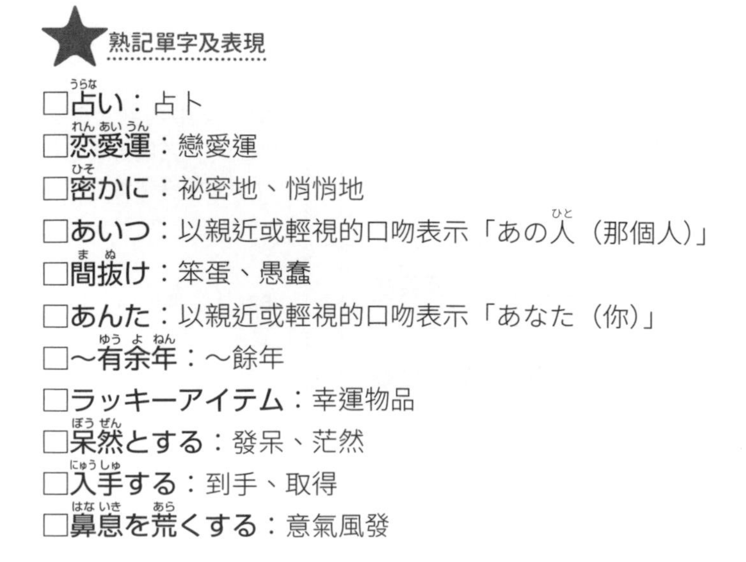

□占い（うらな）：占卜
□恋愛運（れんあいうん）：戀愛運
□密かに（ひそ）：祕密地、悄悄地
□あいつ：以親近或輕視的口吻表示「あの人（ひと）（那個人）」
□間抜け（まぬ）：笨蛋、愚蠢
□あんた：以親近或輕視的口吻表示「あなた（你）」
□～有余年（ゆうよねん）：～餘年
□ラッキーアイテム：幸運物品
□呆然とする（ぼうぜん）：發呆、茫然
□入手する（にゅうしゅ）：到手、取得
□鼻息を荒くする（はないき・あら）：意氣風發

問題11

63 3　**64** 4

A

学校の部活動における体罰は、全面的に禁止すべきだと思います。私は指導者の体罰が普通だった世代ですし、体罰によって忍耐力をつけさせるべきだという主張もわかります。しかし、スポーツをする意義は別のところにあるのではないでしょうか。自分の感情もコントロールできない人に指導する資格はないでしょう。**63 体罰は、未熟な指導者が一方的に暴力をふるうことです。**十分な指導力があれば、言葉のみで解決できるはずです。私は心的外傷を負った子どもを診察した経験がありますが、体罰は、受けた場合はもちろん、目撃しただけでも、多かれ少なかれ精神的なショックになります。**64 体罰を容認することは、将来、DVのような暴力を容認する態度を持つ成人を作ることにつながりかねません。**

我認為學校社團的體罰，應該要全面禁止。我成長於指導者施以體罰很正常的時代，也了解有人主張應該以體罰來培養孩子的忍耐力。但是，我認為運動的意義應該在其他地方才對。連自己的感情都無法控制的人，應該沒有資格進行指導吧。**63 體罰，是不成熟的指導者單方面施加暴力**。只要有足夠的指導能力，應該能夠只用言語就解決才對。我曾經為內心受傷的孩子看診，受到體罰的人不在話下，並且光是目擊體罰，就或多或少會造成精神上的衝擊。**64 容忍體罰這件事，也就可能培養出將來會容忍家暴這類暴行的成年人**。

B

体罰は、どんな場面であっても容認されるべきではないと考えます。確かに自分たちが中高生の頃は、体罰は当たり前で、水分補給もさせてもらえませんでした。**63 間違ったスポーツ医学や精神論がはびこっていたのです。**しかし、スポーツにおける考え方は、驚くほど進化しています。実際、体罰を与えていないにもかかわらず、全国大会の常連になっている学校はたくさんあります。指導者たちは、最新の指導の仕方を学ぶべきです。それに、体罰をすると、生徒はどうすれば指導者から暴力を受けなくなるかということばかり考えるようになります。そうなると、**64 失敗を恐れ、新しいことに挑戦しにくくなり、選手としての成長を阻むことにつながると思います。**

63 正確答案是3。A並沒有提到施加體罰的指導者是「能夠壓抑情感的人」或是「耐力很好的人」。B並沒有提到施加體罰的指導者是「能帶領大家去參加全國性比賽的人」。

64 正確答案是4。A並沒有提到學生遭受體罰時「會成為施加家暴的大人」。B並沒有提到學生遭受體罰時「內心會受到很大的傷害」。此外，也並沒有提到關於家暴的事。

我覺得，體罰無論在任何狀況下都是不能容許的。確實我們自己在國高中時期，體罰是理所當然的，也沒能好好補充水分。**63 錯誤的運動醫學和精神理論當時正猖獗地蔓延**。不過，對於運動的認知，正以驚人的程度進化。實際上，也有很多學校就算並未施以體罰，也是全國性比賽的常客。指導者們應該要學習最新的指導方式才對。而且，如果施以體罰，學生就會只想該怎麼做才會不受到指導者的暴力對待。我認為這樣的話，**64 選手們會恐懼失敗，並難以挑戰新事物，也會對其成長造成阻礙。**

★ 熟記單字及表現

□**体罰**（たいばつ）：體罰
□**世代**（せだい）：世代、一代
□**資格**（しかく）：資格
□**暴力をふるう**（ぼうりょく）：施展暴力
□**目撃する**（もくげき）：目擊、目睹
□**容認する**（ようにん）：容忍
□**はびこる**：橫行、猖獗
□**常連**（じょうれん）：常客、老主顧
□**阻む**（はばむ）：阻礙

□**全面的に**（ぜんめんてき）：全面地
□**忍耐力**（にんたいりょく）：忍耐力
□**未熟な**（みじゅく）：不成熟的
□**心的外傷を負う**（しんてきがいしょう・お）：受到精神創傷
□**ＤＶ**：家庭暴力
□**水分補給**（すいぶんほきゅう）：補充水分
□**進化する**（しんか）：進化
□**挑戦する**（ちょうせん）：挑戰

問題12

65 4　**66** 3　**67** 1　**68** 3

　テーマ（研究（けんきゅう）の主題（しゅだい））を決（き）めることは、すべての学問研究（がくもんけんきゅう）の出発点（しゅっぱつてん）になります。現代史（げんだいし）も変（か）わるところはありません。まずテーマを「決（き）める」という研究者自身（けんきゅうしゃじしん）の①**主体的（しゅたいてき）な選択（せんたく）がなによりも大切（たいせつ）です**。当然（とうぜん）のように思（おも）われるかもしれませんが、実際（じっさい）には、他律的（たりつてき）または受動的（じゅどうてき）に決（き）められることが稀（まれ）ではないのです。

　現代史研究（げんだいしけんきゅう）では、他（た）のすべての学問（がくもん）と同（おな）じく、あるいはそれ以上（いじょう）に、**65 精神（せいしん）の集中（しゅうちゅう）と持続（じぞく）とが求（もと）められますが、この要求（ようきゅう）を満（み）たすためには、テーマが熟慮（じゅくりょ）の末（すえ）に自分自身（じぶんじしん）の責任（せきにん）で（研究（けんきゅう）が失敗（しっぱい）に終（お）わるリスクを覚悟（かくご）することを含（ふく）めて）決定（けってい）されなければなりません**。（中略（ちゅうりゃく））

　②**テーマを決（き）めないで研究（けんきゅう）に着手（ちゃくしゅ）すること**は、行先（いきさき）を決（き）めないで旅（たび）にでるのと同（おな）じです。あてのないぶらり旅（たび）も気分転換（きぶんてんかん）になりますから、無意味（むいみ）とはいえません。新（あたら）しい自己発見（じこはっけん）の機会（きかい）となることがありますし、素晴（すば）らしい出会（であ）いがあるかもしれません。旅行社（こうしゃ）お手盛（ても）りのパック旅行（りょこう）よりも、ひとり旅（たび）のほうが充実感（じゅうじつかん）を味（あじ）

65「由自己作決定」即為「主體性地作出選擇」。文中提到這樣的話就能夠集中精神、持之以恆，所以正確答案是4。

わえると考えるひとは多いでしょう。テーマを決めないで文献や史料をよみあさることも、あながち無駄とはいえない知的散策です。たまたまよんだ史料が、面白いテーマを発見する機縁となる幸運もありえます。ひとりの史料探検のほうがパック旅行まがいの「共同研究」よりも実りが多い、といえるかもしれません。(中略)

66 **けれども一般的に、歴史研究にとって、テーマの決定は不可欠の前提です。テーマを決めないままの史料探索は、これぞというテーマを発見する過程だからこそ意味があるのです。** 67 **テーマとは、歴史家がいかなる問題を解くために過去の一定の出来事を研究するか、という研究課題の設定です。**(中略)

歴史は暗記物で知的創造とは無縁の、過去の出来事を記憶し整理する作業にすぎないという、歴史と編年史とを同一視する見方からしますと、③**この意味**でのテーマの選択とか課題の設定とかは、さして重要でない、むしろ仕事の邪魔になるとさえいうことができます。歴史についてのこのような偏見はいまも根強く残っていますので繰り返すのですが、歴史も新たに提起された問題(事実ではなく問題)を一定の方法で解きほぐすことを目指す創造的かつ想像的な営みで

あることは、他の学問と違うところはありません。68 **テーマの選択とは、いかなる過去の出来事を研究するかではなく、過去の出来事を、なにを目的として、あるいはどんな問題を解明しようとして研究するか、という問題の設定を指示する行為にほかなりません。**

決定題目（研究主題），是所有學術研究的出發點。現代史也並不例外。首先，「決定」題目，這個研究者自己的①**主體性的選擇就是最重要的一件事**。或許會覺得這一點是理所當然的，但實際上，受外界支配、或是被動的決定研究主題的人也並不在少數。

現代史研究和其他所有學術一樣，或者更加地 65 **需要集中精神和持之以恆，而為了達到這個要求，題目必須在深思熟慮過後，自己負起責任（包括對研究可能失敗的風險有心理準備）作出決定**。（中略）

②**不決定主題就著手進行研究**，就和不決定目的地就出發去旅行一樣。沒有目標的隨興旅行也是轉換心情的方式，不能說是毫無意義的。這也是一個發現全新自我的機會，說不定會有嶄新的相遇。應該很多人覺得，比起旅行社安排的套裝行程，自己一個人的旅行更能品味充實感吧。在題目沒有決定之下翻閱文獻、史料這件事，未必是浪費工夫的知識漫遊。碰巧閱讀到的史料，也可能會是幸運發現有趣題目的機緣。或許可以說一個人進行史料探索，比起像是套裝行程的「共同研究」收穫更大吧。（中略）

66 要注意「けれども（不過）」後面的內容。從這裡可以看出正確答案是3。

文中並沒有提到「一定該做」，所以1是錯誤答案。

67 注意「這個意義」的前面敘述的是什麼事。「這個意義」指的是這部份，所以正確答案是1。

68 「最想表達的事」經常放在最後敘述。「～にほかなりません」就是「無非就是～」的意思。文中解釋「主題選擇」是「指引這些問題設定的行為」，所以正確答案是3。

66 不過一般對歷史研究來說，決定題目是必不可少的前提條件。未決定題目的史料探索，在發現心儀主題的過程才有意義。67 主題，是歷史學家為了決定要以研究過去已固定不變的事件的方式，來解決怎麼樣的問題，而設定的研究課題。（中略）

若以將歷史當作是一種純背誦、和知識創造無關，只不過是記憶並整理過去所發生的事而已這樣，將歷史和編年史一視同仁的角度來看的話，以③**這個意義**來選擇主題、設定課題就不會那麼重要，倒不如說甚至是對工作的干擾。像這樣對歷史的偏見至今仍然根深蒂固，所以在這裡重申，歷史也是以以一定的方法分析並解決新提出的問題（並非事實，而是問題）為目標的具有創造性且有想像力的行為，和其他學術並無不同。**68 主題的選擇並非是要決定該研究哪個過去事件，而是去決定要以何為目的、或是要為了解明什麼問題而去研究過去的事件，這樣指引（研究者）進行問題設定的行為。**

★ **熟記單字及表現**

- □**主題**：主題
- □**他律的**：他律的、受外界支配的
- □**稀**：稀少、稀奇
- □**満たす**：滿足
- □**リスク**：風險
- □**行先**：目的地
- □**気分転換**：轉換心情
- □**充実感**：充實感
- □**よみあさる**：博覽群書
- □**知的散策**：暢遊知識的海洋
- □**～まがい**：近乎…、近似於…
- □**不可欠**：不可或缺
- □**いかなる**：怎樣的、如何的
- □**設定**：設立、擬定
- □**無縁**：無緣
- □**同一視**：一視同仁
- □**根強く残る**：根深柢固
- □**解きほぐす**：梳理、分析並解決
- □**解明する**：解明、弄清
- □**主体的**：自主的
- □**受動的**：被動的
- □**持続**：持續
- □**熟慮**：深思熟慮
- □**着手する**：著手、開始
- □**あてのない**：沒有目的地、沒有目標
- □**自己発見**：自我發現
- □**史料**：史料、歷史材料
- □**あながち**：未必
- □**機縁となる**：成為某種機緣
- □**実りが多い**：收穫豐富、碩果纍纍
- □**前提**：前提
- □**課題**：課題
- □**知的創造**：知識創造、知識產出
- □**編年史**：編年史
- □**偏見**：偏見
- □**提起する**：提起、提出
- □**創造的な営み**：創造性行為
- □**行為**：行為

問題13

69 2　**70** 2

クレジットカードのご案内

	<学生カード> 18～25歳の学生限定！留学や旅行もこの一枚！	<デビューカード> 18～25歳限定！初めてのカードに！いつでもポイント2倍！	<クラシックカード> これを持っていれば安心、スタンダードなカード！	<ゴールドカード> 上質なサービスをあなたに！
お申し込み対象	満18～25歳までの大学生・大学院生の方 ※研究生・聴講生・語学学校生・予備学校生はお申し込みになれません。 ※未成年の方は保護者の同意が必要です。	満18～25歳までの方（高校生は除く） ※未成年の方は保護者の同意が必要です。	満18歳以上の方（高校生は除く） ※未成年の方は保護者の同意が必要です。 ※満18～25歳までの方はいつでもポイントが2倍になるデビューカードがおすすめ	原則として満30歳以上で、ご本人に安定継続収入のある方 ※当社独自の審査基準により判断させていただきます。
年会費	初年度年会費無料 通常1,300円＋税 ※翌年以降も年1回ご利用で無料	初年度年会費無料 通常1,300円+税 ※翌年以降も年1回ご利用で無料	インターネット入会で初年度年会費無料 通常1,300円+税	インターネット入会で初年度年会費無料 通常13,000円+税 年会費割引特典あり（備考欄参照）
利用可能枠	10～30万円	10～70万円	10～100万円	50～400万円
お支払日	月末締め翌月26日払い ※15日締め翌月10日払いへの変更可能	月末締め翌月26日払い ※15日締め翌月10日払いへの変更可能	15日締め翌月10日払い／月末締め翌月26日払い ※選択可	15日締め翌月10日払い／月末締め翌月26日払い ※選択可
備考	満26歳以降になるとランクアップ。26歳以降、最初のカード更新時に自動的に本カードから「ゴールドカード」に切り替わります。 ※クラシックカードへのお切り替えもできます。	満26歳以降になるとランクアップ。26歳以降、最初のカード更新時に自動的に本カードから「ゴールドカード」に切り替わります。 ※クラシックカードへのお切り替えもできます。		空港ラウンジサービス利用可 ※年会費割引特典：前年度（前年2月～当年1月）お支払いのお買い物累計金額が50万円以上100万円未満の場合は20％引、100万円以上300万円未満の場合は次回年会費が半額、300万円以上の場合は次回年会費が無料

69　從「上日語學校」、「21歲」、「不會消費超過50萬日圓」來看，可能是2或3。從這裡可以看出正確答案是2。

70　從「35歲」、「去年僅有一次150萬日圓的大筆消費」，可得知所持有的是「金卡」。由於是13,000日圓減半，正確答案是2。

信用卡說明

	＜學生卡＞ 限18～25歲的學生申請！留學或旅行就用這一張！	＜首卡＞ 限18～25歲申請！你的第一張卡！點數將以兩倍累積！	＜經典卡＞ 只要有這張就一切放心，標準款卡片！	＜金卡＞ 為您提供優質服務！
申請對象	年滿18～25歲的大學生、研究所學生 ※研習生、旁聽生、語言學校學生和補習班學生無法申請。 ※未成年者需要監護人的同意。	※年滿18～25歲者（高中生除外） ※未成年者需要監護人的同意。	年滿18歲者（高中生除外） ※未成年者需要監護人的同意。 ※年滿18～25歲者，建議申辦點數兩倍計算的首卡	原則上滿三十歲以上，本人有穩定持續收入者可申請 ※將由敝社的審查基準來判定。
年費	第一年免年費 一般1,300日圓＋稅 ※第二年開始年刷一次則免年費	第一年免年費 一般1,300日圓＋稅 ※第二年開始年刷一次則免年費	網路申請入會者第一年免年費 一般1,300日圓＋稅	網路申請入會者第一年免年費 一般13,000日圓＋稅 **有年費優惠活動（請參閱備註欄）**
使用額度	10～30萬日圓	10～70萬日圓	10～100萬日圓	50～400萬日圓
扣帳日	月底結帳，下月26日扣款 ※可更改為15日結帳，下月10日扣款	月底結帳，下月26日扣款 ※可更改為15日結帳，下月10日扣款	15日結帳，下月10日扣款／月底結帳，下月26日扣款 ※可選	15日結帳，下月10日扣款／月底結帳，下月26日扣款 ※可選
備註	年滿26歲將升級卡片。26歲後首次換卡時，將自動由本卡轉為「金卡」。 ※亦可轉為經典卡。	年滿26歲將升級卡片。 26歲後首次換卡時，將自動由本卡轉為「金卡」。 ※亦可轉為經典卡。		可使用機場貴賓室服務 ※**年費優惠活動**：上年度（前一年2月～當年1月）消費累計金額50萬日圓以上，未滿100萬日圓時，有20%優惠折扣。100萬日圓以上，未滿300萬日圓時下年度年費減半，300萬日圓以上時下年度免年費

★熟記單字及表現

□限定（げんてい）：限定
□スタンダードな：標準的
□上質な（じょうしつな）：優質的
□聴講生（ちょうこうせい）：旁聽生
□予備校生（よびこうせい）：補習學校的學生
□未成年（みせいねん）：未成年
□保護者（ほごしゃ）：監護人
□同意（どうい）：同意
□ポイント：積分
□原則（げんそく）：原則
□当社（とうしゃ）：本公司
□独自（どくじ）：獨自
□審査基準（しんさきじゅん）：審核標準
□初年度（しょねんど）：第一年
□通常（つうじょう）：通常
□翌年（よくねん）：次年、第二年
□特典（とくてん）：優惠
□月末締め（げつまつじめ）：月底結算
□ランクアップ：升級
□更新（こうしん）：更新
□切り替わる（きりかわる）：改換
□累計（るいけい）：累計
□半額（はんがく）：半價

第1回
文字・語彙
文法
讀解
聽解
試題中譯

聴解

問題1

例　3

N1_1_03

イベント会場で女のスタッフと男のスタッフが話しています。男のスタッフはこのあと何をしなければなりませんか。

F：桜井さん、開演まであと一日なんだけど、グッズの件はもう解決した？

M：はい。なかなか届かないので、業者さんに電話しようと思っていたら、さっき届きました。一通りチェックをして、内容物も数も注文通りでした。

F：そう、間に合ってよかった。ありがとう。あとは客席の確認だけかな。

M：客席の確認？

F：うん。客席にゴミが落ちていたら、お客さんが嫌な思いをするでしょう。だから開演前にもう一回確認しないと。

M：そうですか。じゃあ、今すぐ確認してきます。

F：それは私がやるから、桜井さんは飲み物とお菓子の用意をしてくれる？

M：控え室に置くやつですね。わかりました。

F：あ、そうだ。ポスターはもう貼った？ いろんなところに貼るから、それを先にやっといてね。

M：ポスターなら、今朝、富岡さんが貼ってくれました。

F：そう、わかった。じゃあ、よろしく。

男のスタッフはこのあと何をしなければなりませんか。

活動會場中女性工作人員和男性工作人員正在對話。男性工作人員在這之後必須得去做什麼事呢？

女：櫻井先生，再過一天就要開演了，周邊商品的事已經解決了嗎？
男：是的。因為遲遲沒有收到，本來想要打電話給廠商，但就在剛剛收到了。大致確認了一遍，內容物和數量都和訂單一樣。
女：這樣啊，趕得及真是太好了。謝謝你。接下來就只剩去確認觀眾席而已了吧。
男：去確認觀眾席？
女：嗯。觀眾席如果有掉垃圾在那的話，客人也會覺得不開心的吧。所以在開演前要再確認一次才行。
男：這樣啊。那麼，我現在馬上就去確認。
女：這件事就由我來做，櫻井先生能不能幫我準備飲料和點心？
男：放在休息室的那些對吧。好的。
女：啊，對了。海報已經貼好了嗎？因為要貼很多地方，先做這件事吧。
男：海報的話，今早富岡先生已經幫忙貼了。
女：這樣啊，我知道了。那就麻煩你囉。

男性工作人員在這之後必須得去做什麼事呢？

1番　2

N1_1_04

電話で女の人と男の人が話しています。男の人はこのあとまず何をしますか。

F：こちら、あいうえお銀行、サービスセンターでございます。ご用件をお伺いします。

M：あのー、インターネットバンキングを利用したくて、ログインしようとしたんですけど、できなくて…。それで、何回も失敗したら、ログインの画面じゃなくて「お困りの方へ」っていう画面しか出てこなくなっちゃったんです。

F：さようでございますか。それでは、ただ今ご覧になっている画面を教えていただけますか。

M：はい。画面の一番上にインターネットバンキングと書いてあって、その下に赤い欄があって、「重要。コンピューターウイルスにご注意ください」と書いてあります。で、その下に大きく「お困りの方へ」と書いてあります。

F：はい。それでは、その画面の左に四角く囲ったログインという文字が出ているかと思いますので、そちらをクリックしていただけますか。

M：ああ、ここですね。押してみます。あ、ここにIDとパスワードを入れればいいんですね。**あ、そうそう、もともとIDがわからなくて何回も失敗してたんです。**

F：そうしますと、一つ画面を戻っていただけますか。

M：はい。

F：四角く囲ったログインという文字の下に、**ログインID再発行というのはございますか。**

M：ああ、**ここで手続きすればいいんですね**！ ありがとうございました。

男の人はこのあとまず何をしますか。

「啊，對了」會使用在想起某件事情要切換話題時，所以要注意這之後的對話內容。

「這裡」指的是前面提到的「再度發送密碼」，所以正確答案是2。

電話中女性和男性正在對話。男性在這之後首先要去做什麼事呢？

女：這裡是 AIUEO 銀行的服務中心。在這裡為您服務。
男：那個～，我想使用網路銀行，試著登入，但卻進不去…。然後失敗幾次之後，畫面不再出現登入畫面，而是只出現「登入有問題者」的畫面了。
女：是這樣子啊。那麼，請告訴我您現在正顯示的是什麼畫面。
男：好的。畫面最上方寫著網路銀行的字樣，下面有一欄紅色的寫著「重要。請注意電腦病毒」。然後，再下面寫著大大的「登入有問題者」。
女：好的。那麼，畫面左方應該有個框起來的登入文字，請點選那裡。
男：啊，這裡呀。我按按看。啊，在這裡輸入帳號和密碼就可以了對吧。**啊，對了，原本就是不知道帳號才好幾次登入失敗的**。
女：這樣的話，請您先回到上一頁。
男：好的。
女：在框起來的登入文字下方，**是不是有重新發送帳號名的選項呢**？
男：啊，**從這裡申請就可以了對吧**！謝謝妳。

男性在這之後首先要去做什麼事呢？

熟記單字及表現

□用件：事情
□ログイン：登錄
□さようでございますか：「そうですか（這樣啊）」的禮貌用法
□ウイルス：病毒
□囲う：圍住
□クリックする：滑鼠點擊、單點

2番　3

🔊N1_1_05

空港の宅配受付カウンターで女の人と受付の人が話しています。女の人はこのあと何をしますか。

F：これ、お願いします。

M：スーツケースのお受け取りですね。少々お待ちください。

・・・

大変お待たせいたしました。お客様、ちょっと確認させてください。車輪はもとからこのような状態でしたか。

F：え、どうしよう！ 取れてる…。

M：やはりそうですか。大変申し訳ないのですが、こちら、わたくしどものミスで、配達途中で破損が生じてしまったようでして…。

F：え、ちょっと困るんですけど！ 今から2時間後に出発なんですよ。どうしよう。夫に電話しないと。あれ、携帯がない！ とりあえず早く新しいの買わないといけないんですけど、その分のお金って支払っていただけるんでしょうか。

M：大変申し訳ございませんでした。代わりのスーツケースを用意しましたので、あちらからお選びください。渡辺様のご旅行中に修理して、到着後お渡しするという形になりますが、よろしいでしょうか。

F：うーん、まあ、そうしていただけるなら…。**でも、夫のなので、連絡取ってみますね**。

M：承知いたしました。

女の人はこのあと何をしますか。

女性和服務人員正在機場的貨運櫃台對話。女性在這之後要去做什麼事呢？

女：這個，麻煩你了。
男：您要領取行李箱嗎？請稍等一下。
・・・
　讓您久等了。這位客人，請您確認一下。車輪原先就是這個樣子嗎？
女：咦，這下怎麼辦！居然掉了…。
男：果然是這樣子啊。非常抱歉，由於我們的疏失，在運送過程中造成行李的損壞…。

在「不過」之後，會出現和對方提案不同的發言，要注意聽。

由於她說「要和先生連絡一下」，所以正確答案是3。

女：咦，這可讓人困擾了！我兩個小時之後就要出發了。這下怎麼辦。得打電話給我先生才行。哎呀，行動電話呢！總之得趕快買新的才行，這部份的費用你們可以支付嗎？

男：非常抱歉。我們有準備備用的行李箱，請從那裡面選一個。我們會在渡邊太太旅行的期間修理，抵達目的地後就會將行李箱交還給您，這樣可以嗎？

女：嗯～，哎，如果能那樣子的話…。**不過，行李箱是我先生的，我和他聯絡一下**。

男：好的，沒問題。

女性在這之後要去做什麼事呢？

熟記單字及表現

□破損が生じる：發生破損

3番　3

N1_1_06

会社の会議で課長が話しています。社員たちはこのあと何をしますか。

F：今度の新人研修の資料、一通り目を通しましたけど、これじゃあ、ちょっと情報が足りないですね。特に、コンプライアンスの遵守に関する情報、これは最近特に大事なので、必要不可欠です。でも情報を大幅に増やすとなると、スケジュールに余裕がないですよね。**二日締め切りを延ばして来週金曜日までにするっていうのもできなくはないですが、そうすると、次の会議の資料の準備に支障が出てしまう可能性がありますよね**。こっちを最優先にしてほしいので…。じゃあ、決めました。**他のチームに会議のほうを一時的に任せるので、みなさんはこっちに集中して、予定通りにお願いします**。

社員たちはこのあと何をしますか。

課長在公司的會議上發言。社員們在這之後要去做什麼事呢？

女：這次新人研習的資料，我大致看了一下，這樣資訊還是不太夠呢。特別是關於法令遵守的資訊，這點在最近特別的重要，是不可或缺的內容。不過如果資訊要大幅增加的話，行程就沒有餘裕了吧。**如果截止日延後兩天，在下週五截止應該也不是不行，但這樣的話，準備下次會議的資料可能會出問題**。希望大家能以這項工作為第一優先…。好，決定了。**會議就暫時請其他組負責，請大家專注在這件事上，照預定目標進行**。

社員們在這之後要去做什麼事呢？

「～もできなくはないですが（～也不是不行）」是在尊重對方的意見前提下，表達否定時使用。

「截止日延後兩天」就是「下週五」，所以「照預定時間」就是「下週三」。「會議就請其他組負責」，所以正確答案是3。

★ 熟記單字及表現

□ コンプライアンス：合規
□ 遵守（じゅんしゅ）：遵守
□ 必要不可欠（ひつようふかけつ）：必須、不可或缺
□ 大幅に（おおはば）：大幅度地
□ 支障が出る（ししょうがでる）：妨礙、造成麻煩
□ 最優先（さいゆうせん）：最優先、第一要務

4番　2

🔊 N1_1_07

会社（かいしゃ）で部長（ぶちょう）と女（おんな）の人（ひと）が話（はな）しています。女（おんな）の人（ひと）はこのあと何（なに）をしますか。

M：高橋（たかはし）さん、今朝（けさ）お願（ねが）いした部品（ぶひん）の不具合（ふぐあい）の件（けん）は工場（こうじょう）の石川課長（いしかわかちょう）に連絡（れんらく）してくれたんだよね。

F：はい、すぐにメールを送（おく）っておきました。

M：それで返信（へんしん）は？

F：来（こ）なかったので工場（こうじょう）に直接電話（ちょくせつでんわ）したのですが、あいにく石川課長（いしかわかちょう）は中国（ちゅうごく）に出張中（しゅっちょうちゅう）だそうで。

M：それで？

F：電話（でんわ）を切（き）りました。

M：ちょっとちょっと、それじゃ困（こま）るよ。早急（さっきゅう）に工場（こうじょう）に伝（つた）えて生産（せいさん）を止（と）めないと、不良品（ふりょうひん）を大量（たいりょう）に製造（せいぞう）することになるんだぞ。その損失（そんしつ）がいくらになると思（おも）ってるんだ。すぐに山田係長（やまだかかりちょう）に連絡（れんらく）して事情（じじょう）を説明（せつめい）しなさい。

F：はい、わかりました。

M：工場（こうじょう）だけじゃない。それが間違（まちが）って出荷（しゅっか）されたら、お客様（きゃくさま）にご迷惑（めいわく）をおかけすることになるんだぞ。そうなったら頭下（あたまさ）げるだけじゃ済（す）まないぞ。直接話（ちょくせつはな）して、すぐに中止（ちゅうし）してもらって。

F：すみませんでした。すぐに連絡（れんらく）します。

女（おんな）の人（ひと）はこのあと何（なに）をしますか。

要注意「早急（さっきゅう）に（立刻）」、「すぐに（馬上）」之後的內容。

仔細聽上司說的話。提到「得立刻（＝馬上）告訴工廠停止生產」、「聯絡組長」、「直接去聯繫，請他們馬上停止」，所以正確答案是2。

文字・語彙

文法

讀解

聽解

試題中譯

部長和女性在公司裡對話。女性在這之後要去做什麼事呢？

男：高橋小姐，今天早上有麻煩妳和工廠的石川課長聯繫零件出問題的事，對吧。
女：是的，我馬上就寄郵件給他了。
男：那對方怎麼回覆？
女：沒有收到回信，所以我直接打電話到工廠，但很不巧地石川課長正在中國出差。
男：然後呢？
女：我就掛掉了電話。
男：等一下等一下，這樣不行耶。**要是不立刻告訴工廠停止生產的話，就會大量生產出瑕疵品了**。妳覺得這樣會有多少損失啊？**馬上去聯絡山田組長說明狀況**。
女：好的，我知道了。
男：不光是工廠而已。要是不小心出貨了，也會對客戶造成困擾的喔。如果這樣，光是低頭道歉可是沒法解決的喔。**直接去聯繫，請他們馬上停止**。
女：不好意思。我馬上去聯繫。

女性在這之後要去做什麼事呢？

熟記單字及表現

□不具合（ふぐあい）：故障
□返信（へんしん）：回信、回覆
□早急に（さっきゅうに）：十萬火急地
□不良品（ふりょうひん）：不良品
□損失（そんしつ）：損失
□出荷する（しゅっかする）：發貨、出庫、上市

5番　1

N1_1_08

家で男の人と女の人が話しています。女の人はこのあとどの順番で行きますか。

M：何調べてんの？

F：３年前の納税証明書がいるんだけど、ここじゃなくて、前住んでたとこの市役所に頼まないといけないみたいなんだ。

M：そっか。でもわざわざ行かなくても郵送してもらえるでしょ。

F：そうなんだけど、いろいろ必要みたいで。まず申込書をプリントアウトしてから手書きで書き込んで…。

M：え、プリンター使うの？ さっきインク使い切っちゃったから、コンビニでプリントアウトしてくれば？

F：えー。あ、でもどうせコンビニは行こうと思ってたんだ。返信用の封筒と切手買わなきゃいけなくて。ついでに免許証のコピーも取ろうっと。あれ？ 手数料は郵便切手、現金でのお支払いはできませんって書いてある！

M：えっ、じゃあ、どうやって支払うの？

F：郵便為替だって。あーあ、面倒だけど郵便局も行かないと。あ、もうこんな時間。**コンビニ寄ってからでも間に合うかなあ**。

M：**ぎりぎり間に合うんじゃない？ あ、帰りに駅前のケーキ屋でケーキ買ってきて**。

F：了解！

M：封筒に住所書いてから行けば？

F：うーん、間に合わなかったら嫌だから、郵便局に行って、郵便為替買ってから、そこで書くよ。

M：うん、気をつけて。

女の人はこのあとどの順番で行きますか。

問題是「按照什麼順序行動」，所以要先從選項裡確認要去的地點再聽對話內容。

「先去一趟超商」、「剛好趕上」、「回家路上到蛋糕店」等等，要注意聽這些表示時間或順序的用法。

女性將依序去超商→郵局→蛋糕店這些地方。

女性和男性正在家裡對話。女性在這之後會按照什麼順序行動呢？

男：妳在查什麼？
女：我需要三年前的納稅證明書，但好像不能在這裡的、而是得去之前住的地方的市役所申請才行。
男：這樣啊。但不用特地跑一趟，可以請他們郵寄吧。
女：雖然是這樣，但好像需要蠻多資料的。首先要印出申請書，然後用手寫填入資料…。
男：咦，要用到印表機嗎？剛剛墨水用完了，妳要不要到超商去印？
女：咦～。啊，不過反正也是要去超商一趟的。得買回信用的信封和郵票才行順便也去影印駕照好了。哎呀？上面寫，手續費不能用郵票、現金支付！
男：咦，那這樣要怎麼支付費用？
女：說是要用郵政匯票。唉～，雖然很麻煩，但也得去一趟郵局才行。啊，已經這個時候了。**先去一趟超商不知道來不來得及**。
男：**趕得上？啊，回家路上到車站前的蛋糕店買蛋糕回來吧**。
女：好的！
男：要不要先在信封上寫好地址再出發？
女：嗯～，要是來不及就不好了，我到郵局買好郵政匯票之後，在那裏寫吧。
男：嗯，路上小心。

女性在這之後會按照什麼順序行動呢？

熟記單字及表現

□**納税証明書**：納稅證明　□**返信用封筒**：用於回信的信封
□**手数料**：手續費　□**郵便為替**：郵政匯票

6番　2

N1_1_09

女の人と男の人が話しています。女の人はこのあと何をしますか。

F：ゴルフ、全然うまくなんないよ。なんかコツある？
M：もしかして、何百球もひたすら打って練習してない？ ちゃんと一球一球考えながら打たないと上達しないよ。
F：えー、そうなの？ じゃあ、どういうふうに練習すればいいの？
M：**まずは打つ前の姿勢だね**。ちゃんとした姿勢が取れないと話になんないよ。
F：それはまあ一応できるかな。

女性接受男性提供的練習方法建議。要注意聽「まず（首先）」、「次は（下一步）」、「おすすめなのは（我建議）」、「それと平行して（與與那同時同時）」、「あとは（還有）」這些詞語。

①擊球前的姿勢→擺好了

②擊球時的身體重心→不穩

③擊球時的速度提升→困難

④擊球後的姿勢→成功會很帥氣

M：だったら、**次は打つ時の体の軸を作ること**。

F：うん。私、軸がぶれてるから、ボールがまっすぐ飛んでいかないんだよね。

M：これが一番大事なんだけど、完璧にできるまで最低でも1年かかるから、ここで挫折しちゃう人多いんだよね。**おすすめなのは、動画を撮って体の動きを確認する方法**。

F：なるほど。動画があれば、体が左右に動いてるか確認できるね。

M：うん。**それと並行して、打つ時のスピードを上げる練習もしたほうがいいよ**。この時、右手じゃなくて左手に力を入れるのがポイント。右手に力を入れるとボールが曲がっちゃうからね。

F：左手かあ。私、右利きだから難しいなあ。

M：**あとは、打ったあとのポーズも練習したほうがいいね**。これ、軽視しがちだけど、意外に大事なんだ。打ち終わったあとに腕を左肩の上まで持ってくることを意識すれば、力いっぱい打ち抜けるから、自然に打つ時のスピードも上がるんだよ。

F：なるほど。最後のポーズがきちんと決まったらかっこいいな。よしっ、動画に撮って練習したことないから、**まずは動画撮ってぶれないように練習してみよう**っと。ありがとう。

女の人はこのあと何をしますか。

「練習別讓重心不穩」就是「練習重心穩定」，所以正確答案是2。

女性和男性正在對話。女性在這之後要去做什麼事呢？

女：我完全打不好高爾夫呢。有沒有什麼訣竅？
男：妳該不會是就這麼一鼓作氣地打了幾百球吧？要是沒有一球一球邊思考邊打的話，是打不好的喔。
女：咦～，是這樣子嗎？那該怎麼練習才好呢？
男：**首先是擊球前的姿勢**。要是沒擺好姿勢，就不用提要打好了。
女：基本上算是有擺好姿勢吧。
男：這樣的話，**下一步就是擊球時身體重心要穩**。
女：嗯。我身體的重心不穩，所以球都沒辦法直直地飛出去呢。
男：這是最重要的一點，但要做得完美最少也要花上一年時間，所以在這裡受挫的人很多呢。**我建議，妳可以用拍下影片來確認身體動作的方式練習**。
女：原來如此。如果有影片的話，就能確認身體有沒有向左右偏移了呢。
男：嗯。**與此同時，也要練習提升擊球時的速度比較好喔**。在這裡的重點，是用左手而非右手使力。若是右手使力的話，球就會歪掉了。

女：左手啊。我是右撇子，所以有點困難呢。
男：**還有，擊球後的姿勢也練習一下比較好喔**。這點很容易忽視，但意外地很重要喔。只要意識到打完之後手腕要帶到左肩上方，全力打到底，自然而然地擊球速度也會提升。
女：原來如此。最後的姿勢能擺好會很帥氣呢。好，之前我沒有拍過影片來練習，**所以首先就試試看拍影片練習重心不要偏移吧**。謝謝你。

女性在這之後要去做什麼事呢？

熟記單字及表現

□コツ：訣竅、技巧
□軸がぶれる：重心不穩
□挫折する：挫折、受挫
□ポイント：要點、重點
□軽視する：輕視
□よし：下定決心做某事時說的話
□ひたすら：一味地
□完璧に：完美地
□動画：視頻
□右利き：右撇子
□打ち抜く：打到底（充分揮杆）

問題2

例　2

🔊 N1_1_11

女の人と男の人が演劇について話しています。女の人は演劇にとって一番大事なことは何だと言っていますか。

F：ねえ、今話題になっている「六人の物語」っていう演劇、見に行った？

M：行ってないけど、大人気らしいね。

F：私、昨日見に行ったんだけど、想像以上にすばらしかったよ。

M：そうなんだ。原作は確かゲームだったよね。

F：そう。普通、ゲームやアニメが演劇になったとき、道具とかいろいろ使うでしょう、日本刀とか。でも今回は道具がほとんど使われてなかったよ。みんな演技力で勝負してるんだよ。すごいと思わない？ 主役の富田さんもめちゃくちゃかっこ良かったし。

M：へー、君は顔さえよければそれでいいんだろう？

F：違うよ。確かに役者の顔も大事だけど、原作の世界観やキャラクターの性格をありのままに再現できないと演劇とは言えないでしょう。

M：うーん、原作の質がもっとも大切だと僕は思うけどね。演劇のシナリオにも影響するから。

F：そうだけど、演じているのは人だから、役者の演技力こそが演劇の命なんじゃない？

女の人は演劇にとって一番大事なことは何だと言っていますか。

女性和男性正在討論戲劇。女性說戲劇最重要的是哪一點呢？

女：哎，現在蔚為話題的「六人的故事」這部戲，你去看過了嗎？
男：雖然沒去看，但聽說非常受歡迎呢。
女：我昨天去看了，比想像中還精采喔。
男：這樣啊。原著確實是遊戲對吧。
女：對。一般在遊戲或動漫改編為戲劇時，都會使用很多道具對吧，例如說日本刀之類的。不過這次幾乎沒有使用道具喔。大家都是憑演技一決勝負。不覺得很厲害嗎？而且主角富田先生又很帥。
男：咦～，妳只要長得帥就夠了吧？
女：不是啦。確實演員的長相也很重要，但如果不能照原樣再現原著的世界觀和角色性格，就不能稱得上是戲劇了吧。
男：嗯～，我覺得原著作品的品質是最重要的。也會影響戲劇的屬性。
女：雖然是那樣沒錯，但表演的還是是人，所以演員的演技才是戲劇的生命吧？

女性說戲劇最重要的是哪一點呢？

1番　4

N1_1_12

旅館で受付の人が男の人と話しています。男の人が「さくらの湯」に入れるのは何時からですか。

F：えー、では、こちらの旅館について簡単にご説明いたします。まず、お部屋は3階305号室でございます。そちらのエレベーターでお上がりください。

M：あ、はい。

F：次に温泉ですが、2階に「かえでの湯」と「さくらの湯」、3階に「あやめの湯」と「ぼたんの湯」がございます。すべて露天風呂付きの大浴場になっております。**「かえでの湯」と「あやめの湯」は男湯、「さくらの湯」と「ぼたんの湯」は女湯**となっております。**男湯と女湯は夜12時に入れ替わります**。その前の1時間はご入浴になれませんので、ご注意ください。チェックイン後、ご入浴は4時から可能となっております。また、予約制の家族風呂も5つご用意しております。

由於是男性，要注意聽男性浴場的相關資訊。

對話的脈絡

入住後
- 四點起開放泡湯
- 男浴場「楓之湯」、「菖蒲之湯」，女浴場「櫻之湯」、「牡丹之湯」
- 男浴場和女浴場在12點會進行更替
- 更替前一小時不開放泡湯

M：予約はどちらで？

F：こちらで24時間承っております。お電話でもかまいません。

M：あ、はい。

男の人が「さくらの湯」に入れるのは何時からですか。

旅館的服務人員和男性正在對話。男性從什麼時候可以開始泡「櫻之湯」呢？

女：嗯～，那麼在這裡為您簡單說明一下旅館資訊。首先，您的房間在3樓的305號房。請從那邊的電梯上樓。
男：啊，好的。
女：接下來是溫泉，「楓之湯」和「櫻之湯」在2樓，「菖蒲之湯」和「牡丹之湯」則是在3樓。每個大浴場都附有露天溫泉。**「楓之湯」和「菖蒲之湯」是男性用的大浴場，「櫻之湯」和「牡丹之湯」則是女性用的大浴場**。**男性浴場和女性浴場在晚上12點會進行更替**。那之前的一小時無法泡湯，請您多多留意。入住之後，從四點起開放泡湯。另外，我們也有預約制的家庭式浴池。
男：要在哪裡預約？
女：在這裡24小時皆受理。也可以用電話預約。
男：啊，好的。

男性從什麼時候可以開始泡「櫻之湯」呢？

熟記單字及表現

□**露天風呂**：露天溫泉　　□**大浴場**：大浴場

2番　4

N1_1_13

テレビでレポーターが読書通帳の開発者にインタビューしています。開発者は利用者が増えた一番の理由は何だと言っていますか。

F：今話題の読書通帳をご存知でしょうか。読書通帳を導入した図書館では軒並み利用者が増えているということなんです。開発者の方にお話を伺ってみましょう。まず、読書通帳というのはどういったものなんでしょうか。

M：図書館で自分が読んだ本のタイトルや貸出日を銀行の通帳のように記録できるものです。自治体によっては本の定価やページ数を記入しているところもあります。

F：なるほど。これなら自分が読んだ本の情報がすぐにわかって便利ですね。

「インタビュー（專訪）」要注意聽懂進行專訪的人所發問的內容。

M：そうですね。例えばお年寄りでシリーズ本のどこまで読んだのか忘れてしまったといった方がよくいらっしゃって、そういった方にご対応しやすくなりました。

F：そうですか。お年寄りにもわかりやすいという点が、利用者が増加した一番の理由でしょうか。

M：それもありますが、**一番の理由はやはり子供ですね。子供が友達と読書通帳を見せ合いながら競い合って本を借りるようになったんです**。先生や家族も、子供が読んだ本がすぐわかるので、本について話したり、おすすめの本を紹介したりと、新たなコミュニケーションも生まれています。

從這裡可以看出正確答案是4。

開発者は利用者が増えた一番の理由は何だと言っていますか。

電視上記者正在對閱讀存摺的開發者進行專訪。開發者表示使用者增加的最重要原因是什麼呢？

女：大家知道現在廣受討論的閱讀存摺嗎？引進閱讀存摺的圖書館，每間的使用者都增加不少。讓我們來訪問一下開發者。首先，閱讀存摺是什麼呢？

男：是能將圖書館裡自己閱讀過的書籍、借出日期，像銀行存摺那樣記錄下來的東西。依各單位不同，也有的會紀錄書本定價或是頁數等等。

女：原來如此。這樣就能馬上掌握自己讀過書籍的資訊，很方便呢。

男：是呀。例如說經常有年長者會忘記自己讀到系列書籍的哪裡了，對這樣的讀者來說就比較容易查詢了。

女：這樣子啊。讓年長者也能容易理解，就是使用者增加最大的原因吧？

男：雖然也有這項因素，**但最重要的原因還是孩子們吧。孩子們會互相翻閱閱讀存摺，開始競相借閱書籍**。老師和家人們也能馬上知道孩子讀過的書，所以就會產生新的交流話題，聊書本的事，或是介紹推薦的書之類的。

開發者表示使用者增加的最重要原因是什麼呢？

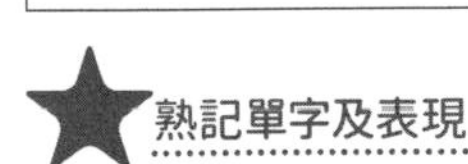
熟記單字及表現

□導入する：導入、引進
□自治体：自治團體
□競い合う：互相競爭
□軒並み：到處、全都
□対応する：應付、應對

3番　2

🔊 N1_1_14

カフェで男の人と女の人が話しています。女の人が会社を辞めたい一番の理由は何ですか。

M：相談って何？

F：実は今の会社、辞めようか迷ってて。

M：え、給料いいって言ってなかったっけ？

F：いいことはいいんだけど、企画書何回出しても通らなくて、手ごたえゼロなんだよね。

M：誰だってそんな簡単にうまく行くわけじゃないよ。どこの会社でも同じだと思うけどね。

F：うーん、中小企業のほうが自分の能力生かせるんじゃないかなって気がするんだ。ベンチャー企業とかね。ほら、加藤くんも転職してからやりがいのある仕事できるようになったって言ってたじゃない？

M：それはそうだけど。不満はそれだけなの？

F：うーん。残業も多いし、職場の雰囲気もいまいちなんだよね。いつもピリピリしてて。

M：雰囲気ってささいなことのようで結構大事だよね。日々のストレスに直結するし。

F：まあ、**やりがいのある仕事さえできていれば、そういうのは気にならないんだけどね。**

女の人が会社を辞めたい一番の理由は何ですか。

女性和男性正在咖啡廳對話。女性想辭掉工作最重要的原因是什麼呢？

男：有什麼事要找我談？

女：其實我正在煩惱要不要辭掉現在的工作。

男：咦，妳不是說薪水給得還不錯嗎？

女：雖然這是優點沒錯，但好幾次提出企劃書都沒有通過，感覺工作上都得不到回應。

男：不管是誰，都沒辦法這麼簡單順利的。無論哪間公司都是一樣的。

女：嗯～，我在想中小企業是不是會比較能發揮自己的實力。例如說新創公司之類的。你看，加藤他也說換職場之後，在工作上比較有成就感了對吧？

男：是這樣子沒錯啦。妳的不滿只有這一點嗎？

女：嗯～。還有常常加班，公司氣氛也不太好。讓人一直都戰戰兢兢的。

男：氣氛雖然是小事，但還蠻重要的呢。會直接影響到每天感受到的壓力。

女：哎，**如果至少能做些有價值的工作，這種事我也不太在意啦**。

女性想辭掉工作最重要的原因是什麼呢？

「這種事」指的是「公司氣氛」。文中提到「如果能做些有價值的工作，也不太在意公司的氣氛」，所以正確答案是2。

★ 熟記單字及表現

- □ 企画書（きかくしょ）：企劃書
- □ 能力を生かす（のうりょくをいかす）：發揮實力
- □ いまいち：還差一點

- □ ささいな：細微的、瑣碎的
- □ やりがい：值得做、有價值

- □ 手ごたえ（てごたえ）：反應
- □ ベンチャー企業（きぎょう）：新創企業
- □ ピリピリする：戰戰兢兢、提心吊膽
- □ 直結する（ちょっけつする）：直接關係到

4番　3

🔊 N1_1_15

病院（びょういん）の受付（うけつけ）で会計係（かいけいがかり）が退院（たいいん）する男（おとこ）の人（ひと）と話（はな）しています。男（おとこ）の人（ひと）はいくら払（はら）わなければなりませんか。

F：ご退院（たいいん）おめでとうございます。

M：あのう、ここに書（か）いてある料金（りょうきん）なんですけど、15,000円（えん）の間違（まちが）いじゃないですか。だって、入院（にゅういん）は二泊（にはく）だったんですよ。

F：えー、少々（しょうしょう）お待（ま）ちください。もう一度（いちど）計算（けいさん）してみますね。えっと、鈴木様（すずきさま）の場合（ばあい）は5,000円（えん）の個室（こしつ）Aに一泊（いっぱく）、10,000円（えん）の個室（こしつ）Bに一泊（いっぱく）の二泊三日（にはくみっか）ですので、25,000円（えん）になります。

M：ちょ、ちょっと待（ま）ってください。どういうことですか。

F：はじめにお渡（わた）ししたパンフレットにも書（か）いてありますとおり、一泊二日（いっぱくふつか）の場合（ばあい）は二泊分（にはくぶん）の料金（りょうきん）が発生（はっせい）いたします。鈴木様（すずきさま）は**全部（ぜんぶ）で二泊三日（にはくみっか）なので、三泊（さんぱく）として計算（けいさん）することになります。**

M：え、そんなこと書（か）いてありましたっけ？

F：はい、こちらをご覧（らん）ください。**あと、料金（りょうきん）の異（こと）なる病室（びょうしつ）への移動日（いどうび）は、移動（いどう）した方（ほう）の料金（りょうきん）をお支払（しはら）いいただくことになっております。**

M：あれ？**一日目（いちにちめ）は個室（こしつ）Bで、二日目（ふつかめ）に個室（こしつ）Aに移（うつ）ったから…。5,000円（えんおお）多くないですか。**

F：少々（しょうしょう）お待（ま）ちください。確認（かくにん）します。**…大変（たいへん）申（もう）し訳（わけ）ございませんでした。こちらの間違（まちが）いでした。**

男（おとこ）の人（ひと）はいくら払（はら）わなければなりませんか。

「還有」之後會出現追加資訊，要注意聽。

第一天是B病房（10,000日圓），第二天是A病房（5,000日圓），10,000日圓＋5,000日圓×2＝20,000日圓。

會計人員提到「是我這裡算錯了」，所以正確答案是3。

要出院的男性和會計人員正在醫院的服務台對話。男性必須支付多少費用呢？

女：恭喜您即將出院。

男：那個，這邊寫的費用部份，15,000 日圓是不是寫錯了？我住院的時間是兩個晚上喔。

女：嗯～，請稍等一下。我重新計算一次喔。那個，鈴木先生在 5,000 日圓的病房 A 住了一晚，在 10,000 日圓的病房 B 住了一晚，總共是三天兩夜，25,000 日圓。

男：等、等一下。這是怎麼回事？

女：一開始給您的手冊上面也有提到，住院兩天一夜時會收取兩晚的費用。鈴木先生**總共住院三天兩夜，所以會按三晚來計算**。

男：咦，裡面有寫這種事嗎？

女：有的，請看這裡。**還有，改住不同定價的病房的那晚，會請您支付更換之後的那間病房費用。**

男：咦？**第一天是 B 病房，第二天換到 A 病房…。這樣不是多了 5,000 日圓嗎？**

女：請稍待片刻。我這邊確認一下。…**非常抱歉。是我這裡算錯了。**

男性必須支付多少費用呢？

5番　3

授賞式（じゅしょうしき）で女（おんな）の人（ひと）が話（はな）しています。女（おんな）の人（ひと）の会社（かいしゃ）は何（なに）を開発（かいはつ）しましたか。

F：えー、この度（たび）はこのような名誉（めいよ）ある賞（しょう）をいただき、誠（まこと）にありがとうございます。当社（とうしゃ）はベビーカーなど、赤（あか）ちゃんとご家族（かぞく）がお出（で）かけするのに便利（べんり）なグッズを開発（かいはつ）・展開（てんかい）しているベビー用品（ようひん）メーカーなのですが、**商品（しょうひん）だけでなく、IT を活用（かつよう）して外出（がいしゅつ）を支援（しえん）することもできるのではないかと考（かんが）えた結果（けっか）、このようなシステムを開発（かいはつ）するに至（いた）りました。**実際（じっさい）にご利用（りよう）いただいているママたちから、**気楽（きらく）に出（で）かけられるようになった、駅構内（えきこうない）のエレベーターやトイレの位置（いち）を事前（じぜん）に調（しら）べられるのが本当（ほんとう）に便利（べんり）**、とのお声（こえ）を多数（たすう）いただきました。これからもより多（おお）くの赤（あか）ちゃんとご家族（かぞく）の皆様（みなさま）に、もっともっと役立（やくだ）つサービスを提供（ていきょう）していける企業（きぎょう）となるよう、励（はげ）んでまいりたいと思（おも）っております。

女（おんな）の人（ひと）の会社（かいしゃ）は何（なに）を開発（かいはつ）しましたか。

文中提到「活用科技來協助外出」、「開發系統」、「可以事前查詢車站建築裡的電梯、洗手間的位置」，所以正確答案是3。

女性在頒獎典禮上發表感言。女性的公司開發了什麼產品呢？

女：嗯～，這次有幸獲得如此光榮的獎項，真的非常感謝各位。本公司是嬰兒用品製造公司，專門開發、推展像是嬰兒車等，嬰兒和家人一同出門時使用的便利產品，**並且不光是商品，我們也思考是否能活用科技來協助外出，於是就開發出了這樣的系統**。實際上使用過的媽媽們，**大多表示變得能夠輕鬆出行了，可以事前查詢車站建築裡的電梯、洗手間的位置真的很方便**。今後我們也想為更多的嬰兒和各位家庭成員，提供更加實用的服務，希望能成為這樣的企業，我們會繼續好好努力的。

女性的公司開發了什麼產品呢？

★熟記單字及表現

□授賞式：頒獎儀式
□誠に：誠然
□支援する：支援、援助
□事前に：事前、事先
□励む：努力、奮勉
□名誉：名譽、榮譽
□当社：本公司
□構内：區域內
□多数：多數、許多

6番　4

N1_1_17

電話で農園の人と購入者の女の人が話しています。女の人はどうして電話をしましたか。

M：もしもし、ふじ農園です。

F：あのー、先日アロエを購入した者なんですが。

M：はい。

F：昨日三つ届いたんですが、どれも傷がついている上に、写真よりも小さかったんです。

M：それは大変失礼いたしました。実は先日の台風の被害を受けておりまして、写真はそれより前のものなんです。

F：それならその旨、正直にサイトに載せるべきなんじゃないですか。それで、返品したいんですが、**返品した場合、アロエ本体の分だけじゃなくて、購入時に私のほうで支払った送料の分も返金してもらえるのかどうか知りたくてお電話しました**。

M：はい、もちろん全額返金いたします。お手数ですが、銀行口座の情報をホームページに書いてあるEメールアドレスに送っていただけますか。

從這裡可以看出正確答案是4。並沒有提到1和2。3是農園的人詢問如果採收到更大的蘆薈，是否可以寄送給客人，所以是錯誤答案。

F：わかりました。では、明日返品します。

M：お詫びといっては何ですが、もっと大きいものがとれた時点で、こちらからお送りしてもよろしいでしょうか。もちろん代金はいただきませんので。

F：あ、それはご親切にどうも。では、お願いします。

女の人はどうして電話をしましたか。

電話中農園的人和女性購買者正在對話。女性為什麼會打電話過來呢？

男：您好，這裡是富士農園。
女：那個～，我是之前有購買蘆薈的人。
男：好的。
女：昨天收到了三株，但每一株上面都有傷，而且比照片中的看起來還小。
男：這一點非常抱歉。其實我們受到了之前颱風的影響，照片是比那更早之前拍的。
女：既然如此，這件事應該老實地寫在網頁上吧。還有，我想退貨，**打來是想知道如果退貨的話，除了蘆薈本身的費用之外，是否也能退回我在購買時所支付的運費**？
男：是的，我們當然會全額退款。不好意思，能不能麻煩您將銀行帳戶的資訊寄到網頁上的電子郵件信箱？
女：知道了。那麼，我明天會申請退貨。
男：不能說是賠禮，但當我們採收到更大的蘆薈時，我們是否方便寄送給您呢？當然，不會向您收取費用。
女：啊，謝謝你的好意。那就麻煩你了。

女性為什麼會打電話過來呢？

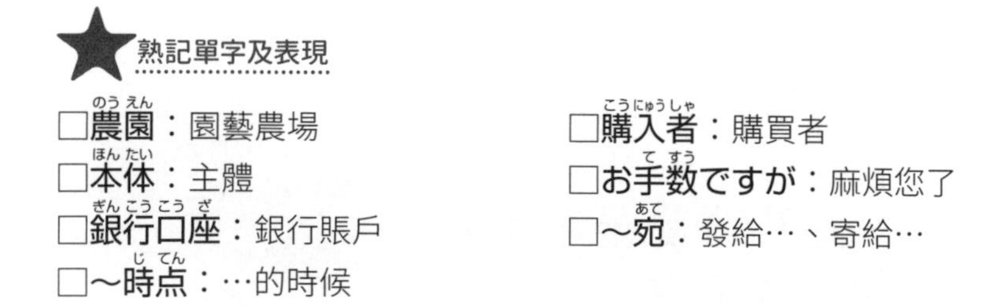

熟記單字及表現

□農園：園藝農場
□本体：主體
□銀行口座：銀行賬戶
□～時点：…的時候
□購入者：購買者
□お手数ですが：麻煩您了
□～宛：發給…、寄給…

7番　2

🔊N1_1_18

テレビのインタビュアーが地域の住民に野鳥の大量繁殖の被害についてインタビューしています。地域の住民は何に一番困っていますか。

F：えー、こちら、野鳥が大量繁殖しているという住宅街に来ています。被害に遭われている住民の方にお話を伺ってみましょう。

M：まあ、においですよね、困ってるのは。あと鳴き声。時々ならいいんだけど、24時間ずーっと鳴いてる。

F：確かに今も聞こえていますね。

M：まったく、気味の悪い鳴き声だよね。あ、気をつけないと。こういうふうにフンとか羽が空から落ちてくるんだよ。ほら、地面一面真っ白だろ。**体に害を及ぼすんじゃないかって、不安で…。やっぱり衛生問題が一番困るよね**。友達なんか魚の養殖してるのに毎日鳥に食べられちゃって。年間被害総額100万円。まったくひどいもんだよ。

F：野鳥保護の法律があることから、住民の皆さんは手を出せずにいます。被害が拡大する中、一刻も早い対応が求められます。現場からは以上です。

地域の住民は何に一番困っていますか。

電視上的採訪記者正在採訪當地居民，關於野生鳥類大量繁殖所造成的損害。當地居民最煩惱的事情是什麼呢？

女：嗯～，記者現在來到野鳥大量繁殖的住宅區。讓我們來訪問一下遭受損害的居民們。

男：哎，覺得令人煩惱的部份就是氣味吧。還有叫聲。要是偶爾還好，但牠們是 24 小時一～直在叫。

女：確實現在也聽得到呢。

男：實在是令人很不舒服的叫聲。啊，得小心點才行。糞便和羽毛會像這樣從天空中掉下來喔。妳看，地上一整片都是白色的。**我們很擔心會不會對身體有害…。最煩惱的還是衛生問題吧**。朋友有養殖魚類，但卻每天被鳥吃掉。一年的損失總額有 100 萬日圓。真是太慘了。

女：由於有保護野生鳥類的法律，所以各位居民們無法插手。在損害日漸增加的情況下，需要刻不容緩的應對。以上是來自現場的採訪。

當地居民最煩惱的事情是什麼呢？

「やっぱり（還是）」有「結果、最終」的意思。文中提到「對身體造成傷害（＝健康受到影響）」、「最重要的是衛生問題」，所以正確答案是2。

□ インタビュアー：採訪記者　　□ 野鳥（やちょう）：野鳥
□ 大量繁殖（たいりょうはんしょく）：大量繁殖　　□ フン：糞便
□ 養殖（ようしょく）する：養殖　　□ 被害総額（ひがいそうがく）：損失總額
□ 保護（ほご）：保護　　□ 手を出す（てをだす）：干涉、插手
□ 一刻も早い対応（いっこくもはやいたいおう）：刻不容緩的應對

問題3

例　4

🔊 N1_1_20

テレビで専門家（せんもんか）が話（はな）しています。

M：今回（こんかい）の新型肺炎（しんがたはいえん）は感染（かんせん）が拡大（かくだい）しつつあり、死亡者（しぼうしゃ）も出始（ではじ）めています。世界中（せかいじゅう）の医療機関（いりょうきかん）が特効薬（とっこうやく）やワクチンの開発（かいはつ）に取（と）り組（く）んではいますが、残念（ざんねん）ながら、今（いま）のところ成功（せいこう）の目処（めど）が立（た）っていません。ですので、感染（かんせん）を最大限（さいだいげん）に予防（よぼう）しないといけないのです。マスクをして頻繁（ひんぱん）に手（て）を洗（あら）うことで、ある程度予防（ていどよぼう）はできますが、人（ひと）から人（ひと）への感染（かんせん）が見（み）られるため、他人（たにん）との接触（せっしょく）を避（さ）けるのが得策（とくさく）でしょう。かといって、在宅勤務（ざいたくきんむ）に切（き）り替（か）えている企業（きぎょう）はごく一部（いちぶ）しかありません。命（いのち）に関（かか）わる一大事（いちだいじ）なので、ビジネスより人命（じんめい）を優先（ゆうせん）するべきではないでしょうか。リーダーとしての器（うつわ）は、こういう時（とき）にこそ見（み）えてくるものです。

専門家（せんもんか）が言（い）いたいことは何（なん）ですか。

1　薬（くすり）やワクチンを開発（かいはつ）するべきだ

2　医療機関（いりょうきかん）をもっと増（ふ）やすべきだ

3　新型肺炎（しんがたはいえん）の予防方法（よぼうほうほう）を身（み）につけるべきだ

4　ビジネスを優先（ゆうせん）する考（かんが）え方（かた）を正（ただ）すべきだ

電視上專家正在發言。
男：這次的新型肺炎疫情日漸擴大，也開始出現死亡者。世界上的醫療機構已在著手開發特效藥和疫苗，但很可惜的是，目前還沒有眉目。因此，必須要最大限度地預防感染的發生。戴口罩勤洗手能夠某種程度上預防感染，但也有人傳人感染，所以避免和其他人的接觸才是上策。話雖如此，改為在家工作的企業只有極少一部份而已。由於這是性命攸關的大事，比起商務，人命更應該擺在優先位置吧。作為領袖的氣度，就是在這種時候可以看得出來的。
專家想表達的是什麼呢？
1　應該開發藥物或疫苗
2　應該增加更多醫療機構
3　應該學習新型肺炎的預防方式
4　應該修正商務優先的這種考量方式

1番　2

🔊 N1_1_21

テレビで野菜ソムリエが話しています。

F：身近な野菜で、栄養満点のトマト。**実は毒があるって、皆さんご存知でしたか**。ただ、それはトマトが緑の段階の話で、熟して赤くなるとなくなるので問題ありません。**では、なぜこのような性質があるのでしょうか**。実はトマトの子孫の残し方と関係があるんです。トマトは実の中に種があるので、実を動物に食べてもらい、違う場所でフンをしてもらうことによって、種を拡散して子孫を残してきました。だから種の準備がまだできていない緑の段階で食べられてしまっては困るんです。それで、毒によって実を守っていたんですね。

野菜ソムリエは何について話していますか。

1　トマトが赤い理由

2　トマトに毒がある理由

3　トマトの種の特徴

4　トマトを食べる動物の特徴

電視上蔬菜專家正在發言。

女：蕃茄是身邊隨處可見的蔬菜，且充滿營養。**大家知道，它其實是有毒的嗎**？不過那是在蕃茄還是綠色的時候，如果成熟轉紅毒性就會消失，是沒問題的。**那麼，它為什麼會有這種特性呢**？其實這和蕃茄繁衍後代的方式有關。蕃茄的種子在果實中，果實被動物所吃下，再到其他地方排放糞便的話，就能擴散種子，留下後代。所以在種子尚未準備好，還是青綠色的時候如果被吃掉了，這可就不太好了。因此，它是以毒性在守護果實。

蔬菜專家說了什麼內容呢？

1　蕃茄是紅色的理由

2　蕃茄有毒的理由

3　蕃茄種子的特徵

4　吃蕃茄的動物的特徵

談話內容是什麼，通常都會在話題一開始時說。

「では、なぜ～のでしょうか（那麼，為什麼會～呢？）」是提出問題時經常使用的用法。「這種性質」指的是前面提到的「果實有毒性」，所以正確答案是2。

★熟記單字及表現

□ソムリエ：泛指高級餐廳的料理或酒水總管

□身近な：身邊的

□熟す：成熟

□拡散する：擴散，傳播

2番　3

N1_1_22

テレビで男の人が話しています。

M：1955年に日本で発売が開始され、今や世界中で愛されている自動炊飯器。主婦の家事労働を大幅に減らし、女性の社会進出にも影響を及ぼしましたが、**その開発には苦労がありました**。以前からご飯をおいしく炊くためには、沸騰してから強火で20分加熱すればよいことはわかっていました。しかし、外の気温などにより、沸騰するまでの時間は毎回異なるので、単純にタイマーで時間を設定することができません。**何年にもわたる実験の末に生まれたのが、「二重釜間接炊き」という方法です**。二重になっている鍋の外釜に水を入れて加熱します。その水が蒸発してなくなると急激に内釜の温度が上昇します。ここで温度検出スイッチにより、電源をオフにするようにしたのです。

男の人は何について話していますか。

1　女性の社会進出の要因
2　自動炊飯器の開発者
3　自動炊飯器の誕生の経緯
4　おいしいご飯の炊き方

電視上男性正在發言。

男：1955 年日本開始發售，現在受到全世界所喜愛的全自動電鍋。它大幅地減少了主婦在家事上的勞動，也對女性的社會參與造成影響，**其開發過程相當辛苦**。我們知道，以前為了要把飯煮得好吃，在沸騰後還要以強火加熱二十分鐘才可以。但是，隨外面氣溫不同，達到沸點的時間也每次都不一樣，所以不能單純地設定定時器就好。**在經過多年實驗之後，誕生的就是「雙層鍋間接炊煮」這個方式**。電鍋製作成雙層，在電鍋外鍋中倒水加熱。這些水蒸發完畢後，內鍋的水就會突然上升。此時會由測溫開關，將電源關掉。

男性說的是什麼內容呢？

1　女性社會參與的重要原因
2　全自動電鍋的開發者
3　全自動電鍋誕生的背景
4　如何煮出好吃的飯

「其開發」指的是「全自動電鍋」的開發。內容是談開發究竟有多麼辛苦，所以正確答案是3。

熟記單字及表現

□**自動炊飯器**：全自動電飯鍋　□**大幅に**：大幅度地
□**進出**：進入、參與　□**開発**：開發

□沸騰する：沸騰
□設定する：設定、設置
□内釜：內鍋
□検出：測出
□経緯：經過、原委
□タイマー：定時器
□外釜：外鍋
□上昇する：上升
□要因：主要原因

3番　3

N1_1_23

大学の講義で先生が話しています。

F：ヨーグルトのふた、最近、全然ヨーグルトがつかないもの、ありますよね。あれ、実はハスの葉を応用して作られているんです。ハスの葉って、水をはじきますよね。他にも、例えば競泳用水着はサメの皮膚を応用して作られています。サメの皮膚は摩擦抵抗を受けにくいので、速く泳げるというわけです。**このように、生物が持つ優れた機能を人工的に再現することによって、工学や材料科学、医学などの様々な分野に取り入れていく技術を「生物模倣」と言いいます**。これが、みなさんがこれから学んでいく分野です。生物って、地球の変動に耐えながら長い間進化し続けてきたんですよね。その歴史的産物を模倣して、活用していこうというわけです。

先生は何について話していますか。

1　ヨーグルトとハスの関係

2　サメが速く泳げる理由

3　生物模倣の概要

4　生物の進化の過程

教授正在大學課堂上說話。

女：優格的蓋子，最近有的完全不會沾上優格對吧。那個其實是運用荷葉原理製作而成的。荷葉是不沾水的，對吧。其他還有，例如說游泳比賽用的泳衣就是運用鯊魚皮膚的原理設計的。鯊魚的皮膚所受到的摩擦力很小，所以才能游得很快。**就像這樣將生物擁有的優異機能以人工方式再現，引進工程學、材料學和醫學等領域的技術就稱為「仿生學」**。這就是大家之後將要學習的領域。生物是熬過地球變動，在漫長時光裡持續進化而來的。就是要模仿這些歷史產物並且活用。

教授說了什麼內容呢？

1　優格和荷葉的關係

2　鯊魚游得快的理由

3　仿生學的概要

4　生物進化的過程

「このように（就像這樣）」，是總結前面敘述的內容時經常出現的用法。從這裡可以看出正確答案是3。

熟記單字及表現

□ハス：蓮、荷
□競泳：游泳比賽
□工学：工學
□変動：變動、變化
□歴史的産物：歴史產物
□過程：過程
□水をはじく：不沾水
□再現する：復現
□模倣：模仿
□進化する：進化
□概要：概要

4番　1

N1_1_24

テレビで男の人が話しています。

M：（♪ドレミファソラシド）このドレミファソラシドの7つの音階は、実は明治以降に海外から入ってきたものです。**じゃあ次に、こちらを聞いてください**。（♪ドレミソラ）こちらはファとシが抜けた、ドレミソラという5つの音階なのですが、なんとなく懐かしい、日本の古きよき風景が浮かんでくる気がしませんか。**実はこれ、「ヨナ抜き音階」という日本固有の音階なんです**。昔から日本には5つぐらいの音階しかなかったので、ドレミファソラシドの7つの音の流れは日本人には難しいだろうということで、政府がヨナ抜き音階を奨励したんだそうです。それで、この音階は明治以降、数々の童謡に使われるようになり、今でも、演歌やJポップの様々な歌に使われています。

男の人は何について話していますか。

1　昔から日本にある音階
2　日本の歌の特徴
3　日本人の好きな音
4　明治以降の音階

電視上男性正在說話。

男：（♪ DoReMiFaSoLaSiDo）這個 DoReMiFaSoLaSiDo 的七個音階，其實是明治時期以後從海外傳入的。**那麼接下來，請聽聽看這個**。（♪ DoReMiSoLa）這是去掉 Fa 和 Si，只有 DoReMiSoLa 的五個音階，大家覺不覺得，總有種令人懷念的感受，眼前浮現日本古老而美好的風景呢？**其實這個「去四七音階」是日本固有的音階**。從以前日本就只有五個左右的音階，所以 DoReMiFaSoLaSiDo 這七個音階的曲調對日本人來說應該比較困難，於是政府開始鼓勵去四七音階。於是，這組音階在明治時代以後，被眾多童謠所使用，直至今日也經常會用在演歌或是日本流行歌曲中。

男性說的是什麼內容呢？

1　從以前日本就有的音階　2　日本歌曲的特徵
3　日本人喜愛的聲音　4　明治以後的音階

「那那麼接下來」之後，提到的是「日本固有的音階」，所以正確答案是1。

★ 熟記單字及表現
....

□<ruby>音階<rt>おんかい</rt></ruby>：音階
□<ruby>固有<rt>こゆう</rt></ruby>：固有
□数々の<ruby>数々の<rt>かずかず</rt></ruby>：很多、多種多樣
□<ruby>演歌<rt>えんか</rt></ruby>：演歌（日本特有的一種歌曲）

□<ruby>明治<rt>めいじ</rt></ruby>：明治時代（1868～1912年）
□奨励する<ruby>奨励<rt>しょうれい</rt></ruby>する：獎勵、鼓勵
□<ruby>童謡<rt>どうよう</rt></ruby>：童謠

5番　4

🔊 N1_1_25

<ruby>講演会<rt>こうえんかい</rt></ruby>で<ruby>司会者<rt>しかいしゃ</rt></ruby>が<ruby>話<rt>はな</rt></ruby>しています。

F：<ruby>訪<rt>おとず</rt></ruby>れたすべての<ruby>人<rt>ひと</rt></ruby>が<ruby>笑顔<rt>えがお</rt></ruby>で<ruby>幸<rt>しあわ</rt></ruby>せな<ruby>気分<rt>きぶん</rt></ruby>になる、<ruby>夢<rt>ゆめ</rt></ruby>の<ruby>遊園地<rt>ゆうえんち</rt></ruby>、さくらランド。その<ruby>裏側<rt>うらがわ</rt></ruby>には、スタッフのすさまじい<ruby>努力<rt>どりょく</rt></ruby>と<ruby>究極<rt>きゅうきょく</rt></ruby>のサービス<ruby>精神<rt>せいしん</rt></ruby>があった…。

5<ruby>回目<rt>かいめ</rt></ruby>を<ruby>迎<rt>むか</rt></ruby>える<ruby>今回<rt>こんかい</rt></ruby>の<ruby>講演会<rt>こうえんかい</rt></ruby>では、さくらランドで<ruby>人材育成<rt>じんざいいくせい</rt></ruby>のリーダーを<ruby>務<rt>つと</rt></ruby>める<ruby>木村<rt>きむら</rt></ruby>氏をお<ruby>迎<rt>むか</rt></ruby>えしました。<ruby>木村<rt>きむら</rt></ruby>氏には、**<ruby>顧客<rt>こきゃく</rt></ruby>の<ruby>心<rt>こころ</rt></ruby>をつかむためのコミュニケーションのコツや、スタッフのモチベーション<ruby>維持<rt>いじ</rt></ruby>の<ruby>秘訣<rt>ひけつ</rt></ruby>など、<ruby>実体験<rt>じったいけん</rt></ruby>のエピソードを<ruby>交<rt>まじ</rt></ruby>えてお<ruby>話<rt>はな</rt></ruby>しいただきます。**

<ruby>少子高齢化<rt>しょうしこうれいか</rt></ruby>による<ruby>人材不足<rt>じんざいぶそく</rt></ruby>が<ruby>叫<rt>さけ</rt></ruby>ばれる<ruby>現代<rt>げんだい</rt></ruby>において、**<ruby>人材<rt>じんざい</rt></ruby>の<ruby>確保及<rt>かくほおよ</rt></ruby>び<ruby>育成<rt>いくせい</rt></ruby>は<ruby>企業<rt>きぎょう</rt></ruby>の<ruby>最重要課題<rt>さいじゅうようかだい</rt></ruby>となっています。**この<ruby>講演会<rt>こうえんかい</rt></ruby>が、<ruby>経営者<rt>けいえいしゃ</rt></ruby>の<ruby>皆様<rt>みなさま</rt></ruby>に<ruby>何<rt>なん</rt></ruby>らかのインスピレーションをもたらすことができれば<ruby>幸<rt>さいわ</rt></ruby>いです。

<ruby>講演者<rt>こうえんしゃ</rt></ruby>はこれから<ruby>何<rt>なに</rt></ruby>について<ruby>話<rt>はな</rt></ruby>しますか。

1　さくらランドの<ruby>経営方法<rt>けいえいほうほう</rt></ruby>

2　<ruby>苦労<rt>くろう</rt></ruby>したエピソード

3　<ruby>企業<rt>きぎょう</rt></ruby>が<ruby>抱<rt>かか</rt></ruby>える<ruby>問題点<rt>もんだいてん</rt></ruby>

4　<ruby>人材育成<rt>じんざいいくせい</rt></ruby>のやり<ruby>方<rt>かた</rt></ruby>

演講會上主持人正在發言。

女：櫻花遊樂園是一座夢幻的遊樂場，讓所有到來的人都露出笑容，感到幸福。在其背後，有著工作人員驚人的努力，和極致的服務精神…。
這次的演講會是第五次舉行，邀請到在櫻花遊樂園擔任員工教育負責人的木村。木村將為大家說明**如何抓住顧客的心的溝通訣竅，還有維持員工動力的秘訣等等，也會穿插聊到一些實際經歷過的小故事**。在因少子高齡化而高呼人才不足的現代，**確保人才和教育成為了企業最重要的課題**。在這個演唱會上，如果能為各位經營者帶來什麼靈感的話，就太好了。

演講者接下來要說什麼內容呢？

1　櫻花遊樂園的經營方式　2　過去的辛勞小故事

3　企業有的問題點　　　　4　如何培育人才

— 從這些地方可以看出正確答案是4。

實際經歷過的小故事只是「<ruby>交<rt>まじ</rt></ruby>えて（穿插）」，並非話題的中心。

文字・語彙

文法

讀解

聽解

試題中譯

★熟記單字及表現

□すさまじい：（氣勢、程度）驚人、猛烈
□究極：究極
□人材：人才
□育成：培養、培育
□顧客：顧客
□コツ：訣竅、技巧
□モチベーション：積極性、動力
□秘訣：秘訣
□実体験：實際體驗
□エピソードを交える：穿插小故事
□少子高齢化：少子老齡化
□確保：確保
□及び：以及
□課題：課題
□インスピレーションをもたらす：帶來靈感

6番　2

N1_1_26

セミナーで男の人が話しています。

M：私が昔、取引先の方によく言われたのはこんな言葉です。「お前じゃ話にならない。上司を出せ」。**こんなふうに言われたらどうするのか**。私の体験談をお話しします。まず、謝ります。そしてすぐに取引先の方に「個人的にお食事をご一緒させてほしい」とお願いするんです。もちろん「そんな暇はない」と怒られます。そのあとです。「15分でもいいからお時間をください」と言うんです。15分という具体的な時間を出すからいいんです。こう言うと、大概、「お前の熱心さには負けた」と言って、お時間をくださいます。お食事を共にして、若い時の苦労話や仕事の哲学などを話していただく。**そうすると、相手の方も失敗していた新人時代を思い出して、結局は許してくださるんです。こうやって関係を深めるのが、成功の秘訣です。**

男の人は何について話していますか。

1　若い時に最もつらかった話

2　仕事で失敗した時の切り抜け方

3　取引先の相手の秘密を聞き出す方法

4　有効な時間の使い方

內容敘述的是當有人對你說「跟你說不下去，叫你上司出來」時該如何應對。

做了到這裡為止敘述過的事，就會「結果放你一馬」、「這樣加深關係就是成功的祕訣（＝為了成功的好辦法）」，所以正確答案是2。

研討會上男性正在發言。

男：我以往經常聽到客戶對我這麼說。「跟你說不下去，叫你上司出來」。**當有人這樣對你說時，該怎麼辦呢**？來說說我的經驗吧。首先，要先道歉。然後馬上邀請客戶「希望能和我個人一起吃個飯」。對方當然會生氣地表示「我才沒有那種閒時間」。就在這之後，向對方說「15 分鐘也可以，請撥一點時間給我」。有提出 15 分鐘這種具體的時間就可以了。這麼一說對方大概都會回答「真是敗給你的熱誠了」，然後撥時間給你。一起吃飯時，聊些對方年輕時期的辛勤故事，還有工作哲學等等。**這樣的話，對方也會想起失敗過的新人時期，結果就會放你一馬。這樣加深關係，就是成功的祕訣**。

男性說的是什麼內容呢？

1　年輕時最難受的故事
2　工作上失敗時如何轉危為安
3　如何問出客戶的秘密
4　有效的時間管理方式

熟記單字及表現

□話（はなし）にならない：談不攏、無法交談
□体験談（たいけんだん）：經驗之談
□大概（たいがい）：大都
□秘訣（ひけつ）：秘訣
□切（き）り抜（ぬ）ける：克服、脫離
□有効（ゆうこう）な：有效的

問題4

例　1

🔊 N1_1_28

M：先月出した企画だけど、通ったかどうか結局わからずじまいだよ。

F：1　結果くらいは教えてほしいものだね。

　　2　企画を出すべきだったよね。

　　3　結局通らなかったんだよね。

男：上個月提出的企劃，到底有沒有通過，結果還是不知道。

女：1　希望他們至少能告知結果呢。

　　2　應該提出企劃的。

　　3　結果沒辦法通過呢。

1番　3

🔊 N1_1_29

F：あれ？ 鈴木さん、もしかしてもう帰っちゃったなんてことないよね。

M：1　え、そんなに大したことないはずだよ。

　　2　え、大丈夫なわけないよ。

　　3　え、もう帰っちゃったんじゃない？

女：咦？鈴木先生，該不會已經回去了吧？

男：1　咦，應該不是那麼重要的事吧。

　　2　咦，才不是沒問題呢。

　　3　咦，不是已經回去了嗎？

對於鈴木先生不在場的這件事，女性詢問：「もう帰っちゃったなんてことないよね（他應該不會已經回去了吧）」，所以正確答案是3。

1 大したことない：沒什麼大不了的

2番　1

🔊 N1_1_30

M：資料はお読みになり次第、こちらへお戻しください。

F：1　あ、ここに置けばいいんですね。

　　2　あ、こちらに戻るんですね。

　　3　あ、お読みになりますか。

男：資料閱讀完畢後，請還回這裡。

女：1　啊，放在這裡就行了吧。

　　2　啊，回到這裡就行了吧。

　　3　啊，要讀嗎？

題目提到「お読みになり次第、こちらへお戻してください（閱讀完畢後，請還回這裡）」，所以正確答案是1。

3番　2

🔊 N1_1_31

M：これ、3時までに30部コピーお願いできる？

F：1　ええ、できるくらいならやってます。

　　2　ええ、できないことはないですが。

　　3　ええ、30部でお願いします。

男：這個，三點前能請妳影印三十份嗎？

女：1　嗯，能的話我早做了。

　　2　嗯，也不是做不到。

　　3　嗯，麻煩你印三十份。

「できないことはないですが（也不是不行啦）」就是「努力一下或許可以做到，但很困難」的意思。會在婉轉回絕時出現這個說法。1 的「能的話我早做了」是挑釁的語氣，不適合在工作場合使用。

4番　2

N1_1_32

F：あの人、今月いっぱいで退職するんじゃなかった？

M：1　そのつもりでしたが、やめました。

2　お辞めになるのは来月のようですよ。

3　いいえ、先月就職しましたよ。

女：那個人，不是在這個月底要離職的嗎？
男：1　原先是這麼打算的，但取消了。
2　要辭職好像是下個月的事。
3　不，是上個月入職的喔。

文中提到「あの人（那個人）」，所以對話內容是關於第三者的事。對話內容詢問「不是要離職的嗎？」，所以正確答案是2。

5番　2

N1_1_33

M：こんなにミスばっかりじゃシャレになんないよ。

F：1　申し訳ありません。確認するには当たりません。

2　申し訳ありません。ちゃんと確認すべきでした。

3　申し訳ありません。確認するつもりはなかったんですが。

男：一直這樣犯錯可就不是鬧著玩的了喔。
女：1　非常抱歉。沒有需要確認。
2　非常抱歉。我應該好好確認的。
3　非常抱歉。我本來沒有打算要確認的。

被說「こんなミスばかりじゃシャレにならない（一直這樣犯錯可就不是鬧著玩的了喔）」，所以句中有反省意思的2「我應該好好確認的」是正確答案。「我本來沒有打算要確認的」有已經確認過了的意思，所以3是錯誤的。

★熟記單字及表現

□シャレにならない：不是鬧著玩的

6番　1

N1_1_34

F：恐れ入りますが、折り返しお電話くださいとお伝えいただけますか。

M：1　はい、橋本が承りました。

2　はい、恐縮です。

3　はい、ちょうだいします。

女：不好意思，能否請您轉達請他回電呢？
男：1　好的，由橋本記下您的留言。
2　好的，我誠惶誠恐。
3　好的，我就收下了。

「承りました（記下）」是「傾聽、接受」的謙讓語。在商務場合接聽電話，對方留言時經常出現這個用法。

熟記單字及表現

□恐れ入りますが：實在不好意思
□折り返し：折回
□恐縮：惶恐、過意不去

7番　2

N3_1_35

M：警察官ともあろう人が、なんてことを。

F：1　本当なもんですか。困りましたね。

2　本当ですね。信じがたいですね。

3　警察官と一緒だったんですか。

男：身為一名警察，竟然做出那種事情。
女：1　怎麼可能會是真的呢。讓人好困擾呢。
　　2　真的呢，令人難以置信。
　　3　是和警察一起的嗎？

「～ともあろう人（身為～的人）」就是「站在～立場的人」的意思，在敘述那個人所做的負面行為並表示批判時會出現這個用法。對話中提到「難以相信」，所以正確答案是2。

1 ～なもんですか：表示「怎麼可能會是～的」的強烈否定用法。

8番　3

N1_1_36

F：贈り物はしないまでも、お礼の手紙ぐらい送っといたほうがいいんじゃない？

M：1　昨日、かろうじて届いたよ。

2　おちおちしてらんないね。

3　送ったところで読まないと思うよ。

女：就算不送禮物，也應該送封感謝的信比較好吧？
男：1　昨天好不容易才送到的喔。
　　2　真是讓人忐忑不安呢。
　　3　我覺得送了之後也不會讀的。

對於「お礼の手紙ぐらい送っておいたほうがいい（應該送封感謝的信比較好）」這個看法，回答「送ったところで読まない（就算送了之後也不會讀的）」。

熟記單字及表現

□**かろうじて**：好不容易才…
□**おちおちしてらんない**：安不下心來

9番　1

N1_1_37

F：そちらにこのかばん置かせていただけますか。

M：1　ちょっとそれはご遠慮いただいています。

2　ええ、どうぞご覧になってください。

3　ちょっとそちらにはおかけにならないほうがよろしいかと。

女：能讓我把這個包包放在那裡嗎。
男：1　抱歉，請別這樣做。
　　2　好的，請看吧。
　　3　別坐在那邊應該比較好吧。

對話中詢問是否可以放包包，所以「ご覧になってください（請您過目）」、「おかけにならないほうが（別坐下比較好）」是錯誤答案。

10番　3

🔊 N1_1_38

M：この服、袖についてるの、模様だと思いきや、シミだったよ。

F：1　え、いつ切れちゃったのかな。

2　え、ちょっと地味すぎるかな。

3　え、クリーニングに出さないと。

男：這件衣服袖子上的，我本來以為是花紋，結果是污痕。

女：1　咦，是什麼時候斷的啊。

2　咦，這有點太不起眼了吧。

3　咦，得送去洗衣店才行了。

對話中提到「シミ（污痕）」，所以正確答案是3。

**熟記單字及表現**

□シミ：污痕

11番　2

🔊 N1_1_39

F：カップラーメン食べたそばからおにぎり食べるなんて、そりゃ太るわよ。

M：1　とりあえず、おにぎり食べる？

2　そんなに太ったかなあ。

3　じゃあ、そばはやめとこうかな。

女：剛吃完泡麵就馬上吃飯糰，那樣當然會胖啊。

男：1　總之，要不要吃飯糰？

2　有胖這麼多嗎。

3　那，就不要吃蕎麥麵了吧。

「～たそばから（～結束後）」是「做完～之後馬上」的意思。由於對方說「太る（會胖」），所以用「太ったかなあ（有那麼胖嗎）」回覆。

12番　3

🔊 N1_1_40

M：ビジネスでは、一度信頼を失えば、もうそれまでだよ。

F：1　そうだよね。それまででいいよね。

2　そうだよね。信頼されるといいね。

3　そうだよね。気をつけるよ。

在商務場合，只要有一次失去信任，就到此為止了喔。

女：1　對啊。到那裡結束就好了呢。

2　對啊。要是被信任就好了呢。

3　對啊。我會注意的。

對話內容是提供建議「一度信頼を失えば、もうそれまでだ（只要一失去信任，就到此為止了）」，所以正確答案是3。

13番　1

🔊 N1_1_41

F：まったくこの会社ときたら。社員あっての会社でしょう。

M：1　ほんと、もっと社員に優しくすべきだよね。

2　そうそう、社員もっと増やすべきだよね。

3　その通り！待遇よすぎだよね。

女：這間公司真是的。有員工才會有公司啊。

男：1　真的，應該對員工更溫柔一些呢。

2　沒錯沒錯，應該增加更多員工呢。

3　說得沒錯！待遇太好了呢。

「まったく～ときたら（真是～）」是在不滿時說話的表現。「AあってのB」是「由於有A所以B才成立」的意思。文中提到有員工才有公司，也就是說沒有員工也就沒有這間公司了，所以正確答案是1。

熟記單字及表現

□待遇：待遇

14番　3

N1_1_42

M：2丁目にできた新しいパン屋、気になるなあ。

F：1　そうそう、目に余るよね。

2　できっこないよ！

3　散歩がてら見てくれば？

男：二丁目新開的那間麵包店，真令人在意。

女：1　沒錯，都看不下去了呢。

2　做不到！

3　散步時順便去看看吧？

「AがてらB」是「A順便B」的意思。

熟記單字及表現

□目に余る：看不下去

2 ～っこない：不可能～

問題5

1番　4

N1_1_44

会議で男の人と課長が話しています。

M：課長、こちらが最終候補に残った四つです。

F：なるほど。どれもさすが最終候補に残っただけあるね。うーん、駅を行きかう人たちに見てもらうために一番必要なのはインパクトだから、それにしてはAはちょっと背景が暗すぎるかなあ。

M：僕もそう思います。この海の色がもっと明るければパッとするんでしょうけど。Bはどうでしょう。手書きは最近珍しいですし、このカエルのキャラクターもかわいいですが。

F：手書きねえ。確かに目にはつくけど、学園祭のポスターじゃないんだし、一企業として、素朴さよりも洗練された感じを出したいかな。そういう点でいうとCがいいかなあ。

M：Cは確かにプロが作った感じが出てますけど、注意喚起のポスターというよりは何かの商品の広告のように見えなくもないかなと思います。

F：それもそうだね。Dはどうかな。**この熊だか犬だかわからないキャラクターは何なの？**

M：あ、これはハリネズミだそうです。

F：ああ、ハリネズミ！ なんでハリネズミなのかなあ。

M：こちらは文字が全部立て看板の中に書かれていますし、「再利用しよう！」という文字も大きくてはっきりしているので、リサイクルのポスターとしてはわかりやすいと思います。

F：あ、ほんとだ。他のは全部英語かカタカナでリサイクルしようって書いてあるだけだから、再利用しようっていう文句は確かにいいね。でもハリネズミ。なんかひっかかるなあ。

M：Aで背景の色だけ変えるっていうのは可能なんでしょうか。

F：いやいや、やっぱりそのままのを選ばないと。うーん、**わかんないからこそ目を引くっていうのもあるから、やっぱりこれにしよう**。

課長はどのポスターを選びましたか。

課長的意見很重要。

A的背景太暗。

B很樸素。

C有專業人士設計的感覺。

D不知道是什麼角色。

從這些地方可以看出正確答案是D。

1　Aのポスター

2　Bのポスター

3　Cのポスター

4　Dのポスター

男性和課長在公司的會議上對話。

男：課長，這裡是最終名單的四個選項。

女：原來如此。每一個都不愧是留到最終名單的選項呢。嗯～，為了讓車站來來往往的人都看到，最重要的是衝擊力，以這樣來說 A 的背景就有點太暗了吧。

男：我也這麼覺得。不過這片海洋的顏色如果更明亮一些的話，可以更醒目的吧。B 怎麼樣呢？最近手寫的很少見，這隻青蛙角色也很可愛。

女：手寫的啊。確實會吸引目光啦，但又不是校慶海報，以一家企業來說，比起簡約更應該展現出俐落感吧。從這一點來說 C 也不錯吧。

男：C 確實有專業人士設計的感覺，但比起喚起注意的海報來說，看起來更像是某個商品廣告呢。

女：這說得也是。D 如何呢？**這個不知是熊還是狗的角色是什麼**？

男：啊，這個好像是刺蝟的樣子。

女：這樣啊，是刺蝟！為什麼要用刺蝟呢。

男：這裡的文字全部立著寫在看板上，「回收再利用！」的字樣也寫得又大又清楚，我覺得作為一張回收海報來說很容易明白。

女：啊，真的耶。其他全部都只用英語或是片假名寫出重複利用的字樣，所以寫出回收再利用確實不錯呢。不過用刺蝟。總覺得有點在意呢。

男：如果選 A，只改變背景的顏色，這樣可以嗎？

女：不行不行，還是得以目前的樣子來選。嗯～，**也有正因為看不懂所以目光才會受到吸引這種事，還是選這張好了。**

課長選了哪張海報呢？

1　海報 A

2　海報 B

3　海報 C

4　海報 D

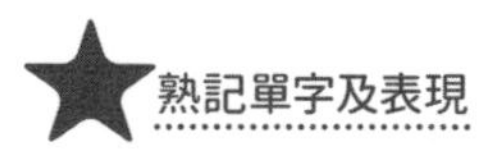

□インパクト：衝擊力

□パッとする：眼前一亮

□素朴（そぼく）さ：樸素

□注意喚起（ちゅういかんき）：喚起注意

□背景（はいけい）：背景

□学園祭（がくえんさい）：學園祭、校慶

□洗練（せんれん）：講究、精煉

□ハリネズミ：刺蝟

2番　2

N1_1_45

家で母、娘、父の三人が話しています。

F1：ハンバーグ、どこに食べに行こっか。いつも「キッチンたぬき」ばっかりだから、たまには違うお店で食べてみたいな。

F2：そう思って、昨日の夜インターネットで調べといたよ。この辺だと「さくらカフェ」が一番人気みたい。普通のハンバーグなんだけど、サイズが普通のお店より大きいんだって。ライスも大盛り。肉汁があふれて玉ねぎの旨味も広がるって書いてある。

M：肉汁があふれるって、いいなあ。俺のよだれもあふれてくる。

F1：ちょっと、お父さん、汚いなあ。で、他のお店は？

F2：「ふじ食堂」は、大根おろしの和風ソースが有名だって。あ、でも狭いからちょっと待つかも。**「レストランまつ」はデミグラスとトマトの2種類のソースがあって、サラダバーもついてるって。チーズ入りハンバーグがおいしいらしいよ。私はここがいいな。**

F1：サラダバーがついてるっていいわねえ。野菜はいっぱいとらないと。でも、大根おろしでさっぱりっていうのも捨てがたいわねえ。

M：俺は普通のが一番だ。ん？　待てよ？　さっき言ってた一番人気の「さくらカフェ」って、もしかしてあのデパート行く途中の右側にあるやつか。

F2：そう、あれ。

M：あんまりお客さん入ってるようには見えないぞ。インターネットの評判なんて当てにならん。お店の人が自分で書いてるかもしれないじゃないか。

F2：インターネットの評判って、300も400も書いてあるんだよ。お店の人もそんなに暇じゃないよ。

M：なんだかんだ言って、行きつけのところが一番信用できるんじゃないか？　**まあ俺は何でもいいよ。どうせ何か言ったって二人の意見が通るんだろうし。**

F1：あら、よくわかってるじゃない。**じゃあ、ゆきちゃんがせっかく調べてくれたんだから、ゆきちゃんが行きたいところにしましょう。**

對話的脈絡

- 「狸貓廚房」經常去。偶爾去些不一樣的地方比較好
- 「櫻花咖啡」是最受歡迎的
- 「富士食堂」的和風醬非常有名店面太小所以要等
- 「松餐廳」是女兒想吃的店家

爸爸說「要聽妳們兩個的意見」，媽媽則說「就去小雪（＝女兒）想去的地方吧」，所以正確答案是2。

F2：ありがとう、ママ！

三人はどこに行きますか。

1　ふじ食堂

2　レストランまつ

3　キッチンたぬき

4　さくらカフェ

媽媽、女兒和爸爸這三人正在家裡對話。

女 1：要去哪裡吃漢堡排呢。每次都是去「狸貓廚房」，偶爾也想去間不一樣的店吃吃看呢。

女 2：我也這樣想，昨天晚上在網路上事先查了一下。這附近好像「櫻花咖啡」是最受歡迎的了。雖然是普通的漢堡排，但大小說是比一般的店還要大喔。白飯也是大碗的。上面有寫，會湧出豐富的肉汁，洋蔥的美味也在口中擴散。

男：湧出肉汁這點真是不錯。我的口中也湧出口水啦。

女 1：哎呀爸爸，好髒喔。那其他的店呢。

女 2：「富士食堂」是以和式醬汁配蘿蔔泥出名。啊，不過店面太小了，可能需要稍微等一下。**「松餐廳」有兩種口味的醬料，分別是半釉汁和蕃茄口味，說是還有附沙拉吧。有加起司的漢堡排聽說都很好吃喔。我就選這家吧**。

女 1：有附沙拉吧真是不錯呢。得好好攝取蔬菜營養才行。但白蘿蔔泥吃起來很清爽，要放棄有點可惜呢。

男：我覺得普通的就最好了。嗯？等等？剛才提到最受歡迎的「櫻花咖啡」，難道就是位於前往某間百貨公司時，途中右側的建築物嗎？

女 2：對，就是那間。

男：看起來不太像有客人去吃的樣子喔。網路評價一點都不可靠。該不是店家自己寫的吧？

女 2：說是網路評價，但也寫了 300 還是 400 則左右喔。店家可沒那麼閒的。

男：說來說去，還是常去的店最能夠信任吧？**不過我是都可以啦。反正不管說什麼，都是要聽妳們兩個的**。

女 1：哎呀，你很懂嘛。那，既然小雪好不容易幫我們查了，就選她想去的地方吧。

女 2：媽媽！謝謝妳！

三人要去什麼地方呢？

1　富士食堂
2　松餐廳
3　狸貓廚房
4　櫻花咖啡

熟記單字及表現

□大盛り：大份
□肉汁：肉汁
□旨味：美味

□俺：我。男性對同事或者比自己年紀小的人說話時使用的第一人稱。
□大根おろし：蘿蔔泥
□サラダバー：自助沙拉
□当てにならない：靠不住
□なんだかんだ言う：說這個說那個、說來說去
□行きつけ：經常去的

3番　質問1　1、質問2　4

N1_1_47

博物館で係員がアナウンスをしています。

F1：(ピンポンパンポーン) 本日はご来場いただき、誠にありがとうございます。本日の催し物を4点お知らせいたします。まず、午前11時半より、園内のきのこ案内がございます。中央広場にご集合いただいた後、係員が園内のきのこをご案内いたします。日本各地のきのこを実際に触ったり、においをかいだりすることにより、きのこの魅力を体感していただけます。次に、ギャラリートークですが、同じく午前11時半より、講師の先生による、きのこアート作品の解説がございます。きのこをモチーフにした水彩画、木版画、切り絵などの作品についての解説です。会場は展示館の3階となっております。午後2時からは、2階のホールにて「日本人ときのこ」と題する講演がございます。日本と欧米で好まれるきのこを比較した上で、日本人に好まれているきのこの特徴についてお話しいただきます。最後に、体験コーナーでは、きのこの写真立てをお作りいただけます。午後1時からで、先着60名となっております。

F2：わー、催し物いっぱいあるんだね。**展示の作品見ただけじゃよくわからなかったから、説明聞きに行きたいな**。あと、午後からの日本と他の国のきのこの好みの違いも気になる。

M：うん、それ、僕も興味ある。講演開始は2時みたいだから、早めに行って席取っとかないとね。それまでは別行動でいいかな。**僕、山にきのこ狩りに行く時の参考になるように、実物に触れときたいんだ**。

F2：うん、わかった。じゃあ、終わったら連絡してね。

質問1：女の人はまず何に参加しますか。

質問2：男の人はまず何に参加しますか。

展覽活動共四項
上午十一點半開始
- 蘑菇導覽：可以實際觸碰、嗅聞
- 專家座談會：對蘑菇藝術作品的解說

下午一點開始
- 體驗區：製作蘑菇相框

下午兩點開始
- 演講：「日本人與蘑菇」

問題是「首先要做什麼」，所以要留意的是上午的活動。

女性提到「光看過展覽作品還是搞不太懂」、「想去聽解說」，所以正確答案是1「專家座談會」。

男性則是提到「想摸摸看實際東西」，所以正確答案是4「蘑菇導覽」。

兩人都會在下午去聽演講。在那之前會分頭活動。

博物館中工作人員正在廣播。

女１：（叮咚叮咚）感謝您今日光臨本博物館。關於今天的展示活動有四點要告知各位。首先，從上午十一點半起，將為您導覽園內的蘑菇。在中央廣場集合之後，工作人員將位您導覽園內的蘑菇。藉由實際觸摸、嗅聞日本各地的蘑菇，來切身感受蘑菇的魅力。接下來是專家座談會，同樣從上午十一點半起，由講師進行對蘑菇藝術作品的解說。是關於以蘑菇為主題的水彩畫、木版畫，剪紙藝術等作品的解說。會場位於展示館的三樓。從下午兩點起，將於二樓大廳舉行以「日本人與蘑菇」為題的演講。比較日本和歐美所喜愛的蘑菇，並且將談論日本人所喜愛的蘑菇特徵。最後在體驗區，可以製作蘑菇的相框。從下午一點起，開放前六十名報名的民眾參加。

女２：哇～，有好多展覽活動喔。**光看過展覽作品還是搞不太懂，我也想去聽解說**。還有，下午起的日本和其他國家的蘑菇喜好差異，我也很感興趣。

男：嗯，那個我也有興趣。演講是兩點開始的樣子，得提早去佔位才行呢。在那之前就分頭活動吧。**為了當作進山採蘑菇時的參考，我想去摸摸實際的東西**。

女２：嗯，知道了。那結束之後聯絡吧。

問題１：女性首先要參加什麼活動呢？

問題２：男性首先要參加什麼活動呢？

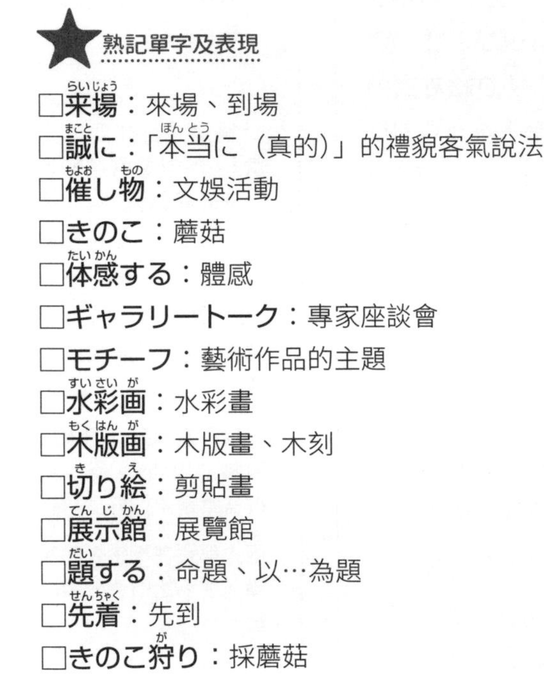

★熟記單字及表現

- □来場（らいじょう）：來場、到場
- □誠（まこと）に：「本当（ほんとう）に（真的）」的禮貌客氣說法
- □催（もよお）し物（もの）：文娛活動
- □きのこ：蘑菇
- □体感（たいかん）する：體感
- □ギャラリートーク：專家座談會
- □モチーフ：藝術作品的主題
- □水彩画（すいさいが）：水彩畫
- □木版画（もくはんが）：木版畫、木刻
- □切（き）り絵（え）：剪貼畫
- □展示館（てんじかん）：展覽館
- □題（だい）する：命題、以…為題
- □先着（せんちゃく）：先到
- □きのこ狩（が）り：採蘑菇

第1回

語言知識（文字・語彙・文法）・讀解

問題1請從1・2・3・4中，選出＿＿的詞語最恰當的讀法。

1 議長催促參加者多發言。
　1 催促　2 根據　3 壓壞　4 違犯
2 今年夏天看到各式各樣種子發芽，真是太開心了。
　1 葉子　2 發芽　3 ×　4 八卦
3 他在冬季奧運中樹立新紀錄。
　1 ×　2 樹立　3 ×　4 ×
4 被害者們提出集體訴訟。
　1 ×　2 訴訟　3 ×　4 ×
5 將以抽籤方式選出一名獲得知名渡假村的住宿券。
　1 優勢　2 優先　3 忠誠　4 抽籤
6 住在附近的女孩，把我當成親姐姐那樣仰慕。
　1 仰慕　2 裝飾　3 唱歌　4 測量

問題2　請從選項1・2・3・4中，選出（　）的詞語最正確的漢字

7 城鎮裡有打算（　）回收運動這樣的活動。
　1 推測　2 推廣
　3 推查思考　4 推移
8 我喜歡的偶像從團體中（　）了。
　1 退出　2 脫逃　3 撤退　4 撤回
9 對虐待幼童的問題，我感到（　）。
　1 傷心　2 打動人心
　3 傾聽　4 脫後腿
10 從血型判斷性格，以科學的（　）來看，據說不是正確的。
　1 報價　2 見識　3 推測　4 觀點
11 這附近很多（　），路也很狹窄，要特別小心行駛比較好喔。
　1 彎道　2 空間　3 安全　4 速度
12 這部漫畫不太受歡迎，所以很快就（　）了。
　1 消除　2 慶功　3 結束　4 取勝
13 工作已經（　）完成了，所以今天不加班直接回家。
　1 完全～不　2 經常
　3 大致　4 通常

問題3　從1・2・3・4中選出最接近＿＿的用法。

14 因為留學的手續、打包行李等等，最近總是很忙亂。
　1 麻煩　2 緊張　3 急忙　4 忙碌
15 災害之後已經過了三個月，但要恢復還需要花些時間。
　1 回復原狀　2 變糟
　3 幫助　4 變舊
16 我喜歡簡單設計的衣服。
　1 單純的　2 花俏的
　3 正式的　4 高度的
17 她很白戀，覺得自己是個美女。
　1 苦惱　2 想不開
　3 深信不疑　4 過度自信
18 在學生時代，經常和朋友去溫泉旅行。
　1 總是　2 一般都
　3 常常　4 偶爾
19 對於參與這堂課的學生，不希望他們提出常見的意見。
　1 珍貴的　2 平凡的
　3 不可思議的　4 有特色的

問題4　從1・2・3・4中選出下列詞彙最合適的用法。

20 沉默寡言

1 田口平時沉默寡言，但一提到足球就侃侃而談。

2 那時候說的話我不想讓其他人知道，一定要沉默寡言喔。

3 現在正在減肥中，所以特別注意對甜食沉默寡言。

4 演奏中還請各位保持沉默寡言。

21 以後

1 平日有工作，所以假日以後不太有時間。

2 開始這份工作也大概做了十年以後了。

3 我的宿舍禁止在22點以後外出。

4 60分以後是不及格的，請好好努力讀書。

22 微薄

1 外面下著微薄的雨，但似乎沒有到要穿長靴的程度。

2 會把孩子們吵醒，所以請用微薄的聲音說話。

3 雖然有些微薄，但這是我送上的祝賀禮物。還請收下。

4 年老後我不想在都市生活，而是想住在微薄的城鎮。

23 切忌

1 不好意思，會場內切忌飲食。

2 即使成績有所進步，在通過考試之前還是切忌疏忽大意。

3 森田非常認真，所以絕對不會做切忌的事。

4 機場內手提行李檢查處會判斷是否有切忌物品，並在當場處置。

24 歇口氣

1 別一直工作，偶爾也休息一下歇口氣吧。

2 到了傍晚，沁涼的風吹過森林歇口氣。

3 在山上遇難的男性，最後是在歇口氣的狀態下被發現的。

4 自從失業之後，發現自己一直都在歇口氣。

25 理解

1 理解這麼多文件，包包會壞掉的喔。

2 就算理解推銷，效果也不太好。

3 研究生時每天都理解研究，幾乎沒有玩樂的時間。

4 不愧是年輕人，對工作理解得真快。

問題5　請從1・2・3・4中選出最適合放入（　）的選項。

26 一邊騎腳踏車一邊使用手機，（　）危險。光是看著就讓人緊張不已。

1 是最好的

2 ～到忍不住的程度

3 非常地

4 不禁

27 （專訪中）

訪問者：「真是出色的全壘打！」

大谷：「能為隊伍勝利做出貢獻真是太好了。觀眾們也都覺得很開心呢。（　）職業運動選手，我認為應該展現給粉絲們最精彩的表現。」

1 即使是

2 若是～的話

3 應有的

4 既然～就要

28 X汽車隱瞞品質缺陷，並不是品質管理部長的獨斷行為，而被認為是（　）所造成的。

1　組織上　　2　組織整體

3　組織清一色　　4　沾滿組織

29 許多顧客想買A公司的新型電腦，從發售日前一天傍晚開始就排起了長長的隊伍。隔天早上開店（　），轉眼間就全部賣完了。

1　本以為　　2　但是

3　～的同時　　4　由於是～

30 田中：「課長，這是X公司提案的資料。」

山下：「嗯～，光是這樣還（　）。得讓我們看些更有根據的數據才行。」

1　簡單地能夠信任

2　最好是信任

3　不外乎是信任

4　不足以信任

31（演講中）

下週的演講主題是「地域的孩童養育」，將由齊藤老師為我們發表演講。衷心（　）各位的大駕光臨。

1　您的等待

2　等待

3　名為等待

4　為您送上等待

32 由美：「那輛德國車好帥喔。真想搭著那種車到海岸兜風。」

幸平：「確實很想搭好車，但我覺得（　）借錢去買喔。」

1　～的程度

2　單從～來看

3　沒必要～

4　在～的期間

33 在世界首屈一指的指揮家指導之下，這個管弦樂團以東京（　），也預定在海外多個城市舉行音樂會。毫無疑問會讓全世界的觀眾為之風靡。

1　透過～　　2　先不提

3　別說是　　4　～為開端

34 我們人類是破壞地球環境的元兇，而能夠守護地球環境，解決問題的，（　）人類之外也沒有其他的了。

1　除了　　2　身為

3　不光是　　4　特有的

35 3月最後一天（　），持續營業了30年的這間店即將歇業。感謝各位長年以來光臨本店。

1　關於～　　2　在～

3　以～為本　　4　到～為止

問題6　從1・2・3・4中選出最適合放在＿★＿處的選項。

（例題）

在那裡　＿＿　＿＿　＿★＿　＿＿的是山田。

1　電視　　2　正在看著

3　將～　　4　人

（作答步驟）

1. 正確句子如下。

在那裡　＿＿　＿＿　＿★＿　＿＿的是山田。

1　電視　　3　將～

2　正在看著　　4　人

2. 將填入＿★＿的選項畫記在答案卡上。

（答案卡）

（例）	①②③●

36 如此果斷的改革，＿＿＿ ＿＿＿ ＿★＿ ＿＿＿吧。

1 就做不到
2 領導能力
3 若是沒有
4 他的

37 半年前＿＿＿ ＿＿＿ ＿★＿ ＿＿＿，母親就變得沒精神了起來。

1 自從
2 父親
3 之後
4 離開人世

38 暫時見不到面，但又有好多話想對你說，所以要進行就職的＿＿＿ ＿＿＿ ＿★＿ ＿＿＿。

1 向你
2 報告
3 問好
4 順便

39 父親隨著年事漸長體力也越來越差，＿＿＿ ＿＿＿ ＿★＿ ＿＿＿想游那樣的距離，正努力訓練。

1 像那樣
2 50公尺左右
3 年輕時
4 別說是那樣了

40 由於造成這樣的事故，田村先生一定會＿＿＿ ＿＿＿ ＿★＿ ＿＿＿。

1 身為
2 隊長
3 會被追究
4 的責任

問題7 閱讀以下文章，依據文章整體主旨，從1・2・3・4中選出最適合放進 41 到 45 的選項。

以下是小說家所寫的散文。

說話方式很重要。建議各位依據觀點多練習一些反駁的模式。

「你說的話不對」、「這有矛盾」之類的發言，雖然是在美國電影裡經常看到的場景，但在日本現實社會中，就某種意義上來說，聽來像是要跟對方吵架一樣。 41 破壞彼此之間的關係。

說起來，日本有一種很難說出不同意見的氛圍。這種時候，重要的是什麼呢？就是說話方式了。可以說一切 42 說話方式。和國高中生不同，需要成年人的論述能力。一邊維持關係，或者說，一邊保持良好關係，一邊進行對話。

有不同意見時，例如可以先說「我認為部長的意見說的沒錯。稍微改變一下視角， 43 以這種看法」，重點是先討好對方。抱怨他人的說話方式，我雖覺得是日本人的壞毛病，但刻意使用會造成對方反感的用詞遣字，讓別人不聽自己的意見絕非良策。

為各位介紹一下說話方式的例子。

「『就算老婆做飯給我吃，我也不會向她道謝的』上司發出這樣的豪語，而為學習社會當OL地一位好人家的大小姐天真無邪地回應：『您的父母沒有教導您禮貌嗎？』於是上司就從大男人主義變成單純教養不好的男人了。我從朋友那裡聽到這件事的時候不禁爆笑。」

充滿自信發出豪言壯語的上司，可以推測他平時經常對下屬展現出強勢的一面。 44 部長的風格，也是價值所在。在這件事上非常簡單地和部長的觀點完全不同，毫無惡意的「大小姐」45乾脆地否定了他，給予回擊這點非常有趣。另外，不能錯過的還有大小姐的說話方式。由於是毫無惡意的說話方式，部長也無法抱怨什麼。

（齋藤孝『出色的「還擊」技術 不破壞人際關係，說出想說的話！』辰巳出版）

（註1）悪癖：壞毛病。不好的習慣

（註2）得策：好方法

（註3）豪語する：充滿自信地說出誇張的話

（註4）躾（しつ）ける：教導禮儀

（註5）亭主関白（ていしゅかんぱく）：家庭內，丈夫以支配者一般的大搖大擺的態度對待妻子

41

1　不可能變得
2　很可能變得
3　很難變得
4　並不是說會變得

42

1　取決於
2　極其
3　～的時候
4　達到～

43

1　可以做到～嗎
2　不可以做到～嗎
3　難道不可以做到～嗎
4　難道不能夠不做到～嗎

44

1　這就是
2　所以
3　然而
4　而且

45

1　を（表示動作、行為的接受對象）
2　が（表示連體修飾子句）
3　和
4　に（表示對象）

問題8　閱讀下列從(1)到(4)的文章，從1・2・3・4中選出對問題最適合的回答。

(1)

20XX 年7月吉日

各位顧客

櫻花室內溫水游泳池管理公司

因煙火大會變更營業時間告示

感謝您平日使用室內溫水游泳池。

每年固定舉行的夏季祭典煙火大會預定在8月10日（六）舉行，在活動舉辦時，下午5點以後將禁止車輛進入櫻花溫水游泳池的停車場。

並且，為了能即時對應因雨天而造成的活動順延，活動日和準備日這兩天的營業時間變更為上午10點至下午5點。

造成您的種種不便，還請您多加理解並協助配合。

46 這份告示最想傳達的是什麼？

1　煙火大會當天停車場禁止停車。
2　八月的兩天期間游泳池營業時間有變動。
3　煙火大會若因雨延期，停車場的營業時間將縮短。
4　停車場將成為煙火大會的會場，因此下午五點以後車輛不得進入。

(2)

物資變得豐盛起來了。回首看孩提時代，會驚訝於用餐越來越奢華這件事。

（中略）

現在已經是飽食時代了。世界上的珍奇美味，可以說在城市裡滿滿都是。志願成為「美食家」的人們，遊走在各家餐廳之間比較味道。以前的父親會對妻子自豪地說出「讓妳想吃就能吃飽肚子」這種話，<u>但現在漸漸無法僅只如此就說是已盡到身為父親的責任了</u>。

47 <u>現在漸漸無法僅只如此就說是已盡到身為父親的責任了</u>，這句話是什麼意思呢？

1 父親不得不為了家人做各式各樣的料理。
2 父親不得不經常必須讓家人吃飽肚子。
3 父親不得不和家人必須前往各家餐廳評論。
4 父親不光只是食物的份量，品質上也不得不讓家人滿意。

(3)

二宮金次郎的人生觀中，有句話是「積小為大」。（中略）為了形成「自己的歷史觀」，這個「積小為大」的思考方式十分重要。也就是說所謂的歷史觀，即是在歷史裡感受到日常生活，同時將這些碎片堆積為自己的血肉。為此，首先必須要「並非隔一段距離望著歷史，而要抱著與自己血肉相連的親近感」。也就是說，歷史並不是“別人的事”，而是“自己的事”。說起來，將自己同化於歷史中，和歷史人物共同感受、體驗其痛苦或悲傷，將它當成自己的事那樣考慮「那麼，該怎麼做呢？」，這樣才是和歷史上的對象（歷史上的人物）共同深入思考的態度。

48 基於筆者所述的「歷史觀」的行動為何？

1 認為自己身體的存在都是托過去的人們的福，日日感謝。
2 並非為了獲取歷史相關知識而去收集資訊，而是去進行和實際相似的體驗。
3 將歷史上的人物和自己一體化，想像自己若是在當場會如何行動。
4 比起歷史上的人物所完成的大事，更為注意他們的日常生活。

(4)

前些日子，和某位編輯邊吃飯邊開會時發生了一件事。她突然這麼說：

「很多人說咖哩要溫熱的才好吃，但我喜歡吃白飯或是咖哩醬其中一樣是冷的的咖哩。」

「喔，我也是！」

由於太過興奮，不由得就把第一人稱說成了「俺（日語的「我」的比較粗魯的講法）」。因為，這可是我人生中到了第四十五年才第一次遇到，能夠斷言「我喜歡吃白飯或是咖哩醬其中一樣是冷的的咖哩」這樣的人。是夥伴啊。這是自從我和小學同班同學在小田原城的天守閣偶然重逢之後，再度出現，「沒想到會在這種地方遇見朋友」的感覺。

49 筆者興奮的理由為何？

1 由於發現她是以前在城裡偶然遇見的國小同學
2 由於她用咖哩比喻進行了愛的告白
3 由於她明確斷言了難以對人說出口的咖哩溫度喜好
4 由於至今從未遇過對咖哩溫度的喜好相同的人

問題9　閱讀下列從(1)到(3)的文章，從1・2・3・4中選出對問題最適合的回答。

(1)

有句話是四十而不惑。而男性的厄運年是四十二歲。但就算不受這些所影響，<u>四十歲這</u>個年紀，也不得不認為對男性的人生來說，是個決定幸與不幸的分界點。

（中略）

四十幾歲的男性，如果過得不幸福，是由於自己所意欲達到的事情，到了四十幾歲還沒有實現的緣故。和世界上對成功者、非成功者的分類不同。不論職業、地位為何，也和幸與不幸沒有關係。可以心滿意足地做自己想做的事；持續保持這樣立場的男性，不管社會如何評價，應該都是幸福的。

和家庭中會被有沒有自我意志而左右的主婦不同，男性是社會性較強的，所以是否得償所望，就成為了很重要的問題。無法做到這點的男性，也有很多熱衷於興趣或是副業上，即使如此也無妨。只有週末幸福，也是美好的幸福。

會感到困擾的是，在自己喜歡而選擇的道路上，卻不處於這種立場的男性。這種男性的四十幾歲，才正是厄運發生的年代。在腦力工作者中較多這種不幸的人，這是由於他們自負地認為工作是由自我意志所選擇的，這又讓不幸變得更勝一籌了。

50 對於四十歲，筆者是怎麼想的呢？

1　男性的厄運年是四十二歲，所以四十歲還不會不幸的吧。
2　男性四十歲時如果幸福的話，剩下的人生也都會過得幸福的吧。
3　四十歲在男性的人生中說不上是重要的年齡吧。
4　男性的四十歲接近厄運年，所以容易受到影響吧。

51 據筆者所說，四十幾歲的男性如果過得不幸，是為什麼呢？

1　由於社會地位低
2　由於做不到自己希望的事
3　由於社會給予的評價差
4　由於工作上不成功

52 據筆者所說，最不幸的是怎樣的人呢？

1　只有週末沉浸在興趣中的人
2　在家庭中無法說出意見的人
3　想做自己所選擇職業卻無法做到的人
4　從事腦力工作的人

(2)

戰後，有一位優秀的物理學家從英國來到了京都大學。可能是應聘而來的。這個人53非常難得地，日語相當流利，於是他在日本幫忙日本研究者校閱英語論文裡的英語。之後，也成為世界性的學者。

這個人在日本物理學會的學會誌中，發表了一篇名為「無法翻譯的“であろう（是～的吧）”」的文章，讓全日本的學者、研究者都為之震動。

日本人所寫的論文，裡面不斷地出現“であろう”這個用法。在物理學這種學問的論文中是不恰當的。它無法被翻譯成英文。他可說是告發了這件事。

<u>日本的學者、研究者都感到十分驚訝</u>。這是他們什麼都沒想地一直使用至今的語尾。“である”看來很像是在擺架子，一點也不有趣。而如果是蓋上一層面紗後的“であろう”的話，就看來穩重許多了。由於也有人認為這並非沒有自信，也不是閃爍其詞，而是帶給人溫和的感

覺，學界感到相當震撼恐慌，“であろう”這個用法就這樣戛然而止。

其他科學部門的人們聽說此事，也封鎖了“であろう”這個用法。科學上的“であろう”因此而消滅了。

53 據筆者所說，從英國來的物理學家是怎樣的人呢？

1 活用日語能力，以翻譯家身份活動。
2 來日本當時是世界上知名的學者。
3 和其他物理學家不同，相當擅長日語。
4 用日語寫論文發表。

54「日本的學者、研究者都感到十分驚訝」，是為什麼驚訝呢？

1 由於使用“ であろう”這個詞時是沒有特別意義的
2 由於不知道“ であろう”在英文中並沒有同義的詞
3 由於覺得“ であろう”這個詞比“である”還要有趣
4 由於覺得“ であろう”用在論文中不太好

55 對於日本的研究者們和“であろう”這個詞的關係，筆者是如何敘述的呢？

1 使用“であろう”這個詞就能婉轉地傳達意思。
2 “であろう”這個詞會給人不可一世的印象，所以不想使用。
3 使用“であろう”和不使用的人們相互對立，引起學界混亂。
4 “であろう”這個詞無法翻譯為英文，所以禁止使用。

(3)

理論是理工人的優點，或許也可說是優勢，但經常聽到在決定新產品發售的公司內部會議上，即使工程師以理論觀點作出完美的簡報，也無法打動會議參加者的心，產品也沒辦法實際上線生產這樣的事。

人類原本就是依賴恐懼或喜悅等情感生存下來的動物，所以在情感上無法觸動的事物，會傾向於直覺性地避開。因此，即使對於工程師的簡報，腦子裡認為「邏輯通順，令人恍然大悟」，感到理解、同意，另一方面若內心出現「總覺得提不起想買這個的衝動」這樣的想法，大多數的人還是會以這個想法為優先。

但是，正是這個「總覺得」，介於情感和理論的夾縫之間，這也正是必須得在會議上好好探討一番的事。

例如說能知道「總覺得」具體的理由，只是「不喜歡試作品的顏色」的話，只要找到替換的顏色就好，也不會讓難得的企劃就這樣可惜地被全盤否定。另一方面，這項產品很可能會被孩子亂丟亂玩，所以讓會議參加者無意識中覺得「這樣的話好像有點易壞」，那就應該需要重新檢討使用材料和設計。

56 下列何者和筆者想法相符？

1 理工人基本上是講邏輯的，但也有感性的時候。
2 決定產品是否能上線生產，在於簡報是否完美。
3 會議參加者抱有直覺性否定的情感時，就很難表示同意。
4 為了打動會議參加者的心，訴諸情感是有必要的。

57「人類原本就是以恐懼或喜悅之情生存下來的動物」這句話是什麼意思呢？

1 人類情感越強的人就活得越久。

2 人類能活到現在，是受到情感極大的影響。

3 人類因為有情感，而能感受到生存價值。

4 人類和其他動物相比情感較為豐富，任何事都能接受。

58 對於「總覺得」，筆者是怎麼想的呢？

1 「總覺得」這個直覺反應，在推行企劃時略過會比較好。

2 具體探究「總覺得」的因素，能讓企劃變得更好。

3 「總覺得」是講邏輯的，所以更靠直覺會比較好。

4 「總覺得」的想法是為客人發聲的，所以一定要遵循。

問題10 閱讀以下文章，從1・2・3・4中選出對問題最適合的回答。

占卜是一件不只在年輕的時候，就算年歲漸長也是會在意的事。在二十幾歲時，看占卜那幾頁真的很開心。特別是在如飢似渴地讀起戀愛運勢時，如果寫到：

「身邊有男性正偷偷地把妳放在心裡」

「呵呵，是誰呢。會是那個人呢，還是這個人呢。應該不會是他吧……」

像這樣心情愉悅地眼前浮現男性的臉，嘎嘎嘎地笑著。而且同時想到討厭的男性時，心情會稍微變得鬱悶，心想該不會是那傢伙吧。現在回想起來，實在是傻氣又尷尬。

「妳是笨蛋嗎？」

①對過去的自己只覺得傻眼了。

從愚蠢的二十幾歲到三十幾歲，又到了五十歲過半的年紀，就對戀愛運勢完全失去興趣，只在意是否保持健康，還有身邊是否會發生不幸的事，這種現實的問題。（中略）也不再一邊看著占卜，一邊感到興奮不已了。話雖如此，在雜誌上看到占卜的那頁時，還是會在意寫了些什麼而去看看內容。

前些日子，手邊雜誌的占卜頁上，寫有今年一整年的幸運物。看其他出生月份的欄位，列出了蕾絲手帕、黃色皮革錢包，還有文庫本，這些非常適合作為幸運物的東西。帶著這些東西，就能召喚幸運到身邊。

「我的幸運物究竟是什麼呢」

久違地興致勃勃看自己的出生月份時，上面竟然寫著「太鼓的鼓棒」。

「咦，太鼓的鼓棒？」

我手上還拿著雜誌，②就這麼呆住了。

如果是蕾絲手帕、錢包，或是文庫本，就能放進包包裡隨身攜帶，但是會把太鼓的鼓棒放進包包裡嗎？不但不知道哪裡有在賣，而且即使買到了放在包包裡，萬一遇到緊急狀況要檢查隨身物品時，翻出包包裡有這種東西，豈不是最可疑的嗎？

和朋友見面時，我雖有點想從包包裡拿出太鼓的鼓棒，說這是我的幸運物來搏君一笑，但也只會以對方的苦笑告終吧。結果，今年的我並沒有幸運物，但即使沒有那種東西，也能平安無事地生活啊，我意氣風發地想著。

59 ①對過去的自己覺得傻眼的原因為何？

1 因為受占卜內容而左右心情
2 因為占卜不準確時會煩躁不安
3 因為會看不起、嘲笑占卜內容
4 因為沉迷於占卜，對於現實生活中的努力就怠惰了

60 筆者是怎麼敘述年過五十五歲的自己呢？

1 對占卜完全失去興趣，也不會看占卜頁。
2 不會再輕鬆地笑著、充滿期待地看占卜內容了。
3 比起占卜，對健康相關內容更感興趣。
4 閱讀戀愛運勢那欄時，不禁發出嘆息。

61 筆者②就這麼呆住了，最符合筆者心情的敘述是何者呢？

1 完全不像是幸運物品的東西。
2 不想買這麼危險的東西。
3 太大了，對於經常帶著它有些不安。
4 希望是和自己的出生月份更有關係的東西。

62 筆者對幸運物品是怎麼想的呢？

1 不想再帶幸運物品了。
2 現在的自己不需要幸運物品。
3 如果不是喜歡的，還是別帶著幸運物品比較好。
4 幸運物品是能讓朋友笑出來的東西比較好。

問題11　閱讀下列文章A和B，從1・2・3・4中選出對問題最適合的回答。

A

我認為學校社團的體罰，應該要全面禁止。我成長於指導者施以體罰很正常的時代，也了解有人主張應該以體罰來培養孩子的忍耐力。但是，我認為運動的意義應該在其他地方才對。連自己的感情都無法控制的人，應該沒有資格進行指導吧。體罰，是不成熟的指導者單方面施加暴力。只要有足夠的指導能力，應該能夠只用言語就解決才對。我曾經為內心受傷的孩子看診，受到體罰的人不在話下，並且光是目擊體罰，就或多或少會造成精神上的衝擊。容忍體罰這件事，也就可能培養出將來會容忍家暴這類暴行的成年人。

B

我覺得，體罰無論在任何狀況下都是不能容許的。確實我們自己在國高中時期，體罰是理所當然的，也沒能好好補充水分。錯誤的運動醫學和精神理論當時正猖獗地蔓延。不過，對於運動的認知，正以驚人的程度進化。實際上，也有很多學校就算並未施以體罰，也是全國性比賽的常客。指導者們應該要學習最新的指導方式才對。而且，如果施以體罰，學生就會只想該怎麼做才會不受到指導者的暴力對待。我認為這樣的話，選手們會恐懼失敗，並難以挑戰新事物，也會對其成長造成阻礙。

63 對施加體罰的指導者，A和B是如何敘述的呢？

1 A敘述為壓抑感情的人，B則敘述為不讓學生喝水的人。

2 A敘述為未持有指導資格的人，B則敘述為能帶領大家去參加全國性比賽的人。

3 A敘述為不成熟的人，B則敘述為有錯誤知識和想法的人。

4 A敘述為擅長忍耐的人，B則敘述為沒有學過最新指導方式的人。

64 關於學生受到體罰的影響，A和B是如何敘述的呢？

1 A和B都敘述為將來內心會受到很大的傷害。

2 A和B都敘述為可能成為施加暴力的大人。

3 A敘述為容易成為施以家暴的大人，B則敘述為會成為容易失敗的選手。

4 A敘述為可能成為接受暴力的大人，B則敘述為不容易成為好選手。

問題12　閱讀以下文章，從1・2・3・4中選出對問題最適合的回答。

決定題目（研究主題），是所有學術研究的出發點。現代史也並不例外。首先，「決定」題目，這個研究者自己的①主體性的選擇就是最重要的一件事。或許會覺得這一點是理所當然的，但實際上，受外界支配、或是被動的決定研究主題的人也並不在少數。

現代史研究和其他所有學術一樣，或者更加地需要集中精神和持之以恆，而為了達到這個要求，題目必須在深思熟慮過後，自己負起責任（包括對研究可能失敗的風險有心理準備）作出決定。（中略）

②不決定主題就著手進行研究，就和不決定目的地就出發去旅行一樣。沒有目標的隨興旅行也是轉換心情的方式，不能說是毫無意義的。這也是一個發現全新自我的機會，說不定會有嶄新的相遇。應該很多人覺得，比起旅行社安排的套裝行程，自己一個人的旅行更能品味充實感吧。在題目沒有決定之下翻閱文獻、史料這件事，未必是浪費工夫的知識漫遊。碰巧閱讀到的史料，也可能會是幸運發現有趣題目的機緣。或許可以說一個人進行史料探索，比起像是套裝行程的「共同研究」收穫更大吧。（中略）

不過一般對歷史研究來說，決定題目是必不可少的前提條件。未決定題目的史料探索，在發現心儀主題的過程才有意義。主題，是歷史學家為了決定要以研究過去已固定不變的事件的方式，來解決怎麼樣的問題，而設定的研究課題。（中略）

若以將歷史當作是一種純背誦、和知識創造無關，只不過是記憶並整理過去所發生的事而已這樣，將歷史和編年史一視同仁的角度來看的話，以③這個意義來選擇主題、設定課題就不會那麼重要，倒不如說甚至是對工作的干擾。像這樣對歷史的偏見至今仍然根深蒂固，所以在這裡重申，歷史也是以以一定的方法分析並解決新提出的問題（並非事實，而是問題）為目標的具有創造性且有想像力的行為，和其他學術並無不同。主題的選擇並非是要決定該研究哪個過去事件，而是去決定要以何為目的、或是要為了解明什麼問題而去研究過去的事件，這樣指引（研究者）進行問題設定的行為。

65 ①主體性的選擇就是最重要的一件事，理由是什麼呢？

1 因為若是沒有主體性選擇，就無法開始研究
2 因為有主體性選擇就能不讓他人決定
3 因為若是沒有主體性選擇，研究結果會有所差異
4 因為有主體性選擇，直到最後都容易對研究保持熱情

66 對於②不決定主題就著手進行研究，和筆者想法相符的是何者呢？

1 能轉換心情、發現自我，務必要試試看。
2 由他者決定主題的共同研究更具有價值。
3 以找到主題為目的的行為是有意義的。
4 比起決定主題之後再開始研究更能感到滿足。

67 ③這個意義指的是什麼呢？

1 歷史學家為了解決問題而研究過去的意思
2 歷史是需要背誦的事物的意思
3 歷史是記憶過去發生的事的意思
4 歷史和編年史是相同的的意思

68 這篇文章裡筆者最想說的是什麼？

1 歷史研究和其他學術的相似點很多。
2 探索史料之前沒有必要先決定主題。
3 抱有問題意識決定主題是很重要的。
4 歷史研究就是整理過去所發生的事，這個想法是錯誤的。

問題13　右頁是信用卡的相關說明。從1・2・3・4中選出一個對問題最適合的答案。

69 上日語學校，現年21歲的譚先生想申請信用卡。他不會消費超過50萬日圓。申請哪張信用卡最好呢？

1 學生卡
2 首卡
3 經典卡
4 金卡

70 35歲的黃先生已經入會。他在去年五月使用過一次信用卡，是150萬日圓的大額消費。今年的年費是多少呢？

1 0日圓
2 6,500日圓＋稅
3 10,400日圓＋稅
4 13,000日圓＋稅

信用卡說明

	<學生卡> 限18～25歲的學生申請！留學或旅行就用這一張！	<首卡> 限18～25歲申請！你的第一張卡！點數將以兩倍累積！	<經典卡> 只要有這張就一切放心，標準款卡片！	<金卡> 為您提供優質服務！
申請對象	年滿18～25歲的大學生、研究所學生 ※研習生、旁聽生、語言學校學生和補習班學生無法申請。 ※未成年者需要監護人的同意。	※年滿18～25歲者（高中生除外） ※未成年者需要監護人的同意。	年滿18歲者（高中生除外） ※未成年者需要監護人的同意。 ※年滿18～25歲者，建議申辦點數兩倍計算的首卡	原則上滿三十歲以上，本人有穩定持續收入者可申請 ※將由敝社的審查基準來判定。

年費	第一年免年費一般1,300日圓＋稅 ※第二年開始年刷一次則免年費	第一年免年費 一般1,300日圓＋稅 ※第二年開始年刷一次則免年費	網路申請入會者第一年免年費 一般1,300日圓＋稅	網路申請入會者第一年免年費 一般13,000日圓＋稅 有年費優惠活動（請參閱備註欄）
使用額度	10～30萬日圓	10～70萬日圓	10～100萬日圓	50～400萬日圓
扣帳日	月底結帳，下月26日扣款※可更改為15日結帳，下月10日扣款	月底結帳，下月26日扣款※可更改為15日結帳，下月10日扣款	15日結帳，下月10日扣款／月底結帳，下月26日扣款※可選	15日結帳，下月10日扣款／月底結帳，下月26日扣款※可選
備註	年滿26歲將升級卡片。26歲後首次換卡時，將自動由本卡轉為「金卡」。 ※亦可轉為經典卡。	年滿26歲將升級卡片。26歲後首次換卡時，將自動由本卡轉為「金卡」。 ※亦可轉為經典卡。		可使用機場貴賓室服務 ※年費優惠活動：上年度（前一年2月～當年1月）消費累計金額50萬日圓以上，未滿100萬日圓時，有20%優惠折扣。100萬日圓以上，未滿300萬日圓時下年度年費減半，300萬日圓以上時下年度免年費

聽解

問題1　在問題1中，請先聽問題。並在聽完對話後，從試題冊上1～4的選項中，選出一個最適當的答案。

例題

女：櫻井先生，再過一天就要開演了，周邊商品的事已經解決了嗎？

男：是的。因為遲遲沒有收到，本來想要打電話給廠商，但就在剛剛收到了。大致確認了一遍，內容物和數量都和訂單一樣。

女：這樣啊，趕得及真是太好了。謝謝你。接下來就只剩去確認觀眾席而已了吧。

男：去確認觀眾席？

女：嗯。觀眾席如果有掉垃圾在那的話，客人也會覺得不開心的吧。所以在開演前要再確認一次才行。

男：這樣啊。那麼，我現在馬上就去確認。

女：這件事就由我來做，櫻井先生能不能幫我準備飲料和點心？

男：放在休息室的那些對吧。好的。

女：啊，對了。海報已經貼好了嗎？因為要貼很多地方，先做這件事吧。

男：海報的話，今早富岡先生已經幫忙貼了 。

女：這樣啊，我知道了。那就麻煩你囉。

男性工作人員在這之後必須得去做什麼事呢？

1　確認周邊商品數量
2　確認觀眾席有沒有掉落垃圾
3　準備飲料和點心
4　貼上海報

第1題

電話中女性和男性正在對話。男性在這之後首先要去做什麼事呢？

女：這裡是AIUEO銀行的服務中心。在這裡為您服務。

男：那個～，我想使用網路銀行，試著登錄，但卻進不去…。然後失敗幾次之後，畫面不再出現登入畫面，而是只出現「登入有問題者」的畫面了。

女：是這樣子啊。那麼，請告訴我您現在正顯示的是什麼畫面。

男：好的。畫面最上方寫著網路銀行的字樣，下面有一欄紅色的寫著「重要。請注意電腦病毒」。然後，再下面寫著大大的「登入有問題者」。

女：好的。那麼，畫面左方應該有個框起來的登入文字，請點選那裡。

男：啊，這裡呀。我按按看。啊，在這裡輸入帳號和密碼就可以了對吧。啊，對了，原本就是不知道帳號才好幾次登入失敗的。

女：這樣的話，請您先回到上一頁。

男：好的。

女：在框起來的登入文字下方，是不是有重新發送帳號名的選項呢？

男：啊，從這裡申請就可以了對吧！謝謝妳。

男性在這之後首先要去做什麼事呢？

1 申請重新發送密碼

2 申請重新發送ID

3 回到上一個畫面

4 點選登入部份

第2題

女：這個，麻煩你了。

男：您要領取行李箱嗎？請稍等一下。

・・・

讓您久等了。這位客人，請您確認一下。車輪原先就是這個樣子嗎？

女：咦，這下怎麼辦！居然掉了…。

男：果然是這樣子啊。非常抱歉，由於我們的疏失，在運送過程中造成行李的損壞…。

女：咦，這可讓人困擾了！我兩個小時之後就要出發了。這下怎麼辦。得打電話給我先生才行。哎呀，行動電話呢！總之得趕快買新的才行，這部份的費用你們可以支付嗎？

男：非常抱歉。我們有準備備用的行李箱，請從那裡面選一個。我們會在渡邊太太旅行的期間修理，抵達目的地後就會將行李箱交還給您，這樣可以嗎？

女：嗯～，哎，如果能那樣子的話…。不過，行李箱是我先生的，我和他聯絡一下。

男：好的，沒問題。

女性在這之後要去做什麼事呢？

1 買行李箱

2 收取修理費用

3 打電話給先生

4 選行李箱

第3題

課長在公司的會議上發言。社員們在這之後要去做什麼事呢？

女：這次新人研習的資料，我大致看了一下，這樣資訊還是不太夠呢。特別是關於法令遵守的資訊，這點在最近特別的重要，是不可或缺的內容。不過如果資訊要大幅增加的話，行程就沒有餘裕了吧。如果截止日延後兩天，在下週五截止應該也不是不行，但這樣的話，準備下次會議的資料可能會出問題。希望大家能以這項工作為第一優先…。好，決定了。會議就暫時請其他組負責，請大家專注在這件事上，照預定目標進行。

社員們在這之後要去做什麼事呢？

1　會議資料最晚在下週三前製作完成
2　會議資料最晚在下週五前製作完成
3　研習資料最晚在下週三前製作完成
4　研習資料最晚在下週五前製作完成

第4題

男：高橋小姐，今天早上有麻煩妳和工廠的石川課長聯繫零件出問題的事，對吧。
女：是的，我馬上就寄郵件給他了。
男：那對方怎麼回覆？
女：沒有收到回信，所以我直接打電話到工廠，但很不巧地石川課長正在中國出差。
男：然後呢？
女：我就掛掉了電話。
男：等一下等一下，這樣不行耶。要是不立刻告訴工廠停止生產的話，就會大量生產出瑕疵品了。妳覺得這樣會有多少損失啊？馬上去聯絡山田組長說明狀況。
女：好的，我知道了。
男：不光是工廠而已。要是不小心出貨了，也會對客戶造成困擾的喔。如果這樣，光是低頭道歉可是沒法解決的喔。直接去聯繫，請他們馬上停止。
女：不好意思。我馬上去聯繫。

女性在這之後要去做什麼事呢？
1　為了阻止出差而打電話給課長
2　為了停止生產而打電話給組長
3　為了大量生產而打電話給組長
4　直接和客戶討論不良品的問題

第5題

女性和男性正在家裡對話。女性在這之後會按照什麼順序行動呢？

男：妳在查什麼？
女：我需要三年前的納稅證明書，但好像不能在這裡的、而是得去之前住的地方的市役所申請才行。
男：這樣啊。但不用特地跑一趟，可以請他們郵寄吧。
女：雖然是這樣，但好像需要蠻多資料的。首先要印出申請書，然後用手寫填入資料…。
男：咦，要用到印表機嗎？剛剛墨水用完了，妳要不要到超商去印？
女：咦～。啊，不過反正也是要去超商一趟的。得買回信用的信封和郵票才行順便也去影印駕照好了。哎呀？上面寫，手續費不能用郵票、現金支付！
男：咦，那這樣要怎麼支付費用？
女：說是要用郵政匯票。唉～，雖然很麻煩，但也得去一趟郵局才行。啊，已經這個時候了。先去一趟超商不知道來不來得及。
男：趕得上？啊，回家路上到車站前的蛋糕店買蛋糕回來吧。
女：好的！
男：要不要先在信封上寫好地址再出發？
女：嗯～，要是來不及就不好了，我到郵局買好郵政匯票之後，在那裏寫吧。
男：嗯，路上小心。

女性在這之後會按照什麼順序行動呢？
1　超商→郵局→蛋糕店
2　超商→蛋糕店→郵局
3　郵局→超商→蛋糕店
4　郵局→蛋糕店→超商

第6題

女性和男性正在對話。女性在這之後要去做什麼事呢？

女：我完全打不好高爾夫呢。有沒有什麼訣竅？

男：妳該不會是就這麼一鼓作氣地打了幾百球吧？要是沒有一球一球邊思考邊打的話，是打不好的喔。

女：咦～，是這樣子嗎？那該怎麼練習才好呢？

男：首先是擊球前的姿勢。要是沒擺好姿勢，就不用提要打好了。

女：基本上算是有擺好姿勢吧。

男：這樣的話，下一步就是擊球時身體重心要穩。

女：嗯。我身體的重心不穩，所以球都沒辦法直直地飛出去呢。

男：這是最重要的一點，但要做得完美最少也要花上一年時間，所以在這裡受挫的人很多呢。我建議，妳可以用拍下影片來確認身體動作的方式練習。

女：原來如此。如果有影片的話，就能確認身體有沒有向左右偏移了呢。

男：嗯。與此同時，也要練習提升擊球時的速度比較好喔。在這裡的重點，是用左手而非右手使力。若是右手使力的話，球就會歪掉了。

女：左手啊。我是右撇子，所以有點困難呢。

男：還有，擊球後的姿勢也練習一下比較好喔。這點很容易忽視，但意外地很重要喔。只要意識到打完之後手腕要帶到左肩上方，全力打到底，自然而然地擊球速度也會提升。

女：原來如此。最後的姿勢能擺好會很帥氣呢。好，之前我沒有拍過影片來練習，所以首先就試試看拍影片練習重心不要偏移吧。謝謝你。

女性在這之後要去做什麼事呢？

1　拍攝影片，練習揮打前的姿勢
2　拍攝影片，練習重心穩定
3　拍攝影片，練習提昇揮打速度
4　拍攝影片，練習揮打後的姿勢

問題2　在問題2中，首先聽取問題。之後閱讀題目紙上的選項。

會有時間閱讀選項。聽完內容後，在題目紙上的1～4之中，選出最適合的答案。

例題

女性和男性正在討論戲劇。女性說戲劇最重要的是哪一點呢？

女：哎，現在蔚為話題的「六人的故事」這部戲，你去看過了嗎？

男：雖然沒去看，但聽說非常受歡迎呢。

女：我昨天去看了，比想像中還精采喔。

男：這樣啊。原著確實是遊戲對吧。

女：對。一般在遊戲或動漫改編為戲劇時，都會使用很多道具對吧，例如說日本刀之類的。不過這次幾乎沒有使用道具喔。大家都是憑演技一決勝負。不覺得很厲害嗎？而且主角富田先生又很帥。

男：咦～，妳只要長得帥就夠了吧？

女：不是啦。確實演員的長相也很重要，但如果不能照原樣再現原著的世界觀和角色性格，就不能稱得上是戲劇了吧。

男：嗯～，我覺得原著作品的品質是最重要的。也會影響戲劇的屬性。

女：雖然是那樣沒錯，但表演的還是是人，所以演員的演技才是戲劇的生命吧？

女性說戲劇最重要的是哪一點呢？

1　演員的外貌
2　演員的演技
3　原著的品質
4　戲劇的屬性

第1題
旅館的服務人員和男性正在對話。男性從什麼時候可以開始泡「櫻之湯」呢？
女：嗯～，那麼在這裡為您簡單說明一下旅館資訊。首先，您的房間在3樓的305號房。請從那邊的電梯上樓。
男：啊，好的。
女：接下來是溫泉，「楓之湯」和「櫻之湯」在2樓，「菖蒲之湯」和「牡丹之湯」則是在3樓。每個大浴場都附有露天溫泉。「楓之湯」和「菖蒲之湯」是男性用的大浴場，「櫻之湯」和「牡丹之湯」則是女性用的大浴場。男性浴場和女性浴場在晚上12點會進行更替。那之前的一小時無法泡湯，請您多多留意。入住之後，從四點起開放泡湯。另外，我們也有預約制的家庭式浴池。
男：要在哪裡預約？
女：在這裡24小時皆受理。也可以用電話預約。
男：啊，好的。

男性從什麼時候可以開始泡「櫻之湯」呢？
1　四點
2　五點
3　十一點
4　十二點

第2題
電視上記者正在對閱讀存摺的開發者進行專訪。開發者表示使用者增加的最重要原因是什麼呢？
女：大家知道現在廣受討論的閱讀存摺嗎？引進閱讀存摺的圖書館，每間的使用者都增加不少。讓我們來訪問一下開發者。首先，閱讀存摺是什麼呢？
男：是能將圖書館裡自己閱讀過的書籍、借出日期，像銀行存摺那樣記錄下來的東西。依各單位不同，也有的會紀錄書本定價或是頁數等等。
女：原來如此。這樣就能馬上掌握自己讀過書籍的資訊，很方便呢。
男：是呀。例如說經常有年長者會忘記自己讀到系列書籍的哪裡了，對這樣的讀者來說就比較容易查詢了。
女：這樣子啊。讓年長者也能容易理解，就是使用者增加最大的原因吧？
男：雖然也有這項因素，但最重要的原因還是孩子們吧。孩子們會互相翻閱閱讀存摺，開始競相借閱書籍。老師和家人們也能馬上知道孩子讀過的書，所以就會產生新的交流話題，聊書本的事，或是介紹推薦的書之類的。

開發者表示使用者增加的最重要原因是什麼呢？
1　由於大人和孩子可以聊書本的話題
2　由於對孩子和年長者來說比較容易理解
3　由於孩子們會互相介紹推薦的書籍
4　由於孩子們會互相競爭借閱書籍

第3題
女性和男性正在咖啡廳對話。女性想辭掉工作最重要的原因是什麼呢？
男：有什麼事要找我談？
女：其實我正在煩惱要不要辭掉現在的工

作。

男：咦，妳不是說薪水給得還不錯嗎？

女：雖然這是優點沒錯，但好幾次提出企劃書都沒有通過，感覺工作上都得不到回應。

男：不管是誰，都沒辦法這麼簡單順利的。無論哪間公司都是一樣的。

女：嗯～，我在想中小企業是不是會比較能發揮自己的實力。例如說新創公司之類的。你看，加藤他也說換職場之後，在工作上比較有成就感了對吧？

男：是這樣子沒錯啦。妳的不滿只有這一點嗎？

女：嗯～。還有常常加班，公司氣氛也不太好。讓人一直都戰戰兢兢的。

男：氣氛雖然是小事，但還蠻重要的呢。會直接影響到每天感受到的壓力。

女：哎，如果至少能做些有價值的工作，這種事我也不太在意啦。

女性想辭掉工作最重要的原因是什麼呢？

1　經常加班

2　沒有成就感

3　氣氛不佳

4　想在中小企業工作

第4題

女：恭喜您即將出院。

男：那個，這邊寫的費用部份，15,000日圓是不是寫錯了？我住院的時間是兩個晚上喔。

女：嗯～，請稍等一下。我重新計算一次喔。那個，鈴木先生在5,000日圓的病房A住了一晚，在10,000日圓的病房B住了一晚，總共是三天兩夜，25,000日圓。

男：等、等一下。這是怎麼回事？

女：一開始給您的手冊上面也有提到，住院兩天一夜時會收取兩晚的費用。鈴木先生總共住院三天兩夜，所以會按三晚來計算。

男：咦，裡面有寫這種事嗎？

女：有的，請看這裡。還有，改住不同定價的病房的那晚，會請您支付更換之後的那間病房費用。

男：咦？第一天是B病房，第二天換到A病房…。這樣不是多了5,000日圓嗎？

女：請稍待片刻。我這邊確認一下。…非常抱歉。是我這裡算錯了。

男性必須支付多少費用呢？

1　10,000日圓

2　15,000日圓

3　20,000日圓

4　25,000日圓

第5題

女性在頒獎典禮上發表感言。女性的公司開發了什麼產品呢？

女：嗯～，這次有幸獲得如此光榮的獎項，真的非常感謝各位。本公司是嬰兒用品製造公司，專門開發、推展像是嬰兒車等，嬰兒和家人一同出門時使用的便利產品，並且不光是商品，我們也思考是否能活用科技來協助外出，於是就開發出了這樣的系統。實際上使用過的媽媽們，大多表示變得能夠輕鬆出行了，可以事前查詢車站建築裡的電梯、洗手間的位置真的很方便。今後我們也想為更多的嬰兒和各位家庭成員，提供更加實用的服務，希望能成為這樣的企業，我們會繼續好好努力的。

女性的公司開發了什麼產品呢？
1　嬰兒車
2　嬰兒用洗手間
3　轉乘電車指引的APP
4　嬰兒玩的遊戲

第6題
電話中農園的人和女性購買者正在對話。女性為什麼會打電話過來呢？
男：您好，這裡是富士農園。
女：那個～，我是之前有購買蘆薈的人。
男：好的。
女：昨天收到了三株，但每一株上面都有傷，而且比照片中的看起來還小。
男：這一點非常抱歉。其實我們受到了之前颱風的影響，照片是比那更早之前拍的。
女：既然如此，這件事應該老實地寫在網頁上吧。還有，我想退貨，打來是想知道如果退貨的話，除了蘆薈本身的費用之外，是否也能退回我在購買時所支付的運費？
男：是的，我們當然會全額退款。不好意思，能不能麻煩您將銀行帳戶的資訊寄到網頁上的電子郵件信箱？
女：知道了。那麼，我明天會申請退貨。
男：不能說是賠禮，但當我們採收到更大的蘆薈時，我們是否方便寄送給您呢？當然，不會向您收取費用。
女：啊，謝謝你的好意。那就麻煩你了。

女性為什麼會打電話過來呢？
1　為了說不支付蘆薈的費用
2　為了說颱風造成的影響
3　為了收到更大的蘆薈
4　為了詢問運費是否可以退費

第7題
電視上的採訪記者正在採訪當地居民，關於野生鳥類大量繁殖所造成的損害。當地居民最煩惱的事情是什麼呢？
女：嗯～，記者現在來到野鳥大量繁殖的住宅區。讓我們來訪問一下遭受損害的居民們。
男：哎，覺得令人煩惱的部份就是氣味吧。還有叫聲。要是偶爾還好，但牠們是24小時一～直在叫。
女：確實現在也聽得到呢。
男：實在是令人很不舒服的叫聲。啊，得小心點才行。糞便和羽毛會像這樣從天空中掉下來喔。妳看，地上一整片都是白色的。我們很擔心會不會對身體有害…。最煩惱的還是衛生問題吧。朋友有養殖魚類，但卻每天被鳥吃掉。一年的損失總額有100萬日圓。真是太慘了。
女：由於有保護野生鳥類的法律，所以各位居民們無法插手。在損害日漸增加的情況下，需要刻不容緩的應對。以上是來自現場的採訪。

當地居民最煩惱的事情是什麼呢？
1　噪音
2　健康受影響
3　異臭
4　魚群受影響

問題3　問題3並沒有印在題目紙上。這個題型是針對整體內容為何來作答的問題。在說話前不會先問問題。首先聽取內容。然後聽完問題和選項後，在1～4之中，選出一個最適合的答案。

例題

電視上專家正在發言。

男：這次的新型肺炎疫情日漸擴大，也開始出現死亡者。世界上的醫療機構已在著手開發特效藥和疫苗，但很可惜的是，目前還沒有眉目。因此，必須要最大限度地預防感染的發生。戴口罩勤洗手能夠某種程度上預防感染，但也有人傳人感染，所以避免和其他人的接觸才是上策。話雖如此，改為在家工作的企業只有極少一部份而已。由於這是性命攸關的大事，比起商務，人命更應該擺在優先位置吧。作為領袖的氣度，就是在這種時候可以看得出來的。

專家想表達的是什麼呢？

1　應該開發藥物或疫苗
2　應該增加更多醫療機構
3　應該學習新型肺炎的預防方式
4　應該修正商務優先的這種考量方式

第1題

電視上蔬菜專家正在發言。

女：蕃茄是身邊隨處可見的蔬菜，且充滿營養。大家知道，它其實是有毒的嗎？不過那是在蕃茄還是綠色的時候，如果成熟轉紅毒性就會消失，是沒問題的。那麼，它為什麼會有這種特性呢？其實這和蕃茄繁衍後代的方式有關。蕃茄的種子在果實中，果實被動物所吃下，再到其他地方排放糞便的話，就能擴散種子，留下後代。所以在種子尚未準備好，還是青綠色的時候如果被吃掉了，這可就不太好了。因此，它是以毒性在守護果實。

蔬菜專家說了什麼內容呢？

1　蕃茄是紅色的理由
2　蕃茄有毒的理由
3　蕃茄種子的特徵
4　吃蕃茄的動物的特徵

第2題

電視上男性正在發言。

男：1955年日本開始發售，現在受到全世界所喜愛的全自動電鍋。它大幅地減少了主婦在家事上的勞動，也對女性的社會參與造成影響，其開發過程相當辛苦。我們知道，以前為了要把飯煮得好吃，在沸騰後還要以強火加熱二十分鐘才可以。但是，隨外面氣溫不同，達到沸點的時間也每次都不一樣，所以不能單純地設定定時器就好。在經過多年實驗之後，誕生的就是「雙層鍋間接炊煮」這個方式。電鍋製作成雙層，在電鍋外鍋中倒水加熱。這些水蒸發完畢後，內鍋的水就會突然上升。此時會由測溫開關，將電源關掉。

男性說的是什麼內容呢？

1　女性社會參與的重要原因
2　全自動電鍋的開發者
3　全自動電鍋誕生的背景
4　如何煮出好吃的飯

第3題

教授正在大學課堂上說話。

女：優格的蓋子，最近有的完全不會沾上優格對吧。那個其實是運用荷葉原理製作而成的。荷葉是不沾水的，對吧。其他還有，例如說游泳比賽用的泳衣就是運用鯊魚皮膚的原理設計的。鯊魚的皮膚所受到的摩擦力很小，所以才能游得很快。就像這樣將生物擁有的優異機能以人工方式再現，引進工程學、材料學和醫學等領域的技術就稱為「仿生學」。這就是大家之後將要學習的領域。生物是熬過地球變動，在漫長時光裡持續進化而來的。就是要模仿這些歷史產物並且活用。

教授說了什麼內容呢？
1　優格和荷葉的關係
2　鯊魚游得快的理由
3　仿生學的概要
4　生物進化的過程

第4題
電視上男性正在說話。
男：（♪DoReMiFaSoLaSiDo）這個DoReMiFaSoLaSiDo的七個音階，其實是明治時期以後從海外傳入的。那麼接下來，請聽聽看這個。（♪DoReMiSoLa）這是去掉Fa和Si，只有DoReMiSoLa的五個音階，大家覺不覺得，總有種令人懷念的感受，眼前浮現日本古老而美好的風景呢？其實這個「去四七音階」是日本固有的音階。從以前日本就只有五個左右的音階，所以DoReMiFaSoLaSiDo這七個音階的曲調對日本人來說應該比較困難，於是政府開始鼓勵去四七音階。於是，這組音階在明治時代以後，被眾多童謠所使用，直至今日也經常會用在演歌或是日本流行歌曲中。

男性說的是什麼內容呢？
1　從以前日本就有的音階
2　日本歌曲的特徵
3　日本人喜愛的聲音
4　明治以後的音階

第5題
演講會上主持人正在發言。
女：櫻花遊樂園是一座夢幻的遊樂場，讓所有到來的人都露出笑容，感到幸福。在其背後，有著工作人員驚人的努力，和極致的服務精神…。這次的演講會是第五次舉行，邀請到在櫻花遊樂園擔任員工教育負責人的木村。木村將為大家說明如何抓住顧客的心的溝通訣竅，還有維持員工動力的秘訣等等，也會穿插聊到一些實際經歷過的小故事。在因少子高齡化而高呼人才不足的現代，確保人才和教育成為了企業最重要的課題。在這個演唱會上，如果能為各位經營者帶來什麼靈感的話，就太好了。

演講者接下來要說什麼內容呢？
1　櫻花遊樂園的經營方式
2　過去的辛勞小故事
3　企業有的問題點
4　如何培育人才

第6題
研討會上男性正在發言。
男：我以往經常聽到客戶對我這麼說。「跟你說不下去，叫你上司出來」。當有人這樣對你說時，該怎麼辦呢？來說說我的經驗吧。首先，要先道歉。然後馬上邀請客戶「希望能和我個人一起吃個飯」。對方當然會生氣地表示「我才沒有那種閒時間」。就在這之後，向對方說「15分鐘也可以，請撥一點時間給我」。有提出15分鐘這種具體的時間就可以了。這麼一說對方大概都會回答「真是敗給你的熱誠了」，然後撥時間給你。一起吃飯時，聊些對方年輕時期的辛勤故事，還有工作哲學等等。這樣的話，對方也會想起失敗過的新人時期，結果就會放你一馬。這樣加深關係，就是成功的祕訣。

男性說的是什麼內容呢？
1 年輕時最難受的故事
2 工作上失敗時如何轉危為安
3 如何問出客戶的秘密
4 有效的時間管理方式

問題4　問題4並沒有印在題目紙上。首先聽取語句。然後聽完對語句的回答後，在1～3之中，選出最適合的答案。

例題
男：上個月提出的企劃，到底有沒有通過，結果還是不知道。
女：1　希望他們至少能告知結果呢。
　　2　應該提出企劃的。
　　3　結果沒辦法通過呢。

第1題
女：咦？鈴木先生，該不會已經回去了吧？
男：1　咦，應該不是那麼重要的事吧。
　　2　咦，才不是沒問題呢。
　　3　咦，不是已經回去了嗎？

第2題
男：資料閱讀完畢後，請還回這裡。
女：1　啊，放在這裡就行了吧。
　　2　啊，回到這裡就行了吧。
　　3　啊，要讀嗎？

第3題
男：這個，三點前能請妳影印三十份嗎？
女：1　嗯，能的話我早做了。
　　2　嗯，也不是做不到。
　　3　嗯，麻煩你印三十份。

第4題
女：那個人，不是在這個月底要離職的嗎？
男：1　原先是這麼打算的，但取消了。
　　2　要辭職好像是下個月的事。
　　3　不，是上個月入職的喔。

第5題
男：一直這樣犯錯可就不是鬧著玩的了喔。
女：1　非常抱歉。沒有需要確認。
　　2　非常抱歉。我應該好好確認的。
　　3　非常抱歉。我本來沒有打算要確認的。

第6題
女：不好意思，能否請您轉達請他回電呢？
男：1　好的，由橋本記下您的留言。
　　2　好的，我誠惶誠恐。
　　3　好的，我就收下了。

第7題
男：身為一名警察，竟然做出那種事情。
女：1　怎麼可能會是真的呢。讓人好困擾呢。
　　2　真的呢，令人難以置信。

3　是和警察一起的嗎？

第8題

女：就算不送禮物，也應該送封感謝的信比較好吧？

男：1　昨天好不容易才送到的喔。

2　真是讓人忐忑不安呢。

3　我覺得送了之後也不會讀的。

第9題

女：能讓我把這個包包放在那裡嗎。

男：1　抱歉，請別這樣做。

2　好的，請看吧。

3　別坐在那邊應該比較好吧。

第10題

男：這件衣服袖子上的，我本來以為是花紋，結果是污痕。

女：1　咦，是什麼時候斷的啊。

2　咦，這有點太不起眼了吧。

3　咦，得送去洗衣店才行了。

第11題

女：剛吃完泡麵就馬上吃飯糰，那樣當然會胖啊。

男：1　總之，要不要吃飯糰？

2　有胖這麼多嗎。

3　那，就不要吃蕎麥麵了吧。

第12題

在商務場合，只要有一次失去信任，就到此為止了喔。

女：1　對啊。到那裡結束就好了呢。

2　對啊。要是被信任就好了呢。

3　對啊。我會注意的。

第13題

女：這間公司真是的。有員工才會有公司啊。

男：1　真的，應該對員工更溫柔一些呢。

2　沒錯沒錯，應該增加更多員工呢。

3　說得沒錯！待遇太好了呢。

第14題

男：二丁目新開的那間麵包店，真令人在意。

女：1　沒錯，都看不下去了呢。

2　做不到！

3　散步時順便去看看吧？

問題5　在問題5中，聽的內容會比較長。這個問題並沒有練習題。

可以在題目紙上作筆記。

第1題、第2題

題目紙上並沒有相關資訊。首先聽取內容。然後聽完問題和選項後，在1～4之中，選出最適合的答案。

第1題

男性和課長在公司的會議上對話。

男：課長，這裡是最終名單的四個選項。

女：原來如此。每一個都不愧是留到最終名單的選項呢。嗯～，為了讓車站來來往往的人都看到，最重要的是衝擊力，以這樣來說A的背景就有點太暗了吧。

男：我也這麼覺得。不過這片海洋的顏色如果更明亮一些的話，可以更醒目的吧。B怎麼樣呢？最近手寫的很少見，這隻青蛙角色也很可愛。

女：手寫的啊。確實會吸引目光啦，但又

不是校慶海報，以一家企業來說，比起簡約更應該展現出俐落感吧。從這一點來說C也不錯吧。

男：C確實有專業人士設計的感覺，但比起喚起注意的海報來說，看起來更像是某個商品廣告呢。

女：這說得也是。D如何呢？這個不知是熊還是狗的角色是什麼？

男：啊，這個好像是刺蝟的樣子。

女：這樣啊，是刺蝟！為什麼要用刺蝟呢。

男：這裡的文字全部立著寫在看板上，「回收再利用！」的字樣也寫得又大又清楚，我覺得作為一張回收海報來說很容易明白。

女：啊，真的耶。其他全部都只用英語或是片假名寫出重複利用的字樣，所以寫出回收再利用確實不錯呢。不過用刺蝟。總覺得有點在意呢。

男：如果選A，只改變背景的顏色，這樣可以嗎？

女：不行不行，還是得以目前的樣子來選。嗯～，也有正因為看不懂所以目光才會受到吸引這種事，還是選這張好了。

課長選了哪張海報呢？

1　海報A

2　海報B

3　海報C

4　海報D

第2題

媽媽、女兒和爸爸這三人正在家裡對話。

女1：要去哪裡吃漢堡排呢。每次都是去「狸貓廚房」，偶爾也想去間不一樣的店吃吃看呢。

女2：我也這樣想，昨天晚上在網路上事先查了一下。這附近好像「櫻花咖啡」是最受歡迎的了。雖然是普通的漢堡排，但大小說是比一般的店還要大喔。白飯也是大碗的。上面有寫，會湧出豐富的肉汁，洋蔥的美味也在口中擴散。

男：湧出肉汁這點真是不錯。我的口中也湧出口水啦。

女1：哎呀爸爸，好髒喔。那其他的店呢。

女2：「富士食堂」是以和式醬汁配蘿蔔泥出名。啊，不過店面太小了，可能需要稍微等一下。「松餐廳」有兩種口味的醬料，分別是半釉汁和蕃茄口味，說是還有附沙拉吧。有加起司的漢堡排聽說都很好吃喔。我就選這家吧。

女1：有附沙拉吧真是不錯呢。得好好攝取蔬菜營養才行。但白蘿蔔泥吃起來很清爽，要放棄有點可惜呢。

男：我覺得普通的就最好了。嗯？等等？剛才提到最受歡迎的「櫻花咖啡」，難道就是位於前往某間百貨公司時，途中右側的建築物嗎？

女2：對，就是那間。

男：看起來不太像有客人去吃的樣子喔。網路評價一點都不可靠。該不是店家自己寫的吧？

女2：說是網路評價，但也寫了300還是400則左右喔。店家可沒那麼閒的。

男：說來說去，還是常去的店最能夠信任吧？不過我是都可以啦。反正不管說什麼，都是要聽妳們兩個的。

女1：哎呀，你很懂嘛。那，既然小雪好不容易幫我們查了，就選她想去的地方吧。

女2：媽媽！謝謝妳！

三人要去什麼地方呢？
1　富士食堂
2　松餐廳
3　狸貓廚房
4　櫻花咖啡

第3題　首先聽取內容。然後聽完兩個問題後，分別在題目紙上的1～4之中，選出最適合的答案。

問題1

博物館中工作人員正在廣播。

女1：（叮咚叮咚）感謝您今日光臨本博物館。關於今天的展示活動有四點要告知各位。首先，從上午十一點半起，將為您導覽園內的蘑菇。在中央廣場集合之後，工作人員將位您導覽園內的蘑菇。藉由實際觸摸、嗅聞日本各地的蘑菇，來切身感受蘑菇的魅力。接下來是專家座談會，同樣從上午十一點半起，由講師進行對蘑菇藝術作品的解說。是關於以蘑菇為主題的水彩畫、木版畫，剪紙藝術等作品的解說。會場位於展示館的三樓。從下午兩點起，將於二樓大廳舉行以「日本人與蘑菇」為題的演講。比較日本和歐美所喜愛的蘑菇，並且將談論日本人所喜愛的蘑菇特徵。最後在體驗區，可以製作蘑菇的相框。從下午一點起，開放前六十名報名的民眾參加。

女2：哇～，有好多展覽活動喔。光看過展覽作品還是搞不太懂，我也想去聽解說。還有，下午起的日本和其他國家的蘑菇喜好差異，我也很感興趣。

男：嗯，那個我也有興趣。演講是兩點開始的樣子，得提早去佔位才行呢。在那之前就分頭活動吧。為了當作進山採蘑菇時的參考，我想去摸摸實際的東西。

女2：嗯，知道了。那結束之後聯絡吧。

問題1：女性首先要參加什麼活動呢？
1　專家座談會
2　體驗區
3　演講
4　蘑菇導覽

問題2：男性首先要參加什麼活動呢？
1　專家座談會
2　體驗區
3　演講
4　蘑菇導覽

第2回　解答・解説

解答・解說

合格模試　解答用紙

N1 言語知識（文字・語彙・文法）・読解

第2回

受験番号 Examinee Registration Number		名前 Name	

〈ちゅうい　Notes〉

1. **くろいえんぴつ（HB、No.2）でかいてください。**
   Use a black medium soft (HB or No.2) pencil.
   （ペンやボールペンではかかないでください。）
   (Do not use any kind of pen.)
2. **かきなおすときは、けしゴムできれいにけしてください。**
   Erase any unintended marks completely.
3. **きたなくしたり、おったりしないでください。**
   Do not soil or bend this sheet.
4. **マークれい** Marking Examples

よいれい Correct Example	わるいれい Incorrect Examples
●	⊗ ✓ ○ ◎ ⊜ ⦶ ●

問題1				
1	①	②	●	④
2	①	●	③	④
3	●	②	③	④
4	①	②	③	●
5	①	②	●	④
6	①	②	③	●
問題2				
7	●	②	③	④
8	①	②	③	●
9	●	②	③	④
10	①	②	●	④
11	①	●	③	④
12	①	②	●	④
13	●	②	③	④
問題3				
14	①	●	③	④
15	①	②	③	●
16	①	②	●	④
17	①	②	③	●
18	①	②	●	④
19	①	②	●	④
問題4				
20	①	②	●	④
21	①	②	③	●
22	①	②	③	●
23	①	②	③	●
24	①	●	③	④
25	●	②	③	④

問題5				
26	①	②	③	●
27	●	②	③	④
28	①	②	③	●
29	①	●	③	④
30	①	②	③	●
31	●	②	③	④
32	①	②	③	●
33	①	●	③	④
34	①	②	●	④
35	●	②	③	④
問題6				
36	●	②	③	④
37	①	●	③	④
38	①	②	③	●
39	●	②	③	④
40	①	②	●	④
問題7				
41	●	②	③	④
42	①	②	③	●
43	①	②	③	●
44	●	②	③	④
45	①	②	③	●
問題8				
46	①	②	③	●
47	①	●	③	④
48	①	②	③	●
49	①	②	●	④

問題9				
50	①	●	③	④
51	①	②	③	●
52	①	②	●	④
53	①	●	③	④
54	①	●	③	④
55	●	②	③	④
56	●	②	③	④
57	①	●	③	④
58	①	②	③	●
問題10				
59	①	②	③	●
60	●	②	③	④
61	①	②	●	④
62	①	②	●	④
問題11				
63	①	②	③	●
64	①	②	●	④
問題12				
65	①	②	●	④
66	①	●	③	④
67	●	②	③	④
68	①	②	③	●
問題13				
69	①	②	●	④
70	①	②	③	●

合格模試　解答用紙

N1　聴解

第2回

受験番号 Examinee Registration Number		名前 Name	

〈ちゅうい　Notes〉

1. **くろいえんぴつ（HB、No.2）でかいてください。**
   Use a black medium soft (HB or No.2) pencil.
   （ペンやボールペンではかかないでください。）
   (Do not use any kind of pen.)
2. **かきなおすときは、けしゴムできれいにけしてください。**
   Erase any unintended marks completely.
3. **きたなくしたり、おったりしないでください。**
   Do not soil or bend this sheet.
4. **マークれい** Marking Examples

よいれい Correct Example	わるいれい Incorrect Examples
●	⊗ ✓ ○ ◎ ⊜ ◐ ●

問題1

例	①	②	●	④
1	①	●	③	④
2	●	②	③	④
3	①	②	●	④
4	①	②	●	④
5	●	②	③	④
6	①	②	③	●

問題2

例	①	●	③	④
1	①	②	●	④
2	①	②	●	④
3	①	②	③	●
4	●	②	③	④
5	①	●	③	④
6	①	②	③	●
7	①	②	●	④

問題3

例	①	②	③	●
1	①	②	③	●
2	①	●	③	④
3	●	②	③	④
4	①	②	③	●
5	①	②	●	④
6	①	②	●	④

問題4

例	●	②	③
1	①	②	●
2	①	②	●
3	●	②	③
4	①	●	③
5	①	●	③
6	①	②	●
7	①	●	③
8	①	②	●
9	①	②	●
10	●	②	③
11	①	●	③
12	①	②	●
13	●	②	③
14	●	②	③

問題5

1	①	②	●	④
2	①	●	③	④
3 (1)	①	②	③	●
3 (2)	●	②	③	④

第2回　得分表與分析

		配分	答對題數	分數
文字、語彙、文法	問題1	1分×6題	／6	／6
	問題2	1分×7題	／7	／7
	問題3	1分×6題	／6	／6
	問題4	2分×6題	／6	／12
	問題5	1分×10題	／10	／10
	問題6	1分×5題	／5	／5
	問題7	2分×5題	／5	／10
	合　計	56分		a ／56

按照比例換算成60分為滿分的分數。　a ☐ 分÷56×60＝A ☐ 分

		配分	答對題數	分數
閱讀	問題8	2分×4題	／4	／8
	問題9	2分×9題	／9	／18
	問題10	3分×4題	／4	／12
	問題11	3分×2題	／2	／6
	問題12	3分×4題	／4	／12
	問題13	3分×2題	／2	／6
	合　計	62分		b ／62

b ☐ 分÷62×60＝B ☐ 分

		配分	答對題數	分數
聽力	問題1	2分×6題	／6	／12
	問題2	1分×7題	／7	／7
	問題3	2分×6題	／6	／12
	問題4	1分×14題	／14	／14
	問題5	3分×4題	／4	／12
	合　計	57分		c ／57

c ☐ 分÷57×60＝C ☐ 分

A B C之中，若有一門低於48分
請讀完解說和對策後再挑戰一次（48分是本書的基準）。

※這個得分表的得分，是由ASK出版社編輯部判斷問題難易度所進行的配分。

語言知識（文字・語彙・文法）・讀解

◆文字・語彙・文法

問題1

1 3 ただよって

漂　ヒョウ／ただよ-う

漂う：充滿；漂浮

1 潤う：潤、濕潤
2 みなぎる：漲滿、充滿
4 とどまる：逗留、停止

2 2 なごやかな

和　ワ／やわら-げる・やわら-ぐ・なご-む・なご-やか

和やかな：和睦、舒心

1 穏やかな：溫和、平靜
3 にぎやかな：熱鬧
4 緩やかな：緩慢、寬松

3 1 こわいろ

声　セイ・ショウ／こえ・こわ

色　ショク・シキ／いろ

声色：語調

4 4 げんせん

厳　ゲン・ゴン／きび-しい・おごそ-か

選　セン／えら-ぶ

厳選する：嚴格挑選

5 3 にょじつ

如　ジョ・ニョ／ごと-し

実　ジツ／み・みの-る

如実に：如實

6 4 くろうと

玄　ゲン　※玄人

玄人：行家，專家 ⇔ 素人：外行、門外漢

問題2

7 1 不備

不備がある：有所缺漏

2 不当：不正當、不合理法
3 不意：突然、冷不防
4 不順：不順、異常

8 4 気が乗らない

気が乗らない：不感興趣

1 気が立つ：興奮、激動
2 気が抜けない：不能掉以輕心
3 気がおけない：感情好

9 1 きっぱり

きっぱり断る：斷然拒絕

2 じっくり：慢慢而仔細地
例じっくり話す　慢而仔細地說
3 てっきり：肯定是
例てっきり晴れると思った　我以為肯定會放晴的
4 うっかり：糊塗，馬虎
例うっかり忘れた　不小心忘了

10 3 復職

復職する：復職

1 副業する：副業
2 回復する：恢復
4 複写する：謄寫、復印

11 2 値する

尊敬に値する：值得尊敬

1 即する：切合、依照
3 有する：有
4 要する：需要

12 3 成果

努力の成果が出る：努力有了成果

1 成功：成功
2 評価：評價
4 効果：效果

13 1 デビュー

華々しいデビューを飾る：華麗出道

2 エリート：精英
3 インテリ：知識分子
4 エンド：結局、尾聲

問題3

14 2 はっきりと

顕著に ＝ はっきりと（明白的）

15 4 全部

一律 ＝ 全部（全部）

16 3 ひどく疲れて

くたびれる ＝ ひどく疲れる（很累）

17 4 関係する

まつわる ＝ 関係する（相關的）

18 3 みじめな

情けない ＝ みじめな（悲慘的）

19 3 現実的に

シビアに ＝ 現実的に（現實的）

1 楽観的に：樂觀的
2 悲観的に：悲觀的
4 多角的に：多方面的

問題4

20 3 そろそろこの仕事に着手しないと、締め切りに間に合わないよ。 再不開始工作趕不上期限喔。

仕事に着手する：開始工作

1 好きな俳優に握手してもらっただけでなく、… 不只是能跟喜歡的演員握手，…
2 この飛行機は空港に着陸する準備を始めますので、… 這個飛機要開始準備降落到機場了，所以…

21 4 地球上には、まだ数多くの未知の生物が存在する。 地球上還有許多未知生物存在。

未知の生物：未知生物

1 …、自分はなんて無知なのかと… …我是多無知啊…
無知：無知

22 4 このゴルフ教室は、初心者でも気兼ねなく練習できる。 這個高爾夫球教室，就算是新手也能無需顧慮的練習。

気兼ねなく：無需顧慮

23 4 彼は貧しい子供たちの生活を支える活動をするために、この団体を発足した。 他為了支援窮困小孩們的生活，成立了這個團體。

団体を発足する：成立某團體

24 2 これまでの実績と君の実力を見込んで、ぜひお願いしたい仕事がある。 看中你至今的實績和實力，有工作務必想拜託你。

実力を見込んで：看中某人的實力

1 高いところから下をのぞき込んで、… 從高處看向下方。

3 …、まだ小さい子どもだったので見逃してあげた。…還是小孩，就放過他了。

25 1 松田さんはチームをまとめるのが上手で、リーダーとしての素質がある。

松田很會整頓隊伍，有當領導人的資質。

リーダーとしての素質がある：有當領導人的資質

2 小林さんは素朴な性格で、… 小林先生性格樸實…

素朴な：樸實

4 …、数多くの素材を集めるのが大変だった。…大量的素材收集起來非常的辛苦。

素材：素材

問題5

26 4 すら

～ですら ＝ ～でさえ（連～）

※「連～也會這樣，其他更是～」的意思，第一個「～」會放名詞。

2 AはおろかB：別說是A了B也

27 1 ところで

AたところでB：就算Ａ也會Ｂ

4 AたところB：做了A結果B

28 4 と相まって

～と相まって：加上～

1 ～に反して：和～相反 ※「～」會放入「預想、期待」之類的名詞。

2 ～を伴って：隨著～

3 ～とかかわって：和～有關聯

29 2 たりとも

～たりとも（～ない）：就算是～，後面通常會接「～できない（不行）」、「～わけにはいかない（不能）」。

※「～」會放入「1日、1分、1円」等最小單位，表示就算那樣也不能輕視。

3 ～たらず：不夠～、未滿～

※「～」會放入時間或數量。

例入社して1週間足らずだ。進公司不滿一個禮拜。

4 ～限り：只有～

※「～」會放入日期或數量。

例お一人様1点限り 一人限定一個

30 4 着き次第

Ａ次第Ｂ：到Ａ就馬上Ｂ

※Ｂ會放入要求，或是希望等等表示意志的詞。

1 Ａや否やＢ：和A同時B

※Ａ、Ｂ都會放入現實已發生的事。

2 ＡたとたんＢ：A了的瞬間B

※Ａ、Ｂ都會放入現實已發生的事。

3 Ａが早いかＢ：A同時B

※Ａ、Ｂ都會放入現實已發生的事。

31 1 にも増して

以前にも増して：比以前更…

32 4 吸わずにはいられない

～ずにはいられない：忍不住、非得～不可

1 ～ずにはおかない：一定要～

2 ～ないではおかない：不～不行

3 ～てはいられない：不能維持～的狀態

33 2 必要とされている　被需要著。

「〜とされている」は「〜としている」的被動形。

34 3 そばから

AそばからB：AしてもすぐB（做了A馬上就B）

1 A上にB：A再加上B

2 AにつれてB：做A就會漸漸地B

4 AとともにB：A和B一起

35 1 辞退させていただきます

「辞退させていただく」是「辞退させてもらう（請讓我辭退）」謙讓語講法。

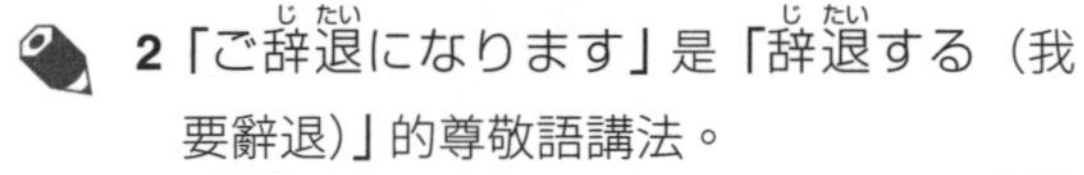

2「ご辞退になります」是「辞退する（我要辭退）」的尊敬語講法。

3「辞退していらっしゃいます」和4「辞退しておられます」都是「辞退している（辭退了）」的尊敬語講法。

問題6

36 1

彼女と結婚したいという気持ちは　4**誰が**　3**何と**　1**言おうと**　2**決して**　変わりません。

想和她結婚的心情，4誰3怎麼1講也2絕對不會改變。

誰が何と言おうと：不管別人說什麼

決して〜ない：決不…

37 2

竹内さんは、部下の満足度や他部署の予定よりも　3**自分の都合ばかりを**　4**優先する**　2**きらいがあるので**　1**部下の信頼を**　得ることができない。

竹內先生，比起下屬的滿意度和其他部門的預定，3自身的方便4優先的2傾向，所以1下屬的信賴無法取得。

〜するきらいがある：〜這樣的傾向

信頼を得る：取得信任

38 4

ゆうべ、友人からのメールで　3**大学時代の指導教官であり**　1**私が尊敬して**　4**やまない**　2**平野先生が**　昨日お亡くなりになったと知り、なかなか眠りにつくことができなかった。

昨晚，從朋友的電子郵件得知，3大學時代的指導教授的1我所尊敬4非常的2平野老師昨天去世了，不怎麼能睡著。

〜てやまない：すごく〜ている（非常的〜）

39 1

社内の不祥事が明るみに　4**出るに**　2**至って**　1**ようやく**　3**経営陣は社内での**　調査を始めた。

公司內的醜聞，被4公開2到了這個地步1才終於3管理階層在公司內開始調查。

明るみに出る：（被）公開、水落石出

40 3

学校の成績が　4**優秀で**　2**あれば**　3**あるに**　1**越したことはない**　のですが、それだけを見ることはしません。特に弊社のようなベンチャー企業では新しい発想が求められます。

在學校的成績是4優秀2的話3是1再好不過，但不會只看哪裡。特別像是敝公司一樣的初創企業會需要嶄新的發想。

〜であればあるに越したことはない：如果…、就再好不過了

問題7

41 1 に即して

Aに即してB：以A為基準或根據，進行B

2 ～にとって：以～的角度來說
3 ～に先立って：做～之前
4 ～に限って：是～的狀況時特別的

42 4 呼ばれるものだ

AがBと呼ばれるものだ。（A是被叫做B的人物/東西）

1 AをBと名付ける（將A取名為B）
3 ～と言ったところだ：差不多是～的程度

43 4 ちなみに

ちなみに：順便，順帶

2 いわゆる：所謂的，通常說的

44 1 使っているわけだ 理所當然會使用

ふむふむ～わけだ：原來如此～的話是理所當然的

「ふむふむ（嗯嗯）」是「なるほど（原來如此）」的意思，一般說話時不會這樣講。

3 使うまでもない：（沒有使用的必要=不用也沒問題）

45 4 言えるかもしれない

「一目瞭然」就是一目瞭然、一看就清楚的意思。
文章描述有「コーパス（語料庫）」，就能馬上知曉某個單語在什麼樣的場合實際被使用，換句話說就是能知道某個單語有什麼含意。所以正確答案是唯一有肯定含意的4「言えるかもしれない（或許可以說是）」。

1 言わずにはおかない＝必ず言う
不能不說＝一定會說
2 言えるものではない＝一般的には言えない
不能說＝不能說是普遍
3 言うわけにはいかない＝理由があって言えない
不能說＝有理由不說

◆ 読解

問題8

(1) 46 4

【担当者変更のお知らせ】

株式会社ABC

佐藤様

いつもお世話になっております。

株式会社さくらの鈴木です。

この度、弊社の人事異動に伴い、4月1日より営業部小林が貴社を担当させていただくことになりました。在任中、佐藤様には大変お世話になり、感謝しております。

小林は入社10年のベテラン社員で、長らく営業業務に携わってまいりました。

今後も変わらぬご指導のほど、何卒よろしくお願い申し上げます。

後日改めまして、小林と共にご挨拶に伺う所存ではございますが、取り急ぎメールにてご連絡申し上げます。

上記につきまして、どうぞよろしくお願いいたします。

【負責人變更通知】
ABC 股份有限公司
佐藤先生
一直以來受您照顧了。
我是櫻花股份有限公司的鈴木。
這次敝社將有人事調動，從四月一日起將由銷售部的小林來負責貴司業務。在職中受到佐藤先生許多照顧，真的非常感謝。
小林是工作十年的資深員工，長期從事銷售業務。
今後希望您也一樣不吝指導，多多指教。
之後會再度和小林一起去向您致意，這邊先行以郵件方式聯絡您。
以上事項，還請您多多指教。

4「最想傳達的是什麼事」是經常出現的問題。是「お知らせ（通知）」時，首先要注意標題。標題寫著「負責人變更通知」，內容提到今後也請多多指教，所以正確答案是4。

★熟記單字及表現

□弊社：自己所屬的公司的稱呼
□人事異動：人事調動
□貴社：對方所屬的公司的稱呼
□在任中：在職中
□長らく：長期，長時間
□携わる：從事
□所存：想法，打算

(2) 47 2

私はパソコンもスマートフォンも持っていないが、**2ネット上には、作家やその作品に対する全否定、罵倒が溢れている**らしい。プリントアウトしたものを私も見せてもらったことがある。やはり編集者が気を遣ってかなりましな感想を選んでくれたのだろうが、それでも**2そうとうなもので、最後まで読む勇気が自分にあった**のは**驚きだった**。

我沒有電腦也沒有智慧型手機，但聽說 **2 網路上對作家和他的作品全盤否定，罵聲一片**。我也看了印出來的紙本內容。果然編輯有顧慮而選了比較好的感想，即使如此還是 **2 相當驚人，我很驚訝自己竟然有讀到最後的勇氣**。

「網路上罵聲一片」。有提到實在是太可怕了，很驚訝自己竟然有讀到最後的勇氣，所以正確答案是2。

熟記單字及表現

□全否定：完全否定

□溢れる：充滿，溢出

□ましな：勝過，強於

(3) 48 4

私は一見社交的に見えるようだが、初対面の人と話すのは苦手だ。（中略）という話を、先頃、あるサラリーマンにした。

彼は小さな広告代理店の営業担当役員である。**1新しい人と知り合うのが仕事のような職種だ。**

彼曰く、**4話題につまった時は、ゴルフか病気の話をすれば何とかなるそうだ。3・4四十も過ぎれば、体の不調は誰でも抱えている。自分自身は元気でも、親はある程度の年齢だから、病気に関わる心配事を抱えていない大人はいない。なるほどである。**

我乍一看像是個善於社交的人，但很不擅長和初次見面的人說話。（中略）這件事，前陣子和某個上班族聊到。

他是一間小型廣告代理商裡負責銷售的職員。**1 這個職種的工作內容可說就是和新的人認識**。

據他所說，**4 當話題卡住的時候，只要聊高爾夫或是生病的話題就總能夠勉強過關**。**3・4 過了四十歲，不管誰都會有一點健康問題。就算自己有活力，但雙親也都有一定年紀了，所以沒有大人是不為病痛相關事情而煩惱的。原來如此啊**。

從某個上班族所說的話中，找出筆者認為「原來如此」感到同意的部份。

1　並不是上班族說過的話。

2　並沒有這麼說。

3　雖然是上班族說的內容，但並沒有同意這部份。

4　文中提到過了四十歲後，自己或自己的雙親都很有可能身有病痛，所以在話題停滯時只要聊病痛相關話題就好，所以正確答案是4。

熟記單字及表現

□一見：乍看

□社交的：善於社交的
□初対面：初次見面
□先頃：前些天
□広告代理店：廣告代理商
□職種：職種，工種
□曰く：所言，所說

(4) 49 3

2 **強いとか弱いとかいうのとはちょっと別に**、3 **その選手に異様な熱を感じる時期というのがあって、世界戦やタイトルマッチじゃなくても、その熱は会場中に伝播する**。その熱の渦中にいると「ボクシングってこんなにすごいのか!」と素直に納得する。たったひとりの人間が発する熱が源なのだから。それはもしかしたら、その**選手の旬**というものなのかもしれない。年齢とは関係ない。また、4 **旬の長さも一定ではないし、一度きりということでもない**のだろう。だけれど、永遠ではない。

2 **和是強是弱無關**，3 **有段時期會感覺那名選手身上散發出異常的熱意，就算不是世界比賽或冠軍賽，這個熱度也傳播在會場中**。在這熱度的漩渦之中，就會坦率接受「原來拳擊是這麼厲害的呀！」這件事。單單那一個人所發出的熱度，就是源頭。這或許就是所謂**那名選手的黃金時期**也說不定。和年齡並無關聯。並且，4 **黃金時期的長度也不一定，也不是一生僅有一次的事**吧。但這也並不是永遠的。

1 並沒有這麼說。

2 和能力強弱無關。

3 從這部份可以看出正確答案是3。

4 「並非僅有一次的事」就是「並不是只有一次」的意思。

熟記單字及表現

□異様な：異樣的
□タイトルマッチ：錦標賽
□伝播する：傳播
□渦中：旋渦之中
□発する：散發
□源：源泉
□旬：黃金時期

問題9

(1) 50 2　51 4　52 3

落語の世界では、マクラというものがあり、長い噺を本格的に語る前にちょっとした小咄とか、最近あった自分の身の回りの面白い話などをする。（中略）

落語家はマクラを振ることによって何をしているかといえば、観客の気持ちをほぐすだけではなくて、今日の客はどういうレベルなのか、どういうことが好きなのか、というのを感じとるといっている。

たとえば、**50これぐらいのクスグリ（面白い話）で受けないとしたら、「今日の客は粋じゃない」とか「団体客かな」などと、いろいろ見抜く。そして客のタイプに合わせた噺にもっていく**。これはプロの熟達した技だ。

それと似たようなことが授業にもある。先生の立場からすると、自分の話がわかったときや知っているときは、生徒にうなずいたりして反応してほしいものだ。そのうなずく仕草によって、先生は安心して次の言葉を話すことができる。**51反応によっては発問を変えたり予定を変更したりすることが必要だ**。

逆の場合についても、そのことはいえる。たとえば子どもが教壇に一人で立って、プレゼンテーションをやったとする。そのときも教師の励ましが必要なのだ。アイコンタクトをし、うなずきで励ますということだ。**52先生と生徒が反応し合うことで、密度は高まり、場の空気は生き生きしてくる**。

在落語的世界裡，有所謂的「枕」，在正式講述長段故事之前會先說個短篇故事，像是最近自己身邊所發生的趣事等等。（中略）

說到落語家在「枕」這段想做些什麼，並不光是要讓觀眾們放鬆心情而已，還要感受今天的客人程度如何，喜歡怎樣的內容。

例如說，**50這種笑點（有趣的故事）如果沒被覺得有趣的話，就能看出來「今天的客人並不是很風流」或是「應該是團體客人吧」這些事。然後就依照客人的類型講述故事**。這就是專家的嫻熟技能。

在上課時也會有和這類似的事。從老師的立場來看，學生已理解自己講的話、或已知道這些內容時，會希望學生們點頭或是給予些反應。從點頭的這個動作，老師就能放下心來繼續說下去。**51依照反應不同，改變問題或是預定計畫也是有所必要的**。

即使是相反的情形下，也能這麼說。例如孩子自己一個人站在講台上報告的場合，那種時候老師給予的鼓勵是很有必要的。進行眼神接觸，點頭表示鼓勵。**52老師和學生互相給予反應，會讓充實程度提高，當場的氛圍也會變得活躍起來**。

50　文中提到在講述長篇故事前先試著說一些笑點，試探是怎樣的客人，再依照客人類型講述故事，所以正確答案是2。

51　老師也會看學生們點頭舉止等反應，「依照反應不同，改變問題或是預定計畫也是有所必要的」，所以正確答案是4。

52　不光只是老師或學生，「老師和學生互相給予反應」，所以正確答案是3。

★熟記單字及表現

□落語：落語（日本的單口相聲）
□本格的に：正式地
□身の回り：身邊
□気持ちをほぐす：放松心情
□受ける：文中是“覺得有趣”的意思
□粋：風流瀟灑，有時也指穿梭於花街柳巷的人
□見抜く：看透，看穿
□熟達する：嫻熟，精通
□仕草：舉止，態度，表情
□発問：發問，提問
□教壇：講壇，講台
□密度：文中指的是“發表內容的充實程度”

(2) 53 2　54 2　55 1

ペットショップで目が合って何か運命的なものを感じてしまい、家へ連れて帰ってきたシマリスのシマ君が、今朝、突然、攻撃的になってしまった。

53これまで、手のひらに入れてぐるぐるお団子にしたり、指を口の前に差し出しても一度も咬んだり人を攻撃したことがないのに、いきなり咬みつかれた。かごの中の餌からゴミを取ろうとしてふと指を入れたら、がぶっとやられたのである。

（中略）

「**①タイガー化する**」といって、冬眠に入る秋冬になるとものすごく攻撃的になるという。そんなことは知らなかった。あんなにひとなつこくて誰にでも甘えてくるリスが、目を三角にしてゲージにバンバン体当たりしてくる。同じ動物とは思えない。怖い。

獣医師によると、冬眠する前に体内にある物質が分泌されるらしい、という説や、冬眠前になるべく餌をたくさん食べて体脂肪を蓄えるためになわばり意識が強まる、という二つの説があるそうだが、**54医学的にはっきり解明されていない**。

その上、何と**55「春になると元のひとなつこい状態に戻る子もいるし、そのままの凶暴状態が続く子もいます」というのである。**

もう戻らないかもしれないなんて、②本当に悲しい。あんなに可愛かったうちのシマ君が、突然、野獣に変ってしまった。

53　並沒有寫到喜歡牠在掌心裡縮成一團的模樣，所以1是錯誤答案。文中提到「一次都沒有咬過人，也沒有攻擊過人」所以正確答案是2。

54　「還沒有解答＝還沒有被解析出來」，所以正確答案是2。

55　看「真的很難過」前面的部份，寫到「即使到了春天也無法恢復原來親人模樣也說不定」這件事讓人很難過，所以正確答案是1。

在寵物店裡和花栗鼠小栗視線對上時，總有種命中注定的感覺，於是將牠帶回了家，今天早上，牠卻突然變得有攻擊性起來。

明明 **53 至今為止，牠都是在掌心裡滾來滾去的小糰子，就算將手指伸到牠嘴邊也從未咬過人、攻擊過人**，但卻突然被牠咬住不放。要從籠子的飼料處取出垃圾，我將手指伸進去時，就突然被咔地咬住。

（中略）

這稱為「①**老虎化**」，是在進入冬眠的秋冬季節時變得非常具有攻擊性的狀態。我之前都不知道這種事。那麼親人、對誰都會撒嬌的花栗鼠，眼睛瞪成三角形狀，猛烈地咚咚用身體撞著籠子。根本無法想像是同一隻動物。好可怕。

據獸醫師所說，其中一個說法是，冬眠前體內會分泌物質，還有一說是冬眠前為了盡量多吃些飼料，蓄積體脂肪，於是領地意識會非常強烈，有這兩種說法，**54 但醫學上還沒有解答**。

此外，也有 **55「有到了春天就會恢復原來親人模樣的寵物，但也有會就這樣維持兇暴狀態的寵物」這樣的說法**。

牠或許再也回不來了，覺得②真的很難過。我們家那麼可愛的小栗，突然就變成了一隻野獸。

★熟記單字及表現

□運命的な：命中注定的
□シマリス：花鼠
□ぐるぐる：弄成一團
□お団子：團子
□差し出す：伸出
□咬む：咬
□咬みつく：咬、咬住
□がぶっと：張開大嘴一口咬下
□タイガー：老虎
□冬眠：冬眠
□ひとなつこい：親人的
□甘える：撒嬌
□バンバン体当たりする：用身體猛烈沖撞
□獣医師：獸醫
□冬眠する：冬眠
□分泌する：分泌
□体脂肪：體脂肪
□蓄える：儲存，儲備
□なわばり意識：領地意識
□解明する：弄清
□凶暴：凶暴，狂暴
□野獣：野獸

(3) 56 1　57 2　58 4

かつての教員養成はきわめてすぐれていた。ことに小学校教員を育てた師範学校は、いまでは夢のような、ていねいな教育をしたものである。

（中略）

その師範学校の教員養成で、ひとつ大きな忘れものがあった。56**外国の教員養成に見倣ったもの**だから、罪はそちらのほうにあるといってよい。

何かというと、声を出すことを忘れていたのである。読み、書き中心はいいが、声を出すことをバカにしたわけではないが、声の出し方を知らない教師ばかりになった。

（中略）

新卒の先生が赴任する。58**小学校は全科担任制だが、朝から午後までしゃべりづめである。声の出し方の訓練を受けたことのない人が、そんな乱暴なことをすれば、タダではすまない。**

早い人は秋口に、体調を崩す。戦前の国民病、結核にやられる。57**運がわるいと年明けとともに発病**、さらに不幸な人は春を待たずに亡くなる、という例がけっして少なくなかった。

もちろん、みんなが首をかしげた。大した重労働でもない先生たちが肺病で亡くなるなんて信じがたい。日本中でそう思った。

知恵（？）のある人が解説した。先生たちは白墨で板書をする。その粉が病気を起こすというのである。この珍説、またたくまに、ひろがり、日本中で信じるようになった。神経質な先生は、ハンカチで口をおおい、粉を吸わないようにした。**それでも先生たちの発病はすこしもへらなかった。**

58**大声を出したのが過労であったということは、とうとうわからずじまいだったらしい。**

過去的教師培育非常出色。特別是培育小學教師的師範學校，現在是來看教育可說是簡直是夢想一般地細心。

（中略）

那間師範學校的教師培育，忘了一件很重要的事。由於是56**仿效了外國的教師培育方式**，可說有罪的就是他們。

要說是什麼呢，就是忘記發聲這件事了。以閱讀、書寫為重點還可以，雖然並非看不起發聲這件事，但有很多教師不知道該如何發聲。

56　「模仿外國的教師培育」，所以正確答案是1。

57　「和過年一同迎來疾病發作」，所以正確答案是2。「等不到春天就已逝去，這樣的例子絕不在少數。」，所以3是錯誤答案。

58　吸入粉筆粉灰會引起疾病，「這個奇談妙論瞬間就擴散開來，全日本都相信了」，所以2、3是錯誤答案。「所以從早到下午都要滔滔不絕地說話。沒有受過發聲訓練的人，做這麼魯莽的事，可不是毫無代價的」，也就是「引起過勞」，所以正確答案是4。

（中略）

剛畢業的教師走馬上任。**58 小學是全科目授課制，所以從早到下午都要滔滔不絕地說話。沒有受過發聲訓練的人，做這麼魯莽的事，可不是毫無代價的**。

快的人在初秋時分，身體狀況就會出問題。受到戰前的國民疾病，結核病所侵襲。**57 如果運氣不好的話會和過年一同迎來疾病發作**，更加不幸的人則是等不到春天就已逝去，這樣的例子絕不在少數。

當然，大家都感到疑惑不解。並沒有做什麼粗活的老師們卻因肺病而死亡，令人難以相信。全日本都這麼想著。

有智慧（？）的人就這麼解釋了。老師們是用粉筆在寫黑板的。那些粉末就是引起疾病的原因。這個奇談妙論瞬間就擴散開來，全日本都相信了。神經質的老師會用手帕掩住口鼻，不去吸入粉末。**即使如此，教師們發病的狀況依然絲毫不減**。

58 大聲說話是過勞的行為這點，據說直到最後還是沒有大白於世。

★熟記單字及表現

□かつて：從前、以前
□きわめて：極其、非常
□新卒（しんそつ）：應屆畢業生
□全科（ぜんか）：所有科目
□しゃべりづめ：說個不停
□秋口（あきぐち）：初秋
□年明け（としあけ）：年初
□首をかしげる（くび）：歪著頭、意為“疑惑不解”
□重労働（じゅうろうどう）：重度勞動
□肺病（はいびょう）：肺病
□板書（ばんしょ）：在黑板上寫字
□珍説（ちんせつ）：奇談怪論
□またたくまに：眨眼間、瞬間
□神経質な（しんけいしつ）：神經質的
□過労（かろう）：過勞
□わからずじまい：結果還是沒能弄明白
□養成（ようせい）：培養、培訓
□ことに：特別、尤其
□赴任する（ふにん）：赴任、上任
□担任（たんにん）：擔任
□タダではすまない：不是鬧著玩的
□戦前（せんぜん）：戰前
□発病（はつびょう）：發病

問題10

59 4　60 1　61 3　62 3

「住まいの中の君の居場所はどこか?」と問われて「自分の部屋」と、自覚的に答えられるのは、五、六歳になってからでしょうか。

しかしその時期をすぎても、実際には自室をもっている子でさえ、宿題はダイニングテーブルやリビングでやるという場合が、とても多いとききます。59**玩具やゲーム機で遊ぶのもリビングで、けっきょく自室に入るのは眠るときだけ。こんな子が少なくありません**。

その理由の一つは子供も親も、家にいる時間がどんどんへっていることにあります。今、60**共働きの世帯は専業主婦世帯のほぼ二倍にあたる約1100万世帯で、これからも増加する**とみられています。しかも労働時間はいっこうにへらず長いまま。親が家にいない時間が長くなるにつれて、子供もやはり家にいない時間が増えていきました。60**起きている時間のうちの大半を、自宅ではなく保育園などで過ごす子も多い**。こんな状況ですから、60**親子のふれあう時間そのものが少ない**のです。

①**こうしたなかで**、親子のコミュニケーション、ふれあいの機会を空間的にどうにか捻出しようという働きかけが、ハウスメーカーから出ています。

たとえば三井ホームは「学寝分離」、ミサワホームは「寝学分離」をテーマにした住まいを広めようとしています。

「寝」というのは睡眠の場所、「学」というのは遊びを含む学びの場所のことです。これを分離するというのはどういうことでしょうか。

「61**家族のコミュニケーションを高めるために、子供室はあくまで"寝る部屋"と位置づけ、"学ぶ部屋""くつろげる場所"を共有空間などの別の場所に設けるという考え方**」(三井ホーム・シュシュ)

62**これまでの子供部屋はしっかり集中して勉強ができる空間、ゆっくりと安眠できる空間、また読書や音楽鑑賞といった個人の趣味や息抜きをする空間として考えられていました。いわばそこは子供にとってのオールマイティな場所でした**。

しかし、それでは親と子供がふれあう時間がなくなる。そこで、②**子供部屋がほんらい発揮すべき役割**を、家の中の他の場所にもつ

59「在自己房間只是睡覺而已。這樣的孩子並不在少數(＝很多)」,所以2是錯誤答案。文中提到「也在客廳玩耍」,所以正確答案是4。

60 指示語的內容,大多會寫在緊接著的前面句子。「親子互動的時間非常少」,其理由是「雙薪家庭增加」,於是「很多孩子在托兒所度過」,所以正確答案是1。

文中並沒有提到「小孩睡眠時間增加」,所以2是錯誤答案。

61「小孩房只是睡覺的房間」,而「為了提昇家庭成員間的溝通,將"學習房間""放鬆地點"設在共享空間等其他地點」,所以正確答案是3。

62「いわば(可以說)」是將前面的內容簡單整理時會出現的用法。「對孩子來說是個萬能(＝什麼都能做)的空間」,所以正確答案是3。

くって、そこをコミュニケーションの場としても活用しようというわけです。

在被問到「在家裡，屬於你的地方是哪裡？」時，能自覺地回答「自己的房間」，大概是從五、六歲時開始吧。不過就算過了這段時期，即使是擁有自己房間的孩子，聽說也經常會有去飯桌或是客廳寫作業的狀況。**59 玩具和遊戲機也是在客廳玩耍，結果只有在要睡覺的時候進自己房間而已。這樣的孩子並不在少數**。

其理由之一，就是小孩和雙親待在家裡的時間都日漸減少了。現在，**60 雙薪家庭幾乎是專職主婦家庭的兩倍，大約 1100 萬戶，今後也預期會繼續增加下去**。而且工作時間還是很長，並沒有減少。隨著雙親不在家的時間變長了，果然小孩不在家的時間也會隨之增加。**60 很多孩子在醒著的時間，都不是在自己家裡，而是在托兒所裡度過的**。這種情況下，**60 親子互動的時間也非常少**。

①**在這樣的狀態下，**親子之間的溝通、互動機會要設法在空間上努力安排出來。住宅設計公司正在推廣這樣的想法。

例如三井不動產推廣「學寢分離」、三澤不動產則推廣「寢學分離」為主題的住宅。

「寢」是睡眠的場所，「學」則是包括遊樂機能在內的學習場所。將這兩者予以分離，究竟是怎麼回事呢？

「**61 為了提昇家庭成員間的溝通，小孩房頂多定位為“睡覺房間”，“學習房間”“放鬆地點”則是設在共享空間等其他地點，這樣的想法**」（三井不動產・chouchou）

62 以往的小孩房都被認為是可以專心讀書的空間、能放鬆安眠的空間，此外也是可以進行看書和欣賞音樂等個人興趣，以及休息片刻的空間。可以說這裡對孩子來說，就是一個萬能空間。

但是，這樣一來親子互動的時間就消失了。於是，②**把小孩房原來應該扮演的角色定位**，也設置在家中其他地方，將其也作為家庭溝通的空間來活用。

★熟記單字及表現

□居場所：居所、歸宿
□自室：自己的房間
□リビング：客廳、起居室
□共働き：夫婦雙方都工作
□専業主婦：專職主婦
□ふれあう：互動、互相接觸
□働きかけ：推動、影響
□共有空間：共享空間
□安眠する：安眠
□いわば：可以說
□発揮する：發揮
□自覚的に：自覺地
□ダイニングテーブル：飯桌
□玩具：玩具
□世帯：家庭
□いっこうに：完全
□捻出する：擠出
□分離する：分離
□～に設ける：設置在…
□息抜き：小憩
□オールマイティ：全能的、萬能的

問題11

63 4　64 3

A

私は幼稚園での運動会の写真撮影禁止に賛成です。写真には、子供も先生も他の親たちもみんな写ってしまうのです。それが嫌な人もいるわけですよ。それに、写真に残さないといけないという脅迫観念の中で生きている人が多いのですが、63 **撮って満足しているだけじゃないんですか**。撮影のための場所取りに必死になって、他の人の邪魔になったり、運動会を見に来ているのか撮影だけに来ているのか、わからなくなったりしている人が多いです。64 **幼稚園側も、肉眼でしっかり子供を見て、成長を目に焼き付けてもらいたいんじゃないでしょうか**。私は写真撮影しても、後日見返したことがないです。実際の目で見た方が、終わってからの満足感を得られると思います。

我贊成禁止在幼稚園的運動會上拍照攝影。照片會將孩子、老師和其他家長等所有人都拍攝進去。也有人不喜歡這樣的行為。而且，雖然生活中有很多人抱有必須留下照片這種強迫觀念，63 **但不就僅僅是拍照感到滿足而已嗎**。為了拍攝而拼命找地方取景，造成其他人的困擾，很多人像這樣不知究竟是為了看運動會而來的，還是只為了拍照而來的。64 **就幼稚園方面來說，不是也希望家長以肉眼仔細看著孩子，將他們的成長印入眼簾嗎**。我就算拍照攝影，日後也不會拿出來重看。我覺得實際用眼睛去看，在結束之後才能得到滿足。

B

運動会の写真撮影を禁止する幼稚園があるそうですが、それは仕方のないことだと思います。最近はモラルのない保護者が多いので、撮影の場所取りなどで保護者同士のトラブルになったら、幼稚園にクレームが殺到しますよね。64 **幼稚園側からすれば、そのようなクレームに対応できないというのが本音でしょう**。また、保護者の方たちは、撮影していると自分の子供ばかりに目が行きがちですが、64 **幼稚園側としては、先生方の声かけや他の子供たちとのかかわり方などにも目を向けてもらいたいのではないでしょうか**。それと、63 **親が撮影に熱心になりすぎて、拍手や声援がまばらになるので、子供たちのやる気にも影響してしまうのではないか**と思います。子供と目を合わせて、見てるよ、応援してるよ、とアイコンタクトする。そういった温かいやり取りが忘れられているように思います。

63　A提到「不就僅僅是拍照感到滿足而已嗎」，B提到「也會影響孩子們的幹勁」，所以正確答案是4。

64　問題是「關於幼稚園的意見，A和B做出了什麼推測」，所以要注意「幼稚園方也希望～」、「以幼稚園的角度來看，說實話～」、「以幼稚園的立場來說也會希望～」的部份。從這些地方可以看出正確答案是3。

有的幼稚園禁止在運動會上拍照攝影，我覺得這也是沒辦法的事。最近有很多監護者沒有道德觀念，所以為了拍攝取景而造成同是監護者的人的麻煩，幼稚園因此收到許多投訴。64 **就幼稚園角度來看，說實話，應該覺得沒辦法應對這種投訴吧**。另外，監護者們在拍照時，眼睛容易會只盯著自己的孩子，64 **以幼稚園的立場來說，也會希望多把注意放在老師說的話上，還有和其他孩子們的互動上吧**。還有，63 **家長太過投入在拍照上，拍手和聲援也會變得零零散散，這是否也會影響孩子們的幹勁呢**。和孩子們視線相交，用眼神交流告訴他們自己有在看，在為他們加油。我覺得這樣溫暖的互動已經被拋在腦後了。

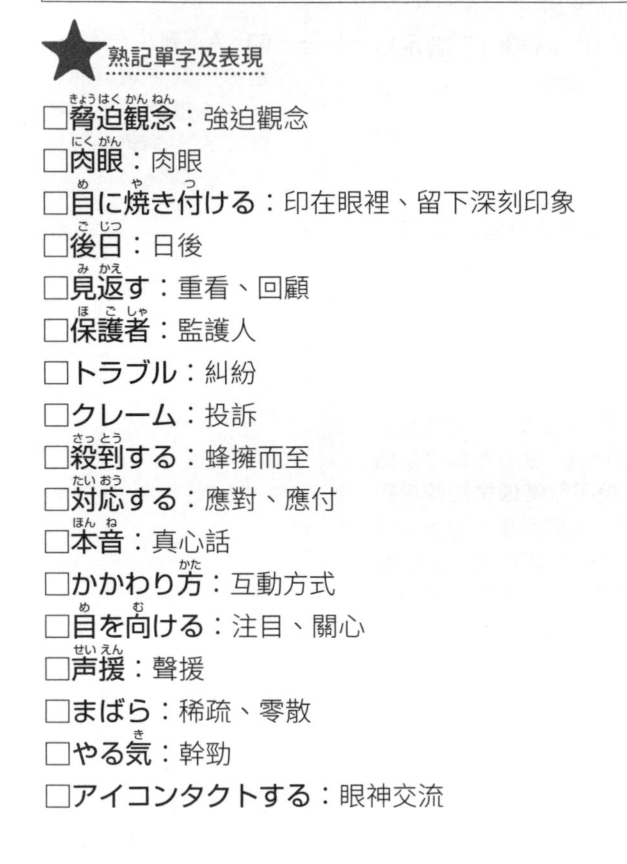

熟記單字及表現

□脅迫観念：強迫觀念
□肉眼：肉眼
□目に焼き付ける：印在眼裡、留下深刻印象
□後日：日後
□見返す：重看、回顧
□保護者：監護人
□トラブル：糾紛
□クレーム：投訴
□殺到する：蜂擁而至
□対応する：應對、應付
□本音：真心話
□かかわり方：互動方式
□目を向ける：注目、關心
□声援：聲援
□まばら：稀疏、零散
□やる気：幹勁
□アイコンタクトする：眼神交流

問題12

65 3　**66** 2　**67** 1　**68** 4

少子化と、超高齢化で、将来的に労働力が不足し、生産力が激減するということで、移民の受け入れと並んで、高齢者の雇用延長、再雇用が奨励されるようになった。定年も1970年代には55歳だったものが、その後60歳、さらに、改正高年齢者雇用安定法により、65歳までの雇用確保が定着しつつある。

（中略）

アメリカのように定年制がない国もあるが、日本の定年がどうやって決められているのか、わたしにはよくわからない。おそらく平均寿命から算出されているのかも知れない。長く続いた「55歳定年制」だが、日本人の平均寿命が40歳代前半だった二十世紀初頭に、日本郵船が設けた社員休職規則が起源という説が有力だ。**65今や、平均寿命は80歳を超えているわけだから、65歳まではもちろん、ひょっとしたら70歳、いや75歳までは働けるのではないか、といったムードがあるように思う**。そしてメディアは、「いくつになっても働きたい、現役でいたい」という人々を好んで取り上げる。**65働いてこそ幸福、という世論が醸成されつつある感じもする**。

だが、果たして、①**歳を取っても働くべきという考え方**は正しいのだろうか。「村上さんは会社勤めじゃないから定年なんかなくていいですね」と言われることがあり、「まあ、そうですけどね」とか曖昧に対応するが、内心「ほっといてくれ」と思う。

パワーが落ちてきたのを実感し、「もう働きたくない」という人だって大勢いるに違いない。「ゆっくり、のんびりしたい」と思っていて、**66経済的余裕があれば、無理して働く必要はないと個人的にはそう思う**。さらに②**不可解**なのは、**67冒険的な行為に挑む年寄りを称賛する傾向だ**。歳を取ったら無理をしてはいけないという常識は間違っていない。冒険なんかされると、元気づけられるどころか、あの人に比べると自分はダメなのではないかと、気分が沈む。勘違いしないで欲しいが、年寄りは冒険をするなと言っているわけではない。冒険するのも、自重するのも、個人の自由であって、一方を賛美すべきではないということだ。

65　文中提到「工作才是幸福」，也就是說工作是件幸福的事，「或許也能繼續工作到75歲」，所以正確答案是3。

66　「だが、果たして～（但是，究竟～）」是提出疑問的用法。從這裡可以看出正確答案是2。

67　文中提到「令人無法理解的是」，答案就緊隨其後。說到「稱讚」，所以正確答案是1。

わたしは、60歳を過ぎた今でも小説を書いていることに対し、別に何とも思わない。伝えたいことがあり、物語を構成していく知力がとりあえずまだ残っていて、かつ経済面でも効率的なので、書いているだけで、幸福だとか、恵まれているとか、まったく思ったことはない。**68「避ける」「逃げる」「休む」「サボる」そういった行為が全否定されているような社会は、息苦しい。**

少子化與超高齡化造成將來的勞動力不足，生產力也銳減，因此要接受移民，同時延長對高齡人士的僱用，也獎勵再次雇用工作。退休年齡在1970年代是55歲，之後改為60歲，更在《高年齡者雇用安定法》修正後，逐漸確立雇用年齡直到65歲。

（中略）

也有像美國那樣沒有制定退休年齡的國家，但日本的退休年齡是如何決定的呢，這點我並不知道。恐怕是從平均壽命所計算出來的吧。持續很久的「55歲退休制度」，其中一個有力說法的起源是由於二十世界初日本人的平均壽命是四十歲前半，於是由日本郵船設定了停職規定。**65 現在平均壽命超過80歲，**所以出現了到**65歲是理所當然的，搞不好到70歲，不，也能繼續工作到75歲吧、這樣的風氣**。然後媒體也喜歡標榜「不管到了幾歲都想工作下去、想繼續做現在的工作」的人們。**65 感覺漸漸形成了「工作才是幸福」這樣的輿論**。

但是，究竟①**年歲漸長也應該繼續工作，這樣的想法**是否正確呢。曾經有人對我說過「村上先生不在公司上班，所以沒有退休年齡，真好呢」，我模稜兩可地回答「哎，是這樣子啦」，但內心卻想著「放過我吧」。

一定有很多人實際感受到能量在下降，覺得「再也不想工作了」。有「想要緩慢地、悠閒地生活」這樣的念頭，**66 經濟方面也有餘裕的話，我個人是覺得並沒有勉強去工作的必要性**。更加②**令人無法理解的是，67 讚賞挑戰冒險行為的老年人的傾向**。隨著年歲漸增不可以勉強自己，這個常識是沒錯的。看到人家去冒險，別說是被鼓舞了，會覺得和那個人比起來自己很沒用，心情也會變得鬱鬱。希望大家不要誤會，我並不是在說不許年長者去冒險。不管是去冒險，還是保重自己的身體，都是個人的自由，不應該去誇獎任何一方。

我在年過六十的此刻也仍進行小說創作，對於此事，我並不特別覺得如何。我有想傳達的事，總之也還有建構故事的智力，而且就經濟角度來說也較有效率，所以我完全不會去想，光是寫就能感到幸福、或是感覺受到眷顧之類的。**68 完全否定掉「躲避」、「逃跑」、「休息」、「蹺掉」這些行為的社會，令人窒息**。

68 作者的主張，經常會寫在最後一段。文中提到完全否定掉「躲避」、「逃跑」、「休息」、「蹺掉」這些行為，也就是完全否定不努力這件事的社會令人窒息，所以正確答案是4。

★ **熟記單字及表現**

- □**少子化**：少子化
- □**激減する**：銳減
- □**奨励する**：獎勵
- □**定年**：退休年齡
- □**初頭**：初期
- □**起源**：起源
- □**超高齢化**：超老齡化
- □**雇用**：雇用
- □**定着する**：固定、落實
- □**算出する**：計算出
- □**設ける**：設立、制定
- □**有力**：有力、權威

□ひょっとしたら：說不定
□メディア：媒體
□世論：輿論
□不可解な：無法理解的
□称賛する：稱讚
□賛美する：讚美
□効率的：有效率的
□恵まれる：幸福、幸運
□ムード：情緒、氛圍
□現役：現役、在職
□内心：內心
□挑む：挑戰
□自重する：自重、自愛
□知力：智力
□サボる：偷懶
□息苦しい：壓抑、令人窒息

問題13

69 3　**70** 4

7/30～8/31　夏の宿泊キャンペーン！

ホテルABC鬼怒川

鬼怒川温泉駅から徒歩6分。四季折々に姿を変える山々に囲まれ、露天風呂からは鬼怒川を一望できる、伝統ある温泉宿です。源泉100%の天然温泉で、効果を肌で実感できます。お食事は郷土料理を含む和洋中の朝食及び夕食をご堪能いただけます。お客様を心からおもてなしいたします。

【客室】 月の館　バス・トイレ付和室（2～6名）　光の館　バス・トイレ付和室（2～5名）
【基本代金（お一人様/単位：円）】
［宿泊プランA］　1泊夕食・朝食付（夕食は90分飲み放題付き）

区分（1室利用人員）	宿泊プランA
おとな（中学生以上）	10,000
こども（小学生）	7,000
こども（4歳以上の未就学児）	5,000

※0～3歳児のお子様は代金不要でご利用いただけます。
1室利用人員には含めません。

※光の館はリニューアル一周年となりました。光の館にご宿泊の場合、上記基本代金に各1名様につき、おとな（中学生以上）2,000円、こども（小学生）1,500円、こども（4歳以上の未就学児）1,000円が加算されます。

キャンペーン特典

①お一人様一杯の**ウェルカムドリンク**付き！
②ご夫婦どちらかが50歳以上の場合、**光の館5000円引き宿泊券**（次回宿泊時から利用可）をプレゼント！
③お得な**往復特急券付きプランB**をご用意！
宿泊プランAに特急きぬ号往復券（普通車指定一般席/東武浅草⇔鬼怒川温泉）付き。上記基本代金に各1名様につき、おとな5,000円、こども（小学生）3,000円が加算されます。

【設備】温泉大浴場、貸切風呂、室内温泉プール（期間限定）、アロマセラピー、リフレクソロジー、卓球、カラオケ、宴会場、会議室

69　特急列車一般價格為單人單程3,000日圓，來回為6,000日圓。附優惠來回特急券的方案B，只要在方案A加上每人5,000日圓就可以了。「光之館5,000日圓住宿折價券」只開放從下次住宿起使用，所以最便宜的方案是住宿「月之館」加上附有來回特急券的方案B。

70　光之館入住兩名大人，一名國中生，一名國小生，住宿一晚。國中生收取大人費用，所以是12,000日圓×3人＋8,500日圓＝44,500日圓。

7／30～8.31　夏日住宿活動！

ABC旅館　鬼怒川

從鬼怒川溫泉車站走路只要六分鐘。由四季變換不同風貌的群山所圍繞，從露天溫泉可以將鬼怒川盡收眼底，是有歷史傳統的一間溫泉旅館。源泉 100% 的天然溫泉，其效果用肌膚就能實際感受到。可以享用的餐點包括鄉土料理在內，有日式、西式和中式的早餐與晚餐。我們以誠心款待各位來賓。

【客房】　月之館　附浴室、洗手間的和室（2～6人）

光之館　附浴室、洗手間的和室（2～5人）

【基本費用（每人／單位：日圓）】

［住宿方案A］　住宿一晚附早、晚餐（晚餐附 90 分鐘喝到飽）

分類（單房住宿人數）	住宿方案 A
大人（國中生以上）	10,000
兒童（小學生）	7,000
兒童（4 歲以上未入學兒童）	5,000

※0～3 歲的兒童入住不須支付費用。
不包括在住宿人數之內。

※ 光之館改裝翻修屆滿週年。住宿光之館，上述基本費用將以大人（國中生以上）2,000 日圓、兒童（小學生）1,500 日圓、兒童（4 歲以上未入學兒童）1,000 日圓的收費標準，每人加收費用。

活動優惠

①每人贈送一杯迎賓飲料！
②夫婦其中一人五十歲以上，贈送光之館 5,000 日圓住宿折價券（下次住宿起開放使用）！
③也為您安排了附有超值來回特急券的方案 B！
住宿方案 A 附有特急鬼怒號來回票券（普通車一般指定座位／東武淺草⇔鬼怒川溫泉）。上述基本費用將以大人 5,000 日圓、兒童（小學生）3,000 日圓的標準，每人加收費用。

【設施】溫泉大浴場、包場浴池、室內溫泉游泳池（期間限定）、芳療、腳底按摩、桌球、卡拉 OK、宴會場地、會議室

熟記單字及表現

□キャンペーン：宣傳活動
□四季折々（しきおりおり）：四季應時
□一望（いちぼう）する：一覽無遺、盡收眼底
□源泉（げんせん）：源泉
□実感（じっかん）する：實感
□和洋中（わようちゅう）：日式西式中式
□堪能（たんのう）する：心滿意足
□リニューアル：翻新、整修一新
□加算（かさん）する：加算
□ウェルカムドリンク：迎賓飲料
□徒歩（とほ）：徒步
□露天風呂（ろてんぶろ）：露天溫泉
□温泉宿（おんせんやど）：溫泉旅館
□天然（てんねん）：天然
□郷土料理（きょうどりょうり）：地方菜
□及（およ）び：和、以及
□おもてなしする：招待、款待
□一周年（いっしゅうねん）：一周年
□特典（とくてん）：優惠
□設備（せつび）：設備
□宴会場（えんかいじょう）：宴會廳

聴解

問題1

例　3

N1_2_03

イベント会場で女のスタッフと男のスタッフが話しています。男のスタッフはこのあと何をしなければなりませんか。

F：桜井さん、開演まであと一日なんだけど、グッズの件はもう解決した？

M：はい。なかなか届かないので、業者さんに電話しようと思っていたら、さっき届きました。一通りチェックをして、内容物も数も注文通りでした。

F：そう、間に合ってよかった。ありがとう。あとは客席の確認だけかな。

M：客席の確認？

F：うん。客席にゴミが落ちていたら、お客さんが嫌な思いをするでしょう。だから開演前にもう一回確認しないと。

M：そうですか。じゃあ、今すぐ確認してきます。

F：それは私がやるから、桜井さんは飲み物とお菓子の用意をしてくれる？

M：控え室に置くやつですね。わかりました。

F：あ、そうだ。ポスターはもう貼った？ いろんなところに貼るから、それを先にやっといてね。

M：ポスターなら、今朝、富岡さんが貼ってくれました。

F：そう、わかった。じゃあ、よろしく。

男のスタッフはこのあと何をしなければなりませんか。

活動會場中女性工作人員和男性工作人員正在對話。男性工作人員在這之後必須得去做什麼事呢？

女：櫻井先生，再過一天就要開演了，周邊商品的事已經解決了嗎？
男：是的。因為遲遲沒有收到，本來想要打電話給廠商，但就在剛剛收到了。大致確認了一遍，內容物和數量都和訂單一樣。
女：這樣啊，趕得及真是太好了。謝謝你。接下來就只剩去確認觀眾席而已了吧。
男：去確認觀眾席？
女：嗯。觀眾席如果有掉垃圾在那的話，客人也會覺得不開心的吧。所以在開演前要再確認一次才行。
男：這樣啊。那麼，我現在馬上就去確認。
女：這件事就由我來做，櫻井先生能不能幫我準備飲料和點心？
男：放在休息室的那些對吧。好的。
女：啊，對了。海報已經貼好了嗎？因為要貼很多地方，先做這件事吧。
男：海報的話，今早富岡先生已經幫忙貼了。
女：這樣啊，我知道了。那就麻煩你囉。

男性工作人員在這之後必須得去做什麼事呢？

1番　2

N1_2_04

会社の会議で課長が話しています。社員たちはメールが届いたらまず何をしますか。

F：みなさんに毎日利用していただいているタイムカードですけれども、来月から廃止することになりました。代わりにオンライン上でやっていただくことになります。今月中に手続きを済ませておかないと、来月から出社と退社の時刻が記録されなくなってしまいますので、必ず手続きを済ませておいてください。手続きの仕方は後ほどメールでお送りします。メールに仮パスワードが書いてありますので、**まずその仮パスワードで出勤管理システムにログインしてから、新しいパスワードを設定してください**。そして、新しいパスワードで必ず一度テストを行ってください。新しいパスワードでログインしてから退出ボタンをクリックして、退出時刻が出てくれば、手続き完了となります。

社員たちはメールが届いたらまず何をしますか。

要注意聽「まず（首先）」、「～てから（～之後）」、「そして（然後）」這些表示順序的用法。

問題是「收到郵件之後首先要做什麼」，所以「首先」之後所提到的2「登入出勤管理系統」是正確答案。

課長在公司的會議上發言。社員們在收到郵件之後，首先要去做什麼事呢？

女：大家每天使用的考勤卡，從下個月起即將廢止。會改由線上打卡來取代。如果不在這個月完成手續，下個月開始就無法紀錄上班和下班的時間，所以請務必完成手續。申請手續步驟將再寄郵件告知各位。郵件中寫有初始密碼，**請先以初始密碼登入出勤管理系統，再設定新的密碼**。然後，請一定要試過一次新的密碼。用新密碼登入後，點選登出鈕，出現登出時間之後，手續就完成了。

社員們在收到郵件之後，首先要去做什麼事呢？

熟記單字及表現

□**タイムカード**：考勤卡、打卡表
□**廃止する**：廢止、廢除
□**オンライン**：聯網、在線
□**仮パスワード**：初始密碼、臨時密碼
□**ログインする**：登錄
□**設定する**：設置、設定
□**退出ボタン**：退出按鈕
□**クリックする**：點擊、單擊
□**退出時刻**：退出時間

2番　1

N1_2_05

電話でチケット販売サイトの人と女の人が話しています。女の人はこのあとどんなメールを待ちますか。

M：はい。こちら、格安航空券販売サイト、ABCチケットでございます。ご用件をお伺いします。

F：あのー、三日前にネットでチケットを購入したんですけど、航空券が送られてこないんです。本当に買えているのか心配で。

M：さようですか。確認いたしますので、６桁の予約管理番号を教えていただけますか。

F：928457です。

M：はい、少々お待ちください。（カタカタカタ）お待たせいたしました。小林花子さまでいらっしゃいますね。

F：はい、そうです。

M：予約と決済は完了しておりまして、ただ今発券処理をしているところでございます。**決済完了のメールが届いているかと思います**が、そちらはご覧になりましたか。

F：あ、はい。見ました。

M：航空券は空港で受け取っていただくことになります。**最終のご案内というメールを購入日から三日以降、つまり本日以降、出発の一週間前までにお送りします**ので、そちらに記載されております航空券引換番号をフライト当日に空港のカウンターでお伝えいただいて、航空券をお受け取りいただくという形になります。

F：あ、そうですか。そのメールを印刷して見せればいいんでしょうか。

M：印刷していただかなくても、番号を控えていただきまして、その番号をお見せいただくだけでかまいません。

F：あ、はい。わかりました。

女の人はこのあとどんなメールを待ちますか。

販售票券的人和女性正在電話中對話。女性在這之後要等什麼郵件呢？

男：您好。這裡是廉價機票販售網，ABC 票券。在這裡為您服務。
女：那個～，三天前我在網站上買了票，但機票沒有寄來呢。我很擔心有沒有真的買到。
男：這樣子啊。讓我為您確認一下，請告訴我 6 碼的預約管理編號。
女：928457。
男：好的，請稍待片刻。（打字的聲音）讓您久等了。是小林花子小姐，對吧。
女：是的，沒錯。
男：預約和付款已經完成，現在正在處理開票程序。**我想您應該有收到付款完成的郵件**，那邊有看到嗎？
女：啊，有的。有看到。
男：機票是在機場領取。**最終說明郵件會在購買日三天之後，也就是今天之後到出發前一週為止寄送給您**，裡面所寫的機票兌換編號請在起飛當天告知機場櫃台人員，以兌換機票。
女：啊，是這樣子啊。只要把郵件印出來給對方看就行了嗎？
男：即使不印出郵件，記下號碼，光是將那組號碼出示給人員看也沒問題的。
女：啊，好的。我瞭解了。

女性在這之後要等什麼郵件呢？

會收到兩種郵件。

已經收到「付款完成郵件」。

對話提到「最終說明郵件」會在「今天之後到出發前一週為止寄送」，所以正確答案是 1。

★ 熟記單字及表現

□<ruby>格安航空券<rt>かくやすこうくうけん</rt></ruby>：廉價機票
□ご<ruby>用件<rt>ようけん</rt></ruby>：要事
□<ruby>購入<rt>こうにゅう</rt></ruby>する：購入、購買
□さようですか：「そうですか（這樣啊）」的禮貌用法
□<ruby>当社<rt>とうしゃ</rt></ruby>：自己的公司
□<ruby>誠<rt>まこと</rt></ruby>に：誠然
□<ruby>決済<rt>けっさい</rt></ruby>：結賬、支付
□<ruby>発券<rt>はっけん</rt></ruby>：出票
□<ruby>記載<rt>きさい</rt></ruby>する：記載
□<ruby>引換番号<rt>ひきかえばんごう</rt></ruby>：兌換號碼
□フライト：飛行
□カウンター：櫃台
□<ruby>番号<rt>ばんごう</rt></ruby>を<ruby>控<rt>ひか</rt></ruby>える：記下號碼

3番　3

🔊 N1_2_06

<ruby>電話<rt>でんわ</rt></ruby>で<ruby>保険会社<rt>ほけんがいしゃ</rt></ruby>の<ruby>人<rt>ひと</rt></ruby>と<ruby>女<rt>おんな</rt></ruby>の<ruby>人<rt>ひと</rt></ruby>が<ruby>話<rt>はな</rt></ruby>しています。<ruby>女<rt>おんな</rt></ruby>の<ruby>人<rt>ひと</rt></ruby>はこのあと<ruby>何<rt>なに</rt></ruby>をしますか。

M：はい、こちら、さくら<ruby>自動車保険<rt>じどうしゃほけん</rt></ruby>です。

F：あのー、<ruby>駐車場<rt>ちゅうしゃじょう</rt></ruby>で<ruby>車<rt>くるま</rt></ruby>の<ruby>左前<rt>ひだりまえ</rt></ruby>が<ruby>木<rt>き</rt></ruby>にぶつかっちゃって、バンパーがへこんでしまったんですけど…。

M：さようですか。そうしましたら、まずご<ruby>本人様確認<rt>ほんにんさまかくにん</rt></ruby>のため、お<ruby>名前<rt>なまえ</rt></ruby>と<ruby>生年月日<rt>せいねんがっぴ</rt></ruby>を<ruby>教<rt>おし</rt></ruby>えていただけますか。

F：はい。<ruby>鈴木<rt>すずき</rt></ruby>みちこ、1985<ruby>年<rt>ねん</rt></ruby>6<ruby>月<rt>がつ</rt></ruby>20<ruby>日<rt>はつか</rt></ruby>です。

M：はい、<ruby>確認<rt>かくにん</rt></ruby>が<ruby>取<rt>と</rt></ruby>れました。では、お<ruby>車<rt>くるま</rt></ruby>のナンバーと<ruby>保険<rt>ほけん</rt></ruby>の<ruby>契約番号<rt>けいやくばんごう</rt></ruby>を<ruby>教<rt>おし</rt></ruby>えていただけますか。

F：あ、すみません。<ruby>契約番号<rt>けいやくばんごう</rt></ruby>が<ruby>書<rt>か</rt></ruby>いてあるファイル、<ruby>車<rt>くるま</rt></ruby>の<ruby>中<rt>なか</rt></ruby>に<ruby>置<rt>お</rt></ruby>いてきちゃいました。

M：それでは、<ruby>後<rt>のち</rt></ruby>ほどお<ruby>知<rt>し</rt></ruby>らせください。<ruby>今回<rt>こんかい</rt></ruby>のような<ruby>場合<rt>ばあい</rt></ruby>、<ruby>修理代<rt>しゅうりだい</rt></ruby>は<ruby>全額保険<rt>ぜんがくほけん</rt></ruby>で<ruby>賄<rt>まかな</rt></ruby>うことができます。

F：あ、そうですか。よかった。

M：<ruby>鈴木様<rt>すずきさま</rt></ruby>のほうで<ruby>修理工場<rt>しゅうりこうじょう</rt></ruby>を<ruby>選<rt>えら</rt></ruby>んでいただき、そちらの<ruby>会社名<rt>かいしゃめい</rt></ruby>と<ruby>電話番号<rt>でんわばんごう</rt></ruby>を<ruby>教<rt>おし</rt></ruby>えていただければ、こちらからお<ruby>支払<rt>しはら</rt></ruby>いいたします。

F：はい。

M：ただ、保険で修理代を補償される場合は、今後５年間の保険料が一年に２万円ずつプラスされます。

F：そうすると、**修理代が安い場合は自分で払ったほうが結果的にいいかもしれない**ってことですね。

M：そうですね。**修理代のお見積もり次第で、保険で補償されるかどうかはご契約者様ご本人で決めていただければと思います**。

F：そうですか。**じゃあ、ちょっと調べてみます**。

從這些部份，可以得知首先要取得報價，再決定要不要使用保險。

女の人はこのあと何をしますか。

電話中保險公司的人和女性正在對話。女性在這之後要去做什麼事呢？

男：您好，這裡是櫻花汽車保險。
女：那個～，我在停車場，車子的左前方撞到樹木，保險桿凹下去了…。
男：這樣子啊。那麼，首先要確認本人身份，請告訴我您的姓名與出生年月日。
女：好的。鈴木道子，1985 年 6 月 20 日。
男：好的，已為您確認身份。那麼請告訴我車牌號碼和保險的合約編號。
女：啊，不好意思。有合約編號的資料夾，我放在車子裡了。
男：那麼之後再請告知我們。像這次的情形，修理費用可以全額以保險支付。
女：啊，這樣子嗎。太好了。
男：由鈴木小姐選擇維修廠，再告知我們店名和電話，我們將會支付費用。
女：好的。
男：不過，如果以保險支付修理費用，之後五年的保險費，每年將增加兩萬日圓。
女：這樣的話，**如果修理費用比較便宜，就結果來說自己支付或許會比較好**呢。
男：是的。**在修理費用報價之後，再由保險人本人來決定是否以保險來支付**。
女：這樣子啊。**那我稍微查一下**。

女性在這之後要去做什麼事呢？

熟記單字及表現

□**保険**：保險
□**バンパー**：保險槓
□**さようですか**：「そうですか（這樣啊）」的禮貌用法
□**ファイル**：文件夾、檔案袋

□発生する：發生
□賄う：籌措
□補償する：補償、賠償
□見積もる：估算

4番　3

N1_2_07

電話で施設の人と男の人が話しています。男の人はこのあと何をしますか。

F：はい、さくらプラザでございます。

M：あの一、施設の予約をしようと思って、ホームページを見たんですが、よくわからないんです。

F：そうですか。ご予約ですと、ホームページの予約システムのほうから予約申し込みをしていただくことになります。

M：はい、見てます。

F：予約システムというところをクリックしていただくと、施設一覧という青い字が出てきますので、そちらをクリックして、お部屋を選択していただくか、もしくは、空き状況を見るというところから空いているお部屋を選択していただくことになります。

M：はい、そこまではわかったんです。で、三日分までは予約できたんですけど、四日目の分だけなぜか選択できなくなったんです。

F：さようですか。実はこちらの施設は連続してご使用いただける日が三日間までと決まっておりまして。

M：そうなんですか。なら**一日分はキャンセルして、別の日に予約したい**んですが。

F：それでは、**まず会員登録をしていただき、マイページから予約をし直していただくことになります。会員登録はお済みですか**。

M：**はい、してあります**。わかりました。ありがとうございました。

男の人はこのあと何をしますか。

男性表示「想取消一天，改成預約其他日子」。要進行這件事需要：①會員登録②從個人頁面重新預約。①已經做完，所以正確答案是3。

第2回

文字・語彙　文法　讀解　聽解　試題中譯

電話中設施工作人員和男性正在對話。男性在這之後要去做什麼事呢？

女：您好，這裡是櫻花 PLAZA。
男：那個～，我想預約設施，看了官方網頁，但還是不太瞭解。
女：這樣子啊。我們的預約，是從官網的預約系統申請。
男：是的，我正在看。
女：點選預約系統，就會跳出藍色字體寫的設施一覽，再點選，就能選擇房間，或是從預約狀態檢視的地方選取空置的房間。
男：是的，到這一步我都還瞭解。然後，我可以預約到三天，但不知為何沒辦法選取第四天。
女：這樣啊。其實本設施開放能夠連續使用的日期只有三天。
男：是這樣子啊。**那我想取消一天，改成預約其他日子**。
女：這樣的話，**首先請您登錄會員，從個人頁面重新進行預約。請問您已經登錄會員了嗎**？
男：**是的，已經登錄完了**。我瞭解了。謝謝妳。

男性在這之後要去做什麼事呢？

熟記單字及表現

□施設：設施
□システム：系統
□クリックする：點擊、單擊
□一覧：一覽
□もしくは：或者
□さようですか：「そうですか（這樣啊）」的禮貌用法
□キャンセルする：取消
□会員登録：註冊會員

5番　1

N1_2_08

大学で先生と女の学生が話しています。女の学生はこのあとまず何をしますか。

M：発表の練習、よかったですけど、**先行研究の部分がちょっと弱いので、本番の前にもうちょっと文献を増やしたほうがいい**と思いますね。

F：はい。**このあと図書館に行って調べてみます**。

M：それから、方法のところですけど、調査方法は書いてあるけど**分析方法は書いてないですよね。そういうところ、しっかり書いてください**。

教授的建議

①先行研究部份有些不足，應該增加文獻→去圖書館查詢資料

②仔細寫出分析方法→馬上修改

③出處沒有照五十音順序排列→馬上修改

④為了調整字數，修改格式→馬上修改

F：はい。最初は書いていたんですけど、ちょっと字数がオーバーしてしまって、削除したんです。

M：そうですか。レジュメって枚数制限はありますけど、フォーマットは自由なので、そういうときは余白を削ればいいんですよ。

F：なるほど、わかりました。すぐ直します。

M：それから、**出典が五十音順になってない**ですね。ほら、佐々木が高橋よりもあとになってる。

F：はい。

M：こういう細かいところを一つひとつきちんと整えることは研究をする上で非常に大事なことなんです。

F：はい、わかりました。

M：じゃあ、**すぐ直せることは後回しにしていいから、先行研究の部分をまずがんばってください**。

從這部份可以得知，②③④這幾項馬上可以修改的地方是之後再進行，所以正確答案是1「前往圖書館」。

女の学生はこのあとまず何をしますか。

教授和女學生正在大學裡說話。女學生在這之後首先要去做什麼事呢？

男：報告的練習很不錯，**但先行研究的部份有點不足，在正式發表前多加一些文獻會比較好**喔。
女：好的。**之後我會去圖書館查資料**。
男：還有關於方法部份，有寫到調查方法，但**沒有寫分析方法呢。這部份要仔細寫出來**。
女：好的。一開始有寫，但字數有點超過，所以就刪掉了。
男：這樣啊。講義有張數限制，但格式是自由的，這種時候把減少空白處就好。
女：原來如此，我知道了。我馬上修改。
男：還有，**出處沒有以五十音順序排列**呢。妳看，佐佐木排在高橋後面了。
女：好的。
男：仔細地一一處理這種細節，在進行研究時非常重要。
女：好的，我知道了。
男：那麼，**馬上能修改的部份之後再做，首先先進行先行研究的部份吧**。

女學生在這之後首先要去做什麼事呢？

★**熟記單字及表現**

□**先行研究**：先行研究、文獻　□**本番**：正式（發表）
□**レジュメ**：提綱、摘要　□**フォーマット**：書寫格式
□**出典**：出典、文獻出處

第2回
文字・語彙
文法
讀解
聽解
試題中譯

6番　4

🔊 N1_2_09

家で男の人と女の人が話しています。男の人はこのあと何をしますか。

M：あー、今年も大そうじの季節が来たか。

F：一年経つのって本当に早いね。**ちゃんと大そうじのコツ、ネットで調べといた**よ。

M：お、ありがとう。なになに？ 持ち物の整理、不用品の処分、そうじ場所のリスト作り、そうじ道具をそろえる、の順番にやるといいのか。

F：そう。**まずはいらないものといるものに分けるところからね**。

M：それが意外に難しいんだよね。いらないと思って捨てたら、あとで必要になっちゃったり。そう考えると、何も捨てらんないよ。

F：時間かかりそうだから、**とりあえず必要なさそうなのは全部段ボールに入れちゃって**。あとからゆっくり整理して。

M：はいはい。それで、そうじ場所のリストは作ったの？

F：まだだけど、いつも通りでいいかな。

M：うん。じゃあ、**リストはいいよ**。あとは、そうじ道具か。足りないものある？

F：あ、**ゴム手袋切らしてるんだった。ちょっと買ってきて**。

M：うん。でも、**そうじ始めたら足りないものもっと出てきそうだから、ちょっと始めてからにしたほうがいい**んじゃない？

F：そうね。じゃあ、とりあえず始めよう。

男の人はこのあと何をしますか。

「とりあえず（總之）」有「雖然有很多事要做，但其他的都往後排，首先做這個」的意思。要注意聽「とりあえず」之後的內容。

大掃除的準備、待辦事項

- 大掃除的訣竅→已經查好
- 分出要和不要的東西→不需要的東西全部裝進紙箱
- 列出整理區域→照以往方式進行所以不用列出
- 去買塑膠手套等物回來→開始打掃之後再去買

從以上內容可看出正確答案是4。

女性和男性正在家裡對話。男性在這之後要去做什麼事呢？

男：啊～，又到了今年大掃除的季節。
女：一年過得好快喔。**我有在網路上事先查好了大掃除的訣竅喔。**
男：喔，謝謝。什麼？按照整理持有的東西、丟棄不需要的物品、列出掃除區域、備齊打掃的工具的順序進行就好了啊。
女：對。**首先從區分出要和不要的物品開始。**
男：這件事意外地很困難呢。覺得不需要了而丟掉，之後可能又會用到。一想到這裡，就什麼都丟不下手了。
女：可能會有點花時間，總之把應該不需要的東西全部裝進紙箱。之後再慢慢整理。
男：好的好的。然後，掃除區域列出來了嗎？
女：還沒有，不過照以往那樣就行了吧。
男：嗯。**那就不用列出來了。**接著是打掃工具。有沒有什麼東西不夠？
女：啊，**塑膠手套用完了。去買些回來吧。**
男：嗯。不過，**開始打掃之後應該會有更多不夠的東西，先開始做一點後再去買比較好吧？**
女：對耶。那總之就先開始吧。

男性在這之後要去做什麼事呢？

熟記單字及表現

□ コツ：訣竅、技巧　　　　　□ 不用品（ふようひん）：廢品、不用的物品
□ 処分（しょぶん）：處理　　□ 切らす（きらす）：用完

問題2

例　2　　　🔊 N1_2_11

女（おんな）の人（ひと）と男（おとこ）の人（ひと）が演劇（えんげき）について話（はな）しています。女（おんな）の人（ひと）は演劇（えんげき）にとって一番大事（いちばんだいじ）なことは何（なん）だと言（い）っていますか。

F：ねえ、今話題（いまわだい）になっている「六人（ろくにん）の物語（ものがたり）」っていう演劇（えんげき）、見（み）に行（い）った？

M：行（い）ってないけど、大人気（だいにんき）らしいね。

F：私（わたし）、昨日（きのう）見（み）に行（い）ったんだけど、想像以上（そうぞういじょう）にすばらしかったよ。

M：そうなんだ。原作（げんさく）は確（たし）かゲームだったよね。

F：そう。普通（ふつう）、ゲームやアニメが演劇（えんげき）になったとき、道具（どうぐ）とかいろいろ使（つか）うでしょう、日本刀（にほんとう）とか。でも今回（こんかい）は道具（どうぐ）がほとんど使（つか）われてなかったよ。みんな演技力（えんぎりょく）で勝負（しょうぶ）してるんだよ。すごいと思（おも）わない？　主役（しゅやく）の富田（とみた）さんもめちゃくちゃかっこ良（よ）かったし。

文字・語彙

文法

讀解

聽解

試題中譯

M：へー、君は顔さえよければそれでいいんだろう？

F：違うよ。確かに役者の顔も大事だけど、原作の世界観やキャラクターの性格をありのままに再現できないと演劇とは言えないでしょう。

M：うーん、原作の質がもっとも大切だと僕は思うけどね。演劇のシナリオにも影響するから。

F：そうだけど、演じているのは人だから、役者の演技力こそが演劇の命なんじゃない？

女の人は演劇にとって一番大事なことは何だと言っていますか。

女性和男性正在討論戲劇。女性說戲劇最重要的是哪一點呢？

女：哎，現在蔚為話題的「六人的故事」這部戲，你去看過了嗎？
男：雖然沒去看，但聽說非常受歡迎呢。
女：我昨天去看了，比想像中還精采喔。
男：這樣啊。原著確實是遊戲對吧。
女：對。一般在遊戲或動漫改編為戲劇時，都會使用很多道具對吧，例如說日本刀之類的。不過這次幾乎沒有使用道具喔。大家都是憑演技一決勝負。不覺得很厲害嗎？而且主角富田先生又很帥。
男：咦～，妳只要長得帥就夠了吧？
女：不是啦。確實演員的長相也很重要，但如果不能照原樣再現原著的世界觀和角色性格，就不能稱得上是戲劇了吧。
男：嗯～，我覺得原著作品的品質是最重要的。也會影響戲劇的屬性。
女：雖然是那樣沒錯，但表演的還是是人，所以演員的演技才是戲劇的生命吧？

女性說戲劇最重要的是哪一點呢？

1番　3

N1_2_12

病院で窓口の人と女の人が話しています。面会者が必ずしなければならないことは何ですか。

M：それでは、こちらの入院のしおりについて、ご説明します。まず、用意していただくものですが、パジャマや下着などの着替えは夏で汗をかくこともあるので多めにお願いします。

F：パジャマ２着しか持っていないんですけど、買い足したほうがいいんでしょうか。

M：そうですね。入院が長引くかどうかにもよりますが、様子を見て、洗濯が間に合わなそうなら買い足してはどうでしょうか。

F：はい、わかりました。

M：続きまして、病棟の出入りについてですが、面会時間は、月曜から金曜の午後３時から午後７時までと、土日祝日の午後１時から午後７時までとなっております。それ以外の時間帯に病棟にお入りになる際は、自動ドア右側にあるインターホンを押してください。**面会される際は、入口の自動ドア前で面会申込書に必要事項をご記入の上、受付の人に渡してください**。面会者用カードが渡されますので、そちらを首から下げて、中に入ってください。

面会者が必ずしなければならないことは何ですか。

醫院的櫃台人員和女性正在對話。訪客必須要做的事是什麼呢？

男：那麼為您說明一下入院指南。首先是要準備的物品，由於夏季容易流汗，像睡衣和貼身衣物這類換洗衣物請多準備幾件。

女：我只有準備兩件睡衣，應該多買幾件比較好嗎？

男：是的。也要看您住院時間是否有延長，就看到時狀況，若是來不及洗衣服再去買，這樣如何呢？

女：好的，我知道了。

男：接下來關於進出住院大樓，會客時間是週一到週五的下午三點到晚上七點，以及週六日和假日的下午一點到晚上七點。在這之外的時間要進入住院大樓時，請按自動門右側的對講機。**要會客時，請在入口的自動門前提交已填寫上必須資料的會客申請書給服務台人員**。會發放一張訪客專用卡片，請將它掛在脖子上，再進入大樓。

訪客必須要做的事是什麼呢？

仔細聽醫院的人（男性）的說明。

問題是「訪客必須要做的事」，所以正確答案是3。

只有非會客時間時才要按對講機。

發放訪客專用卡片的是醫院櫃台人員。

熟記單字及表現

□面会：會面、見面
□しおり：指南；書簽
□パジャマ：睡衣
□多めに：多一些
□病棟：住院大樓
□必要事項：必要事項

2番　3

🔊 N1_2_13

温泉旅館で旅館の人が宿泊客に説明しています。宿泊客がしなければならないことは何ですか。

F：お部屋は14階の34号室でございます。ご夕食は地下一階のバイキング会場をご利用ください。A会場、B会場、C会場の3か所ご利用になれますが、**本日は混雑が予想されるため、一番広いC会場がよろしいかと思います**。ご夕食会場は6時半から9時までご利用可能です。こちらの券をお持ちください。なお、お食事会場では浴衣の着用をご遠慮いただいておりますので、お気をつけください。スリッパは飲食施設を含む全館でご利用になれます。**大浴場をご利用の際は、タオルをお部屋からお持ちください**。防犯上、夜9時以降は正面玄関の自動扉を閉めておりますので、ルームキーをかざしてお開けください。質問はございますか。

宿泊客がしなければならないことは何ですか。

溫泉旅館裡旅館服務人員正在向房客說明。房客必須做什麼事呢？

女：您的房間在14樓的34號房。晚餐請在地下一樓的自助餐會場享用。可以使用A會場、B會場和C會場這三個地方，**但今天預計人數較多，最大的C會場應該會比較方便**。晚餐會場從六點半至九點開放。請帶著這張券前往。另外，用餐會場請不要穿著浴衣，請您多多留意。拖鞋可進入全館所有區域，包括餐飲場地。**使用大浴場時，請從房間攜帶毛巾**。由於防盜因素，晚間九點以後正門玄關的自動門會關閉，請感應房間卡開門。請問還有什麼問題嗎？

房客必須做什麼事呢？

問題是「房客必須做的事」，所以請注意聽「ご利用ください（請使用）」、「お持ちください（請攜帶）」、「お開けください（請打開）」等，旅館希望房客做的事情。

「應該會比較方便」只是建議，所以1是錯誤答案。

從這裡可以看出正確答案是3。

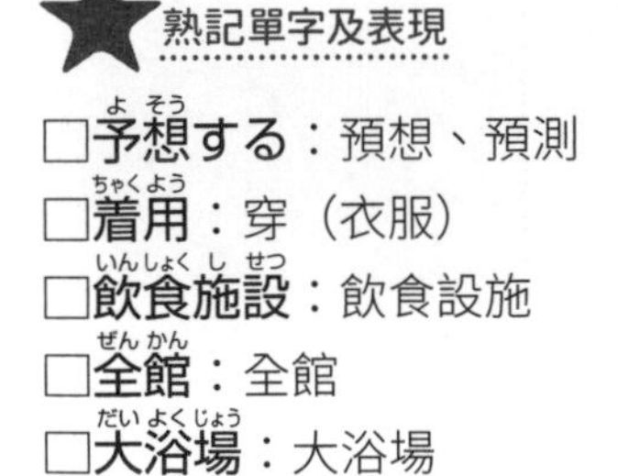

★熟記單字及表現

□予想する：預想、預測
□着用：穿（衣服）
□飲食施設：飲食設施
□全館：全館
□大浴場：大浴場
□自動扉：自動門
□ルームキー：房間卡、房間鑰匙
□かざす：罩上、蒙上

3番　4

N1_2_14

家で女の人と男の人が話しています。田中さんはどうして夫に怒っていますか。

F：ねえ、聞いて。**田中さんの旦那さん、特殊詐欺に引っかかったん**だって。

M：え、うそだろう。本当に引っかかる人いるんだ。

F：それがね、誰でも引っかかっちゃうだろうってぐらい巧妙な手口なの。

M：ほう。

F：医療費の還付金が５万円もらえるって言って、口座情報を教えたんだけど、５万円もらえないどころか口座に入ってた200万円全部引き落とされちゃったんだって。

M：そりゃひどいな。

F：わざと田中さんが留守の時間狙ったみたいなの。旦那さん一人のほうがだましやすいと思ったのかな。

M：俺も一人じゃ危ないな。

F：それでね、**田中さん、ものすごく怒っちゃって。その口座、旦那さんが田中さんに内緒で持ってた口座なの。**

M：ほう、隠し財産ってやつか。

F：そんなお金あるなら、孫にでもあげたかったって、田中さん言ってたよ。

田中さんはどうして夫に怒っていますか。

從這部份可得知，田中太太對先生生氣的理由是4「擁有祕密帳户」。

女性和男性正在家裡對話。田中太太為什麼會對先生生氣呢？

女：欸，聽我說。**田中太太的先生，說是被詐騙**。
男：咦，不會吧。真的會有人上當啊。
女：那個啊，是不論誰都會受騙上當的巧妙手法呢。
男：喔？
女：說是醫療費用可以退還五萬日圓，告訴對方帳戶資訊之後，別說是收到五萬日圓，連放在帳戶裡的兩百萬日圓都全部被提領一空了。
男：這太過分了。
女：好像是特地找田中太太不在的時間呢。大概是覺得只有先生一個人在比較好騙吧。
男：我也是自己一個人，有點危險呢。

女：然後啊，**田中太太非常生氣。那個帳戶，是先生沒告訴田中太太的祕密帳戶呢**。
男：喔，是私房錢啊。
女：田中太太說，既然有那麼多錢，真想拿給孫子孫女們。

田中太太為什麼會對先生生氣呢？

熟記單字及表現

□旦那さん：稱呼別人的老公時用的表現
□詐欺に引っかかる：上當受騙
□巧妙な：巧妙的
□手口：（違法犯罪的）方法、手段
□還付金：返還金
□口座：賬戶
□引き落とす：提款
□そりゃ：「それは」的平易、簡略的講法
□わざと：故意
□内緒で：私底下
□隠し財産：私房錢

4番　1

N1_2_15

電話で女の人と男の人が話しています。男の人が一番知りたかったことは何ですか。

F：こちら、ABC事務所です。ご用件をどうぞ。

M：もしもし。ふじ事務所の佐藤と申しますが、山本さんをお願いできますか。

F：ふじ事務所の佐藤様でいらっしゃいますね。山本はただ今会議中で席を外しておりまして、伝言を預かっております。**佐藤様が必要だとおっしゃっていた書類は、今朝そちらの事務所宛てに郵送したので、今日か明日には届くはずだということです**。木曜日までに届かなければお電話くださいとのことです。

M：今日か明日ですか。迅速にご対応くださり、ありがとうございましたとお伝えください。**まさにその件でお電話したんです**。では、お待ちしております。失礼いたします。

男の人が一番知りたかったことは何ですか。

男性說「我就是為了這件事打來的」。「這件事」就是留言的內容，所以正確答案是1。

電話中女性和男性正在對話。男性最想知道的是什麼事呢？

女：這裡是 ABC 事務所。在這裡為您服務。
男：喂，您好。這裡是富士事務所的佐藤，能幫我轉接山本先生嗎？
女：富士事務所的佐藤先生對吧。山本現在正在開會，不在位置上，可以為您留言給他。**他說佐藤先生需要的資料，今天早上已經寄出給對方事務所，今天或是明天應該就會寄到了**。說是到了週四還沒收到的話，再請來電告知。
男：今天或是明天啊。請轉告他，非常感謝他迅速的處理。我就是為了這件事打來的。那麼，我等他寄出的資料。不好意思，打擾了。

男性最想知道的是什麼事呢？

熟記單字及表現

□ご用件：要事　　□席を外す：離席中、不在座位上
□伝言を預かる：為某人捎口信　　□～宛て：寄給…
□迅速に：迅速地　　□対応する：應對、應付

5番　2

N1_2_16

不動産屋で社員が女の人と話しています。女の人がこの街について一番気に入った点は何ですか。

M：私はこの街、本当におすすめです。まず、３路線が通っている。これは便利ですよね。さらに、そのうちの一つは始発駅ですから、朝の混雑時にも座って通勤できる。これ、お勤めの方はうれしいですよね。それから、将来お子さんができたとしても、この街、待機児童が５年連続でいないんです。つまり、保育園がいっぱいで子供を入園させられないなんてことがない。なので、安心して出産後お仕事に復帰できますよ。あと、将来お子さんが大きくなったら、夜一人で歩かせるの、心配ですよね。この街は駅前に居酒屋が全然ない、珍しい街なんです。なので、夜も安心です。始発駅なのに夜酔っ払いが歩いていない駅なんて他にないですよ。

F：わー、**本当にいい街ですね。毎朝座って行けるなんて。私、毎朝電車の中で長時間立ちっぱなしで、それが一番嫌だったんですよ**。もう、この街に決めます。

女の人がこの街について一番気に入った点は何ですか。

問題是「女性最喜歡這個街區的哪一點」，所以要仔細聽女性所說的內容。

不動產公司推薦這個街區的理由
・有三條交通路線行經
・由於是首站所以可以坐著通勤
・沒有待機兒童
・完全沒有居酒屋

從這部份可得知每天早上能坐著通勤的「發車首站」是最喜歡的一點。

職員和女性在不動產公司對話。女性最喜歡這個街區的哪一點呢？

男：我真的非常推薦這一區。首先，有三條交通路線行經這裡。這點非常方便。並且，其中一條還是首站，所以就算早上人潮擁擠的時候也能夠坐著通勤上班。這一點對工作的人來說會很開心呢。接下來，即使將來有了小孩，這一街區已經連續五年沒有待機兒童了。也就是說，有很多間托兒所，不會沒辦法托育孩子。因此在安心生產之後，就能回到職場工作。還有，將來孩子長大之後，會擔心孩子晚上獨自一人走在路上對吧。這個街區在車站前完全沒有居酒屋，是非常少見的街區。所以就算晚上也能放心回家。明明是發車首站卻沒有喝醉的人走在路上，其他車站可沒有這樣的事喔。

女：哇～，**真是個不錯的街區呢。竟然每天都能坐著通勤。我每天早上都長時間在電車裡一直站著，這點最讓我討厭了**。我已經決定就選這個街區了。

女性最喜歡這個街區的哪一點呢？

熟記單字及表現

□**路線**：交通線　　□**始発駅**：始發站

□**お勤め**：工作

□**待機児童**：指由於托兒所數量少或人手不足等客觀原因而無法進入托兒所的嬰幼兒

□**入園する**：進入托兒所、進入幼兒園

□**出産する**：生育

□**復帰する**：復職、重回崗位　　□**立ちっぱなし**：一直站著

6番　4

N1_2_17

会社で男の人がみんなの前で話しています。男の人はどうしてみんなの前で話していますか。

M：**本日は、私のためにこのような会を開いてくださいまして、本当にありがとうございます。11月13日付で大阪支社へ異動になりました**。本田部長をはじめ、皆様には大変お世話になりました。5年間こちらで仕事を続けてこられたのは、皆様のサポートがあったからこそです。特に企画営業部の皆様と大きなプロジェクトを進められたことは、私の最大の誇りです。時には励まし合い、切磋琢磨しながら仕事を成功させたことは、新天地においても強みになるでしょう。皆様、これからも健康に留意して、良い仕事をしてください。今後の皆様のご健闘をお祈り申し上げます。

男の人はどうしてみんなの前で話していますか。

從這部份可以得知是由於要調職到大阪分公司，所以才舉行了這次的餞別會。

男性在公司眾人面前發言。男性為什麼要在眾人面前發言呢？

男：**非常感謝今天為了我而召開這樣的聚會。已經決定我將在 11 月 13 日調職到大阪分公司**。之前受到以本田部長為首的各位同仁許多照顧。能在這裡持續工作五年時間，都是有大家支援的緣故。特別是能和企劃營業部的各位進行大型企劃，是我最大的驕傲。時而互相鼓勵、互相切磋在工作上獲得成功，即使到了新天地這也會成為我的優勢吧。請大家今後也注意身體健康，好好進行工作。今後我也會祝願各位能夠奮鬥到底。

男性為什麼要在眾人面前發言呢？

★ 熟記單字及表現

□〜付（づけ）：（接在年月日後）日期　　□異動（いどう）：調動
□サポート：支援、支持　　　　　　　　□プロジェクト：企劃、項目
□励（はげ）まし合（あ）う：相互鼓勵　　□切磋琢磨（せっさたくま）する：切磋琢磨
□新天地（しんてんち）：新天地　　　　　□健康（けんこう）に留意（りゅうい）する：留意身體健康
□健闘（けんとう）を祈（いの）る：祝願（大家）奮鬥到底

7番　3
🔊 N1_2_18

テレビショッピングで女（おんな）の人（ひと）が話（はな）しています。今回改良（こんかいかいりょう）された点（てん）は何（なん）ですか。

F：今回（こんかい）ご紹介（しょうかい）するのは、便利（べんり）な「ツイン羽毛（うもう）ぶとん」。それぞれ単独（たんどく）で使（つか）えるふとん2枚（まい）を、ホックで留（と）めることで、なんとボリュームのあるふとんに早変（はやが）わりさせることができるんです。寒（さむ）い冬（ふゆ）には2枚重（まいかさ）ねて、その他（ほか）のシーズンは1枚（まい）で、一年（いちねん）を通（とお）して快適（かいてき）にお使（つか）いいただけます。春（はる）や秋（あき）の、暑（あつ）くも寒（さむ）くもない季節（きせつ）に、どんな寝具（しんぐ）を使（つか）えば良（よ）いかお悩（なや）みのあなた。こちらのふとんでしたら、日々（ひび）の気温変化（きおんへんか）が大（おお）きい時（とき）でも使（つか）い分（わ）けできますので、日（ひ）によってご自身（じしん）で最適（さいてき）な環境（かんきょう）を調節（ちょうせつ）できます。羽毛（うもう）は「天然（てんねん）のエアコン」と呼（よ）ばれているのをご存知（ぞんじ）ですか。羽毛（うもう）は気温（きおん）が高（たか）くなると羽（はね）が閉（と）じるんです。それで通気性（つうきせい）が良（よ）くなるので、夏（なつ）の寝具（しんぐ）としてもおすすめなんです。来客用（らいきゃくよう）としてお使（つか）いいただいても便利（べんり）な一品（ひとしな）ですね。2枚合（まいあ）わせてお使（つか）いいただくからこそ、生地（きじ）の軽量化（けいりょうか）にはこだわりました。また、ふとんは洗濯機（せんたくき）でお手入（てい）れできるので、大変便利（たいへんべんり）です。以前（いぜん）はホックが4か所（しょ）で、ずり落（お）ちることがあるという声（こえ）もありましたが、**今回（こんかい）6か所（しょ）にして、ずれにくくしました**。ホックはふとんの周囲（しゅうい）に付（つ）いているので、取（と）り付（つ）けと取（と）り外（はず）しも簡単（かんたん）です。

今回改良（こんかいかいりょう）された点（てん）は何（なん）ですか。

内容提到「這次改良的是哪一點」，所以正確答案是3。

文字・語彙
文法
讀解
聽解
試題中譯

電視購物節目中女性正在說話。這次改良的是哪一點呢？

女：這次要為各位介紹的是方便的「雙層羽毛被」。可以分別單獨使用的兩條被子，用掛扣繫在一起，竟然就能一下子搖身一變成為有份量的被子。在寒冷冬天將兩條重疊使用，其他季節則只需要一條，一整年都能夠舒適地使用。在春季或秋季這樣不冷不熱的季節，各位很煩惱要使用怎樣的寢具才好吧。如果是我們的被子，在日常氣溫變化大時可以分開使用，所以可以根據日子調節成最適合自己的環境。各位知道羽毛被稱為「天然空調」嗎？羽毛在氣溫升高時會緊閉起來。這樣透氣性會變好，也很推薦作為夏天寢具使用。在客人來時是非常方便使用的一件物品。正因為可以兩條重疊使用，我們特別講究材質的輕量化。另外，被子也可以用洗衣機進行清洗，非常方便。以前有四個掛扣，有顧客反應容易滑落，**所以這次設計了六個掛扣，就不容易脫落了。**掛扣附在被子週邊，所以安裝拆卸都很簡單。

這次改良的是哪一點呢？

★ **熟記單字及表現**

□**改良する**：改良
□**ホック**：掛扣
□**早変わりする**：搖身一變
□**羽毛**：羽毛
□**使い分け**：分開使用
□**一品**：一件物品
□**こだわる**：講究、精心制作
□**配置する**：配置、安置
□**取り外し**：拆卸、卸下
□**単独**：單獨
□**ボリュームがある**：有分量
□**ツイン**：一雙、一對
□**寝具**：寢具、床上用品
□**通気性が良い**：透氣性良好
□**軽量化**：輕量化
□**ずり落ちる**：脫落、滑落
□**取り付け**：安裝、裝上

問題3

例　4

N1_2_20

テレビで専門家が話しています。

M：今回の新型肺炎は感染が拡大しつつあり、死亡者も出始めています。世界中の医療機関が特効薬やワクチンの開発に取り組んではいますが、残念ながら、今のところ成功の目処が立っていません。ですので、感染を最大限に予防しないといけないのです。マスクをして頻繁に手を洗うことで、ある程度予防はできますが、人から人への感染が見られるため、他人との接触を避けるのが得策でしょう。かといって、在宅勤務に切り替えている企業はごく一部しかありません。命に関わる一大事なので、ビジネスより人命を優先するべきではないでしょうか。リーダーとしての器は、こういう時にこそ見えてくるものです。

専門家が言いたいことは何ですか。

1　薬やワクチンを開発するべきだ

2　医療機関をもっと増やすべきだ

3　新型肺炎の予防方法を身につけるべきだ

4　ビジネスを優先する考え方を正すべきだ

電視上專家正在發言。

男：這次的新型肺炎疫情日漸擴大，也開始出現死亡者。世界上的醫療機構已在著手開發特效藥和疫苗，但很可惜的是，目前還沒有眉目。因此，必須要最大限度地預防感染的發生。戴口罩勤洗手能夠某種程度上預防感染，但也有人傳人感染，所以避免和其他人的接觸才是上策。話雖如此，改為在家工作的企業只有極少一部份而已。由於這是性命攸關的大事，比起商務往來，人命更應該擺在優先地位吧。作為領袖的氣度，就是在這種時候可以看得出來的。

專家想表達的是什麼呢？

1　應該開發藥物或疫苗

2　應該增加更多醫療機構

3　應該學習新型肺炎的預防方式

4　應該修正商務優先的這種考量方式

1番　4

N1_2_21

セミナーで女の人が話しています。

F：日本では年間600万トン以上の食品ロスが発生していると言われています。**食品ロスとは、まだ食べられる食品が捨てられることです。その食品ロスの削減方法として最近話題になっているのが、フードドライブという活動です。**ご家庭に眠っている食品の中で、賞味期限が1か月以上ある食品、いくつかあるんじゃないでしょうか。そのような余っている食品を職場などに持ち寄って、まとめて地域の福祉団体や施設に寄贈しようというものです。対象となる食品は、常温保存が可能な未開封のもので、お米や乾麺、缶詰、レトルト食品などを寄贈される方が多いです。生鮮食品やお酒類はご遠慮いただいていますので、ご注意ください。この街では、毎月第三土曜日に中央公園で開催されていますので、ぜひお立ち寄りください。

「談話內容為何」，通常都會在話題一開始時說明。

這裡介紹了減少食品浪費的「Food Drive」這個活動，所以正確答案是4。

女の人は何について話していますか。

1　福祉団体の活動

2　生鮮食品の保存方法

3　食品の賞味期限

4　食品ロスを減らす活動

研討會上女性正在發言。

女：日本一年發生六百萬噸以上的食品浪費行為。**食品浪費，也就是把還能吃的食物丟棄。最近蔚為話題的減少食品浪費的方式，是稱為Food Drive的一項活動**。在您的家裡沉睡的食物中，有效期限在一個月以上的食物應該還有一些吧。是將那般多餘的食物帶到公司之類的地方，統整起來捐贈給地區的福利團體和設施這樣的活動。作為捐贈對象的食物，要是可常溫保存的未開封食品，許多人會捐贈米類、乾麵、罐頭和調理包等等。還請不要捐贈生鮮食品和酒類，這點請多留意。在這個街區，每月第三個星期六將在中央公園舉行，請各位務必順道來看看。

女性在說些什麼呢？

1　福利團體的活動

2　生鮮食品的保存方式

3　食品的有效期限

4　減少食品浪費的活動

熟記單字及表現

□**削減**：削減
□**賞味期限**：保質期
□**持ち寄る**：帶來
□**福祉団体**：福利團體
□**施設**：設施
□**寄贈する**：捐贈、贈送
□**常温保存**：常溫保存
□**未開封**：未開封
□**乾麺**：干面、掛面
□**レトルト食品**：可以連同包裝袋一起加熱的食品
□**生鮮食品**：生鮮食品
□**開催する**：舉辦、舉行
□**立ち寄る**：順便到、順路去

2番　2

🔊N1_2_22

セミナーで男の人が話しています

M：仕事上のトラブルで案外多いのが、細かい連絡ミスです。例えば、上司から「これ、だれだれさんに明日までに送っておいてね」と言われたとします。てっきりメールだと思ってメールで送ってしまったら、実は郵送だったなんてこと、ありますよね。**あなたならこのミスを上司にどう報告しますか**。私はこういう場合、必ず事実と解釈を分けて上司に伝えるようにしています。つまり、これまでのやり取り、という事実を伝えた上で、メールで送るものだと思った、という解釈を伝えるのです。大切なのは、事実が何なのかということです。**まず事実ベースで話を振り返って、そこからどういう解釈があったためにミスやトラブルが生じたのか。そういう視点で話を進めると、冷静に事を運ぶことができます**。

男の人は何について話していますか。

1　連絡ミスの回避方法
2　トラブル後の報告の仕方
3　事実と解釈の違い
4　コミュニケーションの難しさ

研討會上男性正在發言。

男：工作上的糾紛，意料外多是瑣碎的聯絡失誤。例如上司告訴你「這個，最晚明天寄送給某某人喔」。本以為肯定是寄送電子郵件，結果其實是要以郵寄方式寄出，會有這樣的事情發生對吧。**你會怎麼向上司報告這個失誤呢**？我在這種狀況下，一定會將事實和解釋分開向上司傳達。也就是說，在傳達到目前為止的對話此一事實上，再告知以為是用電子郵件寄送這個解釋。重要的是事實為何。**首先以事實為基礎回顧對話，是如何解釋對話，而產生了這些失誤和問題呢？從這樣的視角來對話，就能冷靜地辦事了**。

男性說的是什麼內容呢？

1　避免聯絡失誤的方式
2　出現問題後的報告方法
3　事實與解釋的差異
4　溝通的困難

提出疑問「如何向上司報告失誤」，再說明自己的報告方式，所以正確答案是2。

熟記單字及表現

□トラブル：糾紛、麻煩
□だれだれさん：某某人（不想說出特定姓名時使用）

□てっきり：以為是
□やり取り：交談、一問一答
□事実ベース：事實基礎
□視点：觀點
□事を運ぶ：(按計劃）辦事
□回避：回避

3番　1

N1_2_23

ラジオで女の人が話しています。

F：子供が自由に走り回れるリビング、バーベキューができる人工芝の屋上、料理も洗濯もスムーズにできる間取り、たっぷりな収納など、理想を確実に実現できるのが、自分たちで建てる一戸建て。まずはご自身の予算でどのような家が建てられるのか、知りたくはありませんか。お金や段取り、土地探しに関して丁寧に教えてくれる「はじめての注文住宅講座」、1,000万円台でどんな家が建つのか教えてくれる「注文住宅価格まるわかり講座」、ほかに、「ハウスメーカー・工務店選び方講座」や、要望をもとに建築会社を絞り込む「個別相談会」など、当住宅センターでは、**家づくりに関するさまざまな悩みを無料でサポートしております**。当日参加も可能ですが、電話でご予約いただいたほうがスムーズです。また、通話料無料の電話相談サービスもぜひご利用ください。

女の人は何について話していますか。

1　家を建てたい人のための無料サービス
2　家を売りたい人のための無料講座
3　住宅センターのしくみ
4　通話料無料の悩み相談サービス

談話內容

關於建造房屋的種種煩惱提供免費協助：
- 新手自建住宅講座
- 自建住宅價格全解密講座
- 挑選空間設計、建築公司講座
- 個別諮詢會

從以上內容可以看出正確答案是1。

女性正在電台廣播中說話。

女：小孩能自由跑來跑去的客廳、鋪有人工草坪能烤肉的屋頂、不管做菜或洗衣都能順利進行的房間格局，還有充足的收納空間等等，能夠確實實現這些理想的，就是自己建造的獨棟房屋。首先大家想不想知道，以自己的預算能建造出怎樣的房子呢？詳細告訴你費用和程序，還有如何尋找土地的「新手自建住宅講座」，以及告訴你一千萬日圓左右能建造出怎樣的房屋的「自建住宅價格完全理解講座」，其他還有「挑選空間設計、建築公司講座」，和依照需求縮小查找建築公司範圍的「個別諮詢會」等等，**關於建造住宅的各種煩惱，本住宅中心將免費提供您協助**。開放當日報名，但以電話先行預約流程上會比較順利。另外也歡迎使用免付費電話諮詢服務。

女性在說些什麼呢？

1　提供想蓋房子的人的免費服務

2　提供想賣房子的人的免費講座

3　住宅中心的結構

4　免付費煩惱諮詢服務

熟記單字及表現

□走り回る：跑來跑去

□リビング：客廳、起居室

□人工芝：人工草坪

□スムーズに：順利地

□間取り：房間布局

□収納：收納

□一戸建て：私人住宅、獨幢樓房

□段取り：步驟、方法

□講座：講座

□まるわかり：完全明白、一清二楚

□工務店：建築公司

□要望：希望、要求

□絞り込む：縮小範圍進行精確查找

□個別：個別

□通話：通話

□しくみ：結構、構成

4番　4

🔊N1_2_24

セミナーで男の人が話しています。

M：**大雨や台風の度に、道路の脇の溝に落ちてしまった人のニュース、耳にしますよね。どうしてそんなところに落ちるんだろうって思っていませんか。実は私、同じような体験をしたことがあるんです**。５年前、台風の中、家に帰る途中のことでした。道は50センチぐらい水に浸かっていたと思います。泥水なので、下のほうはまるっきり見えないんですよ。**ここらへんが道だったかなという感じで歩いていたのですが、急に首の辺りまで水に浸かってしまったんです**。あの時は本当に、死ぬかと思いました。**下がよく見えなかったので、溝だと気づかなかったんです**。普段、道路の凹凸って全然意識しませんよね。記憶がちょっと違っただけで、それが命取りになるんだなっていうのを実感しました。

男の人は何について話していますか。

1　車道を歩く危険性
2　道路を注意深く見て歩く重要性
3　台風の時に川に落ちた経験
4　災害時に道路の脇の溝に落ちる理由

研討會上男性正在發言。

男：**經常會在新聞上聽到，大雨或颱風時有人掉進道路兩旁的水溝裡呢。大家沒有想過為什麼會掉進那種地方嗎？其實我曾經親身體驗過相同的事情**。這是五年前，在颱風時我回家途中發生的事。我想當時道路泡在大約五十公分左右的水裡。由於是泥水，所以完全看不清楚底下的樣子。**感覺這邊大概是道路吧，我走著走著突然水就浸泡到了脖子附近**。那時候我真的覺得自己會死掉。**由於看不清楚底下的樣子，所以也沒注意到是水溝**。平常完全不會意識到道路凹凸不平的地方呢。光是和記憶中有點不同，就會造成生命危險，我親身體驗到了這一點。

男性說的是什麼內容呢？

1　走在車道上的危險性
2　仔細觀察道路再行走的重要性
3　颱風時掉到河裡的經驗
4　災害時掉進道路側邊水溝的理由

詢問「大家沒有想過為什麼會掉進那種地方（＝道路側邊的水溝）嗎？」，再說出相同的經歷（＝在大雨和颱風中掉進道路側邊水溝的經歷）和其理由。

熟記單字及表現

□**耳にする**：聽到、聽聞　　□**溝**：溝、水溝

□浸かる：浸、泡　　□泥水：泥水
□まるっきり：完全、根本　　□凹凸：凹凸
□命取りになる：致命、造成生命危險

5番　3

N1_2_25

テレビでレポーターが話しています。

F：**最近よく聞く「魔法びん住宅」って何でしょうか**。中に温かい飲み物を入れて保温しておく魔法びんは、皆さんご存知ですよね。あれは**なぜ熱が逃げにくいのかというと、二重構造になっていて、内側と外側の間の空間が真空状態になっているから**なんです。**この性質を利用した家が魔法びん住宅と呼ばれるもの**です。冷暖房で快適な温度になった空気を外に逃がさず、外からも空気が入ってこないので、**快適な温度をキープできます**。ですから、**冷暖房の電気代を大幅に減らせます**。それから、**家全体が一定の温度に保てる**ので、お風呂場だけが寒いといったことが起きません。さらに、空気だけでなく音も遮断するので、**家の中は極めて静かです**。

レポーターは何について話していますか。

1　魔法びんが人気がある理由
2　電気代を節約する方法
3　魔法びん住宅のしくみと利点
4　魔法びんと魔法びん住宅の違い

電視上記者正在說話。
女：**最近經常聽到的「保溫瓶住宅」是什麼呢**？大家都知道用來保持倒入的溫熱飲料的溫度的保溫瓶吧。**說到為什麼熱氣不會逸散，是由於它是雙層構造，內側和外側之間的空間是真空狀態的緣故**。**利用這個性質建造的房子就稱為保溫瓶住宅**。以冷暖氣調整成舒適溫度的空氣不會逸散出去，外面的空氣也不會進來，**就能維持舒適的溫度**。因此，**冷暖氣的電費也會大幅減少**。而且，**因為房屋整體都保持一定的溫度**，就不會有只有衛浴附近覺得冷這樣的情形了。另外不只空氣，也能隔絕聲音，**家裡會非常地安靜**。
記者說了什麼內容呢？
1　保溫瓶受歡迎的理由
2　節省電費的方法
3　保溫瓶住宅的構造和優點
4　保溫瓶和保溫瓶住宅的差異

一開始就詢問「～是什麼呢？」，並且對此進行說明。

保溫瓶住宅和保溫瓶相同，是雙層構造，內側和外側之間的空間是真空狀態。因此：

- 可以維持舒適溫度
- 大幅減少冷暖氣電費
- 房屋整體保持一定的溫度
- 家中非常安靜

內容如上，敘述構造和優點，所以正確答案是3。

熟記單字及表現

□魔法びん：魔法瓶
□二重構造：雙重構造
□真空状態：真空狀態
□大幅に：大幅度地
□遮断する：遮斷、隔斷
□しくみ：結構、構造
□保温する：保溫
□空間：空間
□キープする：維持、保持
□一定の温度に保つ：保持恆溫
□極めて：非常、極其
□利点：優點、長處

6番　3

N1_2_26

イベントで博物館の人が話しています。

M：**ヤモリとイモリはよく似ていますが、大きな違いとしては、肢の形状の違いが挙げられます**。ヤモリとイモリとでは、前肢の指の本数が異なります。ヤモリは5本指なのに対して、イモリは4本指であることが特徴です。またヤモリだけにある大きな特徴として、ヤモリは壁を自由にはって回ることが可能です。**他に、大きな違いとして挙げられるのは、生物学的な種類です**。ヤモリがトカゲなどと同じ爬虫類に属している一方で、イモリは、カエルなどと同じ両生類に属しています。爬虫類は皮膚に鱗があり、両生類は皮膚が鱗で覆われてはいないので、ヤモリはイモリよりも乾燥に強いという特徴があります。また、両生類であるイモリの大きな特徴としては、幼いころに水中で生活し、エラを使って呼吸するという点が挙げられます。

男の人は何について話していますか。

1　ヤモリとイモリがエラ呼吸する理由

2　ヤモリよりイモリが乾燥に強い理由

3　ヤモリとイモリの性質の違い

4　ヤモリとイモリの性格の違い

文中提到壁虎和蠑螈的性質差異如下。

談話內容

<壁虎>
- 前腳腳指數五支
- 可以自由貼在牆上移動
- 爬蟲類
- 皮膚上有鱗片

<蠑螈>
- 前腳腳指數四支
- 兩棲類
- 幼年期生活在水中，用鰓呼吸

活動中博物館的工作人員正在發言。

男：**壁虎和蠑螈非常相似，比較大的差異，是在肢體形狀的不同上**。壁虎和蠑螈前腳的腳指數不一樣。壁虎有五根腳趾，而蠑螈則有四根腳趾，這是牠們的特徵。另外只有壁虎才有的重要特徵，就是壁虎可以自由地貼在牆壁上移動。**其他比較重大的差異，還有生物學上的種類**。壁虎和蜥蜴都同樣屬於爬蟲類，然而蠑螈卻和青蛙相同，屬於兩棲類。爬蟲類的皮膚上有鱗片，兩棲類的皮膚上則並未覆蓋鱗片，所以壁虎的特徵是比蠑螈要更耐乾燥。另外兩棲類蠑螈的重要特徵，是幼年期生活在水中，用鰓呼吸這點。

男性說的是什麼內容呢？

1　壁虎和蠑螈用鰓呼吸的理由
2　比起壁虎來說蠑螈更耐乾旱的理由
3　壁虎和蠑螈的性質差異
4　壁虎和蠑螈的性格差異

熟記單字及表現

□ヤモリ：壁虎
□イモリ：蠑螈
□形状（けいじょう）：形狀
□トカゲ：蜥蜴
□爬虫類（はちゅうるい）：爬蟲類
□～に属（ぞく）する：屬於…
□両生類（りょうせいるい）：兩棲類
□鱗（うろこ）：鱗
□エラ：鰓
□位置（いち）づけ：定位

問題4

例　1

🔊N1_2_28

M：先月出した企画だけど、通ったかどうか結局わからずじまいだよ。

F：1　結果くらいは教えてほしいものだね。

2　企画を出すべきだったよね。

3　結局通らなかったんだよね。

男：上個月提出的企劃，到底有沒有通過，結果還是不知道。

女：1　希望他們能至少告知結果呢。

2　應該提出企劃的。

3　結果沒辦法通過呢。

1番　3

🔊N1_2_29

F：もう、ポロポロこぼして。汚いったらありゃしない。

M：1　このぐらいでいいかな？

2　もう汚さないでね。

3　そんなにガミガミ言わないで。

女：真是的，灑了一地。真是髒到不行了。

男：1　這樣子可以吧？

2　別再弄髒囉。

3　不要這樣嘮嘮叨叨的。

「～ったらありゃしない（～到極致）」是「非常～」的意思。這裡是用在強烈責怪把食物打翻搞得「很髒亂」，所以正確答案是3。

熟記單字及表現

□**ポロポロこぼす**：啪嗒啪嗒灑一地

□**ガミガミ言う**：嘮嘮叨叨、發牢騷

2番　3

🔊N1_2_30

M：高木さん、たかが叱られたぐらいであんなに落ち込むなんて。

F：1　そうそう、あれはしょうがないよね。

2　タカも大変だよね。

3　本当、打たれ弱いよね。

男：高木小姐，不過就是被罵了而已，需要這麼低落嗎。

女：1　沒錯沒錯，那也是沒辦法的呢。

2　小高也很辛苦呢。

3　真的是很經不起打擊呢。

「たかが～くらいで（充其量～的程度）」就是「～程度的事情」的意思。對「不過是被責罵了就心情低落」這個意見，表示同意「真的是很經不起打擊呢」。

熟記單字及表現

□**たかが**：充其量、頂多

□**打たれ弱い**：經不起打擊、內心脆弱

3番　1

🔊N1_2_31

F：あの人、見かけによらず大食いなんだって。

M：1　えー、全然そうは見えないな。

2　うちには寄らないと思うよ。

3　あははは、食べちゃったんだ。

女：人不可貌相，那個人是個大胃王呢。

男：1　咦～完全看不出來呢。

2　我想他不會到我們這裡。

3　啊哈哈哈，吃掉了呀。

對「人不可貌相，是個大胃王」這個意見，回應「完全看不出來」。

熟記單字及表現

□**見かけによらず**：人不可貌相
□**大食い**：食量大、大胃王

4番　2

🔊 N1_2_32

F: あの方、知ってる?

M: 1　ご存知ないよ。

　　2　知ってるも何も、うちの社長だよ。

　　3　知ってるに違いないよ。

女：你知道那位嗎？
男：1　您並不知道。
　　2　哪有什麼知不知道，那可是我們的社長喔。
　　3　一定是知道的。

「**知ってるも何も**（哪有什麼知不知道）」是「當然知道，所以沒必要問」的意思。

 **1 ご存知ない**：「知らない（不知道）」的禮貌講法。在對方不知道時使用。
2 ～に違いない：一定是～、該是～

5番　2

🔊 N1_2_33

F: そちらの資料、ちょっと読ませていただきたいのですが。

M: 1　はい、じゃあ読み上げますね。

　　2　あ、今使ってるので、あとでお渡ししますね。

　　3　あとで読むので、そこに置いといてください。

女：那邊的資料，希望能夠讓我稍微讀一下。
男：1　好的，那我就朗讀囉。
　　2　啊，我現在正在用，之後再拿給妳。
　　3　我之後會讀，請先放在那裡。

對話提到「讀ませていただきたい（讓我稍微讀一下）」，所以正確答案是2。

熟記單字及表現

□**読み上げる**：朗讀、宣讀

6番　3

🔊 N1_2_34

F: あのお店、一年でつぶれちゃうとはね。

M: 1　本当、景気がよくなってきたよね。

　　2　何が落ちてきたんだろう。

　　3　最近、閉店する店多いよね。

女：那間店，竟然一年就倒了呢。
男：1 真的，景氣變好了呢。
　　2 有什麼掉了吧。
　　3 最近，關門的店好多喔。

「**～とは**（竟然～）」表示驚訝的情緒。

對「一年竟然一年就倒了，令人驚訝」這個意見，回應「最近，關門的店好多喔」。

熟記單字及表現

□**つぶれる**：這裡指「關門大吉」之意
□**景気がいい**：景氣好

7番　2

🔊 N1_2_35

M：転職したい気はなくもないかな。
F：1　私も全然ない。
　　2　私は100%あるよ。
　　3　私もない気がする。

男：也不是沒有想換工作的想法啦。
女：1　我也完全沒有。
　　2　我百分之百有喔。
　　3　我也覺得沒有。

「**なくもない**（也不是沒有）」是「稍微有」的意思。

對於「稍微有想換工作的想法」這句話，回應「我百分之百有」。

熟記單字及表現

□**気**：心情

8番　3

🔊 N1_2_36

M：山田くん、また交渉しくじったんだって。
F：1　それは食べたくないなあ。
　　2　そんなつもりはないよ。
　　3　彼は彼なりにがんばったはずだよ。

男：聽說山田他交涉又搞砸了。
女：1　這我不太想吃耶。
　　2　我沒有這個打算喔。
　　3　他應該也就他所能好好努力過了。

對「山田先生交涉又搞砸了」這句話，回應「就他所能好好努力了（＝盡力了）」。

「**つもり**（打算）」表示說話者的意志，所以2是錯誤答案。

熟記單字及表現

□**交渉**：交涉
□**しくじる**：失敗、搞砸

9番　3

🔊 N1_2_37

F：部長、帰れって言わんばかりの顔だったよね。
M：1　うん、すごくうれしそうだったよね。
　　2　うん、あんなに怒鳴ったの、久しぶりだよね。
　　3　うん、あそこまで嫌な顔しなくてもいいのにね。

女：部長一臉「給我出去」的表情呢。
男：1　嗯，非常開心的喔。
　　2　嗯，好久沒那樣怒吼了。
　　3　嗯，明明不擺出那麼討厭的表情也可以的。

「**言わんばかり**（幾乎說出口來）」是「此刻就快說出口」的意思。由於沒有開口說出「給我出去」這句話，所以正確答案是3。

10番　1

🔊 N1_2_38

M：あの人にお金貸したら最後だよ。

F：1　うん、絶対貸さないよ。

2　うん、もう借りないよ。

3　うん、早く返すよ。

男：要是借錢給那個人就完囉。
女：1　嗯，絕對不會借的。
2　嗯，我不會再借了。
3　嗯，快點還喔。

給予忠告「要是借錢就完了（＝要是借了錢的話就不會再回來了）」，所以正確答案是1。

11番　2

🔊 N1_2_39

F：お時間のあるときでかまいませんので、目を通していただけませんか。

M：1　え、さっき通りましたよ。

2　あ、資料出来上がったんですね。

3　え、もらってもいいんですか。

女：有空的時候再看也沒關係，能請你過目一下嗎。
男：1　咦，剛剛已經通過了喔。
2　啊，資料已經完成了呢。
3　咦，可以收下嗎？

「目を通す」是「草草過目」的意思，所以正確答案是2。

熟記單字及表現

□**目を通す**：瀏覽、過目
□**出来上がる**：完成

12番　3

🔊 N1_2_40

M：そんなこと、課長に確かめるまでもないよ。

F：1　じゃあ、そんなに大事なことなんですね。

2　じゃあ、部長に確かめたほうがよさそうですね。

3　じゃあ、今回は伺わなくてもいいですね。

男：這種事情連請課長確認都不用喔。
女：1　那麼，真的是那麼重要的事情呢。
2　那麼，應該請部長確認一下比較好呢。
3　那麼，這次不請教課長也沒關係吧。

對話提到「連請課長確認都不用（＝沒有必要確認、不確認也能明白）」，所以正確答案是3「不請教他也沒關係」。

13番　1

🔊 N1_2_41

F：あの人、1円たりとも出さない気だよ。

M：1　ケチな人だね。

2　1円じゃ何も買えないよ。

3　ごちそうしてくれるんだ。

女：那個人連一日圓都不打算出呢。
男：1　是個小氣的人呢。
2　一日圓什麼都買不了喔。
3　對方要請客啊。

對話提到「連一日圓都不打算出」，所以正確答案是1「小氣的人」。

熟記單字及表現

□**ケチな**：小氣的、吝嗇的

14番　1

N1_2_42

F: 泊(と)まりならまだしも、日帰(ひがえ)りで片道(かたみち)3時間(じかん)はきつくない？

M：1　うん、泊(と)まりにしたほうがいいね。

2　うん、日帰(ひがえ)りはきつくないね。

3　そうかな、きついと思(おも)うよ。

女：如果要過夜還好，當日來回的話單程三小時不會太趕了嗎？

男：1　嗯，選擇過夜比較好呢。

2　嗯，當日來回不會太趕呢。

3　是這樣嗎，我覺得有點趕喔。

「**～ならまだしも**」是「如果是～就算了」的意思。「當日來回的話單程三小時不會太趕了嗎？」是在要求同意「太趕了」這件事，所以正確答案是1。

問題5

1番　3

🔊N1_2_44

家で妻と夫が話しています。

F：明日の動物園、どこから見ようか。

M：前回は広すぎて見切れなかったからね。今回はちゃんと計画立てて行こう。

F：ゆかちゃん、トラ見たいって言ってたから、トラ見るの忘れないようにしないとね。えっとー、まずはキッズ向けのイベントの時間チェックしないと。馬に乗れるのが12時と3時。乗馬体験希望の方は入園してすぐにふれあい広場に行って予約をしましょうって。あ、あとラクダにも乗れるんだ。**ラクダはえっとー、あ、一番遠いAゾーンだ。12時半と3時だって。**

M：**ゆかちゃんは馬よりラクダ**だろうね。

F：そうだよね。ちょっと遠いけど乗りに行こう。あとは、**サルのエサやりが11時**、**キリンのエサやりが2時**だって。

M：お、**サルのエサやり、見たいなあ。**

F：**じゃあ、それも見に行こう。サルはCゾーンだから入口から近いね。キリンはトラと同じBゾーンか。トラ見てついでにキリンのエサやりも見ようか**。あ、ふれあい広場で小動物のふれあい体験もできるって。10時、12時、4時か。

M：**ふれあうのは最後でいいんじゃない？**

F：うん、そうだね。そうしよう。

二人はまずどこに行きますか。

1　Aゾーン

2　Bゾーン

3　Cゾーン

4　ふれあい広場

問題是「兩人首先要去哪裡」，所以要特別注意活動時間，和什麼動物位於哪個區域。

A區：駱駝

騎乘駱駝（十二點半、三點）

B區：餵食長頸鹿、老虎（兩點）

C區：猴子

餵食猴子（十一點）

互動廣場

體驗和小動物近距離互動（十點、十二點、四點）→可以放在最後

打算參加騎馬之外的所有活動，所以首先要去的是十一點有餵食猴子活動的C區。

順序是C→A→B→互動廣場。

妻子和丈夫正在家裡對話。

女：明天的動物園，要從哪裡開始看呢。

男：因為園區太大了，上次都沒有看完呢。這次就好好計劃好再去看吧。

女：優花說過想看老虎，所以要記得別忘了去看老虎呢。唔～，首先得確認兒童參與的活動時間才行。可以騎馬的活動是在十二點和三點。說是希望體驗騎馬的遊客，請在入園之後馬上到互動廣場預約呢。啊，還可以騎駱駝耶。**駱駝是～嗯，啊，在最遠的 A 區。活動時間是十二點半和三點**。

男：**優花應該比起馬更喜歡騎駱駝吧**。

女：是啊。雖然有點遠，還是去騎吧。還有，**餵猴子吃東西是在十一點，餵長頸鹿則是在兩點**。

男：喔，**餵猴子吃東西，真想看呢**。

女：**那就也去看那個吧。猴子是在 C 區，所以離入口很近呢。長頸鹿和老虎一樣在 B 區啊。去看老虎的時候順道也去看餵食長頸鹿吧**。啊，互動廣場還能體驗和小動物近距離互動呢。是在十點、十二點和四點啊。

男：**互動放在最後可以吧**？

女：嗯，對啊。那就這樣吧。

兩人首先要去什麼地方呢？

1　A 區
2　B 區
3　C 區
4　互動廣場

熟記單字及表現

□見切る（みきる）：全部看完
□乗馬（じょうば）：騎馬
□入園（にゅうえん）する：入園
□エサやり：餵食
□ゾーン：區域、地帶
□小動物（しょうどうぶつ）：小動物
□ふれあう：互動、相互接觸

2番　2

🔊 N1_2_45

会社で同じ部署の三人が子供向けの冬のイベントについて話しています。

F1：さて、子供向けの冬のイベント、今年は何にしましょうか。

F2：**去年はお弁当袋に絵を描いた**んですよね。好評だったみたいなので、**今年も同じでいいんじゃないでしょうか**。

M：うーん、こちらとしては楽だけど、**去年いらした方にとってはあんまり魅力的じゃないかもしれない**ですね。

F1：去年はちょっと小さめだったので、例えば今年はもうちょっと大きく、**トートバッグにするというのはいかがでしょうか**。

F2：うーん、**大きくするとちょっと予算がかさみますね**。去年は予算ぎりぎりだったので、なるべく去年と同じに抑えたいですけど。

F1：うーん、他に何かいい案ないでしょうか。

M：あ、**カレンダーに絵を描くっていうのはどうでしょうか**。これだったら、**毎年同じことできます**し。

F2：あ、それ、いいですね。大きい紙の下半分に12か月分の暦を貼っておいて、上半分に絵を描いてもらう、と。

F1：でもそうすると、**暦の部分を貼る手間が必要になってきますね**…。あ！ **お正月なので、だるまの絵付けなんてどうでしょう**。

F2：だるまですか！ いいですね。

M：それ、5年ぐらい前にやってましたけど、**だるまって小さいお子さんにとっては小さすぎる**ので、結構難しかったみたいですよ。

F2：うーん。あ、今思いついたんですけど、**暦を各自で貼ってもらえば、そんなに手間はかからないんじゃないでしょうか**。

F1：なるほど！ **予算もあんまりかからなそうですし、一番いいかもしれませんね**。

冬のイベントで何をしますか。

1　お弁当袋に絵を描く

2　カレンダーに絵を描く

3　だるまの絵付けをする

4　トートバッグに絵を描く

問題是「冬季活動要辦什麼？」，所以要注意聽話題中提到什麼內容。

- 在便當袋上畫畫→和去年一樣所以沒吸引力
- 在托特包上畫畫→要是大的話預算會增加
- 在月曆上畫畫→每年都能辦相同活動，貼月曆很花功夫
- 為不倒翁著色→對小朋友來說太小了

從這些地方可以看出正確答案是2。

同部門的三人在公司討論以兒童為對象的冬季活動。

女 1：那麼，以兒童為對象的冬季活動，今年要辦什麼好呢？

女 2：**去年是在便當袋上畫畫**呢。似乎頗受好評的樣子，**今年辦相同活動也不錯吧**？

男：嗯～，對我們來說是輕鬆許多，**但對去年來過的人來說可能會不太有吸引力**呢。

女 1：去年的有點小，假設今年稍微大一點，**選用托特包如何呢**？

女 2：嗯～，**如果大一點預算也會增加呢**。去年預算就已經很緊繃了，希望能盡量控制在去年那樣的程度。

女 1：嗯～，其他沒有什麼好提案嗎。

男：啊，**在日曆上畫畫怎麼樣呢**？要是這個的話，**每年都可以做一樣的內容了**。

女 2：啊，這個不錯呢。把大張紙的下半部份貼上月曆，上半部份則是讓他們畫畫。

女 1：不過這樣的話，**貼上月曆也需要花功夫呢**…。啊！**因為是正月，來為不倒翁著色如何呢**？

女 2：不倒翁啊！不錯耶。

男：那個大約在五年前辦過，**不倒翁對小朋友來說有點太小了**，所以好像蠻困難的呢。

女 2：嗯～。啊，剛剛想到，**如果月曆請他們各自貼上，不是就不用這麼花功夫了嗎**。

女 1：原來如此！**似乎預算也花費不大，可能是最好的選擇呢**。

冬季活動要辦什麼呢？

1　在便當袋上畫畫

2　在月曆上畫畫

3　為不倒翁著色

4　在托特包上畫畫

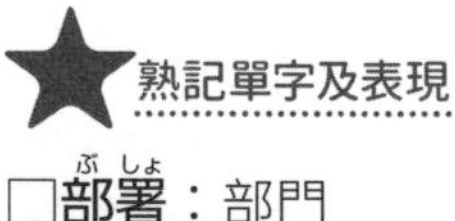

熟記單字及表現

□部署：部門

□好評：好評

□トートバッグ：托特包

□予算がかさむ：預算增加

□ぎりぎり：所能容許的最大限度、極限

□予算を抑える：控制預算

□暦：日歷

□だるま：不倒翁

□絵付け：在陶器上畫上彩色的圖案

3番　問題1　4、問題2　1

🔊 N1_2_47

博物館の館内放送で係員が話しています。

F1：（ピンポンパンポーン）本日は、当博物館へおいでくださいまして、誠にありがとうございます。展示物のご案内をいたします。**本館2階では、特別展として、世界各地の様々なミイラを展示**しております。ミイラの文化的な背景や多様な死生観を知ることによって、人類への理解を深めてはいかがでしょうか。続きまして、常設展のご案内です。**本館3階では、日本人にとって最も身近なアメリカといえるハワイに移り住んだ日系人たちの歴史をたどる展示**をしております。太平洋戦争の影響を強く受けたハワイの社会において、様々なルーツを持った人々がそれぞれの立場から、いかに戦争に立ち向かったのか。写真や資料などにより、当時の様子を知ることができます。**A館では、日本の代表的なイメージの一つであるサムライの展示**を行っています。実物の資料を通じて、江戸に暮らしたサムライの実像に迫ります。**B館では、怪談・妖怪コレクションと題して、江戸時代に書かれた妖怪や幽霊に関する200点以上の資料を紹介**しております。

M：どこから見ようか。

F2：私、お化けは怖いからパス。

M：江戸時代のなら怖くないと思うけどなあ。ま、とりあえず込みそうな特別展から見ようか。

F2：ちょっと待って。**私、次のレポートで移民について書こうと思ってるから、そっち優先したい**んだけど。

M：うん、わかった。**俺は江戸時代の暮らしに興味あるから、そっち行ってくる**。そのあと一緒に特別展行こう。で、時間があればお化けも見よう。

F2：怖いのはいいって、もう。

質問1：女の人はまずどこに行きますか。

質問2：男の人はまずどこに行きますか。

特別展

・本館二樓：木乃伊展

常設展

・本館三樓：展示追溯移居到夏威夷的日系人士歷史
・A館：武士展
・B館：鬼故事、妖怪集錦

女性提到「報告想寫有關移民的事，所以想優先看那個」，所以得知她要去看「追溯移居到夏威夷的日系人士歷史展」，所以正確答案是4「本館三樓」。

男性提到「我對江戶時代的生活有興趣，就去那邊看看」，所以得知他要去看「武士展」，所以正確答案是1「A館」。

博物館的工作人員正在館內廣播。

女 1：（叮咚叮咚）非常感謝您今日光臨本博物館。為您介紹館內展示品。**本館二樓是特別展，正展示世界各地的各種木乃伊**。從瞭解木乃伊的文化背景和各種生死觀，也能對人類有更深入的理解，各位覺得如何呢？接下來是常設展的介紹。**本館三樓現正展示的是，追溯移居到可說是對日本人而言最接近的美國：夏威夷的日系人士歷史的展覽**。在深受太平洋戰爭影響的夏威夷社會，來自不同地方的人們各有自己的立場，他們是如何對抗戰爭的呢？從照片和資料等，可以瞭解當時的情景。**A 館進行的是日本代表形象之一，武士的展覽**。透過實際物品的資料，能更貼近生活在江戶的武士的實際模樣。**B 館的主題則是鬼故事、妖怪集錦，介紹江戶時代記載的關於妖怪和幽靈，共兩百件以上的資料**。

男：要從哪裡開始看呢？

女 2：我很怕鬼，所以跳過那個。

男：要是江戶時代的，我覺得應該不可怕啦。哎，總之就從可能人會很多的特別展開始看起吧。

女 2：等等。**我下一份報告想寫有關移民的事，所以想優先看那個**。

男：嗯，知道了。**我對江戶時代的生活有興趣，就去那邊看看**。在那之後一起去特別展吧。然後，有時間的話也去看看妖怪。

女 2：我就說別看可怕的了，真是的。

問題 1：女性首先要去哪裡呢？

問題 2：男性首先要去哪裡呢？

★熟記單字及表現

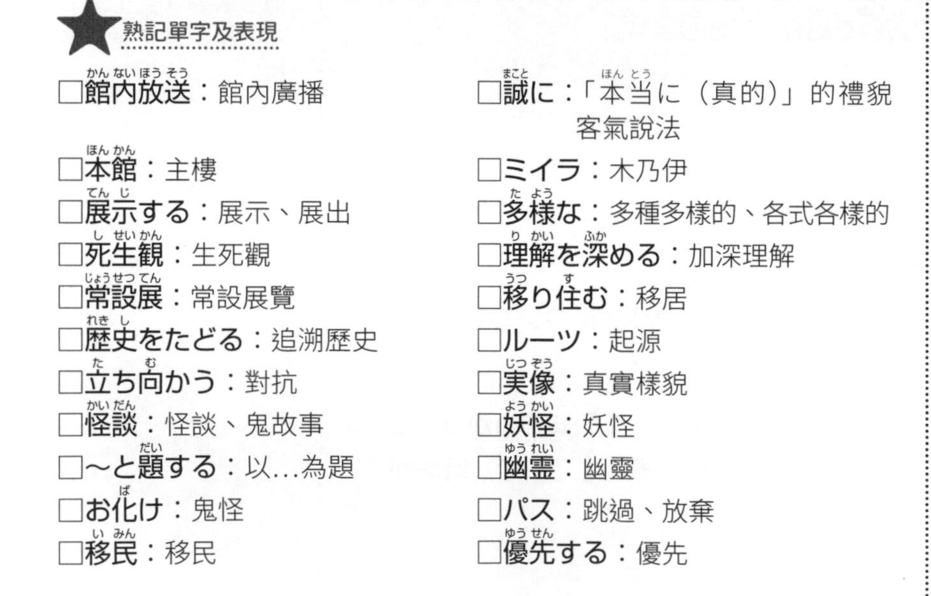

□館内放送：館內廣播	□誠に：「本当に（真的）」的禮貌客氣說法
□本館：主樓	□ミイラ：木乃伊
□展示する：展示、展出	□多様な：多種多樣的、各式各樣的
□死生観：生死觀	□理解を深める：加深理解
□常設展：常設展覽	□移り住む：移居
□歴史をたどる：追溯歷史	□ルーツ：起源
□立ち向かう：對抗	□実像：真實樣貌
□怪談：怪談、鬼故事	□妖怪：妖怪
□～と題する：以...為題	□幽霊：幽靈
□お化け：鬼怪	□パス：跳過、放棄
□移民：移民	□優先する：優先

第2回

語言知識（文字・語彙・文法）・讀解

問題1 從1・2・3・4中選出＿＿最合適的讀音。

1 附近的公園裡，充滿著秋天的氣息。
  1 濕潤　2 脹滿　3 充滿　4 逗留
2 公司的入職面試氣氛非常和睦。
  1 溫和　2 和睦　3 熱鬧　4 緩慢
3 部長有事情要拜託時，語調會有所變化，所以馬上就能知道。
  1 語調　2 ×　3 生殖　4 ×
4 這裡的主廚以嚴格挑選食材製作料理而相當出名。
  1 ×　2 一戰
  3 激戰　4 嚴格挑選
5 數據如實地展現出事態的嚴重性。
  1 ×　2 藉口　3 如實　4 ×
6 為了報告，而去請教這方面的專家。
  1 ×　2 ×　3 外行　4 專家

問題2 請從1・2・3・4中選出最適合放入（　）的選項。

7 文件如果（　），就不會受理申請。
  1 有缺漏　2 不正當
  3 突然　4 不順
8 雖然知道這是重要的工作，但由於是沒興趣的領域（　）。
  1 不興奮　2 不能掉以輕心
  3 感情好　4 不感興趣
9 如果是不管怎樣都不喜歡的事，（　）拒絕比較好。
  1 斷然　2 仔細地
  3 肯定是　4 馬虎的
10 等到孩子三歲之後，預定在以前工作的銀行（　）。
  1 副業　2 恢復　3 復職　4 謄寫
11 他的行為，（　）尊敬。
  1 依照　2 值得　3 有　4 需要
12 至今為止的努力呈現出（　），在這次大會中獲得優勝。
  1 成功　2 評價　3 成果　4 效果
13 她獲得新人獎，在身為作家的華麗（　）上添了一筆。
  1 出道　2 精英
  3 知識份子　4 結局

問題3 從1・2・3・4中選出最接近＿＿的用法。

14 生活習慣的紊亂，在身體狀況上顯著地表現出來。
  1 斷然地　2 明白地
  3 曖昧地　4 悠閒地
15 本店的商品一律一千日圓。
  1 最高　2 最低　3 平均　4 全部
16 自從兩個月前換工作後每天都很忙碌，十分疲憊。
  1 身體狀況出問題
  2 失去幹勁
  3 非常疲勞
  4 臥病不起
17 這本書收集了與日本傳說相關的故事。
  1 整合　2 兼具　3 適合　4 有關
18 開心地獲得金錢這種可憐的想法，還是放棄比較好。
  1 壞心眼的　2 簡單的
  3 悲慘的　4 狡猾的
19 關於將來的事，更嚴格一點看待比較好。
  1 樂觀地　2 悲觀地
  3 現實地　4 多角度地

問題4　從1・2・3・4中選出下列詞彙最合適的用法。

20 著手

1　不只是請喜歡的演員著手，還請對方簽了名。

2　這架飛機開始要準備著手機場了，請回到座位上。

3　差不多該著手進行這份工作了，要不然會趕不上截止期限喔。

4　女兒將喜歡的手套著手，看起來很開心的樣子。

21 未知

1　讀過他的書後，對自己竟然如此未知感到羞恥。

2　就算有未知的人向自己搭話，也絕對不能跟著對方走喔。

3　重要的考試上犯了致命錯誤，是否合格還未知。

4　地球上仍存在著許多未知生物。

22 顧慮

1　兒子一直顧慮大學能否及格，總是夜不成眠。

2　新職場的待遇很好，沒有感受到任何顧慮。

3　課長在重要的會議前，總是毫無顧慮地準備。

4　這間高爾夫教室，連初學者也能毫無顧慮進行練習。

23 成立

1　祖父家雖然是大約100年前成立的，但還是狀態很好能夠住人。

2　國會在長時間議論的最後，新成立了這個法案。

3　這本書在去年成立之後，很快就成為暢銷書籍。

4　他為了進行支援貧窮孩童們生活的活動，成立了這個團體。

24 看中

1　從高處往下看中，一下子變得恐怖起來了。

2　看中你至今實績和實力，有工作務必想拜託你。

3　順手牽羊雖然是不好的事，但由於還是個小朋友，所以就看中他了。

4　照我所看中，山田總算要職務調動了。

25 資質

1　松田很擅長整頓隊伍，有當領導人的資質。

2　小林的個性十分資質，受下屬所喜愛。

3　這個主意的資質還可以，問題在於不符合現狀。

4　在寫這篇論文的時候，蒐集了很多資質所以非常辛苦。

問題5　請從1・2・3・4中選出最適合放入（　）的選項。

26 看著送來的便當份量，我啞口無言。（　）30多歲的我都不太可能吃得完。對我高齡的雙親來說實在是太多了。

1　～的話　　　2　別說是

3　是　　　　　4　連～都

27 閣員重複的發言造成問題。前些日子大臣撤回了發言，但到了現在（　）道歉對他的印象也毫無變化。

1　即使是～，也不會～
2　～之後，結果是～
3　正好在～的時間點上，發生～
4　～之後，結果～

28 （　）智慧型手機的普及和不景氣，消費者意識從「擁有」漸漸變成了「共有」。比起擁有物品，更喜歡在需要時租借需要的物品的人增加了。

1　與～相反
2　隨著
3　和～有關係
4　與～相配合

29 （電視的運動節目中）
X隊為了升級到上一個聯盟，無論如何都要贏得這場比賽。前半場結束時是二比二平手。（　）一分也不能讓步。

1　只有～不行
2　即使～也不
3　不到
4　盡可能地

30 和弘：「明天預定在傍晚四點抵達成田。」
美里：「我會開車去接你，（　）成田機場打電話給我喔。」

1　到的同時
2　一到～就馬上
3　到了之後緊接著
4　依～決定

31 敝公司以讓員工處於更好工作的環境為目標，做了許多努力。這也展現出了成果，離職者減少了，（　）以前，社員的動力更加提昇了。

1　比起～更加　　2　從～更加
3　也～更加　　4　更加

32 洋子：「你不是說要戒煙的嗎？」
隆：「我是打算要戒掉。不過，感覺壓力大的時候，（　）呢。」

1　必然會引起吸煙
2　一定要吸煙
3　不能再繼續吸下去了
4　忍不住會吸煙

33 那個新人，欠缺作為社會人士（　）常識。不但沒有好好打招呼，也總是遲到。

1　被迫作為必要的
2　必要的
3　在必要的範圍內
4　即使是必要的

34 志工（　）在公園撿拾垃圾就有人丟煙蒂，真的很令人沮喪。

1　不僅～而且
2　隨著
3　剛～就
4　隨著

35 在公司內部慎重地考量過後，這次您的申請（　）。

1　請容我們辭退
2　是您辭退
3　由您辭退
4　由您辭退

問題6　從1・2・3・4中選出最適合放在＿★＿處的選項。

（例題）
在那裡 ＿＿＿ ＿＿＿ ＿★＿ ＿＿＿的是山田。

1　電視　　2　正在看著
3　將～　　4　人

第2回
文字・語彙　文法　讀解　聽解　試題中譯

（作答步驟）

1. 正確句子如下。

在那裡 ＿＿＿ ＿＿＿ ＿★＿ ＿＿＿的是山田。

1　電視　　　3　將～
2　正在看著　4　人

2. 將＿★＿處的編號記入解答用紙上。

（解答用紙）

（例）	①②③●

36 希望和她結婚的這份心情 ＿＿＿ ＿＿＿ ＿★＿ ＿＿＿不會改變。

1　打算說
2　絕對
3　什麼
4　誰

37 竹內比起下屬的滿意度、其他部門的預定規劃要來得 ＿＿＿ ＿＿＿ ＿★＿ ＿＿＿就無法得到了。

1　下屬的信賴
2　有這樣的負面傾向
3　只將自己的便利
4　優先

38 昨晚收到朋友的郵件，得知 ＿＿＿ ＿＿＿ ＿★＿ ＿＿＿在昨天過世了，於是輾轉難眠無法入睡。

1　我所尊敬的
2　平野老師
3　是大學時期的指導教官
4　非常

39 公司內部醜聞在暴露 ＿＿＿ ＿＿＿ ＿★＿ ＿＿＿調查開始了。

1　終於
2　直到
3　公司高層對公司內部的
4　出來

40（對經營者的專訪中）

記者：「貴公司現在正在找什麼樣的人才呢？」

社長：「學校的成績 ＿＿＿ ＿＿＿ ＿★＿ ＿＿＿，但不會只看這一點。特別是像敝司這樣的新創產業，需要的是嶄新的創意。」

1　莫過於
2　是～的話
3　有～
4　優秀

問題7　閱讀以下文章，依據文章整體主旨，從1・2・3・4中選出最適合放進 41 到 45 的選項。

以下是小說家所寫的散文。

如果說到要如何製作日語的語料庫，首先就要收集許多以日語書寫的國內出版品。以出版數量來考量，「社會科學」分類的出版品似乎是最多的。因此， 41 實際比例來說，要「收集最多社會科學領域的出版品」，會像這樣仔細地安排好如何收集。但如果考量市面流通數量，而非出版數量的話，文學領域才是最多的。也將這樣的因素加以考慮。

也就是說，究竟創作了多少哪些出版品，我們經常閱讀的是哪些出版品，基於實際的傾向和動向，要大肆收集的是書、雜誌、報紙、白書和教科書。像這樣收集來的出版品，隨機挑選出裡面摘錄的文章，掃描成為數據資料。這些數據的累積， 42 語料庫。

有語料庫之後就非常方便了。例如說「想知道如何分辨『醫生』和『醫師』的使用方式」，只要查詢語料庫就行了。實際上如何使用這兩個詞彙，就在眼前一目瞭然。43，在書本中使用「醫師」比「醫生」來得更多，而報紙中則是壓倒性地使用「醫生」更多。語料庫是收集「Yahoo!部落格」和「Yahoo!知識家」中日語使用的方式，而了解到「網路上很多人會使用『醫生』這個說法」。

那麼，「解約」和「取消」該怎麼分辨使用方式呢，網路上使用的是「取消」，報紙、宣傳刊物和教科書中使用的則是「解約」，各自都是壓倒性多數的使用方式。

原來如此，不管何者都能實際有所感受，是相當讓人信服的搜尋結果。我們在認真的情況下，或是「官方感」較強的場合，會選擇使用「醫師」或是「解約」這樣的詞彙，而在較為隨意的情況或是日常文章呈現中，則會選擇 44 「醫生」或是「取消」這樣的詞彙。

像這樣有語料庫的話，「什麼詞彙實際上會在怎樣的情形下使用」也就一目瞭然了。我們對於「了解某個詞彙含有怎樣的語意」也 45 。

（三浦紫苑『編撰廣辭苑的人』岩波書店出版）

（註1）塩梅：恰到好處的狀況、情形

（註2）白書：政府所發表的報告書

（註3）抜粋する：從書本資料中摘選出必要的部份

（註4）局面：當時的狀況、狀態

（註5）一目瞭然：一眼看去就全然瞭解

41

1　根據～
2　對～來說
3　在～之前
4　只限於～

42

1　命名
2　被告知
3　偶然叫做～
4　被稱為～

43

1　其結果
2　所謂的
3　然後
4　順帶一提

44

1　所以～使用
2　試著～使用
3　不至於～使用
4　會～使用吧

45

1　必然會說
2　無法說出
3　不能說
4　也許可以說

問題8　閱讀下列從⑴到⑷的文章，從1・2・3・4中選出對問題最適合的回答。

(1)

【負責人變更通知】

ABC股份有限公司

佐藤先生

一直以來受您照顧了。

我是櫻花股份有限公司的鈴木。

這次敝社將有人事調動，從四月一日起將由銷售部的小林來負責貴司業務。在職中受到佐藤先生許多照顧，真的非常感謝。

小林是工作十年的資深員工，長期從事銷售業務。

今後希望您也一樣不吝指導，多多指教。

之後會再度和小林一起去向您致意，這邊

先行以郵件方式聯絡您。
以上事項，還請您多多指教。

46 這封電子郵件最想傳達的是什麼？
1 新任負責人是十年前入社的資深員工
2 鈴木將於3月31日離職一事
3 鈴木要去向佐藤致意有些困難
4 即使負責人更換，依然希望維持至今的關係

(2)

我沒有電腦也沒有智慧型手機，但聽說網路上對作家和他的作品盤否定，罵聲一片。我也看了印出來的紙本內容。果然編輯有顧慮而選了比較好的感想，即使如此還是相當驚人，我很驚訝自己竟然有讀到最後的勇氣。

47 為什麼會感到驚訝呢？
1 由於沒想到編輯會如此貼心考量
2 由於讀完了令人讀不下去的感想
3 由於不習慣閱讀網路上文章
4 由於網路上的感想多到讀不完

(3)

我乍一看像是個善於社交的人，但很不擅長和初次見面的人說話。（中略）這件事，前陣子和某個上班族聊到。

他是一間小型廣告代理商裡負責銷售的職員。這個職種的工作內容可說就是和新的人認識。

據他所說，當話題卡住的時候，只要聊高爾夫或是生病的話題就總能夠勉強過關。過了四十歲，不管誰都會有一點健康問題。就算自己有活力，但雙親也都有一定年紀了，所以沒有大人是不為病痛相關事情而煩惱的。原來如此啊。

48 讓筆者感到「原來如此」的是什麼事呢？
1 銷售的工作內容，就是和新的人認識。
2 沒辦法和初次見面的人對話，是因為生病了。
3 過了四十歲之後，誰都理所當然地會生病。
4 煩惱要說些什麼時，就聊生病的話題。

(4)

和是強是弱無關，有段時期會感覺那名選手身上散發出異常的熱意，就算不是世界比賽或冠軍賽，這個熱度也傳播在會場中。在這熱度的漩渦之中，就會坦率接受「原來拳擊是這麼厲害的呀！」這件事。單單那一個人所發出的熱度，就是源頭。這或許就是所謂那名選手的黃金時期也說不定。和年齡並無關聯。並且，黃金時期的長度也不一定，也不是一生僅有一次的事吧。但這也並不是永遠的。

49 關於選手的黃金時期，下列何者與筆者想法相符？
1 拳擊和其他運動不同，黃金時期會在年輕時到來。
2 選手的黃金時期，就是選手生命中最出色的時期。
3 黃金時期的選手散發熱度，觀眾也能感受到。
4 黃金時期是一生只會出現一次的。

問題9　閱讀下列從⑴到⑶的文章，從1・2・3・4中選出對問題最適合的回答。

(1)

在落語的世界裡，有所謂的「枕」，在正式講述長段故事之前會先說個短篇故事，像是最近自己身邊所發生的趣事等等。（中略）

說到落語家在「枕」這段想做些什麼，並不光是要讓觀眾們放鬆心情而已，還要感受今天的客人程度如何，喜歡怎樣的內容。

例如說，這種笑點（有趣的故事）如果沒被覺得有趣的話，就能看出來「今天的客人並不是很風流」或是「應該是團體客人吧」這些事。然後就依照客人的類型講述故事。這就是專家的嫻熟技能。

在上課時也會有和這類似的事。從老師的立場來看，學生已理解自己講的話、或已知道這些內容時，會希望學生們點頭或是給予些反應。從點頭的這個動作，老師就能放下心來繼續說下去。依照反應不同，改變問題或是預定計畫也是有所必要的。

即使是相反的情形下，也能這麼說。例如孩子自己一個人站在講台上報告的場合，那種時候老師給予的鼓勵是很有必要的。進行眼神接觸，點頭表示鼓勵。老師和學生互相給予反應，會讓充實程度提高，當場的氛圍也會變得活躍起來。

50 對於落語家，筆者是怎麼描述的呢？
1　落語家在稱為「枕」的短篇故事後，講述長篇故事。
2　落語家會依照觀眾對笑點的反應，決定要說什麼故事。
3　落語家在講述「枕」之前，就看透了觀眾的喜好。
4　落語家只會在觀眾是團體客人時，講述和觀眾能搭配的故事。

51 「在上課時也會有和這類似的事情」這句話是什麼意思呢？
1　對老師來說感受學生的程度和喜好很困難的意思
2　老師也會聊些有趣話題讓學生放鬆心情的意思
3　老師也會想在講台上說落語的意思
4　老師也會依據學生反應而對講課內容臨機應變的意思

52 據筆者所說，上課必須要做什麼事呢？
1　學生報告時，老師要出聲鼓勵
2　老師和學生要近距離接觸
3　老師和學生都要聽對方的話作出反應
4　為了讓老師安心，學生要問很多問題

(2)

在寵物店裡和花栗鼠小栗視線對上時，總有種命中注定的感覺，於是將牠帶回了家，今天早上，牠卻突然變得有攻擊性起來。

明明至今為止，牠都是在掌心裡滾來滾去的小糰子，就算將手指伸到牠嘴邊也從未咬過人、攻擊過人，但卻突然被牠咬住不放。要從籠子的飼料處取出垃圾，我將手指伸進去時，就突然被咔地咬住。
（中略）

這稱為「①老虎化」，是在進入冬眠的秋冬季節時變得非常具有攻擊性的狀態。我之前都不知道這種事。那麼親人、對誰都會撒嬌的花栗鼠，眼睛瞪成三角形狀，猛烈地咚咚用身體撞著籠子。根本無法想像是同一隻動物。好可怕。

據獸醫師所說，其中一個說法是，冬

眠前體內會分泌物質，還有一說是冬眠前為了盡量多吃些飼料，蓄積體脂肪，於是領地意識會非常強烈，有這兩種說法，但醫學上還沒有解答。

此外，也有「有到了春天就會恢復原來親人模樣的寵物，但也有會就這樣維持兇暴狀態的寵物」這樣的說法。

牠或許再也回不來了，覺得②真的很難過。我們家那麼可愛的小栗，突然就變成了一隻野獸。

53 筆者是如何敘述小栗以前的模樣呢？

1 筆者很喜歡牠在掌心裡縮成一團的模樣。
2 之前並沒有會咬人的兇暴性格。
3 經常從籠子裡丟出垃圾。
4 對筆者以外的人非常怕生。

54 對於①老虎化，筆者是如何敘述的呢？

1 老虎化指的是進入冬眠後會變得有攻擊性
2 老虎化的原因在獸醫學上尚未解開
3 老虎化後對任何人都會撒嬌
4 吃太多飼料的話容易老虎化

55 筆者為什麼對小栗覺得②真的很難過呢？

1 即使冬眠醒來後可能還是充滿攻擊性
2 即使到了春天可能體脂肪也不會減少
3 不知道何時會回到原來可愛的模樣
4 可能不從冬眠中醒來就這樣死去

(3)

過去的教師培育非常出色。特別是培育小學教師的師範學校，現在是來看教育可說是簡直是夢想一般地細心。
（中略）

那間師範學校的教師培育，忘了一件很重要的事。由於是仿效了外國的教師培育方式，可說有罪的就是他們。

要說是什麼呢，就是忘記發聲這件事了。以閱讀、書寫為重點
（中略）

剛畢業的教師走馬上任。小學是全科目授課制，所以從早到下午都要滔滔不絕地說話。沒有受過發聲訓練的人，做這麼魯莽的事，可不是毫無代價的。

快的人在初秋時分，身體狀況就會出問題。受到戰前的國民疾病，結核病所侵襲。如果運氣不好的話會和過年一同迎來疾病發作，更加不幸的人則是等不到春天就已逝去，這樣的例子絕不在少數。

當然，大家都感到疑惑不解。並沒有做什麼粗活的老師們卻因肺病而死亡，令人難以相信。全日本都這麼想著。

有智慧（？）的人就這麼解釋了。老師們是用粉筆在寫黑板的。那些粉末就是引起疾病的原因。這個奇談妙論瞬間就擴散開來，全日本都相信了。神經質的老師會用手帕掩住口鼻，不去吸入粉末。即使如此，教師們發病的狀況依然絲毫不減。

大聲說話是過勞的行為這點，據說直到最後還是沒有大白於世。

56 關於以前的教師培育，筆者是如何敘述的呢？

1 參考了國外的制度。
2 對大聲出聲的人表示輕蔑。
3 比起閱讀，主要學習的是書寫。
4 很多人忘記發聲方式。

57 關於剛畢業的老師，筆者是如何敘述的呢？

1 日常生活中常被學生以魯莽的說話方式對待。
2 運氣不好的人在正月生病。
3 很少人在春天到來前死亡。
4 很多人一整天都在喋喋不休地說話。

58 「即使如此，教師們發病的狀況依然絲毫不減」是為什麼呢？

1 病情以很快的速度擴散到了全日本。
2 手帕無法防護粉筆的粉灰。
3 在出聲時會吸到粉筆的粉灰。
4 發出大的聲響、一直說話，造成身體狀況變差。

問題10　閱讀以下文章，從1・2・3・4中選出對問題最適合的回答。

在被問到「在家裡，屬於你的地方是哪裡？」時，能自覺地回答「自己的房間」，大概是從五、六歲時開始吧。不過就算過了這段時期，即使是擁有自己房間的孩子，聽說也經常會有去飯桌或是客廳寫作業的狀況。玩具和遊戲機也是在客廳玩耍，結果只有在要睡覺的時候進自己房間而已。這樣的孩子並不在少數。

其理由之一，就是小孩和雙親待在家裡的時間都日漸減少了。現在，雙薪家庭幾乎是專職主婦家庭的兩倍，大約1100萬戶，今後也預期會繼續增加下去。而且工作時間還是很長，並沒有減少。隨著雙親不在家的時間變長了，果然小孩不在家的時間也會隨之增加。很多孩子在醒著的時間，都不是在自己家裡，而是在托兒所裡度過的。這種情況下，親子互動的時間也非常少。

①在這樣的狀態下，親子之間的溝通、互動機會要設法在空間上努力安排出來。住宅設計公司正在推廣這樣的想法。

例如三井不動產推廣「學寢分離」、三澤不動產則推廣「寢學分離」為主題的住宅。

「寢」是睡眠的場所，「學」則是包括遊樂機能在內的學習場所。將這兩者予以分離，究竟是怎麼回事呢？

「為了提昇家庭成員間的溝通，小孩房頂多定位為“睡覺房間”，“學習房間”“放鬆地點”則是設在共享空間等其他地點，這樣的想法」（三井不動產・chouchou）

以往的小孩房都被認為是可以專心讀書的空間、能放鬆安眠的空間，此外也是可以進行看書和欣賞音樂等個人興趣，以及休息片刻的空間。可以說這裡對孩子來說，就是一個萬能空間。

但是，這樣一來親子互動的時間就消失了。於是，②把小孩房原來應該扮演的角色定位，也設置在家中其他地方，將其也作為家庭溝通的空間來活用。

59 對於孩子和房間的關係，筆者是如何敘述的呢？

1 很多五、六歲以下的孩子感覺家裡沒有屬於自己的地方。
2 孩子很少在自己的房間睡覺。
3 沒有自己房間的孩子增加了。
4 很少孩子會在小孩房裡玩、打遊戲。

60 ①在這樣的狀態下，是指什麼事呢？

1 雙薪家庭增加，去托兒所的孩子也增加了。
2 孩子睡眠時間增加，親子互動時間減少。
3 家長想讓孩子減少待在家裡的時間。
4 家庭主婦增加，今後也將繼續增加下去。

61 「學寢分離」、「寢學分離」的意思，下列何者正確？

1 讓孩子離開家人入睡
2 孩子唸書的地方與和家人度過的地方要分開
3 打造讓孩子在睡眠以外的時間，能和家人一起度過的地方
4 共享空間中能讓家人放鬆，小孩房中能讓小孩自由遊玩

62 對於②小孩房原來應該扮演的角色定位，筆者是如何敘述的呢？

1 對孩子來說是能安心入睡的地方
2 是孩子和家長無論何時都能放鬆的地方
3 對孩子來說是什麼事都能安心進行的地方
4 是孩子和家長能溝通的地方

問題11　閱讀下列文章A和B，從1・2・3・4中選出對問題最適合的回答。

A

我贊成禁止在幼稚園的運動會上拍照攝影。照片會將孩子、老師和其他家長等所有人都拍攝進去。也有人不喜歡這樣的行為。而且，雖然生活中有很多人抱有必須留下照片這種強迫觀念，但不就僅僅是拍照感到滿足而已嗎。為了拍攝而拼命找地方取景，造成其他人的困擾，很多人像這樣不知究竟是為了看運動會而來的，還是只為了拍照而來的。就幼稚園方面來說，不是也希望家長以肉眼仔細看著孩子，將他們的成長印入眼簾嗎。我就算拍照攝影，日後也不會拿出來重看。我覺得實際用眼睛去看，在結束之後才能得到滿足。

B

有的幼稚園禁止在運動會上拍照攝影，我覺得這也是沒辦法的事。最近有很多監護者沒有道德觀念，所以為了拍攝取景而造成同是監護者的人的麻煩，幼稚園因此收到許多投訴。就幼稚園角度來看，說實話，應該覺得沒辦法應對這種投訴吧。另外，監護者們在拍照時，眼睛容易會只盯著自己的孩子，以幼稚園的立場來說，也會希望多把注意放在老師說的話上，還有和其他孩子們的互動上吧。還有，家長太過投入在拍照上，拍手和聲援也會變得零零散散，這是否也會影響孩子們的幹勁呢。和孩子們視線相交，用眼神交流告訴他們自己有在看，在為他們加油。我覺得這樣溫暖的互動已經被拋在腦後了。

63 對幼稚園時運動會上的拍照攝影，A和B是如何敘述的呢？

1 A和B都表示拍攝自己孩子以外的人不好。
2 A和B都表示幼稚園方面無法應對投訴，所以不好。
3 A表示留下照片日後不回去看不好，B則表示拍攝讓家長們吵架不好。
4 A表示很多家長光是拍照就心滿意足，B則表示會影響孩子們的幹勁。

64 關於幼稚園方的意見，A和B是如何推測的呢？

1 A表示老師應該會不喜歡被拍進照片，B則表示應該會希望能增加拍手和聲援。
2 A表示希望別為了拍攝取景而造成他人困擾，B則表示想避免投訴。
3 A表示應該會希望別透過鏡頭，而是直接看著孩子，B則表示不光是看著自己的孩子，應該也希望能看著和其他孩子們的互動。
4 A表示希望以拍攝為目的的人能去別的地方看，B則表示希望能和孩子有眼神接觸。

問題12　閱讀以下文章，從1・2・3・4中選出對問題最適合的回答。

少子化與超高齡化造成將來的勞動力不足，生產力也銳減，因此要接受移民，同時延長對高齡人士的僱用，也獎勵再次雇用工作。退休年齡在1970年代是55歲，之後改為60歲，更在《高年齡者雇用安定法》修正後，逐漸確立雇用年齡直到65歲。

（中略）

也有像美國那樣沒有制定退休年齡的國家，但日本的退休年齡是如何決定的呢，這點我並不知道。恐怕是從平均壽命所計算出來的吧。持續很久的「55歲退休制度」，其中一個有力說法的起源是由於二十世界初日本人的平均壽命是四十歲前半，於是由日本郵船設定了停職規定。現在平均壽命超過80歲，所以出現了到65歲是理所當然的，搞不好到70歲，不，也能繼續工作到75歲吧、這樣的風氣。然後媒體也喜歡標榜「不管到了幾歲都想工作下去、想繼續做現在的工作」的人們。感覺漸漸形成了「工作才是幸福」這樣的輿論。

但是，究竟①年歲漸長也應該繼續工作，這樣的想法是否正確呢。曾經有人對我說過「村上先生不在公司上班，所以沒有退休年齡，真好呢」，我模稜兩可地回答「哎，是這樣子啦」，但內心卻想著「放過我吧」。

一定有很多人實際感受到能量在下降，覺得「再也不想工作了」。有「想要緩慢地、悠閒地生活」這樣的念頭，經濟方面也有餘裕的話，我個人是覺得並沒有勉強去工作的必要性。更加②令人無法理解的是，讚賞挑戰冒險行為的老年人的傾向。隨著年歲漸增不可以勉強自己，這個常識是沒錯的。看到人家去冒險，別說是被鼓舞了，會覺得和那個人比起來自己很沒用，心情也會變得鬱鬱。希望大家不要誤會，我並不是在說不許年長者去冒險。不管是去冒險，還是保重自己的身體，都是個人的自由，不應該去誇獎任何一方。

我在年過六十的此刻也仍進行小說創作，對於此事，我並不特別覺得如何。我有想傳達的事，總之也還有建構故事的智力，而且就經濟角度來說也較有效率，所以我完全不會去想，光是寫就能感到幸福、或是感覺受到眷顧之類的。完全否定掉「躲避」、「逃跑」、「休息」、「蹺掉」這些行為的社會，令人窒息。

65 據筆者所說，社會上對日本的退休制度有什麼意見呢？

1 由於平均壽命變長了，退休年齡也應該延後到65歲。
2 老年人比起移民更能做好工作，所以即使過了退休年齡也應該繼續工作。
3 即使年華老去也繼續工作是件好事，退休年齡延後到75歲或許也不錯。
4 由於勞動力不足，所以不設立退休年齡，讓許多人能工作得更久比較好。

66 對於①年歲漸長也應該繼續工作這樣的想法，筆者是怎麼想的呢？

1 由於平均壽命變長了，年歲漸長仍繼續工作也是理所當然的。
2 如果經濟上沒有工作的需要，不勉強工作也可以。
3 工作是件幸福的事，所以年歲漸長仍繼續工作非常好。
4 年歲漸長後別勉強自己比較好，所以表示反對。

67 筆者表示②令人無法理解的是什麼事呢？

1 為什麼人們要稱讚冒險的老年人很棒
2 為什麼自己沒有去冒險的活力
3 為什麼人即使年歲漸長也會持續挑戰
4 為什麼年歲漸長後就會覺得不能勉強

68 筆者最想說的是什麼？

1 為了老年人能發揮能力，要給予鼓勵。
2 看著勉強自己的老年人覺得十分難受。
3 小說家和上班族一樣需要退休制度。
4 討厭即使年歲漸長仍然得繼續努力才行的社會。

問題13　右頁是旅行宣傳冊。從1・2・3・4中選出一個對問題最適合的答案。

69 8月10日田中夫婦預定搭乘特急列車前往溫泉旅館住宿，希望能盡可能以便宜價格住宿。田中先生55歲，田中太太則是48歲。搭到溫泉旅館的特急列車平時的價格是單人單程3,000日圓。選擇哪個方案最便宜呢？

1 月之館的住宿方案A
2 光之館的住宿方案A
3 月之館的住宿方案B
4 光之館的住宿方案B

70 8月25日山本先生全家共四人（兩名大人，一名國中人，一名國小生）想在光之館住宿。山本先生43歲，山本太太則是40歲。他們打算開車前往溫泉旅館。費用總共是多少呢？

1 34,000日圓　　2 37,000日圓
3 41,000日圓　　4 44,500日圓

7／30～8.31　夏日住宿活動！
ABC旅館　鬼怒川

從鬼怒川溫泉車站走路只要六分鐘。由四季變換不同風貌的群山所圍繞，從露天溫泉可以將鬼怒川盡收眼底，是有歷史傳統的一間溫泉旅館。源泉100%的天然溫泉，其效果用肌膚就能實際感受到。可以享用的餐點包括鄉土料理在內，有日式、西式和中式的早餐與晚餐。我們以誠心款待各位來賓。

【客房】　月之館　附浴室、洗手間的和室（2～6人）光之館　附浴室、洗手間的和室（2～5人）

【基本費用（每人／單位：日圓）】

〔住宿方案A〕　住宿一晚附早、晚餐

（晚餐附90分鐘喝到飽）

分類（單房住宿人數）	住宿方案A
大人（國中生以上）	10,000
兒童（小學生）	7,000
兒童（4歲以上未入學兒童）	5,000

※0～3歲的兒童入住不須支付費用。不包括在住宿人數之內。

※光之館改裝翻修屆滿週年。住宿光之館，上述基本費用將以大人（國中生以上）2,000日圓、兒童（小學生）1,500日圓、兒童（4歲以上未入學兒童）1,000日圓的收費標準，每人加收費用。

活動優惠

①每人贈送一杯迎賓飲料！

②夫婦其中一人五十歲以上，贈送光之館5,000日圓住宿折價券（下次住宿起開放使用）！

③也為您安排了附有超值來回特急券的方案B！　住宿方案A附有特急鬼怒號來回票券（普通車一般指定座位／東武淺草 鬼怒川溫泉）。上述基本費用將以大人5,000日圓、兒童（小學生）3,000日圓的標準，每人加收費用。

【設施】溫泉大浴場、包場浴池、室內溫泉游泳池（期間限定）、芳療、腳底按摩、桌球、卡拉OK、宴會場地、會議室

聽解

問題1　在問題1中，請先聽問題。並在聽完對話後，從試題冊上1～4的選項中，選出一個最適當的答案。

例題

活動會場中女性工作人員和男性工作人員正在對話。男性工作人員在這之後必須得去做什麼事呢？

女：櫻井先生，再過一天就要開演了，周邊商品的事已經解決了嗎？

男：是的。因為遲遲沒有收到，本來想要打電話給廠商，但就在剛剛收到了。大致確認了一遍，內容物和數量都和訂單一樣。

女：這樣啊，趕得及真是太好了。謝謝你。接下來就只剩去確認觀眾席而已了吧。

男：去確認觀眾席？

女：嗯。觀眾席如果有掉垃圾在那的話，客人也會覺得不開心的吧。所以在開演前要再確認一次才行。

男：這樣啊。那麼，我現在馬上就去確認。

女：這件事就由我來做，櫻井先生能不能幫我準備飲料和點心？

男：放在休息室的那些對吧。好的。

女：啊，對了。海報已經貼好了嗎？因為要貼很多地方，先做這件事吧。

男：海報的話，今早富岡先生已經幫忙貼了。

女：這樣啊，我知道了。那就麻煩你囉。

男性工作人員在這之後必須得去做什麼事呢？

1　確認周邊商品數量

2　確認觀眾席有沒有掉落垃圾

3　準備飲料和點心

4　貼上海報

第1題

課長在公司的會議上發言。社員們在收到郵件之後，首先要去做什麼事呢？

女：大家每天使用的考勤卡，從下個月起即將廢止。會改由線上打卡來取代。

如果不在這個月完成手續，下個月開始就無法紀錄上班和下班的時間，所以請務必完成手續。申請手續步驟將再寄郵件告知各位。郵件中寫有初始密碼，請先以初始密碼登入出勤管理系統，再設定新的密碼。然後，請一定要試過一次新的密碼。用新密碼登入後，點選登出鈕，出現登出時間之後，手續就完成了。

社員們在收到郵件之後，首先要去做什麼事呢？

1　測試系統是否能夠使用
2　登入出勤管理系統
3　設定新的密碼
4　點選退出鍵

第2題

販售票券的人和女性正在電話中對話。女性在這之後要等什麼郵件呢？

男：您好。這裡是廉價機票販售網，ABC票券。在這裡為您服務。

女：那個～，三天前我在網站上買了票，但機票沒有寄來呢。我很擔心有沒有真的買到。

男：這樣子啊。讓我為您確認一下，請告訴我6碼的預約管理編號。

女：928457。

男：好的，請稍待片刻。（打字的聲音）讓您久等了。是小林花子小姐，對吧。

女：是的，沒錯。

男：預約和付款已經完成，現在正在處理開票程序。我想您應該有收到付款完成的郵件，那邊有看到嗎？

女：啊，有的。有看到。

男：機票是在機場領取。最終說明郵件會在購買日三天之後，也就是今天之後到出發前一週為止寄送給您，裡面所寫的機票兌換編號請在起飛當天告知機場櫃台人員，以兌換機票。

女：啊，是這樣子啊。只要把郵件印出來給對方看就行了嗎？

男：即使不印出郵件，記下號碼，光是將那組號碼出示給人員看也沒問題的。

女：啊，好的。我瞭解了。

女性在這之後要等什麼郵件呢？

1　最終說明郵件
2　寫有預約管理編號的郵件
3　附有機票兌換憑證的郵件
4　付款完成郵件

第3題

電話中保險公司的人和女性正在對話。女性在這之後要去做什麼事呢？

男：您好，這裡是櫻花汽車保險。

女：那個～，我在停車場，車子的左前方撞到樹木，保險桿凹下去了…。

男：這樣子啊。那麼，首先要確認本人身份，請告訴我您的姓名與出生年月日。

女：好的。鈴木道子，1985年6月20日。

男：好的，已為您確認身份。那麼請告訴我車牌號碼和保險的合約編號。

女：啊，不好意思。有合約編號的資料夾，我放在車子裡了。

男：那麼之後再請告知我們。像這次的情形，修理費用可以全額以保險支付。

女：啊，這樣子嗎。太好了。

男：由鈴木小姐選擇維修廠，再告知我們店名和電話，我們將會支付費用。

女：好的。

男：不過，如果以保險支付修理費用，之

後五年的保險費，每年將增加兩萬日圓。

女：這樣的話，如果修理費用比較便宜，就結果來說自己支付或許會比較好呢。

男：是的。在修理費用報價之後，再由保險人本人來決定是否以保險來支付。

女：這樣子啊。那我稍微查一下。

女性在這之後要去做什麼事呢？

1 去車上拿資料

2 告知修理工廠的資訊

3 取得修理費用報價

4 支付兩萬日圓

第4題

電話中設施工作人員和男性正在對話。男性在這之後要去做什麼事呢？

女：您好，這裡是櫻花PLAZA。

男：那個～，我想預約設施，看了官方網頁，但還是不太瞭解。

女：這樣子啊。我們的預約，是從官網的預約系統申請。

男：是的，我正在看。

女：點選預約系統，就會跳出藍色字體寫的設施一覽，再點選，就能選擇房間，或是從預約狀態檢視的地方選取空置的房間。

男：是的，到這一步我都還瞭解。然後，我可以預約到三天，但不知為何沒辦法選取第四天。

女：這樣啊。其實本設施開放能夠連續使用的日期只有三天。

男：是這樣子啊。那我想取消一天，改成預約其他日子。

女：這樣的話，首先請您登錄會員，從個人頁面重新進行預約。請問您已經登錄會員了嗎？

男：是的，已經登錄完了。我瞭解了。謝謝妳。

男性在這之後要去做什麼事呢？

1 選擇房間

2 會員登錄

3 重新預約

4 取消所有預約

第5題

教授和女學生正在大學裡說話。女學生在這之後首先要去做什麼事呢？

男：報告的練習很不錯，但先行研究的部份有點不足，在正式發表前多加一些文獻會比較好喔。

女：好的。之後我會去圖書館查資料。

男：還有關於方法部份，有寫到調查方法，但沒有寫分析方法呢。這部份要仔細寫出來。

女：好的。一開始有寫，但字數有點超過，所以就刪掉了。

男：這樣啊。講義有張數限制，但格式是自由的，這種時候把減少空白處就好。

女：原來如此，我知道了。我馬上修改。

男：還有，出處沒有以五十音順序排列呢。妳看，佐佐木排在高橋後面了。

女：好的。

男：仔細地一一處理這種細節，在進行研究時非常重要。

女：好的，我知道了。

男：那麼，馬上能修改的部份之後再做，首先先進行先行研究的部份吧。

女學生在這之後首先要去做什麼事呢？

1　前往圖書館
2　寫分析方法
3　修改格式
4　修改出處排序

第6題
女性和男性正在家裡對話。男性在這之後要去做什麼事呢？
男：啊～，又到了今年大掃除的季節。
女：一年過得好快喔。我有在網路上事先查好了大掃除的訣竅喔。
男：喔，謝謝。什麼？按照整理持有的東西、丟棄不需要的物品、列出掃除區域、備齊打掃的工具的順序進行就好了啊。
女：對。首先從區分出要和不要的物品開始。
男：這件事意外地很困難呢。覺得不需要了而丟掉，之後可能又會用到。一想到這裡，就什麼都丟不下手了。
女：可能會有點花時間，總之把應該不需要的東西全部裝進紙箱。之後再慢慢整理。
男：好的好的。然後，掃除區域列出來了嗎？
女：還沒有，不過照以往那樣就行了吧。
男：嗯。那就不用列出來了。接著是打掃工具。有沒有什麼東西不夠？
女：啊，塑膠手套用完了。去買些回來吧。
男：嗯。不過，開始打掃之後應該會有更多不夠的東西，先開始做一點後再去買比較好吧？
女：對耶。那總之就先開始吧。

男性在這之後要去做什麼事呢？

1　在網路上查詢大掃除訣竅
2　列出整理區域
3　購買打掃工具
4　將不需要的東西裝進紙箱

問題2　在問題2中，首先聽取問題。之後閱讀題目紙上的選項。

會有時間閱讀選項。
聽完內容後，在題目紙上的1～4之中，選出最適合的答案。

例題
女性和男性正在討論戲劇。女性說戲劇最重要的是哪一點呢？
女：哎，現在蔚為話題的「六人的故事」這部戲，你去看過了嗎？
男：雖然沒去看，但聽說非常受歡迎呢。
女：我昨天去看了，比想像中還精采喔。
男：這樣啊。原著確實是遊戲對吧。
女：對。一般在遊戲或動漫改編為戲劇時，都會使用很多道具對吧，例如說日本刀之類的。不過這次幾乎沒有使用道具喔。大家都是憑演技一決勝負。不覺得很厲害嗎？而且主角富田先生又很帥。
男：咦～，妳只要長得帥就夠了吧？
女：不是啦。確實演員的長相也很重要，但如果不能照原樣再現原著的世界觀和角色性格，就不能稱得上是戲劇了吧。
男：嗯～，我覺得原著作品的品質是最重要的。也會影響戲劇的屬性。
女：雖然是那樣沒錯，但表演的還是是人，所以演員的演技才是戲劇的生命吧？

女性說戲劇最重要的是哪一點呢？

1　演員的外貌

2　演員的演技

3　原著的品質

4　戲劇的屬性

第1題

醫院的櫃台人員和女性正在對話。訪客必須要做的事是什麼呢？

男：那麼為您說明一下入院指南。首先是要準備的物品，由於夏季容易流汗，像睡衣和貼身衣物這類換洗衣物請多準備幾件。

女：我只有準備兩件睡衣，應該多買幾件比較好嗎？

男：是的。也要看您住院時間是否有延長，就看到時狀況，若是來不及洗衣服再去買，這樣如何呢？

女：好的，我知道了。

男：接下來關於進出住院大樓，會客時間是週一到週五的下午三點到晚上七點，以及週六日和假日的下午一點到晚上七點。在這之外的時間要進入住院大樓時，請按自動門右側的對講機。要會客時，請在入口的自動門前提交已填寫上必須資料的會客申請書給服務台人員。會發放一張訪客專用卡片，請將它掛在脖子上，再進入大樓。

訪客必須要做的事是什麼呢？

1　拿睡衣

2　按對講機

3　填寫會客申請書

4　發放訪客專用卡片

第2題

溫泉旅館裡旅館服務人員正在向房客說明。房客必須做什麼事呢？

女：您的房間在14 樓的34 號房。晚餐請在地下一樓的自助餐會場享用。可以使用A 會場、B 會場和C 會場這三個地方，但今天預計人數較多，最大的C會場應該會比較方便。晚餐會場從六點半至九點開放。請帶著這張券前往。另外，用餐會場請不要穿著浴衣，請您多多留意。拖鞋可進入全館所有區域，包括餐飲場地。使用大浴場時，請從房間攜帶毛巾。由於防盜因素，晚間九點以後正門玄關的自動門會關閉，請感應房間卡開門。請問還有什麼問題嗎？

房客必須做什麼事呢？

1　在C會場吃晚餐

2　穿著浴衣吃晚餐

3　將房間的毛巾帶到大浴場

4　晚上九點以後外出時玄關的門會關閉

第3題

女：欸，聽我說。田中太太的先生，說是被詐騙。

男：咦，不會吧。真的會有人上當啊。

女：那個啊，是不論誰都會受騙上當的巧妙手法呢。

男：喔？

女：說是醫療費用可以退還五萬日圓，告訴對方帳戶資訊之後，別說是收到五萬日圓，連放在帳戶裡的兩百萬日圓都全部被提領一空了。

男：這太過分了。

女：好像是特地找田中太太不在的時間呢。大概是覺得只有先生一個人在比較好騙吧。

男：我也是自己一個人，有點危險呢。

女：然後啊，田中太太非常生氣。那個帳戶，是先生沒告訴田中太太的祕密帳戶呢。

男：喔，是私房錢啊。

女：田中太太說，既然有那麼多錢，真想拿給孫子孫女們。

田中太太為什麼會對先生生氣呢？

1 丈夫進行電話詐欺

2 詐欺犯是在自己不在的時間來的

3 丈夫沒有把錢給孫子孫女們

4 丈夫擁有祕密帳戶

第4題

電話中女性和男性正在對話。男性最想知道的是什麼事呢？

女：這裡是ABC 事務所。在這裡為您服務。

男：喂，您好。這裡是富士事務所的佐藤，能幫我轉接山本先生嗎？

女：富士事務所的佐藤先生對吧。山本現在正在開會，不在位置上，可以為您留言給他。他說佐藤先生需要的資料，今天早上已經寄出給對方事務所，今天或是明天應該就會寄到了。說是到了週四還沒收到的話，再請來電告知。

男：今天或是明天啊。請轉告他，非常感謝他迅速的處理。我就是為了這件事打來的。那麼，我等他寄出的資料。不好意思，打擾了。

男性最想知道的是什麼事呢？

1 文件何時會送達

2 山本先生何時會回到位置上

3 忘記帶的東西何時能幫忙送回

4 山本先生何時會打電話來

第5題

職員和女性在不動產公司對話。女性最喜歡這個街區的哪一點呢？

男：我真的非常推薦這一區。首先，有三條交通路線行經這裡。這點非常方便。並且，其中一條還是首站，所以就算早上人潮擁擠的時候也能夠坐著通勤上班。這一點對工作的人來說會很開心呢。接下來，即使將來有了小孩，這一街區已經連續五年沒有待機兒童了。也就是說， 有很多間托兒所，不會沒辦法托育孩子。因此在安心生產之後，就能回到職場工作。還有，將來孩子長大之後，會擔心孩子晚上獨自一人走在路上對吧。這個街區在車站前完全沒有居酒屋，是非常少見的街區。所以就算晚上也能放心回家。明明是發車首站卻沒有喝醉的人走在路上，其他車站可沒有這樣的事喔。

女：哇～，真是個不錯的街區呢。竟然每天都能坐著通勤。我每天早上都長時間在電車裡一直站著，這點最讓我討厭了。我已經決定就選這個街區了。

女性最喜歡這個街區的哪一點呢？

1 有三條交通路線行經

2 是發車首站

3 沒有待機兒童

4 車站前沒有居酒屋

第6題

男性在公司眾人面前發言。男性為什麼要在眾人面前發言呢？

男：非常感謝今天為了我而召開這樣的聚會。已經決定我將在11 月13 日調職到大阪分公司。之前受到以本田部長為首的各位同仁許多照顧。能在這裡持續工作五年時間，都是有大家支援的緣故。特別是能和企劃營業部的各位進行大型企劃，是我最大的驕傲。時而互相鼓勵、互相切磋在工作上獲得成功，即使到了新天地這也會成為我的優勢吧。請大家今後也注意身體健康，好好進行工作。今後我也會祝願各位能夠奮鬥到底。

男性為什麼要在眾人面前發言呢？

1　由於要到東京分公司工作

2　由於要離職

3　由於大型企劃結束了

4　由於要到大阪分公司工作

第7題

電視購物節目中女性正在說話。這次改良的是哪一點呢？

女：這次要為各位介紹的是方便的「雙層羽毛被」。可以分別單獨使用的兩條被子，用掛扣繫在一起，竟然就能一下子搖身一變成為有份量的被子。在寒冷冬天將兩條重疊使用，其他季節則只需要一條，一整年都能夠舒適地使用。在春季或秋季這樣不冷不熱的季節，各位很煩惱要使用怎樣的寢具才好吧。如果是我們的被子，在日常氣溫變化大時可以分開使用，所以可以根據日子調節成最適合自己的環境。各位知道羽毛被稱為「天然空調」嗎？羽毛在氣溫升高時會緊閉起來。這樣透氣性會變好，也很推薦作為夏天寢具使用。在客人來時是非常方便使用的一件物品。正因為可以兩條重疊使用，我們特別講究材質的輕量化。另外，被子也可以用洗衣機進行清洗，非常方便。以前有四個掛扣，有顧客反應容易滑落，所以這次設計了六個掛扣，就不容易脫落了。掛扣附在被子週邊，所以安裝拆卸都很簡單。

這次改良的是哪一點呢？

1　變得可以用洗衣機清洗

2　變得可以用掛扣繫在一起

3　掛扣的數目增加

4　羽毛品質變好了

問題3　問題3並沒有印在題目紙上。這個題型是針對整體內容為何來作答的問題。在說話前不會先問問題。首先聽取內容。然後聽完問題和選項後，在1～4之中，選出一個最適合的答案。

例題

電視上專家正在發言。

男：這次的新型肺炎疫情日漸擴大，也開始出現死亡者。世界上的醫療機構已在著手開發特效藥和疫苗，但很可惜的是，目前還沒有眉目。因此，必須要最大限度地預防感染的發生。戴口罩勤洗手能夠某種程度上預防感染，但也有人傳人感染，所以避免和其他人的接觸才是上策。話雖如此，改為在家工作的企業只有極少一部份而已。由於這是性命攸關的大事，比起商務往來，人命更應該擺在優先地位吧。作為領袖的氣度，就是在這種時候可以看得出來的。

專家想表達的是什麼呢？
1　應該開發藥物或疫苗
2　應該增加更多醫療機構
3　應該學習新型肺炎的預防方式
4　應該修正商務優先的這種考量方式

第1題
研討會上女性正在發言。
女：日本一年發生六百萬噸以上的食品浪費行為。食品浪費，也就是把還能吃的食物丟棄。最近蔚為話題的減少食品浪費的方式，是稱為Food Drive的一項活動。在您的家裡沉睡的食物中，有效期限在一個月以上的食物應該還有一些吧。是將那般多餘的食物帶到公司之類的地方，統整起來捐贈給地區的福利團體和設施這樣的活動。作為捐贈對象的食物，要是可常溫保存的未開封食品，許多人會捐贈米類、乾麵、罐頭和調理包等等。還請不要捐贈生鮮食品和酒類，這點請多留意。在這個街區，每月第三個星期六將在中央公園舉行，請各位務必順道來看看。

女性在說些什麼呢？
1　福利團體的活動
2　生鮮食品的保存方式
3　食品的有效期限
4　減少食品浪費的活動

第2題
研討會上男性正在發言。
男：工作上的糾紛，意料外多是瑣碎的聯絡失誤。例如上司告訴你「這個，最晚明天寄送給某某人喔」。本以為肯定是寄送電子郵件，結果其實是要以郵寄方式寄出，會有這樣的事情發生對吧。你會怎麼向上司報告這個失誤呢？我在這種狀況下，一定會將事實和解釋分開向上司傳達。也就是說，在傳達到目前為止的對話此一事實上，再告知以為是用電子郵件寄送這個解釋。重要的是事實為何。首先以事實為基礎回顧對話，是如何解釋對話，而產生了這些失誤和問題呢？從這樣的視角來對話，就能冷靜地辦事了。

男性說的是什麼內容呢？
1　避免聯絡失誤的方式
2　出現問題後的報告方法
3　事實與解釋的差異
4　溝通的困難

第3題
女性正在電台廣播中說話。
女：小孩能自由跑來跑去的客廳、鋪有人工草坪能烤肉的屋頂、不管做菜或洗衣都能順利進行的房間格局，還有充足的收納空間等等，能夠確實實現這些理想的，就是自己建造的獨棟房屋。首先大家想不想知道，以自己的預算能建造出怎樣的房子呢？詳細告訴你費用和程序， 還有如何尋找土地的「新手自建住宅講座」，以及告訴你一千萬日圓左右能建造出怎樣的房屋的「自建住宅價格完全理解講座」，其他還有「挑選空間設計、建築公司講座」，和依照需求縮小查找建築公司範圍的「個別諮詢會」等等，關於建造住宅的各種煩惱，本住宅中心將免費提供您協助。開放當日報名，但以電話先行預約流程上會比較順利。另外也歡迎使用免付費電話諮詢服務。

女性在說些什麼呢？

1　提供想蓋房子的人的免費服務
2　提供想賣房子的人的免費講座
3　住宅中心的結構
4　免付費煩惱諮詢服務

第4題

研討會上男性正在發言。

男：經常會在新聞上聽到，大雨或颱風時有人掉進道路兩旁的水溝裡呢。大家沒有想過為什麼會掉進那種地方嗎？其實我曾經親身體驗過相同的事情。這是五年前，在颱風時我回家途中發生的事。我想當時道路泡在大約五十公分左右的水裡。由於是泥水，所以完全看不清楚底下的樣子。感覺這邊大概是道路吧，我走著走著突然水就浸泡到了脖子附近。那時候我真的覺得自己會死掉。由於看不清楚底下的樣子，所以也沒注意到是水溝。平常完全不會意識到道路凹凸不平的地方呢。光是和記憶中有點不同，就會造成生命危險，我親身體驗到了這一點。

男性說的是什麼內容呢？

1　走在車道上的危險性
2　仔細觀察道路再行走的重要性
3　颱風時掉到河裡的經驗
4　災害時掉進道路側邊水溝的理由

第5題

電視上記者正在說話。

女：最近經常聽到的「保溫瓶住宅」是什麼呢？大家都知道用來保持倒入的溫熱飲料的溫度的保溫瓶吧。說到為什麼熱氣不會逸散，是由於它是雙層構造，內側和外側之間的空間是真空狀態的緣故。利用這個性質建造的房子就稱為保溫瓶住宅。以冷暖氣調整成舒適溫度的空氣不會逸散出去，外面的空氣也不會進來，就能維持舒適的溫度。因此， 冷暖氣的電費也會大幅減少。而且，因為房屋整體都保持一定的溫度，就不會有只有衛浴附近覺得冷這樣的情形了。另外不只空氣，也能隔絕聲音，家裡會非常地安靜。

記者說了什麼內容呢？

1　保溫瓶受歡迎的理由
2　節省電費的方法
3　保溫瓶住宅的構造和優點
4　保溫瓶和保溫瓶住宅的差異

第6題

活動中博物館的工作人員正在發言。

男：壁虎和蠑螈非常相似，比較大的差異，是在肢體形狀的不同上。壁虎和蠑螈前腳的腳指數不一樣。壁虎有五根腳趾，而蠑螈則有四根腳趾，這是牠們的特徵。另外只有壁虎才有的重要特徵，就是壁虎可以自由地貼在牆壁上移動。其他比較重大的差異，還有生物學上的種類。壁虎和蜥蜴都同樣屬於爬蟲類，然而蠑螈卻和青蛙相同，屬於兩棲類。爬蟲類的皮膚上有鱗片，兩棲類的皮膚上則並未覆蓋鱗片，所以壁虎的特徵是比蠑螈要更耐乾燥。另外兩棲類蠑螈的重要特徵，是幼年期生活在水中，用鰓呼吸這點。

男性說的是什麼內容呢？

1　壁虎和蠑螈用鰓呼吸的理由
2　比起壁虎來說蠑螈更耐乾旱的理由
3　壁虎和蠑螈的性質差異
4　壁虎和蠑螈的性格差異

問題4　問題4並沒有印在題目紙上。首先聽取語句。然後聽完對語句的回答後，在1～3之中，選出最適合的答案。

例題

男：上個月提出的企劃，到底有沒有通過，結果還是不知道。
女：1　希望他們能至少告知結果呢。
　　2　應該提出企劃的。
　　3　結果沒辦法通過呢。

第1題

女：真是的，灑了一地。真是髒到不行了。
男：1　這樣子可以吧？
　　2　別再弄髒囉。
　　3　不要這樣嘮嘮叨叨的。

第2題

男：高木小姐，不過就是被罵了而已，需要這麼低落嗎。
女：1　沒錯沒錯，那也是沒辦法的呢。
　　2　小高也很辛苦呢。
　　3　真的是很經不起打擊呢。

第3題

女：人不可貌相，那個人是個大胃王呢。
男：1　咦～完全看不出來呢。
　　2　我想他不會到我們這裡。
　　3　啊哈哈哈，吃掉了呀。

第4題

女：你知道那位嗎？
男：1　您並不知道。
　　2　哪有什麼知不知道，那可是我們的社長喔。
　　3　一定是知道的。

第5題

女：那邊的資料，希望能夠讓我稍微讀一下。
男：1　好的，那我就朗讀囉。
　　2　啊，我現在正在用，之後再拿給妳。
　　3　我之後會讀，請先放在那裡。

第6題

女：那間店，竟然一年就倒了呢。
男：1　真的，景氣變好了呢。
　　2　有什麼掉了吧。
　　3　最近，關門的店好多喔。

第7題

男：也不是沒有想換工作的想法啦。
女：1　我也完全沒有。
　　2　我百分之百有喔。
　　3　我也覺得沒有。

第8題

男：聽說山田他交涉又搞砸了。
女：1　這我不太想吃耶。
　　2　我沒有這個打算喔。
　　3　他應該也就他所能好好努力過了。

第9題

女：部長一臉「給我出去」的表情呢。

男：1　嗯，非常開心的喔。

　　2　嗯，他好久沒那樣怒吼了。

　　3　嗯，明明不擺出那麼討厭的表情也可以的。

第10題

男：要是借錢給那個人就完囉。

女：1　嗯，絕對不會借的。

　　2　嗯，我不會再借了。

　　3　嗯，快點還喔。

第11題

女：有空的時候再看也沒關係，能請你過目一下嗎。

男：1　咦，剛剛已經通過了喔。

　　2　啊，資料已經完成了呢。

　　3　咦，可以收下嗎？

第12題

男：這種事情連請課長確認都不用喔。

女：1　那麼，真的是那麼重要的事情呢。

　　2　那麼，應該請部長確認一下比較好呢。

　　3　那麼，這次不請教課長也沒關係吧。

第13題

女：那個人連一日圓都不打算出呢。

男：1　是個小氣的人呢。

　　2　一日圓什麼都買不了喔。

　　3　對方要請客啊。

第14題

女：如果要過夜還好，當日來回的話單程三小時不會太趕了嗎？

男：1　嗯，選擇過夜比較好呢。

　　2　嗯，當日來回不會太趕呢。

　　3　是這樣嗎，我覺得有點趕喔。

問題5　在問題5中，聽的內容會比較長。這個問題並沒有練習題。可以在題目紙上作筆記。

第1題、第2題

題目紙上並沒有相關資訊。首先聽取內容。然後聽完問題和選項後，在1～4之中，選出一個最適合的答案。

第1題

妻子和丈夫正在家裡對話。

女：明天的動物園，要從哪裡開始看呢。

男：因為園區太大了，上次都沒有看完呢。這次就好好計劃好再去看吧。

女：優花說過想看老虎，所以要記得別忘了去看老虎呢。唔～，首先得確認兒童參與的活動時間才行。可以騎馬的活動是在十二點和三點。說是希望體驗騎馬的遊客，請在入園之後馬上到互動廣場預約呢。啊， 還可以騎駱駝耶。駱駝是～嗯，啊，在最遠的A區。活動時間是十二點半和三點。

男：優花應該比起馬更喜歡騎駱駝吧。

女：是啊。雖然有點遠，還是去騎吧。還有，餵猴子吃東西是在十一點， 餵長頸鹿則是在兩點。

男：喔，餵猴子吃東西，真想看呢。

女：那就也去看那個吧。猴子是在C區，所以離入口很近呢。長頸鹿和老虎一樣在B區啊。去看老虎的時候順道也去看餵食長頸鹿吧。啊， 互動廣場還能體驗和小動物近距離互動呢。是在十點、十二點和四點啊。

男：互動放在最後可以吧？
女：嗯，對啊。那就這樣吧。

兩人首先要去什麼地方呢？

1　A區
2　B區
3　C區
4　互動廣場

第2題

同部門的三人在公司討論以兒童為對象的冬季活動。

女1：那麼，以兒童為對象的冬季活動，今年要辦什麼好呢？
女2：去年是在便當袋上畫畫呢。似乎頗受好評的樣子，今年辦相同活動也不錯吧？
男：嗯～，對我們來說是輕鬆許多，但對去年來過的人來說可能會不太有吸引力呢。
女1：去年的有點小，假設今年稍微大一點，選用托特包如何呢？
女2：嗯～，如果大一點預算也會增加呢。去年預算就已經很緊繃了，希望能盡量控制在去年那樣的程度。
女1：嗯～，其他沒有什麼好提案嗎。
男：啊，在日曆上畫畫怎麼樣呢？要是這個的話，每年都可以做一樣的內容了。
女2：啊，這個不錯呢。把大張紙的下半部份貼上月曆，上半部份則是讓他們畫畫。
女1：不過這樣的話，貼上月曆也需要花功夫呢…。啊！因為是正月，來為不倒翁著色如何呢？
女2：不倒翁啊！不錯耶。
男：那個大約在五年前辦過，不倒翁對小朋友來說有點太小了，所以好像蠻困難的呢。
女2：嗯～。啊，剛剛想到，如果月曆請他們各自貼上，不是就不用這麼花功夫了嗎。
女1：原來如此！似乎預算也花費不大，可能是最好的選擇呢。

冬季活動要辦什麼呢？

1　在便當袋上畫畫
2　在月曆上畫畫
3　為不倒翁著色
4　在托特包上畫畫

第3題　首先聽取內容。然後聽完兩個問題後，分別在題目紙上的1～4之中，選出最適合的答案。

博物館的工作人員正在館內廣播。

女1：（叮咚叮咚）非常感謝您今日光臨本博物館。為您介紹館內展示品。本館二樓是特別展，正展示世界各地的各種木乃伊。從瞭解木乃伊的文化背景和各種生死觀，也能對人類有更深入的理解，各位覺得如何呢？接下來是常設展的介紹。本館三樓現正展示的是，追溯移居到可說是對日本人而言最接近的美國：夏威夷的日系人士歷史的展覽。在深受太平洋戰爭影響的夏威夷社會，來自不同地方的人們各有自己的立場，他們是如何對抗戰爭的呢？從照片和資料等，可以瞭解當時的情景。A館進行的是日本代表形象之一，武士的展覽。透過實際物品的資料，能更貼近生活在江戶的武士的實際模樣。B館的主題則是鬼故事、妖怪集錦，介紹江戶時代記載的關於妖怪和幽靈，共兩百件以上的資料。

男：要從哪裡開始看呢？

女2：我很怕鬼，所以跳過那個。

男：要是江戶時代的，我覺得應該不可怕啦。哎，總之就從可能人會很多的特別展開始看起吧。

女2：等等。我下一份報告想寫有關移民的事，所以想優先看那個。

男：嗯，知道了。我對江戶時代的生活有興趣，就去那邊看看。在那之後一起去特別展吧。然後，有時間的話也去看看妖怪。

女2：我就說別看可怕的了，真是的。

問題1女性首先要去哪裡呢？

1 A館
2 B館
3 本館二樓
4 本館三樓

問題2男性首先要去哪裡呢？

1 A館
2 B館
3 本館二樓
4 本館三樓

第3回　解答・解說

解答・解說

合格模試　解答用紙

N1　言語知識（文字・語彙・文法）・読解

第3回

受験番号 Examinee Registration Number		名前 Name	

〈ちゅうい　Notes〉

1. **くろいえんぴつ（HB、No.2）でかいてください。**
   Use a black medium soft (HB or No.2) pencil.
   （ペンやボールペンではかかないでください。）
   (Do not use any kind of pen.)
2. **かきなおすときは、けしゴムできれいにけしてください。**
   Erase any unintended marks completely.
3. **きたなくしたり、おったりしないでください。**
   Do not soil or bend this sheet.
4. **マークれい** Marking Examples

よいれい Correct Example	わるいれい Incorrect Examples
●	⊗ ✓ ○ ◎ ≶ ⦶ (gray)

問題1				
1	①	●	③	④
2	①	②	③	●
3	①	②	●	④
4	①	●	③	④
5	①	②	●	④
6	●	②	③	④
問題2				
7	①	②	●	④
8	①	②	●	④
9	●	②	③	④
10	①	●	③	④
11	①	●	③	④
12	①	②	③	●
13	●	②	③	④
問題3				
14	①	②	③	●
15	●	②	③	④
16	①	●	③	④
17	①	②	③	●
18	①	②	③	●
19	●	②	③	④
問題4				
20	●	②	③	④
21	①	②	③	●
22	①	②	●	④
23	①	②	③	●
24	①	②	●	④
25	①	②	③	●

問題5				
26	①	②	●	④
27	●	②	③	④
28	①	●	③	④
29	①	②	●	④
30	①	●	③	④
31	①	②	●	④
32	①	●	③	④
33	●	②	③	④
34	①	●	③	④
35	●	②	③	④
問題6				
36	①	②	●	④
37	①	●	③	④
38	●	②	③	④
39	①	●	③	④
40	①	②	③	●
問題7				
41	①	②	③	●
42	①	●	③	④
43	●	②	③	④
44	①	②	●	④
45	①	●	③	④
問題8				
46	①	②	●	④
47	●	②	③	④
48	①	●	③	④
49	①	②	③	●

問題9				
50	●	②	③	④
51	①	②	●	④
52	①	②	●	④
53	①	②	③	●
54	①	●	③	④
55	●	②	③	④
56	①	②	③	●
57	①	②	●	④
58	●	②	③	④
問題10				
59	①	●	③	④
60	①	②	③	●
61	●	②	③	④
62	①	●	③	④
問題11				
63	①	②	●	④
64	①	②	③	●
問題12				
65	①	②	③	●
66	①	②	③	●
67	①	●	③	④
68	●	②	③	④
問題13				
69	①	●	③	④
70	①	②	●	④

合格模試　解答用紙

N1　聴解

第3回

受験番号 Examinee Registration Number		名前 Name	

〈ちゅうい　Notes〉

1. **くろいえんぴつ（HB、No.2）でかいてください。**
   Use a black medium soft (HB or No.2) pencil.
   （ペンやボールペンではかかないでください。）
   (Do not use any kind of pen.)
2. **かきなおすときは、けしゴムできれいにけしてください。**
   Erase any unintended marks completely.
3. **きたなくしたり、おったりしないでください。**
   Do not soil or bend this sheet.
4. **マークれい** Marking Examples

よいれい Correct Example	わるいれい Incorrect Examples
●	⊗ ✓ ○ ◎ ⊜ ⦶ ●

問題1（もんだい）

例（れい）	①	②	●	④
1	①	●	③	④
2	①	●	③	④
3	①	②	③	●
4	①	●	③	④
5	①	②	●	④
6	●	②	③	④

問題2（もんだい）

例（れい）	①	●	③	④
1	①	②	●	④
2	①	●	③	④
3	●	②	③	④
4	①	②	●	④
5	①	●	③	④
6	①	②	●	④
7	①	②	③	●

問題3（もんだい）

例（れい）	①	②	③	●
1	●	②	③	④
2	①	●	③	④
3	①	②	③	●
4	●	②	③	④
5	①	②	③	●
6	①	●	③	④

問題4（もんだい）

例（れい）	●	②	③
1	●	②	③
2	①	②	●
3	①	●	③
4	●	②	③
5	①	●	③
6	●	②	③
7	●	②	③
8	①	●	③
9	①	●	③
10	●	②	③
11	①	●	③
12	●	②	③
13	●	②	③
14	①	②	●

問題5（もんだい）

1		●	②	③	④
2		①	②	●	④
3	(1)	①	②	●	④
	(2)	●	②	③	④

第3回　得分表與分析

		配分	答對題數	分數
文字、語彙、文法	問題1	1分×6題	／6	／6
	問題2	1分×7題	／7	／7
	問題3	1分×6題	／6	／6
	問題4	2分×6題	／6	／12
	問題5	1分×10題	／10	／10
	問題6	1分×5題	／5	／5
	問題7	2分×5題	／5	／10
	合　計	56分		a　／56

按照比例換算成60分為滿分的分數。　a［　　］分÷56×60＝A［　　］分

		配分	答對題數	分數
閱讀	問題8	2分×4題	／4	／8
	問題9	2分×9題	／9	／18
	問題10	3分×4題	／4	／12
	問題11	3分×2題	／2	／6
	問題12	3分×4題	／4	／12
	問題13	3分×2題	／2	／6
	合　計	62分		b　／62

b［　　］分÷62×60＝B［　　］分

		配分	答對題數	分數
聽力	問題1	2分×6題	／6	／12
	問題2	1分×7題	／7	／7
	問題3	2分×6題	／6	／12
	問題4	1分×14題	／14	／14
	問題5	3分×4題	／4	／12
	合　計	57分		c　／57

c［　　］分÷57×60＝C［　　］分

A B C之中，若有一門低於48分
請讀完解說和對策後再挑戰一次（48分是本書的基準）。

※這個得分表的得分，是由ASK出版社編輯部判斷問題難易度所進行的配分。

語言知識（文字・語彙・文法）・讀解

◆ 文字・語彙・文法

問題1

1 2 こばみ

拒　キョ／こば-む

拒(こば)み続(つづ)ける：不斷拒絕

1 頼(たの)む：委託、請求
3 絡(から)む：纏住、扯上關係
4 せがむ：央求

2 4 けつじょ

欠　ケツ／か-ける・か-く・か-かす

如　ジョ・ニョ／ごと-し

欠如(けつじょ)する：缺乏、不足

3 3 いっけん

一　イチ・イツ（イッ）／ひと

見　ケン／み-る・み-える・み-せる

一見(いっけん)：乍看

4 2 たくみ

巧　コウ／たく-み

巧(たく)みな：靈巧、精湛

1 うまみ：美味
4 しくみ：結構、構造

5 3 さむけ

寒　カン／さむ-い

気　キ・ケ

寒気(さむけ)がする：身上發冷、惡寒

2 寒気(かんき)：寒氣、寒冷

6 1 ふぜい

風　フウ・フ／かぜ・かざ

情　ジョウ・ゼイ／なさ-け

風情(ふぜい)：風趣、情趣

問題2

7 3 エコ

エコ ＝ エコロジー（環保）

エコカー：環保車

1 コネ：關係、門路
2 ラフ：粗略、粗糙
4 オフ：關閉

8 3 うなずいて

うなずく：點頭、頷首

1 うつむく：低頭、俯首
2 よそ見(み)する：東張西望
4 さぼる：偷懶

9 1 いちいち

いちいち：全部、逐一

2 さめざめ：潸然淚下
3 やすやす（と）＝簡単(かんたん)に（簡單的）
4 もぐもぐ：咕噥、閉著嘴咀嚼

10 2 差(さ)し替(か)えて

差(さ)し替(か)える：更換、調換

1 立(た)て替(か)える：墊錢
3 立(た)て直(なお)す：修復、重建

11 2 採用(さいよう)

採用(さいよう)する：錄用

1 再開（さいかい）する：再開、重開
3 起用（きよう）する：起用
4 就職（しゅうしょく）する：就業

12 4 後悔（こうかい）

後悔（こうかい）する：後悔

1 未遂（みすい）になる：未遂
2 失敗（しっぱい）する：失敗
3 未練（みれん）がある：留戀

13 1 差別（さべつ）

差別化（さべつか）をはかる：謀求差異化

2 隔離（かくり）：隔離
3 相違（そうい）：差異
4 誤差（ごさ）：誤差

問題3

14 4 軽率（けいそつ）な

軽（かる）はずみな ＝ 軽率（けいそつ）な（輕率的）

1 軽快（けいかい）な：輕快、心情舒暢

15 1 実現（じつげん）する

かなえる ＝ 実現（じつげん）する（實現）

2 獲得（かくとく）する：獲得

16 2 何度（なんど）も

再三（さいさん）：好幾次

17 4 心配（しんぱい）だ

懸念（けねん）される：感到擔心

18 4 賢（かしこ）い

頭（あたま）が切（き）れる：聰明

19 1 まったく

一切（いっさい）〜ない ＝ まったく（完全沒有〜）

4 あらかじめ：事先、預先

問題4

20 1 今回（こんかい）のプロジェクトは、私（わたし）が一人（ひとり）で手掛（てが）けた初（はじ）めての仕事（しごと）だった。這次的企劃，是我獨自一人親自動手的第一份工作。

プロジェクトを手掛（てが）ける：親自動手進行計畫

21 4 せっかくケーキを焼（や）いたのに、うっかり落（お）としてしまい、台無（だいな）しになった。

難得烤好了蛋糕，卻不小心掉到地上，功虧一簣。

台無（だいな）しになる：功虧一簣、告吹

1 一人暮（ひとりぐ）らしを始（はじ）めてから無理（むり）をしていたので、…開始一個人住之後很勉強自己，所以…
3 …、ついつい無駄（むだ）づかいしてしまう。…，不知不覺就浪費了。

22 3 日本（にほん）において、少子化（しょうしか）はますます切実（せつじつ）な問題（もんだい）になっている。在日本，少子化越來越成為迫切的問題了。

切実（せつじつ）な問題（もんだい）：切實、迫切的問題

1 そんなに必死（ひっし）に運動（うんどう）しないで、…別這麼拚了命地運動，…
2 彼（かれ）が必死（ひっし）に勉強（べんきょう）している姿（すがた）を見（み）ると、…看到他拼命用功的樣子，…

23 4 気（き）まずい雰囲気（ふんいき）の中（なか）、沈黙（ちんもく）を破（やぶ）ったのは彼（かれ）の提案（ていあん）だった。在尷尬的氛圍中，是他的提案打破了沉默。

沈黙（ちんもく）を破（やぶ）る：打破沉默

1 彼（かれ）は普段（ふだん）は寡黙（かもく）だが、…他平時沉默寡言，但…
寡黙（かもく）：沉默寡言

2 …、誰が来ても無視してくださいね。…，不管誰來都請無視。

3 このことは絶対に秘密にしておいてと…這件事情絕對要保密…

24 3 気持ちはわかりますが、そんなに興奮しないで、冷静になって話してください。 我懂你的心情，但別這麼興奮，冷靜下來說話。

冷静になる：冷靜下來

1 …、冷凍して保存してください。…，請冷凍保存。

2 …、店内は適度に冷房がきいていて過ごしやすい。…，店內適度地開著冷氣，感覺很舒服。

4 社長の冷徹な仕事の進め方のために、…由於社長冷靜進行工作的方式，…

冷徹な：冷靜而透徹

25 4 見事な逆転勝利の末、念願の初優勝を果たした。 在精彩的逆轉勝之後，成功獲得了心念已久的首次優勝。

念願：心願、夙願

1 …、いつも念頭において行動する。…，總是放在心上行動。

念頭におく：放在心上、常記於心

3 …、経済の先行きを懸念している。…，擔心著經濟的前景。

懸念する：擔憂、惦念

問題5

26 3 よそに

AをよそにB：和A無關而是B

※「A」是表示「擔心、不安、反對、期待」的詞語。

2 AはおろかB：別說A了，B也～

4 AなくしてB：如果沒有A的話，就無法B

27 1 にして

～にして（ようやく・やっと）：才～（終於、總算）

2 ～にしても：即使～也

3 ～にしては：和～被預測、期待的樣子不同

4 ～にしたって ＝ 即使是～

※較非正式的表現

28 2 にひきかえ

AにひきかえB：與A不同是B

1 AはもとよりB（も）：不用說A當然B（也～）

3 AとあってB：A所以B

4 AといえどもB：即使A也會B

29 3 を余儀なくされた

～を余儀なくされる：只能～、沒辦法只好～

1 ～を前提とした：以～為條件

2 ～を禁じ得ない：無法抑制～（的心情）

4 ～をものともしない：一點都不在意～

30 2 ことだし

～ことだし：由於是～的事

1 ～ことには：雖然非常～

3 ～ことなく：不要～

4 ～ことか：非常～、覺得很～

31 3 かたわら

AかたわらB：一邊做A一邊做B

※當「A」放入［名詞］時要改為「Aのかたわら（與A同時）」。

1 AかたがたB：A同時B
※「A」部份放入「感謝、慰問、招呼、報告」等用詞，在書信文或較為正式的對話中使用。
2 Aかと思うとB：剛發生A，下個瞬間就B
4 AがてらB：同時A和B、A的順道B

32 2 お過ごしください

「お過ごしください（請過得～）」是「過ごしてください」的敬語表現。「どうかお体に気をつけてお過ごしください（請務必照顧身體好好保重）」是關心對方身體狀況的用法，在郵件、書信等最後經常使用。

33 1 使ってこそ

～てこそ：只有～才　※強調用法

2 ～ともなく：並不是特意要～
3 ～てまで：即使～也要
4 ～ことなしに：不做～就不～、就這樣～

34 2 たる

～たるゆえんだ：～的理由

35 1 あふれんばかり

あふれんばかり：幾乎擠滿（人）

2 ～たまま：～的狀態一直持續
3 ～っぱなし：放著～就～

問題6

36 3

吉野さんは 2天才とは 4言えない 3までも 1世界的に有名な 科学者になるでしょう。

吉野先生會成為2天才4說不上是3到～的程度也1世界性有名的 科學家吧。

AとはいえないまでもB：雖然說不上是A，也有B的程度

37 2

非情にも 1まもなく 3収穫できる 2と喜んでいた 4矢先に、台風でりんごが全滅してしまった。

太過無情地1馬上要3能夠收穫2感到開心4正當…時，由於颱風而使蘋果全部受損了。

～た矢先に：正當…之時、正要…的時候

38 1

大型バスが山道を走行中にスリップし、あやうく 4大事故に 3なりかねない 1ところだったが 2奇跡的に 全員無事だった。

大型巴士在山道行駛中打滑，險些4嚴重事故3很可能會1差一點就2奇蹟地所有人都平安無事。

～になりかねないところだった：（就差一點）變成不理想的～狀態（但實際上並沒有）

39 2

火災の消火や救急によって 4人々の命を守る消防士は 1子どもたちにとって 2あこがれの職業だが 3実は常に危険と 背中合わせの職業だ。

透過滅火和救災4守護人們生命的消防員1對孩子們來說2雖然是憧憬的職業3其實是時常與危險 伴隨著的職業。

Aと背中合わせのB：B伴隨著A

40 4

今回の新商品の開発にあたり、3御社が特に力を入れられた点と 1他社の商品との違いに関して 4差し支えない範囲で 2かまいません ので、教えていただけますか。

第3回

文字・語彙
文法
讀解
聽解
試題中譯

正值這次的新商品開發之際，3貴司特別投入心力的點1關於和其他公司商品的歧異4在方便透漏的範圍內2也沒關係，可以告訴我嗎？

AとBとの違い（ちがい）に関（かん）して：關於A與B的差異

差（さ）し支（つか）えない範囲（はんい）でかまわない：在不礙事的範圍內也沒關係；在您方便（透露）的範圍內就好

問題7

41 4 をきっかけに

～をきっかけに：以～為契機，以～為轉折點

「関心（かんしん）を寄（よ）せる（投入關注）」和「興味（きょうみ）を示（しめ）す（表示興趣）」的意思相同。文中提到霍金有興趣的並非「是什麼存在」，而是「發生了什麼」，因此，宇宙論的歷史「從霍金的登場開始，就從物體的接近移轉變成了事件上的接近」。

1 ～をはじめ：以～為代表其他也是
2 ～に先立（さきだ）って：在做～之前
3 ～に基（もと）づいて：以…為基礎、以…為依據

42 2　やがて

やがて：不久

1 例（たと）えば：例如
3 なぜなら：因為
4 あるいは：或者

43 1 試（こころ）みようものなら

もしも～ようものなら：如果做了～的事情

44 3 しまいそうです

「もしも～ようものなら、それこそ～てしまいそうだ（如果～的話，恐怕會～）」就是「如果做了～的事情，必定會～也說不定」的意思。

45 2 ようになった

このように～ようになった状態（じょうたい）を～と呼（よ）んでいる：像這樣～的狀態稱為～

1 ～ことにした：決定了～
3 ～までもない：沒有必要特地～

◆読解

問題8

(1) 46 3

男の腕時計はだいたい大きい。というより**2女の腕時計が極端に小さい**。最近のはそうでもないが、戦前戦後のすべてが機械式だった時代には、婦人用時計というと極端に小さかった。もともと女性は男性より体が小さいものだが、その体積比を超えてなおぐっと小さかった。そんなに小さくしなくても、と思うほどで、指輪仕立てにした時計もあった。

あの時代は機械は大きくなるもの、という常識が強かったから、**4小さな時計はそれだけで高級というイメージがあった。3女性の時計は機能というより宝飾アクセサリーの面が強い**から、よけいにそうなったのだろう。

男性的手錶幾乎都很大。與其相比**2女性的手錶極端的小**。最近的手錶雖不是如此，但在戰前戰後所有手錶都是機械式的那個時代，提到女用手錶就是製作得非常小。原先女性的身體就比男性嬌小，但較兩者的體積比還要更小上許多。甚至出現了讓人覺得不需要那麼小也沒關係的，製作成戒指形式的手錶。

那個時代的機械是很龐大的，由於這個常識非常深刻，所以**4小型手錶光是這樣就給人高級的印象**。**3女性的手錶比起機能來說，作為裝飾的概念比較強烈**，所以就更加如此了吧。

2　文中提到的並不是「稍微小些」而是「極端的小」，所以是錯誤的。

4　小型手錶＝高級

3　關於女用手錶製作得很小的理由，文中提到「比起機能來說作為裝飾的概念較為強烈」，所以正確答案是3。

★熟記單字及表現

□極端に：極端地

□体積比：體積比

□～仕立て：製作

□戦前戦後：戰前戰後

□ぐっと：更加

□宝飾：寶石或貴金屬製成的裝飾

(2) 47 1

3美食の楽しみで、一番必要なものは、実はお金ではなく、これがおいしい、と思える「舌」である。これは金だけで買えるものではない。**1自分が歩んできた人生によって培われる**もので、お金ももちろんそれなりにかかっているかもしれないが、億万長者である必要もない。この**4「舌」つまり味覚は、万人に共通する基準もなく、絶対的なものでもない**。

3　最重要的並不是金錢，而是舌頭。

1　從以上內容可以看出正確答案是1。

2　文中並未提到。

4　味覺因人而異。

第3回　文字・語彙　文法　讀解　聽解　試題中譯

3 **享受美食最需要的，其實不是金錢，而是能感受到這個好吃的「舌頭」**。這可不是只用金錢就能買到的事物。1 **以自己一路走來的人生所培養而出**的舌頭，當然也花費了相應的金額，但並不需要是個百萬富翁。這個 4 **「舌頭」也就是味覺，也並非有著萬人共通的基準，不是絕對性的事情**。

★熟記單字及表現

□美食（びしょく）：美食
□歩む（あゆむ）：行走、經歷
□培う（つちかう）：培養、培育
□味覚（みかく）：味覺
□万人（ばんにん）：所有人

(3) 48 2

1 **イタリアは、日本と同じ火山国ですから温泉はいっぱいあるけれど、その素晴らしい大浴場へは、全員が水着で入らなくてはなりません**。（中略）だから彼らが日本に来ても、人前で裸になるくらいなら温泉などあきらめてしまいかねないのです。その彼らに日本の素晴らしい温泉、大浴場、山間の岩場の温泉を楽しんでもらうために、私はこうしたらどうかと思うんですね。

　つまり、2 **三十分予約制にするのです**。4 **彼らは日本のように男女別にしても、他の人たちがいると落ち着かない**。だから三十分だけは彼らだけの専用とする。家族や恋人に対してならば、裸でも抵抗感がなくなるから。

1 **義大利和日本一樣是個火山國家，所以有很多溫泉，但這樣棒的大浴場，所有人必須要穿著泳裝才能入場**。（中略）所以即使他們來到日本，要在人前赤裸著身子，可能就會放棄泡溫泉了。為了讓他們能夠享受日本美好的溫泉、大浴場，還有山中的岩石溫泉，我覺得可以試試看這麼做。

　也就是設定 2 **三十分鐘的預約制**。4 **他們即使像日本那樣男女分開泡，只要有其他人在就無法放下心來**。所以只有三十分鐘時間是他們所專用的。如果是對著家人或是戀人的話，即使赤裸也比較不會感到抗拒。

1　雖然義大利必須穿著泳裝才行，但文中並未提到日本也應該如此。

2　從這裡可以看出2是正確答案。

3　文中並未提到。

4　即使男女分開泡，只要有其他人在就無法放下心來。

★熟記單字及表現

□大浴場（だいよくじょう）：大浴場
□人前（ひとまえ）：人前
□山間（やまあい）：山間
□岩場（いわば）：岩石堆
□専用（せんよう）：專用

(4) 49　4

知識を増やすことが、若い時には敵わないんだとすれば、4 **歳を取ってからやるべきは、人が言った事や書いた事じゃなくて、自分の頭で考えた事をまとめることで何かを産み出す**こと。いわば創造的な知識です。自分で考えを作るんです。知識を得るのに忙しい若い人は考える時間もあまりないし、経験も乏しい。3 **歳を取ると、大きいエネルギーはないですが、経験や経済的な力で遠くまで行けるはずです**。だからクリエイティブな仕事というのは、案外中年以降、出来るんじゃないかと思いますね。

如果說增加知識一事比不上年輕時做的好，4 **在年歲漸長後應該做的，並不是學習他人的言行與文章，而是整理自己腦袋思考的事情，來產生某些事物**。也就是創造性的知識。由自己來創造想法能量。忙碌的年輕人在獲取知識上不太有思考的時間，也缺乏經驗。3 **在年歲漸長後，雖然沒有充沛精力，但應該能憑經驗和經濟能力走得很遠**。因此創造性的工作，我覺得意外地是在中年以後能進行的呢。

4 「產生某些事物＝創造某些新事物」，所以正確答案是4。

3 文中提到「年歲漸長後應該能走得很遠」，並非應該做的事，所以是錯誤的。

★熟記單字及表現

□創造的な：創造性的
□乏しい：貧乏、缺乏
□クリエイティブな：創造性的
□中年：中年

問題9

(1) 50 1　51 3　52 3

「垂直思考」は、**50 一つの問題を徹底的に深く掘り下げて考えてゆく能力**です。ある事象に対して考察を深めて一定の理解が得られたら、「その先に潜む原理は」と一層深い段階を問うてゆきます。**50 ステップを踏んで段階的に進んでゆく論理的な思考**、これが垂直思考です。ここでは奥へ奥へと視点を移動させるプロセスが存在します。一つの理解を楔として、そこを新たな視点として、さらにその先を見通すようにして、思索の射程距離を一歩一歩伸ばしてゆくわけです。

52「水平思考」もやはり視点が動きますが、垂直思考とは異なり、論理的な展開はそれほど重視されません。むしろ、**51 同じ現象を様々な角度から眺めたり、別々の問題に共通項を見出したり、手持ちの手段を発展的に応用する能力**が重要です。垂直思考が緻密な「詰め将棋」だとすれば、水平思考は自由で大胆な発想によって問題解決を図る「謎解き探偵」です。ここでは、一見難しそうな問題に対して見方を変えることで再解釈する「柔軟性」や、過去に得た経験を自在に転用する「機転」が問われます。つまり、推理力や応用力や創造力を生み出す「発想力」が水平思考です。

「垂直思考」，是 **50 針對一個問題徹底地深入探討思考的能力**。對某件事情現象深入考察，獲得一定的理解之後，再更深一層地去探討「前方隱藏的原理」。**50 循序漸進地層層推進的邏輯性思考，這就是垂直思考**。它的順序是將著眼點逐次遞進，往更深處移動。用一項理解當作楔子連結，將它作為嶄新觀點，再接著一眼看透目標前方，這樣一步一步伸長思考的射程距離。

52「水平思考」也會改變著眼點，但和垂直思考不同，並不那麼重視邏輯性的發展。倒不如說，**51 從各種角度來看相同現象，在個別問題上找到共通點，將自己手邊有的方式發展性地運用的能力**是很重要的。若說垂直思考是縝密的「將棋牌局」，水平思考就是以自由大膽的點子試圖解決問題的「解謎偵探」。這裡需要的是對乍看困難的問題，能改變看法再解釋的「柔軟性」，和能靈活運過過去所得經驗的「機智靈敏」。也就是說，產生推理能力、應用能力和創造能力的「靈感」是水平思考。

50 文中提到「階段性地（＝依序進行）」、「針對一個問題徹底地深入探討思考」，所以正確答案是1。

51 「水平思考」：

- 從各種角度來看相同現象
- 在個別問題上找到共通點
- 發展性地運用自己手邊有的方式

找出遺失物品或是從指紋查出犯人無法稱為「水平思考」。

52 「改變著眼點」是共通之處，所以正確答案是3。

★熟記單字及表現

□思考（しこう）：思考
□掘り下げる（ほりさげる）：深挖、深入探討
□考察を深める（こうさつをふかめる）：深入考察、深入研究
□ステップを踏む（ふむ）：循序漸進
□徹底的に（てっていてきに）：徹底地
□事象（じしょう）：事情與現象
□潜む（ひそむ）：潛藏、隱藏
□論理的な（ろんりてきな）：邏輯性的

□視点：觀點
□見通す：看透、看穿
□射程距離：射程距離
□手持ち：手頭上的
□大胆な：大膽的
□一見：乍看
□自在に：自如地
□機転：機智
□創造力：創造能力
□プロセス：過程、經過
□思索：思索
□共通項を見出す：找到共通點
□緻密な：縝密的
□探偵：偵探
□柔軟性：柔軟性、靈活性
□転用する：轉用
□推理力：推理能力
□生み出す：產出、創造出

(2) 53 4　54 2　55 1

ファンタジーはどうして、一般に①**評判が悪い**のだろう。それはアメリカの図書館員も言ったように、現実からの逃避として考えられるからであろう。あるいは、小・中学校の教師のなかには、子どもがファンタジー好きになると、53**科学的な思考法ができなくなるとか、現実と空想がごっちゃになってしまうのではないかと心配する人もある**。しかし、実際はそうではない。54**子どもたちはファンタジーと現実の差をよく知っている**。たとえば、子どもたちがウルトラマンに感激して、どれほどその真似をするにしても、実際に空を飛ぼうとして死傷したなどということは聞いたことがない。ファンタジーの中で動物が話すのを別に不思議がりはしない子どもたちが、実際に動物が人間の言葉を話すことを期待することがあるだろうか。②**子どもたちは非常によく知っている**。54**彼らは現実とファンタジーを取り違えたりしない**。それでは、子どもたちはどうして、ファンタジーをあれほど好むのだろう。それは現実からの逃避なのだろうか。

55**子どもたちがファンタジーを好むのは、それが彼らの心にぴったり来るからなのだ。あるいは、彼らの内的世界を表現している、と言ってもいいだろう**。人間の内的世界においても、外的世界と同様に、戦いや破壊や救済などのドラマが生じているのである。それがファンタジーとして表現される。

53　文中提到「搞混（＝無法區別）現實和幻想」，所以正確答案是4。「無法用科學方式思考」，並沒有提到「討厭科學」，所以3是錯誤答案。

54　文中提到「非常瞭解差距」、「不會搞混」，所以正確答案是2。

55　孩子們會喜歡奇幻小說，是由於「表現出了他們的內心世界」，也就是「表現出孩子們的內心」，所以正確答案是1。

為什麼一般來說奇幻小說的①**評價不好**呢？大概就像是美國的圖書館員說過的那樣，被認為是對現實生活的一種逃避吧。或者是國小、國中生的教師會擔心，如果孩子喜歡奇幻小說的話，**53 就沒辦法用科學方式思考，或是會不會將現實和幻想搞混這些問題**。不過，實際上並非如此。**54 孩子們非常瞭解奇幻小說與現實的差距**。例如孩子們看了鹹蛋超人覺得很感動，但無論怎樣模仿，都沒聽說過有實際試圖在空中飛翔而造成死傷的事。對奇幻小說裡和動物說話並不感到不可思議的孩子們，實際上會不會期待動物說人類的語言呢？②**孩子們非常清楚瞭解**。**54 他們並不會將現實和奇幻小說搞混**。那麼孩子們為什麼會那麼喜歡奇幻小說呢？這究竟是不是對現實的逃避呢？

55 孩子們會喜歡奇幻小說，是由於它一下子擊中了他們的內心。或者也可以說，是表現出了他們的內心世界吧。這是針對人類的內心世界，而外在世界也一樣有講述戰爭、破壞、拯救的戲劇。這是以奇幻小說展現出來的。

熟記單字及表現

□**死傷する**：死傷　　□**取り違える**：弄錯
□**内的世界**：內心世界　　□**外的世界**：外在世界
□**破壊**：破壞　　□**救済**：救濟、救助

(3) 56 4　57 3　58 1

①**ある人**が社会人になって営業職についたのだが、**56 発注する数を間違うというミスを連発してしまった**。書類作成などでは大変高い能力を発揮する社員だったので、上司は「キミみたいな人がどうして**56 こんな単純なミス**をするのか」と首をひねった。社員は「気をつけます」と謝ったが、その後もまた同じミスを繰り返す。

あるとき上司は、「キミのミスは、クライアントと直接、会って注文を受けたときに限って起きている。メールのやり取りでの発注では起きていない。もしかすると聴力に問題があるのではないか」と気づき、**57 耳鼻科を受診するように勧めた**。その言葉に従って大学病院の耳鼻科を受診してみると、はたして特殊な音域に限定された聴力障害があり、低い声の人との会話は正確に聴き取れていないことがわかったのだ。

耳鼻科の医師は「この聴力障害は子どもの頃からあったものと考えられますね」と言ったが、②**本人も今までそれに気づかずに来た**。もちろん小学校の頃から健康診断で聴力検査は受けてきたのだが、検査員がスイッチを押すタイミングを見て「聴こえました」と答えてきた。また、授業や日常会話ではそれほど不自由も感じなかった、という。**58 だいたいの雰囲気で話を合わせることもでき、学生時代は少しくらいアバウトな会話になったとしても、誰も気にしなかった**のだろう。

56 文中提到「下訂單時單純的失誤連續發生」，所以正確答案是4。

57 從這些部份可以看出正確答案是3。

上司雖然覺得部下的失誤很不可思議，但並沒有生氣，所以1是錯誤答案。

58 即使對話有些粗略也不會有人注意到，也就是說溝通上沒有問題，所以正確答案是1。

①**某個人**在成為社會人後擔任業務，56 **連續發生把訂貨的數量搞錯這種失誤**。這名社員在文書處理上發揮極高工作能力，所以上司納悶地對他說：「像你這樣的人怎麼會有 56 **這樣單純的失誤**呢？」。社員向上司道歉，表示「以後會多注意」，但之後也還是重複發生同樣的失誤。
某次上司發現了一件事：「你的失誤都僅限於和客戶直接碰面接收訂單時才會發生。用電子郵件的往來訂單就沒有發生。莫非是聽力上的問題嗎？」，57 **並且勸他去耳鼻喉科就醫**。他聽了上司的建議，去大學醫院的耳鼻喉科接受檢查，結果發現他在特殊音域上有聽力障礙，和聲音較低的人對話會無法正確聽清楚內容。
耳鼻喉科的醫師表示：「這種聽力障礙應該是從小時候就開始有了」，②**但本人直至今日都沒有發現這件事**，就這麼生活到現在。當然在國小時也在健康檢查中檢查過聽力，但他注意看檢查員按下按鈕的那瞬間，說出「聽得到」。另外，在上課和日常對話中，他說並沒有覺得那麼不方便。
58 **大概都能隨著氛圍搭上話題，學生時代就算對話稍微有些模糊，也不會有人注意到的吧**。

★熟記單字及表現

- □発注（はっちゅう）する：訂貨、訂購
- □連発（れんぱつ）する：接連發生
- □首（くび）をひねる：納悶
- □聴力（ちょうりょく）：聽力
- □耳鼻科（じびか）：耳鼻科
- □受診（じゅしん）する：看病、接受診斷
- □限定（げんてい）する：限定、限制
- □タイミング：時機

問題10

59 2　60 4　61 1　62 2

①**文章の本質は「ウソ」です**。ウソという表現にびっくりした人は、それを演出という言葉に置きかえてみてください。

59 **いずれにしてもすべての文章は、それが文章の形になった瞬間に何らかの創作が含まれます。良い悪いではありません**。好むと好まざるとにかかわらず、文章を書くという行為はそうした性質をもっています。

②**動物園に遊びに行った感想を求められた**としましょう。「どんな様子だったのか話して」と頼まれたなら、おそらくたいていの子は 60 **何の苦もなく感想を述べることができる**はずです。ところが、「様子を文章に書いて」というと、途端に多くの子が困ってしまう。それはなぜか。同じ内容を同じ言葉で伝えるとしても、話し言葉と書き言葉は質が異なるからです。

巨大なゾウを見て、思わず「大きい」と口走ったとします。このように反射的に発せられた話し言葉は、まじり気のない素の言葉です。しかし、それを文字で表現しようとした瞬間、言葉は思考のフィルターをくぐりぬけて変質していきます。

59　文中提到「不管任何文章都一定含有創作成份，這談不上是好事或壞事」，所以正確答案是2。

60　文中提到「輕而易舉」，也就是「能夠侃侃而談」，所以正確答案是4。

「『大きい』より『でかい』のほうがふさわしいのではないか」

「『大きい！』というように、感嘆符をつけたらどうだろう」

「カバが隣にいたとあえてウソをついて、『カバの二倍はあった』と表現すれば伝わるかもしれない」

人は自分の見聞きした事柄や考えを文字に起こすプロセスで、言葉を選択したり何らかの修飾を考えます。62 **言葉の選択や修飾は演出そのもの**。そうした積み重ねが文章になるのだから、原理的に「文章にはウソや演出が含まれる。あるいは隠されている」といえます。

ある文章術の本に、③**「見たもの、感じたものを、ありのままに自然体で書けばいい」というアドバイス**が載っていました。「ありのままに」といわれると、何だか気楽に取り組めるような気がします。

しかし、このアドバイスが実際に文章に悩む人の役に立つことはないでしょう。

61 **ありのままに描写した文章など存在しないのに、それを追い求めるのは無茶な話です。**62 **文章の本質は創作**であり、その本質から目を背けて耳に心地よいアドバイスに飛びついても、文章はうまくはならない。

①**文章的本質是「謊言」**。看到謊言嚇了一跳的人，請試著將其代換為表演這個詞語。

59 **所有文章不論如何，在文章成形的那一瞬間，就會含有某種程度的創作在內。並沒有好或壞的問題**。不管喜歡與否，書寫文章這樣的行為就帶有這種性質。

②**就假設是被要求回答去動物園玩的感想**好了。被要求「說出究竟是什麼情況」，恐怕大部份的孩子 60 **都能輕而易舉地敘述出感想吧**。但是，若是「將情況寫成文章」的話，一下子就有很多人會覺得困擾了。這究竟是為什麼呢。因為就算是以同樣的話語傳達同樣的內容，口頭語和書面語的性質還是不一樣的。

在看到龐大的象隻時，會不假思索地脫口而出「好大」。像這樣反射性說出的話，是不含雜質的真實話語。但是，當它要以文字表現的瞬間，話語就會通過思考過濾而變質。

「比起『好大』是不是說『超大』會比較適合呢？」

「像是『好大！』這樣，加上感歎號怎麼樣呢？」

「刻意說謊說隔壁有河馬，以『有河馬的兩倍大』的方式來說，或許比較能傳達」

61 「豈有此理的事」也就是說「做不到的事」，所以正確答案是1。

62 從這些部份可以看出正確答案是2。「文章的本質是謊言」，也就是說「含有一定程度的創作」。

人在將自己所見所聞的事和想法寫成文字的這個過程，會選擇用詞並且思考如何修飾。62 **用詞的選擇和修飾就是一種表演**。就像這樣將積累寫成文章，所以原理上可以說是「文章中含有表演成份。或者是有所隱瞞。」
在某本文章寫作技巧的書中，寫到這樣的③**建議：「將看到的、感受到的，如實的用自然的方式寫出來」**。被說要「如實的」，感覺就好像可以輕鬆的處理。
但是，這個建議其實對於煩惱如何寫文章的人來說，應該是派不上用場的吧。
61 **明明不存在真實描寫的文章，所以要去追求這個可說是無理取鬧**。62 **文章的本質就是創作**，即使刻意忽視這項本質，只聽令人舒服的建議，文章也不會變好的。

熟記單字及表現

□本質：本質
□置きかえる：替換
□何の苦もない：輕而易舉
□反射的に：反射性地
□素の言葉：真實的話語
□ふさわしい：適合、相稱
□プロセス：過程、經過
□積み重ね：積累
□隠す：隱藏
□自然体：自然的樣態
□追い求める：追求
□目を背ける：移開視線
□演出：演出、演戲
□行為：行為
□口走る：脫口而出
□発する：發出
□変質する：性質發生改變
□事柄：事情、事態
□修飾：修飾
□原理的に：從原理上講
□ありのまま：真實、實事求是
□描写する：描寫
□無茶な：亂來的、豈有此理的
□心地いい：舒心、舒服

問題11

63 3　**64** 4

A

男性の育児休暇の取得義務化について、私は慎重派です。日本の大半の夫婦は男性が主な稼ぎ手のため、育休を義務付けたら収入が減り、将来につながる重要な仕事のチャンスを失う恐れがあると思います。義務化するのではなく、64 **男性の育児参加を増やすために、短時間勤務や残業免除などの制度を利用しやすくするほうが現実的**なのではないでしょうか。63 **育児経験は仕事にも役立ち、人生をより豊かにしてくれる**という、育児の意外な効用もあると思います。まずは、社会、企業の意識改革が必要であると考えます。

63 A提到「育嬰經驗在工作上也有用處，能讓人生變得更加豐富」，B提到「在育嬰方面積極參與，也能磨練工作技巧」，所以正確答案是3。

B

私は、男性の育児休暇義務化には良い面と悪い面のどちらもあると思います。産まれたばかりの新生児という貴重な期間に、夫婦そろって赤ん坊と過ごせるのは幸せなことですし、その後の父子関係や家族のあり方に良い影響を与えてくれると思います。また、**63 育児に積極的に関わり、家族の健康維持や効率のよい家事育児の仕方について考えることによって、ビジネススキルを磨くことにもつながる**と思います。ただ、家事育児への意識と能力が高い人であればいいのですが、お昼になったら平気で「ごはんは?」と言ってくるタイプの夫の場合は、仕事に行って稼いでくれたほうがましかもしれません。それに、出産前後だけ休暇を取ってもあまり意味はないかな、とも思います。義務化するより、**64 普段から継続的に家事や育児ができる体制にしたほうがよっぽど意味がある**のではないでしょうか。

A

關於將男性取得育嬰假義務化一事，我是屬於慎重派的。日本大部份的夫妻主要是由男性作為維持生計的角色，因此若是育嬰假成為義務的話收入將會縮減，也有可能會失去關係到未來的重要工作機會。並不是將其義務化，**64 而是為了增加男性參與育嬰，讓短期工作和免除加班等制度更容易使用，不是比較實際嗎。63 育嬰經驗在工作上也有用處，能讓人生變得更加豐富**，育嬰也有這樣意外的效用。首先，社會、企業的意識改革是有必要的。

B

我認為，男性的育嬰假義務化有利有弊。剛出生的新生兒在這段珍貴的期間，夫妻一同和嬰兒度過是件很幸福的事，也能對之後的父子關係和家庭的樣貌帶來良好的影響。另外，**63 在育嬰方面積極參與，藉由思考維持家庭健康和高效率處理家事育嬰的方法，也能磨練工作技巧**。只不過，對家事育嬰的意識或能力較佳的人還好，若是一到中午就若無其事地問「飯煮好了沒？」這種類型的丈夫，或許去工作賺錢還比較好一點。而且，只有生產前後能夠休假，也不太有意義吧。比起義務化，**64 打造出從平時就能持續處理家事和育嬰的體制，不是更有意義嗎**？

64 A提到「為了增加男性參與育嬰，讓短期工作和免除加班等制度更容易使用比較實際」，B提到「打造出從平時就能持續處理家事和育嬰的體制才有意義」，所以正確答案是4。

★ 熟記單字及表現

□育児休暇：育兒假
□慎重派：謹慎派
□義務付ける：義務化
□免除：免除
□改革：改革
□維持：維持
□磨く：磨煉
□取得：取得
□稼ぎ手：勞動力、維持一家人生計的人
□勤務：工作、勞動
□効用：效用、用處
□貴重な：貴重的、寶貴的
□効率がいい：效率好、高效
□稼ぐ：掙錢

□継続的に：持續性地
□よっぽど：更、更加
□充実する：充實
□体制：體制
□採用：錄用
□昇進：升任、升官

問題12

65 4　66 4　67 2　68 1

65 ①**かつての遊びにおいては、子どもたちは一日に何度も息を切らし汗をかいた。自分の身体の全エネルギーを使い果たす**毎日の過ごし方が、子どもの心身にとっては、測りがたい重大な意味を持っている。

この二十年ほどで、子どもの遊びの世界、②**特に男の子の遊びは激変した**。66 **外遊びが、極端に減ったのである**。一日のうちで息を切らしたり、汗をかいたりすることが全くない過ごし方をする子どもが圧倒的に増えた。子ども同士が集まって野球をしたりすることも少なくなり、66 **遊びの中心は室内でのテレビゲームに完全に移行した**。身体文化という視座から見たときに、男の子のこの遊びの変化は、看過できない重大な意味を持っている。

相撲やチャンバラ遊びや鬼ごっこといったものは、室町時代や江戸時代から連綿として続いてきた遊びである。明治維新や敗戦、昭和の高度経済成長といった生活様式の激変にもかかわらず、66 **子どもの世界では、数百年以上続いてきた伝統的な遊びが日常の遊びとして維持されてきたのである**。

しかし、それが1980年代のテレビゲームの普及により、絶滅状態にまで追い込まれている。これは単なる流行の問題ではない。意識的に臨まなければ取り返すことの難しい身体文化の喪失である。67 **かつての遊びは、身体の中心感覚を鍛え、他者とのコミュニケーション力を鍛える機能を果たしていた**。これらはひっくるめて自己形成のプロセスである。

コミュニケーションの基本は、身体と身体の触れ合いである。そこから他者に対する信頼感や距離感といったものを学んでいく。たとえば、相撲を何度も何度も取れば、他人の体と自分の体の触れ合う感覚が蓄積されていく。他者と肌を触れ合わすことが苦にならなくなるということは、他者への基本的信頼が増したということである。これが大人になってからの通常のコミュニケーション力の基礎、土台となる。67 **自己と他者に対する信頼感を、かつての遊びは育てる機能を担っていたのである**。

65 所以正確答案是4。

文中提到這二十年左右在外面遊玩的次數減少了，所以1是錯誤答案。電視遊戲已經比較受歡迎了，所以2也是錯誤答案。

66 所以正確答案是4。

文中提到出外遊玩「極端地減少了」，但並沒有提到「完全消失了」，所以1是錯誤答案。

67 從這些部份可得知2是正解。

文中提到「對自己和他人的信賴感」，並沒有提到「不管誰都能相信」，所以4是錯誤答案。

この身体(しんたい)を使(つか)った遊(あそ)びの衰退(すいたい)に関(かん)しては、伝統工芸(でんとうこうげい)の保存(ほぞん)といったものとは区別(くべつ)して考(かんが)えられる必要(ひつよう)がある。身体全体(しんたいぜんたい)を使(つか)ったかつての遊(あそ)びは、日常(にちじょう)の大半(たいはん)を占(し)めていた活動(かつどう)であり、なおかつ自己形成(じこけいせい)に大(おお)きく関(かか)わっていた問題(もんだい)だからである。**68 歌舞伎(かぶき)や伝統工芸(でんとうこうげい)といったものは、もちろん保存継承(ほぞんけいしょう)がされるべきものである。しかし、現在(げんざい)、より重要(じゅうよう)なのは、自己形成(じこけいせい)に関(かか)わっていた日常的(にちじょうてき)な身体文化(しんたいぶんか)のものの価値(かち)である。**

68 作者的主張通常寫在最後一段。「更重要的是，身體文化（＝過去的遊樂）」，所以正確答案是1。

65 ①**過去在玩遊戲時，孩子們會一整天好幾次氣喘吁吁又滿身大汗**。每天**用盡自己身體的所有能量地度過**，對孩子的身心來說，都有難以計量的重大意義。

在這二十年左右，孩子們遊戲的世界，②**特別是男孩子玩的遊戲大幅改變了**。**66 出外遊玩極端地減少**。完全沒有在一天中氣喘吁吁、滿身大汗的孩子們，壓倒性地增加。孩子們聚集在一起打棒球的事也減少了，**66 玩遊戲的重心移到室內的電視遊戲機上**。從身體文化的立場來看，男孩子這種遊戲的變化，有著不可忽視的重大意義。

相撲、玩具刀和捉迷藏，是從室町時代和江戶時代起就綿延至今的遊戲。不管是在明治維新、敗戰或是昭和的高度經濟成長這樣的生活方式劇變之下，**66 孩子的世界中，持續數百年以上的傳統遊戲還是作為日常遊戲維持下來了**。

但是，由於 1980 年代電視遊戲普及，而被逼入瀕臨滅絕的狀態。這並不只是單純的流行問題。而是喪失了沒有有意識地去面對，就很難取回的身體文化。

67 過去的遊戲，會鍛鍊身體的重心感，也能達到鍛鍊和其他人的溝通能力的機能。這些就是整體自我形成的過程。

溝通的基本就是身體與身體的接觸。從這裡開始學習對其他人的信賴感和距離感。例如說，多次練習相撲之後，就能累積他人身體和自己身體互相接觸的感覺。不為和其他人肌膚接觸而困擾，也就是建立了對其他人的基本信賴。這就是成為大人之後，一般的溝通能力基礎。**67 是由過去的遊戲，擔任了培養自己和對於他人的信賴感的功用**。

關於這種活動身體遊戲的衰退，和保存傳統工藝必須分開考量。過去的遊戲會活動到全身，這些活動佔了日常的大部份，並且這也是和自我形成關聯性很高的問題。**68 歌舞伎和傳統工藝，當然是應該保存繼承下去的事物。但現在更重要的是，關於自我形成這個日常身體文化的價值所在**。

熟記單字及表現

- □かつて：過去、曾經
- □使(つか)い果(は)たす：用盡
- □極端(きょくたん)に：極限；極端
- □～同士(どうし)：同伴、夥伴
- □敗戦(はいせん)：戰敗
- □激変(げきへん)：劇變
- □喪失(そうしつ)：喪失
- □息(いき)を切(き)らす：氣喘吁吁
- □激変(げきへん)する：劇變
- □圧倒的(あっとうてき)に：壓倒性地
- □移行(いこう)する：過渡、轉移
- □生活様式(せいかつようしき)：生活方式
- □追(お)い込(こ)まれる：被逼入
- □鍛(きた)える：鍛鍊

□自己形成（じこけいせい）：自我形成
□触れ合い（ふれあい）：互動、相互接觸
□苦（く）になる：犯愁
□土台（どだい）：基礎、根基
□衰退（すいたい）：衰退
□継承（けいしょう）：繼承
□プロセス：過程、經過
□蓄積（ちくせき）する：積蓄、積累
□通常（つうじょう）：通常、一般
□担（にな）う：擔負、肩負
□なおかつ：並且、而且

問題13

69 **2**　**70** **3**

アルバイト募集！

職種	応募資格		給料	その他
	【必須スキル・資格】	【歓迎スキル・資格】		
①スニーカー店での接客販売	・日本語：中級レベル ・土日祝勤務可能な方	・接客が好きな方 ・ランニングや運動に興味がある方	時給1,300円	職場は10名体制。20～30代の男女スタッフが一緒にワイワイと楽しくお仕事しています。残業ほぼなし。 詳細を見る
②空港内の免税店での接客販売	・日本語：中～上級レベル ・早朝の勤務、夜の勤務などに対応できる方	・英語ができれば尚可 ・未経験者歓迎！ ・ファッションが好きな方 ・人と話すことが好きな方	時給1,200円	外国人が活躍しています！残業あり。正社員登用チャンスあり。 詳細を見る
③空港のWiFiレンタルカウンター	・日本語：中級レベル ・英語：中級レベル ・接客の経験がある方 ・PCスキル（パワーポイント、エクセル、メール） ・最低1年以上は勤務できる方	・明るくてコミュニケーション能力が高い方	時給1,300円	一緒に働くスタッフは、幅広い年齢層の様々な背景を持った人たちで、みんなとても仲良し。正社員登用チャンスあり。残業ほぼなし。 詳細を見る
④ホテルスタッフ	・日本語：中級レベル ・韓国語・英語・タイ語のいずれかが堪能であること ・接客・サービス業の経験がある方（アルバイト経験もOK） ・土日祝勤務できる方	・笑顔で接客できる方 ・人と話すのが好きな方 ・お世話をするのが好きな方	時給1,350円	正社員登用チャンスあり。深夜残業あり。 詳細を見る

69

瑪莉的條件、技能

- 希望能從事活用日語和英語的工作
→②③④　○
- 日語和英語是上級程度
→②③④　○
- 無打工經驗
→③④　×
- 希望避開週末的工作
→①④　×

所以正確答案是「②機場內免稅店店員」。

70

伊的條件、技能

- 有過在日本百貨公司工作的經驗
→③④　○
- 日語是上級程度，英語是中級程度
→①②③　○　④　×
- 希望將來成為正式社員
→②③④　○
- 不想加班
→①③　○　②④　×

所以正確答案是「③機場WiFi租賃櫃台人員」。

打工招募！

職業種類	應徵資格		薪資	其他
	【必備技能、資格】	【需要技能、資格】		
①運動鞋店店員	・日語：中級程度 ・可於週六、週日工作者	・喜歡接待賓客者 ・對慢跑或運動有興趣者	時薪 1,300 日圓	職場是十人體制。和 20 ～ 30 歲的工作人員一同吵吵鬧鬧地開心工作。幾乎沒有加班。 看詳細資訊
②機場內免稅店店員	・日語：中～上級的程度 ・可於清晨、夜晚工作者	・能說英語更佳 ・歡迎無經驗者！ ・喜歡時尚打扮者 ・喜歡和人對話者	時薪 1,200 日圓	外國人現正活躍中！有加班。有機會錄取為正式社員。 看詳細資訊
③機場 WiFi 租賃櫃台人員	・日語：中級程度 ・英語：中級程度 ・有接待客戶經驗的人 ・電腦技能（powerpoint、excel、電子郵件） ・最少可以工作一年以上者	・開朗又溝通能力好者	時薪 1,300 日圓	一同工作的工作人員有各年齡層、各種背景的人們，大家感情都很好。有機會錄取為正式社員。幾乎不需加班。 看詳細資訊
④飯店工作人員	・日語：中級程度 ・能說韓語、英語、泰語其中之一者 ・有接待、服務業的經驗（打工經驗亦可） ・可於週末假日都工作者	・面帶微笑迎接顧客者 ・喜歡和人多說兩句者 ・喜歡照顧人者	時薪 1,350 日圓	有機會錄取為正式社員。有深夜加班。 看詳細資訊

★熟記單字及表現

- □職種（しょくしゅ）：職種、工種
- □必須（ひっす）：必要、必須
- □資格（しかく）：資格
- □時給（じきゅう）：時薪
- □免税店（めんぜいてん）：免稅店
- □登用（とうよう）：在這裡指的是成為正式員工
- □堪能（たんのう）：熟練、擅長
- □応募（おうぼ）：應徵、報名參加
- □スキル：技能
- □接客（せっきゃく）：接待客人
- □詳細（しょうさい）：詳細
- □早朝（そうちょう）：清晨、早晨

聴解

問題1

例　3

N1_3_03

イベント会場で女のスタッフと男のスタッフが話しています。男のスタッフはこのあと何をしなければなりませんか。

F：桜井さん、開演まであと一日なんだけど、グッズの件はもう解決した？

M：はい。なかなか届かないので、業者さんに電話しようと思っていたら、さっき届きました。一通りチェックをして、内容物も数も注文通りでした。

F：そう、間に合ってよかった。ありがとう。あとは客席の確認だけかな。

M：客席の確認？

F：うん。客席にゴミが落ちていたら、お客さんが嫌な思いをするでしょう。だから開演前にもう一回確認しないと。

M：そうですか。じゃあ、今すぐ確認してきます。

F：それは私がやるから、桜井さんは飲み物とお菓子の用意をしてくれる？

M：控え室に置くやつですね。わかりました。

F：あ、そうだ。ポスターはもう貼った？ いろんなところに貼るから、それを先にやっといてね。

M：ポスターなら、今朝、富岡さんが貼ってくれました。

F：そう、わかった。じゃあ、よろしく。

男のスタッフはこのあと何をしなければなりませんか。

活動會場中女性工作人員和男性工作人員正在對話。男性工作人員在這之後必須得去做什麼事呢？

女：櫻井先生，再過一天就要開演了，周邊商品的事已經解決了嗎？
男：是的。因為遲遲沒有收到，本來想要打電話給廠商，但就在剛剛收到了。大致確認了一遍，內容物和數量都和訂單一樣。
女：這樣啊，趕得及真是太好了。謝謝你。接下來就只剩去確認觀眾席而已了吧。
男：去確認觀眾席？
女：嗯。觀眾席如果有掉垃圾在那的話，客人也會覺得不開心的吧。所以在開演前要再確認一次才行。
男：這樣啊。那麼，我現在馬上就去確認。
女：這件事就由我來做，櫻井先生能不能幫我準備飲料和點心？
男：放在休息室的那些對吧。好的。
女：啊，對了。海報已經貼好了嗎？因為要貼很多地方，先做這件事吧。因為要貼很多地方，先做這件事吧。
男：海報的話，今早富岡先生已經幫忙貼了。
女：這樣啊，我知道了。那就麻煩你囉。

男性工作人員在這之後必須得去做什麼事呢？

1番　2

🔊 N1_3_04

レストランで男の店員と店長が話しています。男の店員はこのあとまず何をしますか。

M：店長、大変です。ただ今いらっしゃったお客様、予約の台帳には明日のところにお名前があったんですけど、電話では今日で予約されてたらしいんです。

F：え！ よりによってこんな込んでる時に。とりあえず席が空くのを待っていただいて。こちらのミスの可能性もあるから、誠心誠意謝っておいて。

M：あ、すぐ**ソファーのところにご案内して、謝っておきました。**

F：**軽くじゃなくて、もう一度。こういう時は丁重な謝罪が大事**なんだから、ちゃんとやってね。それから、ビールかジュースをサービスしましょう。それは私のほうで用意する。ピンチはチャンスなんだから、ここでお客様の心をつかまないと。くれぐれもお客様の勘違いだなんて傲慢な態度取らないようにね。

M：はい、わかりました。

男の店員はこのあとまず何をしますか。

對於店員說「將客人帶位到沙發區並道歉」，店長表示「別輕輕帶過，再道歉一次」、「誠懇道歉很重要」，所以正確答案是2。

文中提到送飲料是由店長準備。

男性店員和店長在餐廳對話。男社員在這之後首先要去做什麼事呢？

男：店長，不好了。剛才到場的客人，在登記簿上名字是登記在明天，但電話中卻說今天有預約。
女：咦！偏偏在這麼忙碌的時候發生這種事。總之讓對方先稍等座位空出來。這可能是我們內部的疏失，所以要誠心誠意地向對方道歉。
男：啊，我馬上就**將客人帶位到沙發區，已經道過歉了**。
女：**不要這樣輕輕帶過，再道歉一次**。像這種時候誠懇道歉是很重要的，要好好表達喔。然後，送對方啤酒或是果汁。這就由我來準備。危機也是機會，此時得抓住顧客的心才行。要謹慎，可別擺出傲慢的態度，說是客人搞錯了。
男：好的，我知道了。

男社員在這之後首先要去做什麼事呢？

熟記單字及表現

□台帳（だいちょう）：登記簿
□誠心誠意（せいしんせいい）：誠心誠意
□謝罪（しゃざい）：賠禮道歉
□傲慢（ごうまん）な：傲慢的
□よりによって：偏偏
□丁重（ていちょう）な：鄭重的、誠懇的
□ピンチ：危機、緊急關頭

2番　2

N1_3_05

会社（かいしゃ）で男（おとこ）の人（ひと）と女（おんな）の人（ひと）が話（はな）しています。女（おんな）の人（ひと）はこのあと何（なに）をしますか。

M：もしもし、経理課（けいりか）の鈴木（すずき）ですけれども。

F：お世話（せわ）になっております。

M：あのですね、10月（がつ）10日（とおか）に提出（ていしゅつ）していただいた出張旅費明細書（しゅっちょうりょひめいさいしょ）なんですけれども。

F：ああ、あの北海道（ほっかいどう）の出張（しゅっちょう）のですね。

M：はい。交通費（こうつうひ）の欄（らん）なんですけど、**航空券（こうくうけん）が75,000円（えん）と記載（きさい）されている**んですね。

F：ええ。

M：ご提出（ていしゅつ）いただいた**領収書（りょうしゅうしょ）のほうでは76,000円（えん）となっている**んですが。

F：あ、そうですか。**ちょっと今手元（いまてもと）に資料（しりょう）がないので、すぐ確認（かくにん）してから折（お）り返（かえ）しお電話差（でんわさ）し上（あ）げる**ということでもよろしいですか。

關於機票價格，出差旅費申請表上寫著75,000日圓，收據上則寫著76,000日圓，文中提到「馬上確認之後回電給您」，所以正確答案是2。

M：お手数ですがよろしくお願いします。あ、ちなみにですね、来月からは締め切りが毎月10日ではなく5日に変更になりますので、お気をつけください。今週中には一斉メールで皆さんにお知らせする予定ですので。

F：はい、わかりました。

女の人はこのあと何をしますか。

男性和女性正在公司對話。女性在這之後要去做什麼事呢？

男：您好，這裡是會計課的鈴木。
女：一直以來受您照顧了。
男：那個，關於 10 月 10 日妳提出的出差旅費申請表。
女：啊啊，那次北海道出差的對吧。
男：是的。交通費那一欄，**機票記的是 75,000 日圓呢**。
女：是的。
男：妳提出的**收據寫著 76,000 日圓**喔。
女：啊，這樣子啊。**我現在手邊沒有資料，馬上確認之後再回電給您**可以嗎？
男：不好意思，那就麻煩你了。啊，順帶一提，下個月開始截止日從每月 10 日改成 5 日，請多多留意。這件事預定會在這星期統一寄信告知各位。
女：好的，我知道了。

女性在這之後要去做什麼事呢？

熟記單字及表現

□**経理**：財務會計
□**旅費**：旅費、路費
□**明細書**：明細單
□**記載する**：記載
□**手元**：手頭
□**折り返し**：折回、折返
□**お手数ですが**：麻煩您了
□**ちなみに**：順便、順帶

3番　4

N1_3_06

電話でお客様相談室の人と男の人が話しています。男の人はこのあとまず何をしますか。

F：はい、AKモバイルお客様相談室でございます。

M：あのー、そちらで購入した携帯を先日返品したんですけど、返金はいつになりますか。

F：返金が未完了とのことですね。返品のお手続きは、当社のホームページ上でなさいましたか。

M：そうですね。ホームページの「購入商品の返品・キャンセルの受付について」っていうところから手続きしました。

F：さようでございますか。実はホームページ上のお手続きだけでは、返品・キャンセルのお手続きというのは、完了したことにならないんです。**後日、担当者からのご連絡にて初めて、返品・キャンセルのお手続きに移行するという形になっております。**

M：あ、そういうことですか。

F：はい。二つの場合がございまして、まず、**お客様よりいただいた情報のみでお手続きが可能な場合は、後日担当者よりメールでご連絡を差し上げます**ので、お客様からのご返信をもって、お手続きの完了となります。もう一つの場合ですが、**より詳細な情報が必要になってくる場合は、担当者よりお電話を差し上げることになっております**ので、ご対応のほどよろしくお願いいたします。

M：はい、どうもありがとうございました。

F：はい。もしまたご不明な点など出てきましたら、いつでもお電話いただければ幸いです。お客様相談室の加藤が承りました。

M：はい、失礼します。

男の人はこのあとまず何をしますか。

從這部份，得知會由負責人聯繫。只是以郵件或是電話的方式不同，所以正確答案是4。

客服中心的人和男性正在通電話。男性在這之後首先要去做什麼事呢？

女：您好，這裡是 AK 電信客服中心。
男：那個～，在你們那邊買的手機我前幾天退貨了，什麼時候會退款呢？
女：是說還沒有退款完成對吧。關於退貨手續，請問您是用敝社官網申請的嗎？
男：是的。我從首頁的「申請退貨、取消所購買的商品」申請的。
女：是這樣子啊。其實如果只是在官網上申請，還沒有完成退貨、取消的手續。**將在過幾天由負責人聯繫您，對退貨、取消的手續進行轉移**。
男：啊，是這樣。
女：是的。有兩種狀況，首先**是您提供的資訊就能申請手續的情形下，過幾天將由負責人以郵件聯繫您**，您回信之後，手續就完成了。另一種情形則是**需要更詳盡的資訊，將由負責人致電給您**，還請您接聽回應。
男：好的，非常感謝。
女：好的。如果還有不清楚的地方，歡迎隨時來電。我是客服中心的加藤。
男：好的，不好意思。

男性在這之後首先要去做什麼事呢？

熟記單字及表現

□モバイル：移動電話
□購入(こうにゅう)する：購入、購買
□未完了(みかんりょう)：未完成
□当社(とうしゃ)：自己所屬的公司的稱呼
□さようでございますか：「そうですか（這樣啊）」的禮貌用法
□移行(いこう)する：過渡、轉移
□詳細(しょうさい)な：詳細的
□対応(たいおう)する：應對、應付
□不明(ふめい)な：不清楚的

4番　2

N1_3_07

電話で男の人と女の人が話しています。女の人の会社はこのあとどうしますか。

M：もしもし、いつもお世話になっております。わたくし、株式会社ふじの内藤と申しますが。

F：あ、内藤さん。いつもお世話になっております。高橋です。

M：あ、高橋さん。実はそちらでお使いいただいている当社のコピー機ＬＭ型なんですけれども、今回内部に破損が見つかりまして、まれに発火して火災に至る恐れがあることが判明したんです。

F：え、そうなんですか！

M：**まずは弊社でお引き取りをしまして、確認作業をいたします。再納品までの間は代替機をご用意します**ので、ご安心ください。

F：はい、わかりました。

M：こちらでお引き取りしたあと、部品を入れ替えまして、組み立て直し、そこからの再納品となりますので、お日にちはおおよそ三日となります。ご迷惑をおかけしてしまい、申し訳ございません。よろしくお願い申し上げます。

女の人の会社はこのあとどうしますか。

男性和女性正在通電話。女性的公司之後要做什麼事呢？

男：您好，一直以來承蒙照顧。我是富士股份有限公司的內藤。
女：啊，內藤先生。一直以來受您照顧了。我是高橋。
男：啊，高橋小姐。是關於您那邊所使用的敝司影印機 LM 型號，這次發現內部有損壞，發現恐怕會起火，甚至有造成火災的可能性。
女：咦，這樣子嗎！
男：**首先將由敝司取回機器，進行確認作業。在再次交貨之前會準備代用機器**，請您放心。
女：好的，我知道了。
男：在敝司取回之後，將更換零件，重新組裝後再度交貨，日程大約是三天時間。造成您的困擾，非常抱歉。那就麻煩您了。

女性的公司之後要做什麼事呢？

「再度交貨之前會準備代用機器」，所以正確答案是2。

熟記單字及表現

□**当社**（とうしゃ）：自己所屬的公司的稱呼
□**発火する**（はっか）：著火、起火
□**引き取る**（ひきとる）：取回、收回
□**代替**（だいたい）：代替

□**破損**（はそん）：破損、損壞
□**判明する**（はんめい）：判明、弄清楚
□**再納品**（さいのうひん）：再次交貨

5番　3

🔊 N1_3_08

病院（びょういん）で看護師（かんごし）が話（はな）しています。患者（かんじゃ）はどの順（じゅん）に行（い）きますか。

F：それでは、これから採血（さいけつ）となりますね。後（うし）ろを見（み）ていただくと受付（うけつけ）が見（み）えると思（おも）いますが、そちらの受付（うけつけ）でこちらのファイルをご提出（ていしゅつ）ください。**採血（さいけつ）のあとはMRI、レントゲンの順（じゅん）に受（う）けていただきます。MRIの前（まえ）にロッカールームでお着替（きが）えを済（す）ませておいてください。**あ、お化粧（けしょう）されていますね。化粧品（けしょうひん）に金属（きんぞく）が含（ふく）まれていますとやけどの恐（おそ）れがありますので、MRIの前（まえ）に落（お）としていただくことになります。**洗面所（せんめんじょ）でお化粧（けしょう）を落（お）としてからお着替（きが）えをお願（ねが）いします。**先生（せんせい）の診察（しんさつ）は、午後（ごご）は2時（じ）開始（かいし）となっておりますので、それまでにご昼食（ちゅうしょく）を済（す）ませて、またこちらに戻（もど）ってきてください。

患者（かんじゃ）はどの順（じゅん）に行（い）きますか。

醫院裡護理人員正在說話。患者將按照什麼順序行動呢？
女：那麼，接下來是抽血。請各位向後看，應該能看到櫃台，請在那邊櫃台提交這些資料。**抽血之後依序是 MRI，再來是照 X 光。MRI 前方有更衣室，請在那裡換好衣服。**啊，您有化妝對吧。化妝品含有金屬，所以有燙傷的危險性，請在 MRI 之前卸妝。**請在化妝室卸完妝後更換衣物。**醫生診察將於下午兩點開始，請在那之前吃完午飯，再回到這裡。
患者將按照什麼順序行動呢？

熟記單字及表現

□**看護師**（かんごし）：護士
□**レントゲン**：X光
□**洗面所**（せんめんじょ）：化妝間、洗手間

□**採血**（さいけつ）：抽血
□**ロッカールーム**：更衣室

注意「〜の順に（以〜的順序）」、「〜の前に（〜之前）」、「〜てから（〜之後）」這些表示順序的用法！

順序依次為 ウ：抽血 → イ：化妝室 → ア：更衣室 → エ：MRI→ オ：照X光。

6番　1

🔊 N1_3_09

会社で課長と女の人が話しています。女の人はこのあとまず何をしますか。

M：来週の社内研修の担当、佐々木さんだったよね。

F：あ、はい、私です。

M：準備は順調に進んでる？

F：はい。先ほど講師の方から資料が送られてきましたので、それを印刷するのと、あとは当日会場の準備をするだけです。

M：そうか。会場の準備っていってもいろいろあるからね。前日でいいけど、プロジェクターが正常に動くかとか、延長コードは必要かとか、ホワイトボード用のマーカーはちゃんと書けるかとか、そういう細かい所までちゃんとチェックしとくように。

F：はい。前日にでも会場に行って、実際に確認しておきます。

M：あ、そうそう、言い忘れてたけど、アンケートってもう作った？

F：はい、前回のを参考に作っておきました。

M：それってさー、受講者用のアンケートでしょう。**今度から講師用のアンケートも作ったほうがいいと思うんだよね。早速ちょっと作って見せてくれるかな？**

F：あ、はい、わかりました。

M：あ、あと、講師の先生によっては、受講者の名前がわかるように、座席表があったほうがいいっていう方がいらっしゃるんだけど、今回はどうなんだろう？

F：あ、そうですね。前日にリマインドのメールを送る時に、ついでに聞いておきます。

M：はい、よろしく。

女の人はこのあとまず何をしますか。

談話內容

內部進修是下星期。前一天要做的事有：
- 會場準備（確認投影機、延長線、白板筆等備品）
- 寄提醒信給講師
- 詢問講師是否需要座位表

文中提到「能快點做好給我看嗎」，所以正確答案是1。

課長和女性在公司裡對話。女性在這之後首先要去做什麼事呢？

男：下週內部進修的負責人，是佐佐木小姐對吧。
女：啊，是的，是我。
男：準備得還順利嗎？
女：是的。先前已經收到講師寄來的資料，只剩下印刷，再來只剩下當日會場的準備而已了。
男：這樣啊。說到會場準備有很多工作呢。在前一天也可以，要檢查投影機是否正常運作，是否需要延長線，白板筆能不能正常寫字，像這樣細節部份也要仔細確認喔。
女：好的。我會在前一天去趟會場，實際進行確認。
男：啊，對了對了，忘了說，問卷已經做好了嗎？
女：是的，是參考上次做的。
男：那個啊～，是給聽講者寫的問卷吧。**我覺得這次開始也做給講師寫的問卷比較好。能馬上做好讓我看看嗎**？
女：啊，好的，我知道了。
男：啊，還有，有的講師會想知道聽講者姓名，所以有座位表比較好，這次怎麼樣呢？
女：啊，這樣子啊。前一天寄提醒信的時候，我會順道問這件事。
男：好的，麻煩妳了。

女性在這之後首先要去做什麼事呢？

熟記單字及表現

□プロジェクター：投影儀
□ホワイトボード：白板
□マーカー：白板筆、麥克筆
□受講者：聽課的人、聽眾
□リマインド：提醒

問題2

例　2

N1_3_11

女の人と男の人が演劇について話しています。女の人は演劇にとって一番大事なことは何だと言っていますか。

F：ねえ、今話題になっている「六人の物語」っていう演劇、見に行った？

M：行ってないけど、大人気らしいね。

F：私、昨日見に行ったんだけど、想像以上にすばらしかったよ。

M：そうなんだ。原作は確かゲームだったよね。

F：そう。普通、ゲームやアニメが演劇になったとき、道具とかいろいろ使うでしょう、日本刀とか。でも今回は道具がほとんど使われてなかったよ。みんな演技力で勝負してるんだよ。すごいと思わない？ 主役の富田さんもめちゃくちゃかっこ良かったし。

M：へー、君は顔さえよければそれでいいんだろう？

F：違うよ。確かに役者の顔も大事だけど、原作の世界観やキャラクターの性格をありのままに再現できないと演劇とは言えないでしょう。

M：うーん、原作の質がもっとも大切だと僕は思うけどね。演劇のシナリオにも影響するから。

F：そうだけど、演じているのは人だから、役者の演技力こそが演劇の命なんじゃない？

女の人は演劇にとって一番大事なことは何だと言っていますか。

女性和男性正在討論戲劇。女性說戲劇最重要的是哪一點呢？

女：哎，現在蔚為話題的「六人的故事」這部戲，你去看過了嗎？
男：雖然沒去看，但聽說非常受歡迎呢。
女：我昨天去看了，比想像中還精采喔。
男：這樣啊。原著確實是遊戲對吧。
女：對。一般在遊戲或動漫改編為戲劇時，都會使用很多道具對吧，例如說日本刀之類的。不過這次幾乎沒有使用道具喔。大家都是憑演技一決勝負。不覺得很厲害嗎？而且主角富田先生又很帥。
男：咦～，妳只要長得帥就夠了吧？
女：不是啦。確實演員的長相也很重要，但如果不能照原樣再現原著的世界觀和角色性格，就不能稱得上是戲劇了吧。
男：嗯～，我覺得原著作品的品質是最重要的。也會影響戲劇的屬性。
女：雖然是那樣沒錯，但表演的還是是人，所以演員的演技才是戲劇的生命吧？

女性說戲劇最重要的是哪一點呢？

1番　3

N1_3_12

テレビショッピングで女の人が話しています。今回改善された点は何ですか。

F：こちらは弊社が開発した、高品質のスケッチブックです。紙表面の凹凸は自然で程よく、細部まで描き込めるようになっています。紙の密度が高く、表面強度があるため、繰り返し消しゴムを使ったり、重ね塗りしたりしても、紙が剥がれにくいようにできています。色は白みを増すための染料を使用しないナチュラルホワイトを採用しているため、黄ばみにくいのがポイント。濡れている時と乾いた時の色が違ってしまうというお声を多数いただきましたため、**今回は吸収性を抑えまして、紙面上に絵の具が発色よく残るよう、にじみ止めの調整を行いました**。そのためですね、水彩画特有のぼかしが思うままに描きやすくなったんです。力強く大地を吸い込むような青空や、燃えるような夕焼け、みずみずしい木々の若葉や色鮮やかな紅の紅葉。そんな風景画を描きたい方におすすめです。

今回改善された点は何ですか。

電視購物節目中女性正在說話。這次改良的是哪一點呢？

女：這是敝司開發的高品質素描簿。紙張表面的凹凸自然而恰到好處，能夠連細節都描繪清楚。紙張密度極高，有表面強度，即使重複使用橡皮擦，重複塗畫，紙張也不容易剝落。顏色使用的是自然白，並沒有為了增強白色而使用染劑，重點就是不容易泛黃。潮濕和乾燥時的顏色不同這點收到許多用戶反應，**這次為了使紙張的吸收力降低，紙面上顏料顯色度高，進行了防滲調整**。因此水彩畫特有的暈染就能夠照所想的簡單畫出來了。彷彿要強力將大地吸入的藍天，像是要燒起來一樣的夕陽，水靈嬌嫩的樹木嫩葉和色彩鮮明的紅葉。推薦給想畫出這種風景畫的您。

這次改良的是哪一點呢？

文中詢問的是「這次改良的點」，所以要注意聽「這次」之後的內容！

從這裡可得知，「進行了防滲調整（＝變得不容易滲透了）」，所以正確答案是3。

熟記單字及表現

□高品質：高品質

□凹凸：凹凸

□細部：細節、細微部分

□強度：強度

□染料：染料

□スケッチブック：素描本

□程よい：正好、適當

□密度：密度

□剥がれる：剝落、脫落

□黄ばむ：泛黃、發黃

□ポイント：要點
□抑える：抑制、控制
□発色：顯色
□水彩画：水彩畫
□ぼかし：模糊感、朦朧感
□若葉：嫩葉
□紅：紅、鮮紅
□多数：許多、數量多
□紙面：紙面
□にじみ止め：防滲
□特有：特有、獨有
□みずみずしい：水靈嬌嫩
□色鮮やかな：色彩鮮明的

2番　2

N1_3_13

セミナーで講師が話しています。この本の一番いい点は何だと言っていますか。

M：この本は、若い人にもおすすめしたい、人生の指針になる名著です。私はここ数年、いかにチームを円滑に動かすかを考えて日々の仕事に取り組んでいるのですが、この本には人間関係の原則が書かれていて、非常に勉強になります。特に難しいことは書かれていません。例えば、人に好かれるために必要なのは、人の名前を覚えること、常に笑顔でいること、まず相手を好きになること。このようなことは、小学生でも気づく内容かもしれません。でも、実際に皆さん、それが実行できているかと言われると、難しいんじゃないでしょうか。この本は、**このように行動すべきだというノウハウが提示されたあとに、具体例が多く続くので、説得力があります。これはこの本の一番いいところです**。そして、この本を読んで、私はなぜかモテるようになりました。皆さん、ぜひ読んでみてください。

この本の一番いい点は何だと言っていますか。

研討會上講師正在發言。講師說這本書最大的優點是什麼呢？

男：這本書是我也想推薦給年輕人，會成為人生指南針的一本名著。我在這幾年，總是在著手進行日常的工作時，思考要如何讓團隊工作順利進行，這本書寫到了人際關係的原則，令人獲益匪淺。裡面並沒有提到什麼困難的事。例如說，為了讓人有好感，重要的是要記住別人的名字、經常保持笑容，還有要先對對方有好感。這樣的內容或許是連小學生都會注意到的。不過，如果問到實際上各位是否有實行這些事，不是還蠻困難的嗎。**這本書提出了應該像這樣行動的技巧，並且也接著提到很多具體事例，所以很有說服力。這是這本書最大的優點**。然後在讀過這本書後，我不知為何就變得受歡迎起來了。請大家一定要讀讀看。

講師說這本書最大的優點是什麼呢？

「這是這本書最大的優點」的「這」指的是前面所述的內容，所以正確答案是2「有很多具體事例」。

★熟記單字及表現

□指針：指針、指南
□円滑に：圓滑、順利、協調
□原則：原則
□提示する：提出、出示
□モテる：受歡迎
□名著：名著
□日々：每天
□ノウハウ：技術知識、技巧
□説得力がある：具有說服力

3番　1

N1_3_14

テレビでレポーターがタクシードライバーの男の人にインタビューしています。今後の課題は何ですか。

F：最近、地方において、交差点のラウンドアバウト化が進んできています。信号の代わりに、交差点の中心に中央島というスペースを作って、その周りを車が時計回りで通行するというものです。
タクシーのドライバーの方にご意見を伺ってみましょう。ラウンドアバウトが導入されたことで、どのような変化が生まれましたか。

M：そうですねえ。最初は信号がなくなって事故が起きるんじゃないかと心配したんですが、ドライバー同士の譲り合いがあるので、案外安全に通行できていますね。直進の場合でも一旦時計回りに回らないといけないっていうのが面倒かと思っていたんですが、その点も今は気になりませんね。

F：そうですか。どうもありがとうございます。

・・・

F：ドライバーの方たちには好評のようですが、**実は弊害も起きています**。長野県の調査では、**視覚障害者の方から、車が接近してくる方向がわかりにくいというご意見があった**そうです。**横断歩道の前後を走行音が出やすい舗装にするなど、対策が必要になってくる**と言えるでしょう。

今後の課題は何ですか。

走行音：汽車或電車在行駛中發出的聲音

問題是「今後的課題是什麼呢？」。「実は（其實）」經常用於作為敘述問題點時的前置詞。也要注意聽「也有弊病發生」、「開始需要思考對策」等句子的前後部份。從這些地方可以看出正確答案是１。

電視上記者正在對計程車司機進行專訪。今後的課題是什麼呢？

女：最近，地方的路口正逐漸進展為安全島形式。取代交通號誌，而是在路口中心設置一個中央島空間，車輛在它的周圍以順時針行駛。讓我們來訪問一下計程車司機的意見。關於安全島導入這點，有產生什麼樣的變化嗎？

男：這個啊。一開始沒有交通號誌，我還擔心會不會引起交通事故，但計程車司機們會互相避讓，意外地行駛得很安全呢。本來想在直線前進時，必須得順時鐘方向行駛會不會很麻煩，但這一點現在也不在意了呢。

女：這樣子啊。謝謝您接受訪問。

・・・

女：對計程車司機們來說似乎頗受好評，**但其實也有一些弊病發生**。在長野縣調查中，**由視力障礙者提出了很難搞懂車輛接近方向的意見**。**在斑馬線前後鋪設容易發出行駛音的地面設置等，可以說開始需要思考對策了**。

今後的課題是什麼呢？

熟記單字及表現

□レポーター：採訪記者

□ドライバー：駕駛

□導入する：導入、引進

□譲り合い：互相禮讓

□直進：直走

□好評：好評、稱讚

□弊害：弊害、弊病

□視覚障害者：視力障礙者

□走行音：車輛在運行時發出的聲音

□舗装：鋪裝、鋪路

4番　3

N1_3_15

テレビでレポーターが店長の男の人にインタビューしています。このレストランの回転率が上がった一番の理由は何ですか。

F：私は今話題のこの、ステーキレストランに来ています。オープンしてまだ1年しか経っていないということですが、今ではこの街で知らない人はいないというほどの繁盛店になっています。売り上げはなんと月800万円だそうですが、一体どうやって売り上げを伸ばしているのでしょうか。店長にお話を伺ってみましょう。

M：それはもう、回転率を上げることですね。お客さんがどんどん入れ替われば、お店の利益も上がりますから。

F：確かにそうなんですが、そこが難しいところじゃないでしょうか。具体的にどうやって回転率を上げられたんですか。

M：まずはステーキを全部切ってからお出しするように変えました。

F：確かに、フォークとナイフで切るよりも、お箸で食べたほうがガツガツ一気に食べられますね。

M：はい。それから、**何といってもこの作戦の影響が大きいと思うんですけど、相席をしてくれたら特典を付けるようにしたんです**。

F：といいますと？

M：もともと座っていた方にもあとから座った方にもドリンクを1杯プレゼントすることにしたんです。そうしたら、相席を望むお客さんも増えて、回転率も良くなりました。

F：なるほど。ためになるお話どうもありがとうございました。

このレストランの回転率が上がった一番の理由は何ですか。

電視上記者正在對男性店長進行專訪。這間餐廳客流量提昇最重要的原因是什麼呢？

女：我來到了現在蔚為話題的這間牛排餐廳。在開幕後才經過一年時間，現在已經成為這裡無人不知的熱門餐廳。每月營業額竟然高達800萬日圓，到底銷售額是如何增加的呢？讓我們來訪問一下店長。

男：這個啊，就是要提昇客流量。顧客如果能夠一直交替入座，餐廳的獲利也會增加。

女：確實如此，但這一點不是很難嗎？具體來說是如何提昇客流量的呢？

男：首先是將牛排改為全部切好再上菜。

女：確實，比起用刀叉切，用筷子吃更能一口氣大口大口地吃完呢。

男：是的。然後，**這項策略的影響最為顯著，就是如果併桌的話會附上優惠**。

女：像是什麼優惠？

男：不管是原先就座的顧客還是後來入座的顧客，都會贈送一杯飲料。這樣做，希望併桌的顧客也增加了，客流量就變高了。

女：原來如此。謝謝您這段話讓我們獲益匪淺。

這間餐廳客流量提昇最重要的原因是什麼呢？

對話中提到「這項策略的影響最為顯著」。「這項策略」說的是在之後敘述的內容，所以正確答案是3「提供併桌（＝和不認識的人同桌）的人飲料」。

熟記單字及表現

□レポーター：採訪記者	□回転率：客流量
□オープンする：開張、開業	□繁盛：繁榮、興盛

□入れ替わる：交替、更換
□一気に：一口氣地、不停地
□相席：併桌
□もともと：原來、本來
□ガツガツ食べる：大口吃、狼吞虎嚥
□作戦：作戰、策略
□特典：優惠

5番　2

N1_3_16

家で夫と妻が話しています。夫が登録できなかったのはどうしてですか。

M：このサイト、何回やっても登録できないんだけど、なんでだと思う？

F：なになに？ ただ基本情報入れればいいんでしょう？ 簡単だよ。

M：それがさ、全部入力して決定のところ押しても何回も同じページに戻っちゃうんだ。

F：あ、もしかして、電話番号のハイフン入れた？

M：うん、ちゃんと入れたよ。

F：それが余分なんじゃない？

M：え？ だってこの例のところもそう書いてあるよ。

F：じゃあ、違うか。あと考えられるのは、パスワードのところかな。数字が入ってないとか、電話番号と同じになってるとか。

M：あ、それだ！ ほら見て、注意のところ。**大文字、小文字、数字、記号を3種類以上含めてくださいって書いてある。大文字と小文字しか入れてなかったよ。**

F：**それだね、原因は。**

夫が登録できなかったのはどうしてですか。

問題詢問的是無法登錄的原因。對話提到「原來是因為這個啊」，從前文得知正確答案是2。

丈夫和妻子正在家裡對話。丈夫為什麼沒辦法登錄呢？

男：這個網站登錄了好幾次都沒辦法，妳覺得是為什麼呢？
女：什麼什麼？只要輸入基本資訊就可以了對吧？很簡單呀。
男：這個啊，就算全部輸入按下確定，每次也還是會回到同樣的頁面。
女：啊，該不會是這個吧，你有加上電話號碼的連字號嗎？
男：嗯，有好好地加上喔。
女：這不是多的嗎？
男：咦？因為這個範例也是這麼寫的。
女：那就不是了啊。還能想到的就是密碼的部份了吧。像是沒有輸入數字，或是和電話號碼相同之類的。
男：啊，就是這個！妳看，要注意的項目。**這邊有寫要包含大寫、小寫、數字和符號的三種以上。我只輸入了大寫和小寫**。
女：**原來是因為那個啊**。

丈夫為什麼沒辦法登錄呢？

熟記單字及表現

□登録する：註冊　　□ハイフン：連字符
□大文字：大寫字母　　□小文字：小寫字母

6番　3

N1_3_17

テレビでレポーターが男の人にインタビューしています。男の人がこの会社に入った一番の理由は何ですか。

F：今日はゲームアプリで有名なこちらの会社で役員をされています、山本さんにお話を伺います。山本さんは、もともとは別の会社にいらっしゃったんですよね。

M：そうですね。大学を卒業して、まず銀行に入りました。ですが、激務によりすぐに体調を崩しまして、一旦実家に帰ったんです。

F：そうですか。

M：それで、療養中に軽い気持ちで専門学校のWebディレクターコースに通い始めました。そうしたら、はまってしまいまして、修了後はインターネット関連会社に就職しました。

F：なるほど。それでしばらくしてからこちらの会社に転職されたんですね。

M：はい。当時は15人ぐらいの小さな会社で、給料は安いし、本当に転職していいのかなって思いました。でも、逆に自分から進んですればいろんな仕事ができるチャンスがあるのではという可能性を感じましたね。それと、**何といっても社長の心意気に心打たれたん**です。当時のネット業界はどのぐらい儲かるかっていう話ばかりだったんですが、社長はテクノロジーを使って世の中をいかに変えるのか、そこに熱意を持って取り組まれていた、唯一の人だったんですね。それで、もし社長のおっしゃるような方向に世界が進んでいくとしたら、**私も社長を支えながら、そこで一緒にがんばりたいと思った**んです。

問的是「最重要的理由」。「何といっても（最重要的是）」在和其他事比較，特別用來強調時使用，要注意聽這之後的內容！

從這裡可以看出正確答案是3。

男の人がこの会社に入った一番の理由は何ですか。

電視上記者正在對男性進行專訪。男性進這家公司最重要的理由是什麼呢？

女：今天訪問的是在手機遊戲 APP 領域十分出名的這間公司裡，擔任職員的山本先生。山本先生原先是在其他公司任職對吧。

男：是的。大學畢業之後首先進了銀行工作。但是由於職務繁重身體很快就搞垮了，就先回了趟老家。

女：這樣子啊。

男：然後在療養期間以輕鬆的心情開始上專門學校的網路影片製作課程。然後就漸漸著迷了，在結業之後進了網路相關公司工作。

女：原來如此。然後過了一陣子就換到這間公司工作了對吧。

男：是的。當時是只有 15 個人左右的小公司，薪水也很低，之前真的在想換工作真的好嗎。但相反來說，我也感受到如果自己向前邁進，就有機會能進行許多工作的可能性存在。還有，**最重要的是被社長的氣魄打動了內心**。當時的網路業界談的都是能賺多少錢，只有社長是唯一一個對於能夠使用科技改變世界多少，對這點抱持熱情著手努力的人。而且，如果世界照社長所說的方向邁進的話，**我也會一邊支持社長，希望能和他一起努力**。

男性進這家公司最重要的理由是什麼呢？

熟記單字及表現

□レポーター：採訪記者
□役員：負責人、幹部
□激務：繁重的職務
□実家：老家、父母家
□Webディレクター：網絡項目經理
□転職する：改行、換工作
□ネット業界：網絡行業、IT 業界
□熱意：熱情
□アプリ：應用、APP
□もともとは：原來、本來、以前
□体調を崩す：搞垮身體
□療養：療養
□はまる：著迷、沉迷
□心意気：氣魄、氣派
□テクノロジー：技術、科技

7番　4

N1_3_18

テレビでコメンテーターが話しています。今後の課題は何だと言っていますか。

M：今回のガーナ戦、2対2で引き分けでしたけれども、キャプテンの山田選手は試合を通してよくチームをまとめていたと思いますし、前回のオーストラリア戦は4対0で敗れてますから、ちゃんと修正できていて、これまでの試合内容とは全然違うものになっていたと思います。**今後の課題としてはですね**、3点目を取りに行けるシチュエーションもあったんですけどね。**そこは特に若い選手が力不足だったと思うので、彼らが終盤になってもプレーの質が落ちないようにするっていうのが大事になってくると思います**。ま、若手の選手に成長してもらうっていっても、そんな二日、三日で変われるようなものではないんですけれども、この2試合は意識面においてね、彼らにとって本当に貴重な経験になったのではないかと思います。次回のブラジル戦、これは本当にきつい戦いになると思いますし、間違いなく一番大事な試合になるので、あとはしっかり準備してもらうだけですね。

今後の課題は何だと言っていますか。

電視上解說員正在說話。今後的課題是什麼呢？

男：這次和迦納的比賽是二比二平手，隊長山田選手也透過比賽好好地整合了隊伍，上次和澳洲的比賽是四比零敗北，因此在修正過後，和以往的比賽內容完全不一樣。**今後的課題**，是明明有能夠取得第三分的狀況。**關於這點特別是年輕選手的能力不足，所以我想益加重要的是，要讓他們在到了終盤時競賽的品質也不會下降**。哎，雖說希望年輕選手成長，但也不是這樣兩、三天就能夠有所改變的，這兩場比賽在意識面上來說，我覺得會是對他們很寶貴的經驗。下次和巴西的對決，真的會是很艱苦的一戰，也必定是最重要的一場比賽，接下來就剩下要好好準備而已了。

今後的課題是什麼呢？

文中提到「今後的課題」，所以要注意之後的內容！

從這裡可以看出正確答案是4。

熟記單字及表現

□コメンテーター：解說員、評論家
□課題：課題
□前回：上次、上回
□シチュエーション：場面、局面

□終盤：終盤、最後階段
□若手：年輕人
□次回：下次、下回

問題3

例　4

N1_3_20

テレビで専門家が話しています。

M：今回の新型肺炎は感染が拡大しつつあり、死亡者も出始めています。世界中の医療機関が特効薬やワクチンの開発に取り組んではいますが、残念ながら、今のところ成功の目処が立っていません。ですので、感染を最大限に予防しないといけないのです。マスクをして頻繁に手を洗うことで、ある程度予防はできますが、人から人への感染が見られるため、他人との接触を避けるのが得策でしょう。かといって、在宅勤務に切り替えている企業はごく一部しかありません。命に関わる一大事なので、ビジネスより人命を優先するべきではないでしょうか。リーダーとしての器は、こういう時にこそ見えてくるものです。

専門家が言いたいことは何ですか。

1　薬やワクチンを開発するべきだ
2　医療機関をもっと増やすべきだ
3　新型肺炎の予防方法を身につけるべきだ
4　ビジネスを優先する考え方を正すべきだ

電視上專家正在發言。
男：這次的新型肺炎疫情日漸擴大，也開始出現死亡者。世界上的醫療機構已在著手開發特效藥和疫苗，但很可惜的是，目前還沒有眉目。因此，必須要最大限度地預防感染的發生。戴口罩勤洗手能夠某種程度上預防感染，但也有人傳人感染，所以避免和其他人的接觸才是上策。話雖如此，改為在家工作的企業只有極少一部份而已。由於這是性命攸關的大事，比起商務，人命更應該擺在優先位置吧。作為領袖的氣度，就是在這種時候可以看得出來的。
專家想表達的是什麼呢？
1　應該開發藥物或疫苗
2　應該增加更多醫療機構
3　應該學習新型肺炎的預防方式
4　應該修正商務優先的這種考量方式

1番　1

🔊 N1_3_21

テレビで男の人が話しています。

M：最近歯のホワイトニングが話題になっていますよね。**今日ご紹介するのは**、歯に酸化チタンという物質をかけてから、ＬＥＤの光を当てることによって化学反応を起こして白くするという、**新しいホワイトニングです**。ＬＥＤの強い光によって、なんと、汚れが浮き出すんです。**従来のホワイトニングですと**、歯に特殊な薬剤を染み込ませて、歯の黄ばみを中から漂白するんですが、歯の表面にエナメル質という硬い部分がありますよね。このエナメル質を通り抜ける薬剤を使っていたので、その分、痛みや刺激があったんです。**一方、新しいホワイトニングは**全く違います。エナメル質の表面だけに貼り付いて汚れを落とすタイプになってますので、全くしみることも痛みもありません。10分だけでも明らかに白くなりますよ。

男の人は何について話していますか。

1　新しいホワイトニングと従来のホワイトニングとの違い

2　新しいホワイトニングの手順

3　新しいホワイトニングの利点と欠点

4　酸化チタンとエナメル質の関係

電視上男性正在說話。

男：最近牙齒美白的話題很熱門呢。**今天要介紹的是**，在牙齒上塗上氧化鈦這個物質之後，用 LED 燈照射起化學反應之後會變白，**這項新的美白技術**。LED 強光照射之下，污垢竟然就會浮出來。**以往的美白技術**是用特殊藥劑浸染牙齒，從內部漂白牙齒泛黃部份，但牙齒表面有琺瑯質這樣堅硬的部份。要透過這個琺瑯質使用藥劑，也因此會感受到疼痛和刺激。**另一方面，全新的美白技術**完全不同。這種技術光是貼上琺瑯質的表面就能讓污垢掉落，所以完全不覺得酸軟或疼痛。光是十分鐘就能明顯變得潔白。

男性說的是什麼內容呢？

1　新的美白技術和從前的美白技術的不同

2　新的美白技術的順序

3　新的美白技術的優點和缺點

4　氧化鈦和琺瑯質的關係

「今天要介紹的是，～新的美白技術」、「以往的美白技術是～」、「另一方面，全新的美白技術～」，兩者相較之下，正確答案是1。

★ 熟記單字及表現

- □ホワイトニング：（牙齒）美白
- □浮き出す：浮出、浮現
- □薬剤：藥劑
- □黄ばみ：泛黃
- □通り抜ける：穿過、穿透
- □通常：通常、一般
- □利点：優點、長處
- □化学反応：化學反應
- □従来：從前、以前
- □染み込む：滲入、滲透
- □漂白する：漂白
- □（歯が）しみる：（牙齒）刺痛
- □手順：順序、步驟

2番　2

🔊N1_3_22

大学の講義で教授が話しています。

M：皆さん、最近売れていると話題のこのコーヒー、ご存知ですね。では、どうしてこんなに売れているんでしょうか。実は、その秘密はマーケティングにあるんです。現代はマーケティングなしではビジネスが成立し得ない。マーケティングというものが非常に重要な時代となっています。**本講義では、マーケティングとは一体何なのかという基本概念を理解するとともに、日常生活で皆さんが接しているであろう商品やサービスなどの具体的な事例を通して、なぜこの商品・サービスはヒットしたのか、逆になぜこの商品は短命に終わったのかといった身近な問題について、マーケティングを切り口にして解き明かしていきます**。みなさんにはマーケティングに関する知識を身に付けていただくとともに、マーケティング的な発想をいかに活用していくのか、そういった応用力も高めていただきたいなと思っています。

この講義は何についての講義ですか。

1　ヒットしたコーヒーの販売戦略

2　マーケティングの基礎と具体的な事例

3　マーケティング活動への関与の仕方

4　マーケティング的発想の身に付け方

「本堂課程～」是在說明課程的內容。從這裡可以看出正確答案是2。

教授正在大學課堂上說話。

男：各位應該聽說過最近熱賣的這款咖啡吧。那麼為什麼會賣得這麼好呢？其實這個祕密就在於行銷。現在如果沒有行銷，商業上是無法運作的。現在是行銷非常重要的時代。**本堂課程讓各位瞭解行銷究竟為何這項基本概念，同時也會透過日常生活大家應該接觸過的商品、服務等具體事例，分析為什麼某項商品、服務會大紅，相反地也對某項商品為什麼會短命這些身邊的問題為切入點，來解析行銷**。各位在學習行銷相關知識的同時，希望也能提高應用能力，學習如何活用行銷的創意。

這堂課程是關於什麼的課程呢？

1　熱賣咖啡的販售策略
2　行銷的基礎和具體事例
3　行銷活動的參與方式
4　行銷創意的學習方式

熟記單字及表現

□マーケティング：市場營銷　　□基本概念：基本概念
□接する：接觸　　□事例：事例
□短命：短命　　□切り口：切入點、視角
□解き明かす：解明、講明　　□販売戦略：營銷策略

3番　4

N1_3_23

テレビで女の人が話しています。

F：毎日料理していると、効率よくしようとか早く済ませようとか思って、ついつい強火で料理しちゃいますよね。でも実は、ほとんどのフライパンが中火以下での使用をおすすめしているんです。いいですか、皆さん。**強火はフライパンをだめにします**。これ、基本です。レシピ本なんか見てみてください。中火で加熱、弱火でコトコト、とろ火で20分などなど。ほとんどの料理で中火以下って記載されています。料理する際の火加減は基本、中火なんです。強火で焦げ付くのは当たり前！ **さらに、焦げ付きに拍車をかけるのが、油の量**。皆さん、どうしても油の量って気になりますよね。太りたくないとか、健康に悪いとか思って、多く入れ過ぎないようにしてませんか。でも油って意外と重要で、**油の量が少ないと、材料がフライパンにくっついて、そこから焦げ付きやすくなっちゃうんです**。

女の人は何について話していますか。

整體來說是在談論「平底鍋」。文中提到「大火會讓平底鍋壞掉」、「油量太少容易燒焦」，所以得知正確答案是4「平底鍋劣化（＝變壞）的原因」。

1　効率的な料理の仕方

2　火加減と油の量の関係

3　油の量と健康の関係

4　フライパンの劣化の原因

電視上女性正在說話。

女：每天做菜的話，希望效率高些早點做好，就會不知不覺地用大火做菜呢。不過其實幾乎所有的平底鍋，都推薦各位使用中火以下的火力。聽好了，各位。**大火會讓平底鍋壞掉**。這是基本知識。請看看食譜書之類的。用中火加熱，小火燉煮，文火煮二十分鐘等等。幾乎所有的料理都寫著使用中火以下火力。料理時火候基本上是使用中火。大火弄焦是理所當然的！**另外，加速變焦過程的，還有油的份量**。大家很容易會在意油的份量，對不對。不想變胖、或是對健康不好之類的，會注意不放太多對吧。不過油令人意外地還蠻重要的，**如果油量太少，材料就會黏在平底鍋上，這樣就會容易焦掉**。

女性在說些什麼呢？

1　高效率做菜的方式

2　火力和油量的關係

3　油量和健康的關係

4　平底鍋劣化的原因

熟記單字及表現

☐効率：效率

☐ついつい：不知不覺

☐強火：大火

☐中火：中火

☐弱火：小火

☐コトコト（煮る）：咕嘟咕嘟（燉煮）

☐とろ火：文火

☐記載する：記載

☐火加減：火候

☐焦げ付く：焦、糊

☐～に拍車をかける：加速…、推動…

☐意外と：意外地、出乎意料地

☐効率的な：有效率的、高效的

☐劣化：劣化、老化

4番 1

N1_3_24

大学の授業で先生が話しています。

M：最近、他の人が発表しているときに、きちんと聞かないでスマホで遊んでいたり寝ていたりする人がいます。自分の番が終わったら関係ない、そう思っている人がいるのかもしれません。でも、考えてみてください。皆さんはそういう時間にも、貴重なお金と時間を費やしているんですよ。じゃあ、**どうすれば他の人の発表を興味深く聞けるのか**。私がおすすめしたいのは、聞きながら考えること。今晩のおかずは何かな、そんなことを考えるんじゃありませんよ。**私や他の人たちがあとでどんなコメントをするのか、それを予想しながら聞くんです。この人なら、この発表をどう整理して、どこに問題点を見い出して、それをどんな言葉で発表者に伝えるのだろうか。そういうのを真剣に考えることが、勉強になるんです。**いいですか。この教室には、2種類の学生がいます。他の人の発表のときに、ぼけっと何も考えていない学生と、発表についてしっかり考えている学生。皆さんはどちらになりたいですか。こういうちょっとした違いが、将来に大きく影響してくるんですよ。

先生は何について話していますか。

1 理想的な発表の聞き方

2 発表を聞かない学生への注意の仕方

3 発表者に対するコメントの仕方

4 将来成功する学生の特徴

教授正在大學課堂上說話。

男：最近當其他人在報告時，有人會不好好聽而去玩手機或是睡覺。或許有人會覺得自己已經報告完了，所以和自己沒有關係。不過請想想看。大家在這樣的時間裡也耗費了寶貴的金錢和時間。那麼，**要怎樣才能對其他人的報告感興趣地聽呢**？我推薦各位邊聽邊思考。並不是說思考今晚會做什麼菜這種事情喔。一邊預測我和其他人之後會如何評價，一邊聽報告。**這個人會如何整理這次報告，在哪裡找出問題點，用什麼話將這些傳達給發表者呢。認真思考這些事情，會學到很多**。聽好了。這間教室裡，有兩種學生。其他人報告時，什麼都不想發呆的學生，和會認真思考報告的學生。大家想成為哪一種呢。這一點微小的差異，會對將來造成巨大的影響喔。

文中提出「那麼，要怎樣才能對其他人的報告感興趣地聽呢」這個問題，之後又談起怎樣聽人家的報告，所以正確答案是1。

教授說了什麼內容呢？
1　理想的聽報告方式
2　責備不聽報告的學生的方式
3　對發表者評論的方式
4　將來會成功的學生特徵

★ 熟記單字及表現

□費やす：耗費　□予想する：預想
□見い出す：發現、找出　□ぼけっと：發呆

5番　4

N1_3_25

授賞式で受賞者が話しています。

M：えー、この度はこのような名誉ある賞をいただき、心より感謝しております。**このゲームを開発したきっかけですけれども**、近年、インターネットの普及によって、人と人が直接顔を合わせる機会が減っている。そんな中で、**友達や家族が年代を問わず集まって笑顔になれる場を作りたい**、という思いがまずありました。それで選んだのが言葉という題材です。言葉というのは、個人差、年齢差はあれ、普遍的なツールです。これを題材にしたことで、老若男女に楽しんでいただけるゲームになったのではないかと思っています。例えば、「おばあちゃん、ステテコって何？」「そうか、ステテコも知らないんだね。ステテコっていうのはね」。こんな風に、おばあちゃんと遊びながらいろんな言葉を自然に教えてもらうという場面が出てくるかもしれません。お互いに顔を合わせて会話する、みんなで遊んで笑顔になるというのは、コミュニケーションの原点です。**このゲームは、一般的なボードゲームという枠を超えて、人と人とをつなぐツールになってくれるのではないかと、私は期待しております**。

一開始時就說了「這個遊戲開發的契機」，所以正確答案是4。

※「ステテコ（古早薄長褲）」是穿在內褲外面，外褲裡面的褲子。主要是年長男性穿著。

受賞者は何について話していますか。

1　言葉遊びのおもしろさ

2　開発したゲームのやり方

3　開発したゲームに込めた祖母との思い出

4　ゲームを開発した理由

獲獎者在頒獎典禮上發表感言。

男：嗯～，這次有幸獲得如此光榮的獎項，我打從心底覺得感謝。**這個遊戲開發的契機**，是由於近年來隨著網路普及，人和人直接面對面的機會減少了。在這種情況下，**希望能打造一個朋友和家人能不分年代聚集在一起歡笑的地方**，首先是有這樣的想法。於是選擇的就是言語這個題材。言語雖然有個人、年齡差異，但都是普遍的工具。用它作為題材，我覺得可以打造出男女老少都能樂在其中的遊戲。例如說，「奶奶，「ステテコ」是什麼？」「這樣啊，原來你不知道這是什麼。「ステテコ」就是～」。或許會出現像這樣和祖母一邊玩，一邊聽她自然地教導各種用詞的情形。彼此面對面地對話，大家一起玩著歡笑著，這就是溝通的原點。**這個遊戲超越了一般的桌遊，我期待它能成為連接人與人之間的工具。**

獲獎者在說些什麼呢？

1 語言遊戲的有趣之處
2 所開發遊戲的作法
3 所開發遊戲中包括的和祖母的回憶
4 開發遊戲的理由

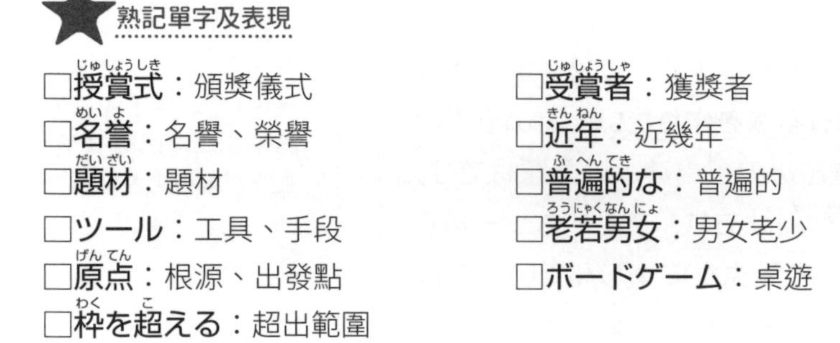

★ 熟記單字及表現

□授賞式（じゅしょうしき）：頒獎儀式
□受賞者（じゅしょうしゃ）：獲獎者
□名誉（めいよ）：名譽、榮譽
□近年（きんねん）：近幾年
□題材（だいざい）：題材
□普遍的な（ふへんてきな）：普遍的
□ツール：工具、手段
□老若男女（ろうにゃくなんにょ）：男女老少
□原点（げんてん）：根源、出發點
□ボードゲーム：桌遊
□枠を超える（わくをこえる）：超出範圍

6番 2

🔊 N1_3_26

セミナーで女（おんな）の人（ひと）が話（はな）しています。

F：近年（きんねん）、日本（にほん）の企業（きぎょう）において、５年（ねん）以内（いない）に離職（りしょく）する外国人社員（がいこくじんしゃいん）が非常（ひじょう）に多（おお）くなっています。外国人社員（がいこくじんしゃいん）の定着（ていちゃく）を阻（はば）む要因（よういん）というのは一体（いったい）何（なん）なのでしょうか。今回（こんかい）、インタビュー調査（ちょうさ）によって明（あき）らかになったのは、企業側（きぎょうがわ）の根本的（こんぽんてき）な問題（もんだい）です。企業（きぎょう）としては、人材不足（じんざいぶそく）を補（おぎな）うために外国人社員（がいこくじんしゃいん）を積極的（せっきょくてき）に採用（さいよう）しています。しかしですね、各部署（かくぶしょ）で、つまり一（ひと）つひとつの現場（げんば）で、上司（じょうし）や周（まわ）りの人（ひと）たちは、外国人社員（がいこくじんしゃいん）がなぜ必要（ひつよう）なのか、彼（かれ）らにどんな仕事（しごと）をしてもらいたいのか、全然（ぜんぜん）わかっていない。なぜなら、企業（きぎょう）がこれに関（かん）して統一（とういつ）の見解（けんかい）を持（も）っていないので、現場（げんば）に何（なに）も伝（つた）えていないからです。それじゃあ、外国人社員（がいこくじんしゃいん）は能力（のうりょく）を発揮（はっき）しきれないですよね。ですから、離職（りしょく）する外国人社員（がいこくじんしゃいん）を責（せ）めないでいただきたい。これは企業側（きぎょうがわ）の問題（もんだい）、責任（せきにん）なんです。

提出了「究竟阻礙了外國員工穩定留任的主要原因為何呢？」這個問題，對此回應為「瞭解到企業方根本性的問題」，所以正確答案是2。

女の人は何について話していますか。

1　仕事を辞める外国人社員の特徴

2　日本の企業に潜む問題

3　人材不足の深刻さ

4　外国人社員を生かす職場のあり方

研討會上女性正在發言。

女：近年在日本企業，非常多外國員工是在五年以內離職的。**究竟阻礙了外國員工穩定留任的主要原因為何呢**？這次透過專訪調查**瞭解到的是，企業方的根本性問題**。對企業來說，為了填補人才不足的缺口，積極錄用外國員工。但是在各部門，也就是個別單一的現場中，上司和周圍的人們完全不懂為什麼需要外國員工，也不知道希望他們來做什麼樣的工作。要說為什麼呢，這是由於企業對這點並沒有抱持一致的觀點，所以也沒有向現場傳達任何事。那麼外國員工也就無法將實力全部發揮出來了呢。不過，希望大家不要責備離職的外國員工。**這是企業方的問題和責任**。

女性在說些什麼呢？

1　辭去工作的外國員工特徵

2　日本企業隱藏的問題

3　人才不足的嚴重性

4　活用外國員工的職場狀態

熟記單字及表現

□セミナー：研討會
□近年：近幾年
□離職する：離職
□阻む：阻礙
□要因：主要原因
□根本的な：根本的
□人材不足：人才不足
□採用する：录用
□潜む：潛藏、隱藏
□生かす：活用、有效利用
□あり方：應有的狀態、理想的狀態

問題4

例　1
🔊 N1_3_28

M：先月出した企画だけど、通ったかどうか結局わからずじまいだよ。

F：1　結果くらいは教えてほしいものだね。

　2　企画を出すべきだったよね。

　3　結局通らなかったんだよね。

男：上個月提出的企劃，到底有沒有通過，結果還是不知道。

女：1　希望他們至少能告知結果呢。

　2　應該提出企劃的。

　3　結果沒辦法通過呢。

1番　1
🔊 N1_3_29

F：佐藤さん、さっき早退してたけど、もしかして仮病だったりして。

M：1　うん、さっきまでピンピンしてたよね。

　2　そうそう、病気のはずだよね。

　3　あ、体壊しちゃったんだ。

女：佐藤剛剛早退了，難道是裝病嗎。

男：1　嗯，直到剛剛還活蹦亂跳的呢。

　2　沒錯沒錯，應該是生病對吧。

　3　啊，身體搞壞了呢。

對話中提到「難道是裝病」，對此的回應是「直到剛剛還活蹦亂跳的（＝很健康）」。

熟記單字及表現

□**仮病**：裝病

□**ピンピンする**：活蹦亂跳、精神抖擻

2番　3
🔊 N1_3_30

M：こちら、プラス100円でスープかサラダをお付けすることも可能ですが。

F：1　じゃあ、スープを承ります。

　2　じゃあ、スープをお付けします。

　3　じゃあ、スープをいただこうかな。

男：這邊再加100日圓，也能選擇附上湯或是沙拉。

女：1　那就為您點一份湯。

　2　那就附上一份湯給您。

　3　那就要一份湯好了。

店員說「能選擇附上湯或是沙拉」，對此的回應是「要一份湯」。

1 承る：「受ける、聞く（接受、聽話）」的謙讓語

2 お付けする：「付ける（附上）」的謙讓語

如果是站在店員立場就可以選擇1、2。

3番　2
🔊 N1_3_31

M：ごめん。明日の約束、プレゼンの準備でそれどころじゃないんだけど。

F：1　うーん、あんまりピンと来ないなあ。

　2　そっか、じゃあまた今度にしよっか。

　3　え、明日はプレゼンじゃないよ。

男：抱歉。明天的約，因為要準備報告所以時機不對。

女：1　嗯～，我不太有頭緒呢。

　2　這樣啊，那就下次再約吧。

　3　咦，明天沒有要報告喔。

「時機不對」就是「不是做這種事情的時候」。由於要準備報告，表示希望明天的約能取消，所以正確答案是2。

熟記單字及表現

□プレゼン：發表、演講
□ピンと来ない：沒有頭緒、難懂

4番　1

🔊N1_3_32

M：水野さん、入社して半年で昇進なんて、おちおちしてらんないね。

F：1　先越されないようにがんばらないとですね。

2　私たちは落ちるわけないですよ。

3　気が置けないですね。

男：水野他才進公司半年就升職，真讓人忐忑不安呢。
女：1　為了不讓他趕到前面，得好好加油才行呢
2　我們才沒有要掉下去呢。
3　沒有隔閡呢。

對話提到「忐忑不安」，對此的回應是「為了不讓他趕到前面，得好好加油才行」。

熟記單字及表現

□昇進：升任、升官
□おちおちしてらんない：安不下心來
□先を越す：超前、趕上
□気が置けない：不分彼此

5番　2

🔊N1_3_33

F：お昼、なんか食べたいものある？

M：1　えっ、僕に作れってこと？

2　うーん、これといってないかな。

3　あ、冷蔵庫に入れといて。

女：中午有想吃什麼嗎？
男：1 咦，是說要我做飯嗎？
2 嗯～，沒想到什麼呢。
3 啊，先放進冰箱。

對話中問到「有想吃什麼嗎？」，對此回應是2「沒想到什麼（＝沒特別想吃的）」。

熟記單字及表現

□これといってない：沒有什麼特別（想吃）

6番　1

🔊N1_3_34

F：まさか、田中さんが退職するなんてことないよねえ。

M：1　うーん、辞めないとも言い切れないね。

2　え、辞める必要ないんですか。

3　え、辞めちゃったんでしたっけ。

女：田中該不會是要離職了吧。。
男：1　嗯～，也不能斷言不會離職呢。
2　咦，沒有辭職的必要嗎？
3　咦，是辭職了來著？

對話提到「該不會是要離職了吧」，對此回應「也不能斷言不會離職（＝沒辦法肯定地說不會離職）」，也就是說「有辭職的可能性」。

熟記單字及表現

□退職する：退職、辭職
□言い切る：斷言

7番　1

🔊 N3_3_35

M：まったく、あの客、うるさいったらないな。

F：1　せっかくのディナーが台無しだよね。

2　うん、この際きっぱりやめてほしいよね。

3　店員さんに注意してもらってよかったね。

男：真的是，那位客人，實在是吵到不行呢。

女：1　難得的晚餐都毀於一旦了。

2　嗯，趁這機會，希望能斷然停止呢。

3　能讓店員警告真是太好了呢。

對話提到「吵到不行」，對此回應「晚餐都毀於一旦（＝失敗了）」。

2「趁這機會，希望能斷然停止」有「希望對方戒掉原先戒不太掉的習慣」，所以是錯誤答案。

熟記單字及表現

□台無し：糟蹋、白費

□この際：在這種情況下、趁此機會

8番　2

🔊 N1_3_36

M：突然で恐縮ですが、アンケート調査にご協力いただけませんか。

F：1　申し訳ないのですが、お願いします。

2　私そういうのしない主義なので。

3　すみませんが、いただくのはちょっと…。

男：突然打擾不好意思，能請您協助做問卷調查嗎？

女：1　非常不好意思，麻煩你了。

2　我原則上是不做這種事的。

3　不好意思，要收下就有點…。

被拜託「能請您協助做問卷調查嗎」時，以「我原則上是不做這種事的」拒絕對方。

熟記單字及表現

□恐縮ですが：不好意思

□主義：主義

9番　2

🔊 N1_3_37

M：これはちょっと子供には読ませらんないよ。

F：1　時間がある時に読むね。

2　そんなに過激だったかなあ。

3　やればできるって。

男：這有點不太能讓孩子閱讀呢。

女：1　我會在有時間的時候讀的。

2　有那麼刺激嗎。

3　說是去做就做得到。

對話提到「不能讓孩子閱讀」，對此回應「有那麼刺激嗎」。

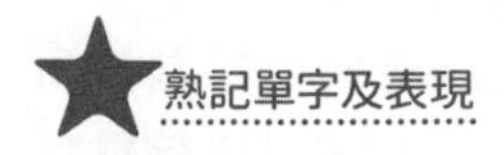

熟記單字及表現
□過激（かげき）：過激

10番　1

🔊 N1_3_38

> M：あ！ 今日中（きょうじゅう）に郵便局（ゆうびんきょく）行（い）かなきゃいけないんだった。
>
> F：1　今（いま）から送（おく）っていこうか？
>
> 　　2　ちょっと思（おも）い出（だ）したよ。
>
> 　　3　最近（さいきん）なぜか忘（わす）れっぽくてさ。
>
> 男：啊！今天之內得去一趟郵局才行。
> 女：1　現在送你過去吧？
> 　　2　稍微想起來了喔。
> 　　3　最近不知怎地有點健忘。

男性想起忘記的事，表示「得去一趟郵局才行」，於是女性回應「現在送你過去吧」。

11番　2

🔊 N1_3_39

> F：席（せき）が空（あ）き次第（しだい）お呼（よ）びしますので、こちらの席（せき）でお待（ま）ちください。
>
> M：1　あ、お手洗（てあら）いはこちらですよ。
>
> 　　2　もう連（つ）れが中（なか）にいますけど。
>
> 　　3　あ、もう空（あ）きましたか。
>
> 女：當有空位時會喊您入座，請在這邊的座位稍候。
> 男：1　啊，洗手間在這裡喔。
> 　　2　同行的人已經在裡面了。
> 　　3　啊，已經空下來了嗎？

服務人員（女性）表示「當有空位時會喊您入座」，所以現在是沒有空位的。對此的回應是「同行的人已經在裡面了」。

熟記單字及表現
□連（つ）れ：同伴、夥伴

12番　1

🔊 N1_3_40

> M：お手数（てすう）ですが、こちらのショールームまで足（あし）をお運（はこ）びいただけないでしょうか。
>
> F：1　そうですね、行（い）って直接（ちょくせつ）見（み）たほうがいいですよね。
>
> 　　2　うーん、ちょっと手（て）が足（た）りないかもしれませんね。
>
> 　　3　うーん、伺（うかが）えばよかったんですけどね。
>
> 男：麻煩您了，能請您先移駕到這邊的商品展出室嗎？
> 女：1　對啊，過去直接看比較好呢。
> 　　2　嗯～，或許稍微有點人手不足呢。
> 　　3　嗯～，要是能問一下就好了。

男性請對方「能不能移駕到商品展出室（＝能不能過來）」，對此回應「對啊，直接去看吧」。
「手が足りない（人手不足）」有「非常忙碌，希望有人來幫忙」的意思。

熟記單字及表現
□お手数（てすう）ですが：麻煩您了
□ショールーム：商品展出室
□足（あし）を運（はこ）ぶ：前往
□手（て）が足（た）りない：人手不足

13番　1

🔊 N1_3_41

F：リーダーに指名されなくてよかったね。

M：1　うん、ひやひやしたよ。

　　2　うん、ちやほやしたよ。

　　3　うん、もやもやしたよ。

女：沒有被指名當隊長，真是太好了。
男：1　嗯，戰戰兢兢的呢。
　　2　嗯，很溺愛呢。
　　3　嗯，很鬱悶呢。

對話提到「沒被指名太好了呢」，對此回應「嗯」，所以正確答案是「戰戰兢兢的」，也就是「擔心會不會被指名」。

熟記單字及表現

□**リーダー**：領導者、幹部
□**指名する**：指名、指定、提名
□**ひやひやする**：擔驚受怕、戰戰兢兢
□**ちやほやする**：嬌慣、溺愛
□**もやもやする**：鬱悶煩躁

14番　3

🔊 N1_3_42

M：大変申し訳ございませんが、当店は全席予約制となっておりまして。

F：1　あら、キャンセルできないんですね。

　　2　すみません、ご存知ありませんでしたか。

　　3　あれ？ 予約したはずですけど。

男：非常抱歉，敝店所有座位都需要預約。
女：1 哎呀，沒辦法取消了呢。
　　2 不好意思，您知道嗎？
　　3 咦？我應該是有預約了吧。

店員（男性）表示「敝店所有座位都需要預約」，對此客人（女性）的回應是「應該是有預約了」。

**熟記單字及表現**

□**当店**：敝店、我們店家
□**全席予約制**：全席預約制
□**キャンセルする**：取消

問題 5

1番　1

N1_3_44

家で妻と夫が話しています。

F：相撲見に行くのなんて初めて。楽しみだなあ。どこの席予約しようか。

M：土俵から一番近いのはS席、その次がA席で、あとは1階の隅っこのB席、一番安いのが2階席か。

F：あ、S席とA席は記念座布団付きだって。座布団、ほしいなあ。それに、せっかくなら近くで見たいから、S席かA席がいいと思う。

M：確かに近いけど、高いよ。それに、平らだから逆に前の人の頭で見えないんじゃないか？　2階席だったら階段状の席だから見やすいと思うけど？

F：うーん、2階は遠すぎるんじゃない？　あ、S席とA席ってずっと地べたなんだ。長時間だとちょっときついよね。B席は椅子だから、確かに楽かもね。

M：記念座布団がほしかったら、あとからネットで買えるよ。

F：それもそうだね。あれ、この案内図見て！　やっぱりB席も結構離れてるわよ。

M：あ、本当だ。じゃあ、**座椅子持っていって、一番いいところで見るか。**

F：うん。**めったにないチャンスだから、奮発しよう。**

二人はどこの席を予約しますか。

1　S席

2　A席

3　B席

4　2階席

談話内容

對話內容是關於去看相撲時的座位。
S席：離相撲場地最近，很貴
A席：是僅次於S席離相撲場地近的，很貴
B席：位於一樓角落，但有椅子坐起來比較輕鬆
二樓座位：離相撲場地很遠，但最便宜

對話提到「在最棒的位置看」、「豁出去（＝下定決心花錢）」，所以正確答案是1。

妻子和丈夫正在家裡對話。
女：我竟然是第一次要去看相撲呢。好期待喔。要預約哪裡的座位呢。
男：離相撲場地最近的是Ｓ席，接下來是Ａ席，還有在一樓角落的Ｂ席，最便宜的則是二樓席。
女：啊，說是Ｓ席和Ａ席有附上紀念座墊呢。好想要座墊喔。還有既然機會難得，希望看表演時能近距離看，我覺得Ｓ席或Ａ席都不錯。
男：確實很近，但有點貴喔。而且座位沒有高起，所以反而會被前面的人的頭部擋住看不到吧？要是二樓座位的話，階梯形式的位置應該看得比較清楚？
女：嗯～，二樓不會太遠了嗎？啊，Ｓ席和Ａ席要一直坐地上呢。長時間這樣的話會有點難受呢。Ｂ席有座椅，確實應該會比較輕鬆。
男：如果想要紀念座墊的話，之後在網路上也買得到喔。
女：說得也是呢。咦，你看這張座位表！Ｂ席果然離得蠻遠的呢。
男：啊，真的耶。**那就帶著靠椅去，在最棒的位置看吧**。
女：嗯。**這麼難得的機會，就豁出去一次吧**。
兩人要預約哪裡的座位呢？
1　Ｓ席
2　Ａ席
3　Ｂ席
4　二樓座位

熟記單字及表現

□土俵：相撲場地
□隅っこ：角落、邊上
□地べた：地面
□座椅子：無腿靠背椅
□奮発する：豁出錢來

2番　3

N1_3_45

家で父、母、娘の三人が話しています。

M：あ、市立博物館のお知らせだ。

F1：博物館なんてもう1年ぐらい行ってないわねえ。たーちゃん、久しぶりに博物館に行こうか。

F2：うん、行きたい！

M：今月の催し物、いっぱいあるみたいだぞ。どれどれ？毎週日曜日は「火山灰を顕微鏡で見てみよう」か。日本各地の火山灰に含まれる鉱物を顕微鏡で観察するんだって。

F2：火山灰？

博物館本月展覽有：
1「用顯微鏡看火山灰」：每週日
2「觀察部份日蝕」，在20號週三。
3 演講「三百萬年前，這片街區原來是海」：22號週五下午兩點到四點
讓孩子也輕鬆易懂的說明
4 學習資料展：每天上午九點半～下午五點

F1：うん。顕微鏡使って、小さい粒がいろいろ見られるのよ。他には？

M：20日水曜日は「部分日食を観察しよう」。この日は、日本全国で部分日食を観察することができる特別な日なんだって。

F2：部分日食って？

F1：いつもとは違う、ちょっと欠けてる太陽が見られるのよ。

F2：見たい見たい！

F1：見たいけど、今月は平日にいっぱいシフト入れちゃったのよね。あとでスケジュール確認しないと。あとは？

M：22日金曜日は講演会があるみたい。「300万年前、この街は海だった」っていうタイトルで、300万年前の駅周辺の地質や地形についてのお話があるんだって。

F2：え、この街、海だったんだ。

M：お子様にもわかりやすくご説明しますって書いてあるからいいんじゃないかな。午後2時から4時までで、定員は100名だって。あとは、子供たちに昔のくらしを知ってもらう、毎年恒例の「学習資料展」があるって。今回は1964年の東京オリンピックのころに使われていた生活道具を紹介するんだって。毎日午前9時30分から午後5時までか。

F1：へえ、おもしろそうね。

M：チャレンジ体験コーナーもあって、昔の遊び体験として、割り箸鉄砲やヨーヨー、けん玉も体験できるって。

F2：わー！ ヨーヨーやりたい。

F1：ヨーヨーはおばあちゃんの家でできるでしょう。どれもおもしろそうだけど、仕事の日にち次第かな。あ、そうだ、**来週は金曜日、半日で仕事終わるんだった**。あなたは金曜日休めそう？

M：うーん、休むのは難しいかな。二人で行ってきなよ。

F1：そう。じゃあ、**これ二人で行ってくるね。ちょっと難しそうだけど、子供向けみたいだし。**

母と娘は何の催し物に行きますか。

「下週五工作半天就結束了」、「我們兩人去吧。看來也是辦給孩子參與的」，所以正確答案是3。

1　火山灰の観察

2　部分日食の観察

3　講演会

4　学習資料展

媽媽、女兒和爸爸這三人正在家裡對話。

男：啊，市立博物館的公告。

女 1：博物館也已經一年左右沒去了呢。小太，好久沒去了，要不要去一趟博物館呢？

女 2：嗯，我想去！

男：這個月好像有很多展覽活動喔。讓我看看。每週日是「用顯微鏡看火山灰」。說是要用顯微鏡觀察日本各地火山灰所包含的礦物。

女 2：火山灰？

女 1：嗯。用顯微鏡能把細小的微粒看得非常清楚喔。其他還有嗎？

男：20 號週三是「觀察部份日蝕」。據說這一天是日本全國都能觀察到部份日蝕的特別日子。

女 2：部份日蝕是什麼？

女 1：可以看到和平時不同，缺了一角的太陽喔。

女 2：我想看我想看！

女 1：雖然想看，但這個月的平日我排了很多班。等下得確認一下行程才行。還有嗎？

男：22 日週五好像有演講會的樣子。題目是「三百萬年前，這個街區是片海洋」，會談三百萬年前車站周圍的地質和地形。

女 2：咦，這個街區原來是海啊。

男：上面寫會講得清楚易懂，讓孩子們也能理解，所以應該可以吧。這場是下午兩點到四點，人數限制為 100 人。還有希望孩子們瞭解過去的生活，每年照慣例舉行的「學習資料展」。這次要介紹的是 1964 年東京奧運時所使用的生活道具。是每天早上九點半到下午五點啊。

女 1：咦，聽起來好有趣喔。

男：還有體驗挑戰區，可以體驗以前的遊戲，像是免洗筷槍和溜溜球、劍玉等。

女 2：哇～！我想玩溜溜球。

女 1：溜溜球在奶奶家就能玩了吧。每場活動看來都很有趣，大概要看工作日來決定了。啊對了，**下週五工作只要半天就結束了**。你也是週五要休息嗎？

男：嗯～，要休息比較難吧。妳們兩個一起去吧。

女 1：對啊。那就**兩人一起去看這個吧。雖然有點難懂，但好像是辦給孩子參與的**。

母親和女兒要去什麼展覽活動呢？

1　火山灰的觀察

2　部份日蝕的觀察

3　演講

4　學習資料展

★熟記單字及表現

□催し物：活動
□どれどれ：我來看看（當要開始某動作時使用的表達）
□火山灰：火山灰
□顕微鏡：顯微鏡
□鉱物：礦物
□シフトを入れる：排班、輪班
□タイトル：題目、標題
□地質：地質
□地形：地形
□恒例：慣例
□体験：體驗
□半日：半天

3番　問題1　3、問題2　1

N1_3_47

お店で店員が話しています。

F1：当店おすすめの枕はこちらの4点になります。まず一番人気なのがこの「パイプ枕」です。このように左右が高く、真ん中が低くなっておりますので、どんな態勢でも気持ちよく寝られます。フィット感も抜群で、寝返りをよく打つ方でも安心してお使いいただけます。程よい柔らかさで頭を包み込んでくれる感じですね。次に、最近人気が出てきているのがこの「ふわふわ枕」。触ってみてください。このふわふわ具合、すごいでしょう。すぐにもとの形に戻るので、ホテルの枕のようなふわふわ感を毎日味わえるんです。さらに、なんとこの枕、ご自宅で洗えちゃうんです。枕って意外に汚れるんですよね。洗えるっていうのはポイント高いんじゃないでしょうか。それから、一番新しいのがこの「キューブ枕」です。こちらは80個の格子状のキューブが沈んだり戻ったりするので、枕のどの場所に頭を置いても同じ寝心地になるんです。やや硬めなので、首元がしっかり固定されます。あとはこちらの定番の商品ですね。この「もちもち枕」は、耐久性が群を抜いて高いので、どんなに重い頭をのせても必ずもとの形に戻ります。さらに、触り心地も非常に滑らかになっています。どうぞ触ってみてください。

正在挑選枕頭。
1 中空管枕：最受歡迎，非常貼合身形，經常翻身的人也能放心使用，恰到好處的柔軟程度
2 軟綿綿枕：最近很受歡迎，馬上就能恢復原狀，可在自家洗滌
3 方塊枕：最新款，稍硬
4 彈性枕：招牌商品，非常耐用，觸感滑順

男性表示「新款的」、「選擇硬度恰到好處（＝剛剛好）的這款」，所以正確答案是3「方塊枕」。

女性表示「睡相很差，所以要選側躺或趴睡都沒問題的款式」、「不會太軟，完全貼合的感覺也恰到好處。決定了」，所以正確答案是非常貼合身形，經常翻身（＝睡著狀態下改變身體方向）的人也能放心使用的1「中空管枕」。

F2：わ、本当に滑らか！ 気持ちいい！

M：やわらかい枕って確かに気持ちいいけど、俺、肩凝っちゃうんだよね。

F2：そしたら硬いの？ 硬いのって…、あ、**この新しいやつか**。どれどれ？ へえ、結構硬いね。

M：うん、ちょうどいい硬さ。でも今の枕カビちゃったから、洗える枕ってのも捨てがたいな。

F2：あれは、たまには干せって言ったのに干さなかったからでしょう！ 枕のせいにしないで。

M：はい、すみませんでした。うーん、どっちにしようかなあ。やっぱり**程よい硬さのこれに決めた**！

F2：**私は結構寝相悪いから、横向いてもうつ伏せでも大丈夫なやつ**にしたほうがいいかな。

M：そうだね。じゃあ、これ試してみたら？

F2：うん。…**柔らかすぎないし、すっぽりはまる感じがちょうどいい。決まり**！

質問1：男の人はどの商品を買いますか。

質問2：女の人はどの商品を買いますか。

在店家和店員對話。

女1：本店推薦的枕頭有以下四款。首先是最受歡迎的「中空管枕」。像這樣左右高起，正中央較低，不管什麼睡姿都能睡得很舒服。非常貼合身形，經常翻身的人也能放心使用。感覺恰到好處的柔軟包裹著頭部呢。下一個是最近開始受歡迎的「軟綿綿枕」。請摸摸看。這個柔軟的感覺很不錯吧。它馬上就能恢復原狀，每天都可以品味飯店枕頭那種柔軟感覺。另外，這個枕頭竟然還能在自家清洗。枕頭意外地很容易髒呢。能夠洗滌會提高它的分數，對吧。然後是最新的「方塊枕」。有 80 個格狀的小方塊可以陷下又恢復，不管躺在枕頭的任何位置都是相同的感受。比較偏硬，能好好固定住脖頸。還有就是我們的招牌商品。這個「彈性枕」非常耐用，不管多沉重的頭部放上去都一定會恢復原狀。另外，摸起來的觸感也十分滑順。請摸摸看。

女2：哇，真的好滑！摸起來好舒服！

男：軟的枕頭確實躺起來舒服，但我會覺得肩膀酸痛呢。

女2：那就選硬的？硬的…，啊，**這個新款的**。我看看。咦，還蠻硬的耶。

男：嗯，是剛剛好的硬度。但現在的枕頭有點發霉，所以也有點難捨棄能清洗的枕頭呢。
女２：那是因為我明明要你偶爾拿去曬，但你都沒曬的關係吧！不要怪到枕頭身上。
男：好啦，不好意思。嗯～，要選哪一個呢。**還是選硬度剛好的這個吧**！
女２：**我睡相蠻差的，應該選側躺或趴睡都沒問題的枕頭會比較好**。
男：是啊。那要不要試試看這個？
女２：嗯。…**不會太軟，這種完全貼合的感覺也恰到好處。決定了**！
問題１：男性要買哪一款商品呢？
問題２：女性要買哪一款商品呢？

★熟記單字及表現

□**当店**：敝店、我們店家
□**フィット感**：合身的感覺
□**寝返り**：翻身
□**包み込む**：包起來
□**格子状**：格子狀
□**硬め**：硬一些
□**固定する**：固定
□**耐久性**：耐久性
□**触り心地**：手感
□**肩が凝る**：肩膀僵硬、肩膀痠痛
□**寝相**：睡相
□**すっぽりはまる**：完全嵌入
□**態勢**：姿勢、態勢
□**抜群**：出類拔萃
□**程よい**：正好、適當
□**ポイント**：得分
□**寝心地**：躺（睡）著的感覺
□**首元**：頸部
□**定番**：經典、常規
□**群を抜く**：出類拔萃
□**滑らか**：光滑、滑溜
□**カビる**：發霉
□**うつ伏せ**：趴著、朝下

第3回

語言知識（文字・語彙・文法）・讀解

問題1 從1・2・3・4中選出＿＿最合適的讀音。

1 他拼了命地一直拒絕，但最後還是放棄了。

1 委託 2 拒絕 3 纏住 4 央求

2 他缺乏所謂的感情。

1 血尿 2 × 3 × 4 缺乏

3 這個戒指乍看之下很貴，其實並非如此。

1 × 2 瞳孔 3 乍看 4 必見

4 他以靈巧的技術，縫好了裙子。

1 美味 2 靈巧 3 × 4 結構

5 早上不舒服，覺得身體發冷，所以向公司請了假。

1 × 2 寒氣 3 發冷 4 ×

6 能一邊眺望紅葉一邊浸泡的露天溫泉，顯得風情十足。

1 風情 2 × 3 × 4 浮上

問題2 請從1・2・3・4中選出最適合放入（　）的選項。

7 他在聽了關於空氣污染的演講之後，改為搭乘（　）車。

1 關係 2 粗糙 3 環保 4 關閉

8 學生們投入地聽著教授的話，好幾次（　）。

1 低頭 2 東張西望
3 點頭 4 偷懶

9 母親對我所做的事（　）抱怨。

1 逐一地 2 潸然淚下
3 間單的 4 咕噥地

10 先前交給您的資料有誤，請在這裡（　）。

1 墊錢 2 更換
3 重建 4 重新插入

11 今年從大學畢業，在當地的企業受到（　）。

1 再開 2 錄用 3 起用 4 就業

12 對朋友說了過份的話，感到非常（　）。

1 未遂 2 失敗 3 留戀 4 後悔

13 為了在和其他公司的競爭中勝出，規劃產品的（　）化。

1 差異 2 隔離 3 歧異 4 誤差

問題3 從1・2・3・4中選出最接近＿＿的用法。

14 已經是個大人了，不要草率地行動。

1 輕快地 2 簡單地
3 單純地 4 輕率地

15 為了讓夢想成真，許多留學生在日本學習。

1 實現 2 獲得 3 傳達 4 找到

16 向對方再三寄送請求的郵件，但還沒收到回覆。

1 一直 2 好幾次
3 在很久之前 4 客氣地

17 少子高齡化造成的勞動力不足令人掛心。

1 有可能性 2 感到期待
3 感到疑問 4 感到擔心

18 最近進入系統部的他，是個腦子轉得很快的人。

1 易怒 2 冷靜
3 有名的 4 聰明

19 關於那份企劃的內容，我全部都不知道。

1 完全 2 非常 3 幾乎 4 事先

問題4　從1・2・3・4中選出下列詞彙最合適的用法。

20 親自動手

1　這次的企劃，是我獨自一人親自動手的第一份工作。

2　因為趕時間，慌忙地親自動手關門，於是傷到手指了。

3　為了預約而親自動手拿起電話，卻沒打出去。

4　在體育場聚集大約一萬人的觀眾，齊心協力地對選手親自動手。

21 功虧一簣

1　開始一個人住之後就功虧一簣，所以終於發燒了。

2　書架最上面那層的書功虧一簣，所以我拿不到。

3　月底薪水入帳之後，不知不覺就功虧一簣。

4　難得烤好了蛋糕，卻不小心掉到地上，功虧一簣。

22 切實、迫切

1　別這麼切實地運動，稍微休息一下如何呢？

2　看到他迫切用功的樣子，我也提起了幹勁。

3　在日本，少子化越來越成為迫切的問題了。

4　只要是關於網球的事，他總是非常切實。

23 沉默

1　他平時沉默，但搭話後發現是個活潑的人。

2　我不在的時候，不管誰來都請沉默。

3　這件事情絕對要沉默，明明應該說過的。

4　在尷尬的氛圍中，是他的提案打破了沉默。

24 冷靜

1　這條魚很容易碰傷，請冷靜保存。

2　外頭很熱，店內適度地開著冷靜，感覺很舒服。

3　我懂你的心情，但別這麼興奮，冷靜下來說話。

4　由於社長冷靜進行工作的方式，讓許多社員很辛苦。

25 心念已久

1　在孩提時代對於父母所說的話，總是放在心念已久行動。

2　在考大學之前，應該要心念已久地去一趟京都的寺廟。

3　看不到景氣回復的徵兆，心念已久著經濟的前景。

4　在精彩的逆轉勝之後，成功獲得了心念已久的首次優勝。

問題5　請從1・2・3・4中選出最適合放入（　）的選項。

26 重要的考試在兩週後就要到來。（　）母親擔心，身為考生的弟弟一整天都在打遊戲。

1　沒有～

2　不要說～就連～也

3　和～無關

4　如果沒有～

27 那個偶像團體到了現在才成長到國民偶像的程度，但出道後持續了一段CD賣不出去的時期。在出道第十年（　）終於舉辦全國巡迴演唱會，一口氣增加了許多粉絲。

1　～時

2　即使～也

3　照～來說

4　就連～也

28（專訪中）

訪問者：「能說說您孩提時代發生的小故事嗎？」

水谷：「（　）很努力的姊姊，身為妹妹的我總是在外面玩呢。像是爬樹啦、在公園跑來跑去啦。」

1　不用說　　2　與～相反

3　因為　　4　即使

29 你知道由於核電輻射影響，有一些人（　）避難的嗎。這個臨時住宅，就是為了這樣的人們而打造的，現在仍有許多居民在此生活。

1　以～為前提　　2　不禁

3　不得已、必須　　4　不放在眼裡

30 田中：「恭喜你！已經決定好新工作了呢。」

木村：「謝謝。終於也決定工作（　），我想暫時悠閒地過一陣子。」

1　據～說

2　（表示陳述理由）

3　不～

4　是多麼～啊

30 你知道山田導演新電影的女主角嗎？她在從事演員工作（　），也是有名的環境問題的志願活動家。

1　順便

2　剛～就

3　在～旁邊

4　在～同時

32 我想這時期應該十分忙碌，請務必保重身體（　）。

1　請度過

2　好好度過

3　好好度過吧

4　一起度過吧

33 張：「明明每天都在寫題庫努力唸書，但是日語卻沒有講得越來越好呢。」

佐藤：「我覺得語言，是件（　）變得越來越擅長的事喔。」

1　只有使用才會

2　無意地使用

3　甚至於到～的地步

4　不使用而

34 壓倒性的資訊收集能力，和配合最新情勢變化的機動能力，正是那個企業一流（　）理由。

1　（表示列舉）

2　作為～的

3　成為～

4　要是～的話

35 世界知名的歌手睽違十年再度來到日本，（　）的人們往機場湧來。

1　眼看就要滿溢　　2　保持滿溢

3　總是滿溢　　4　太過滿溢

問題6　從1・2・3・4中選出最適合放在 ★ 處的選項。

（例題）

在那裡 ＿＿＿ ＿＿＿ ★ ＿＿＿的是山田。

1　電視　　2　正在看著

3　將～　　4　人

（作答步驟）

1. 正確句子如下。

在那裡 ＿＿＿ ＿＿＿ ★ ＿＿＿的是山田。

1　電視　　3　將～

2　正在看著　　4　人

2. 將 ★　處的編號記入解答用紙上。

（解答用紙）

（例）	①②③●

36 吉野先生會成為 ＿＿＿ ＿＿＿ ＿★＿ ＿＿＿科學家吧。

1　世界性有名的　2　天才
3　到～的程度也　4　說不上是

37 太過無情地　＿＿＿ ＿＿＿ ＿★＿ ＿＿＿，由於颱風而使蘋果全部受損了。

1　馬上要　2　感到開心
3　能夠收穫　4　正當…時

38 大型巴士在山道行駛中打滑，險些 ＿＿＿ ＿＿＿ ＿★＿ ＿＿＿，所有人都平安無事。

1　差一點就　2　奇蹟地
3　很可能會　4　嚴重事故

39 透過滅火和救災＿＿＿ ＿＿＿ ＿★＿ ＿＿＿伴隨著的職業。

1　對孩子們來說
2　雖然是憧憬的職業
3　其實是時常與危險
4　守護人們生命的消防員

40 正值這次的新商品開發之際，＿＿＿ ＿＿＿ ＿★＿ ＿＿＿，可以告訴我嗎？

1　關於和其他公司商品的歧異
2　也沒關係
3　貴司特別投入心力的點
4　在方便透漏的範圍內

問題7　閱讀以下文章，依據文章整體主旨，從1・2・3・4中選出最適合放進 41 到 45 的選項。

以下是小說家所寫的散文。

宇宙論的歷史，由霍金的登場 41 ，從物體的接近移轉變成了事件上的接近。他對「現象背後存在著什麼」幾乎沒有表示過興趣。而是只對「發生了什麼」這個結果感興趣。

為了讓內容容易了解，比喻性地說明一下，就以金融、經濟的世界中，物體的價值觀和事件的價值觀的差異來思考吧。

很久以前，人類的經濟活動非常單純，可以說是非常實際的。人們只在狩獵的收穫、農作物、金銀等「物品」上發現價值，是以物換物的生活。我將這種狀態稱為（原始的）「物體的世界觀」。

42 經濟發達之後，誕生了即使不努力製作物品，光是仲介物資的移動，就能獲得物品作為報酬而生活的人們。然後，在只有物品流通的時候，開始使用取代物品表示價值的「貨幣」，也就是金錢。人類社會漸漸改變為金錢和金錢交易的狀態。

所謂的金錢，例如說紙幣，只不過是染有墨水的紙片，作為物品的價值絕對不高。如果拿著一萬元日幣紙鈔，搭著時光機前往以物換物的時代，指向獵人搏命捕獲的獵物說「我想用這張一萬元日幣紙鈔和你交換」，43 這麼交涉，這樣的行為 44 被痛揍一頓。

不過，要是現代社會就不一樣了。

由於金錢是物品和物品之間的媒介，會產生金錢自己是否也有價值的幻想。像這樣物品走下了主角寶座，45 由非物品的東西扮演重要角色的狀態，我稱之為「事件的價值觀」。

（竹內薰『霍金博士人類和宇宙的未來地圖』寶島社出版）

41

1 以～為首
2 在做～之前
3 基於～
4 以～為契機

42

1 例如說
2 不久、馬上
3 為什麼～
4 或者

43

1 如果要嘗試的話
2 如果能嘗試的話
3 如果沒嘗試的話
4 為了不嘗試的話

44

1 好在、幸好
2 是同樣的
3 似乎會～
4 就是～

45

1 作為～
2 變成～
3 沒必要
4 ～的程度

問題8　閱讀下列從(1)到(4)的文章，從1・2・3・4中選出對問題最適合的回答。

(1)

男性的手錶幾乎都很大。與其相比女性的手錶極端的小。最近的手錶雖不是如此，但在戰前戰後所有手錶都是機械式的那個時代，提到女用手錶就是製作得非常小。原先女性的身體就比男性嬌小，但較兩者的體積比還要更小上許多。甚至出現了讓人覺得不需要那麼小也沒關係的，製作成戒指形式的手錶。

那個時代的機械是很龐大的，由於這個常識非常深刻，所以小型手錶光是這樣就給人高級的印象。女性的手錶比起機能來說，作為裝飾的概念比較強烈，所以就更加如此了吧。

46 關於手錶，下列何者和本文內容相符？

1 比起小型手錶，大型手錶較為受人喜愛。
2 女用手錶做得比男用的稍微小一點。
3 以前的女用手錶，比起機能更重視時尚性。
4 以前的手錶越大越有高級感。

(2)

享受美食最需要的，其實不是金錢，而是能感受到這個好吃的「舌頭」。這可不是只用金錢就能買到的事物。以自己一路走來的人生所培養而出的舌頭，當然也花費了相應的金額，但並不需要是個百萬富翁。這「舌頭」也就是味覺，也並非有著萬人共通的基準，不是絕對性的事情。

47 下列何者和筆者想法相符？

1 味覺會受到人生經驗的影響。
2 有著能感受到好吃的心是很重要的。
3 為了成為美食家，最需要的是錢。
4 好吃的東西對誰來說都是好吃的。

(3)

義大利和日本一樣是個火山國家，所以有很多溫泉，但這樣棒的大浴場，所有人必須要穿著泳裝才能入場。（中略）所以即使他們來到日本， 要在人前赤裸著身子，可能就會放棄泡溫泉了。為了讓他們能夠享受日本美好的溫泉、大浴場，還有山中的岩石溫泉，我覺得可以試試看這麼做。

也就是設定三十分鐘的預約制。他們即使像日本那樣男女分開泡，只要有其他人在就無法放下心來。所以只有三十分鐘時間是他們所專用的。如果是對著家人或是戀人的話，即使赤裸也比較不會感到抗拒。

48 據筆者所說，要怎麼做才能讓義大利人享受日本的溫泉呢？

1 只有三十分鐘可以穿著泳衣泡。
2 只有三十分鐘可以包場。
3 只有三十分鐘可以混浴。
4 只有三十分鐘男女分開泡。

(4)

如果說增加知識一事比不上年輕時做的好，在年歲漸長後應該做的，並不是學習他人的言行與文章，而是整理自己腦袋思考的事情，來產生某些事物。也就是創造性的知識。由自己來創造想法能量。忙碌的年輕人在獲取知識上不太有思考的時間，也缺乏經驗。在年歲漸長後，雖然沒有充沛精力，但應該能憑經驗和經濟能力走得很遠。因此創造性的工作，我覺得意外的是在中年以後能進行的呢。

49 據筆者所說，在年歲漸增後應該做什麼事？

1 將知識教給年輕人
2 積極學習吸收新知
3 出發到很遠的地方去旅行
4 經常思考能創造什麼新事物

問題9　閱讀下列從(1)到(3)的文章，從1・2・3・4中選出對問題最適合的回答。

(1)

「垂直思考」，是針對一個問題徹底地深入探討思考的能力。對某件事情現象深入考察，獲得一定的理解之後，再更深一層地去探討「前方隱藏的原理」。循序漸進地層層推進的邏輯性思考，這就是垂直思考。它的順序是將著眼點逐次遞進，往更深處移動。用一項理解當作楔子連結，將它作為嶄新觀點，再接著一眼看透目標前方，這樣一步一步伸長思考的射程距離。

「水平思考」也會改變著眼點，但和垂直思考不同，並不那麼重視邏輯性的發展。倒不如說，從各種角度來看相同現象，在個別問題上找到共通點，將自己手邊有的方式發展性地運用的能力是很重要的。若說垂直思考是縝密的「將棋牌局」，水平思考就是以自由大膽的點子試圖解決問題的「解謎偵探」。這裡需要的是對乍看困難的問題，能改變看法再解釋的「柔軟性」，和能靈活運過過去所得經驗的「機智靈敏」。也就是說， 產生推理能力、應用能力和創造能力的「靈感」是水平思考。

50 垂直思考是怎樣的思考方式呢？

1 依序一步一步地深入思考的思考方式
2 二者擇一，以理論探究答案的思考方式
3 充滿自己感性的，用直覺思考的思考方式
4 排出優先順位，從重要事物開始解決的思考方式

51 下列何者是以水平思考解決問題？

1 以身體的柔軟和敏捷追緝犯人。

2 調查犯人掉落物品的生產商來查出犯人。

3 找出相似事件的模式來推測出吻合處。

4 從犯人遺留的指紋推斷出犯人。

52 「垂直思考」和「水平思考」的共通點是什麼？

1 重視邏輯思考

2 追求大膽想像

3 一邊改變著眼點一邊思考

4 需要柔軟度

(2)

為什麼一般來說奇幻小說的①評價不好呢？大概就像是美國的圖書館員說過的那樣，被認為是對現實生活的一種逃避吧。或者是國小、國中生的教師會擔心，如果孩子喜歡奇幻小說的話，就沒辦法用科學方式思考，或是會不會將現實和幻想搞混這些問題。不過，實際上並非如此。孩子們非常瞭解奇幻小說與現實的差距。例如孩子們看了鹹蛋超人覺得很感動，但無論怎樣模仿，都沒聽說過有實際試圖在空中飛翔而造成死傷的事。對奇幻小說裡和動物說話並不感到不可思議的孩子們，實際上會不會期待動物說人類的語言呢？②孩子們非常清楚瞭解。他們並不會將現實和奇幻小說搞混。那麼孩子們為什麼會那麼喜歡奇幻小說呢？這究竟是不是對現實的逃避呢？

孩子們會喜歡奇幻小說，是由於它一下子擊中了他們的內心。或者也可以說，是表現出了他們的內心世界吧。這是針對人類的內心世界，而外在世界也一樣有講述戰爭、破壞、拯救的戲劇。這是以奇幻小說展現出來的。

53 為什麼一般來說奇幻小說的①評價不好呢？

1 在現實社會發生問題時，會太認真地面對那個問題

2 覺得奇幻小說世界不可思議的孩子很多

3 越是喜歡奇幻小說的孩子們，越有討厭科學的傾向

4 有無法分清現實和奇幻小說世界的危險性

54 ②孩子們非常清楚瞭解，是指瞭解什麼事呢？

1 奇幻小說中的世界是對現實的逃避

2 奇幻小說中的世界和現實世界不同

3 奇幻小說中的世界評價非常差

4 奇幻小說中的世界經常會變成戲劇

55 奇幻小說為什麼會受孩子們喜愛呢？

1 由於經常表現出孩子的內心

2 由於出現很多孩子喜歡的事物

3 由於裡面寫有日常生活中無法經歷的事

4 由於比起現實世界更戲劇化

(3)

①某個人在成為社會人後擔任業務，連續發生把訂貨的數量搞錯這種失誤。這名社員在文書處理上發揮極高工作能力，所以上司納悶地對他說：「像你這樣的人怎麼會有這樣單純的失誤呢？」。社員向上司道歉，表示「以後會多注意」，但之後也還是重複發生同樣的失誤。

某次上司發現了一件事：「你的失誤

都僅限於和客戶直接碰面接收訂單時才會發生。用電子郵件的往來訂單就沒有發生。莫非是聽力上的問題嗎？」，並且勸他去耳鼻喉科就醫。他聽了上司的建議，去大學醫院的耳鼻喉科接受檢查，結果發現他在特殊音域上有聽力障礙，和聲音較低的人對話會無法正確聽清楚內容。

耳鼻喉科的醫師表示：「這種聽力障礙應該是從小時候就開始有了」，②但本人直至今日都沒有發現這件事，就這麼生活到現在。當然在國小時也在健康檢查中檢查過聽力，但他注意看檢查員按下按鈕的那瞬間，說出「聽得到」。另外，在上課和日常對話中，他說並沒有覺得那麼不方便。大概都能隨著氛圍搭上話題，學生時代就算對話稍微有些模糊，也不會有人注意到的吧。

56 據筆者所說①某個人是怎樣的人呢？

1 文書處理時好幾次連續發生單純錯誤的人
2 即使被上司責備也不道歉的人
3 在銷售上發揮高超能力的人
4 在下訂單時不斷重複發生簡單錯誤的人

57 上司對部下採取了什麼行動？

1 對部下的失誤表示生氣。
2 對部下說自己也有相同的障礙。
3 催促部下去醫院。
4 為了部下不再重複錯誤，改變了工作內容。

58 為什麼②本人直至今日都沒有發現這件事呢？

1 因為即使沒能全部聽懂對話，也能毫無問題進行溝通
2 因為能聽清楚特殊的音，和朋友進行粗略的對話
3 因為在上課時投入地聽老師講課，並沒有感到困擾
4 因為即使做了健康檢查，也沒有檢查聽力的機會

問題10　閱讀以下文章，從1・2・3・4中選出對問題最適合的回答。

①文章的本質是「謊言」。看到謊言嚇了一跳的人，請試著將其代換為表演這個詞語。

所有文章不論如何，在文章成形的那一瞬間，就會含有某種程度的創作在內。並沒有好或壞的問題。不管喜歡與否，書寫文章這樣的行為就帶有這種性質。

②就假設是被要求回答去動物園玩的感想好了。被要求「說出究竟是什麼情況」，恐怕大部份的孩子都能輕而易舉地敘述出感想吧。但是，若是「將情況寫成文章」的話，一下子就有很多人會覺得困擾了。這究竟是為什麼呢。因為就算是以同樣的話語傳達同樣的內容，口頭語和書面語的性質還是不一樣的。

在看到龐大的象隻時，會不假思索地脫口而出「好大」。像這樣反射性說出的話，是不含雜質的真實話語。但是，當它要以文字表現的瞬間，話語就會通過思考過濾而變質。

「比起『好大』是不是說『超大』會比較適合呢？」

「像是『好大！』這樣，加上感歎號

怎麼樣呢？」

「刻意說謊說隔壁有河馬，以『有河馬的兩倍大』的方式來說，或許比較能傳達」

人在將自己所見所聞的事和想法寫成文字的這個過程，會選擇用詞並且思考如何修飾。用詞的選擇和修飾就是一種表演。就像這樣將積累寫成文章，所以原理上可以說是「文章中含有表演成份。或者是有所隱瞞。」

在某本文章寫作技巧的書中，寫到這樣的③建議：「將看到的、感受到的，如實的用自然的方式寫出來」。被說要「如實的」，感覺就好像可以輕鬆的處理。

但是，這個建議其實對於煩惱如何寫文章的人來說，應該是派不上用場的吧。

明明不存在真實描寫的文章，所以要去追求這個可說是無理取鬧。文章的本質就是創作，即使刻意忽視這項本質，只聽令人舒服的建議，文章也不會變好的。

59 ①文章的本質是「謊言」，針對這點筆者是如何敘述的呢？

1 其實這樣是不好的，但沒辦法。
2 是理所當然的事，與是好是壞無關。
3 以前很討厭，但現在可以接受了。
4 絕對不是正確的事實。

60 多數孩子②被要求回答去動物園玩的感想的反應為何？

1 能邊選擇用詞，邊娓娓道來。
2 能在仔細思考說話內容後，認真地說話。
3 不知道說些什麼才好，感到困擾。
4 能夠反射性地侃侃而談。

61 對於③「將看到的、感受到的，如實的用自然的方式寫出來」這個建議，筆者是怎麼想的呢？。

1 是絕對不可能的事。
2 似乎能簡單地做到。
3 是接觸到文章本質的建議。
4 對不習慣的人來說太過困難。

62 下列何者和這篇文章裡筆者的想法相符？

1 優秀的文章，就是謊言多的文章。
2 書寫文章這個行為，是表演，也是創作。
3 如果真實地描寫，文章就會變差。
4 寫文章時，應該遵循正式的建議。

問題11　閱讀下列文章A和B，從1・2・3・4中選出對問題最適合的回答。

A

關於將男性取得育嬰假義務化一事，我是屬於慎重派的。日本大部份的夫妻主要是由男性作為維持生計的角色，因此若是育嬰假成為義務的話收入將會縮減，也有可能會失去關係到未來的重要工作機會。並不是將其義務化，而是為了增加男性參與育嬰，讓短期工作和免除加班等制度更容易使用，不是比較實際嗎。育嬰經驗在工作上也有用處，能讓人生變得更加豐富，育嬰也有這樣意外的效用。首先，社會、企業的意識改革是有必要的。

B

我認為，男性的育嬰假義務化有利有弊。剛出生的新生兒在這段珍貴的期間，夫妻一同和嬰兒度過是件很幸福的事，也能對之後的父子關係和家庭的樣貌帶來良好的影響。另外，在育嬰方面積極參與，藉由思考維持家庭健康和高效率處理家事育嬰的方法，也能磨練工作技巧。只不過，對家事育嬰的意識或能力較佳的人還好，若是一到中午就若無其事地問「飯煮好了沒？」這種類型的丈夫，或許去工作賺錢還比較好一點。而且，只有生產前後能夠休假，也不太有意義吧。比起義務化，打造出從平時就能持續處理家事和育嬰的體制，不是更有意義嗎？

63 對男性育嬰假義務化的優點，A和B是如何敘述的呢？

1 A表示對男性的錄取有益，B則表示之後的親子關係會變好。
2 A表示人生會更加充實，B則表示和公司的升遷有關。
3 A和B都表示育嬰和做家事的經驗在工作上也派得上用場。
4 A和B都表示有收入減少的損失。

64 關於育嬰假，A和B的共通提案是什麼？

1 打造請育嬰假的男性收入不會減少的體制
2 請育嬰假前提高男性對家事育嬰的意識和能力
3 保障男性在育嬰假期間也不會錯過重要的商務機會
4 打造男性平時就容易參與家事和育嬰的環境

問題12　閱讀以下文章，從1・2・3・4中選出對問題最適合的回答。

①過去在玩遊戲時，孩子們會一整天好幾次氣喘吁吁又滿身大汗。每天用盡自己身體的所有能量地度過，對孩子的身心來說，都有難以計量的重大意義。

在這二十年左右，孩子們遊戲的世界，②特別是男孩子玩的遊戲大幅改變了。出外遊玩極端地減少。完全沒有在一天中氣喘吁吁、滿身大汗的孩子們，壓倒性地增加。孩子們聚集在一起打棒球的事也減少了，玩遊戲的重心移到室內的電視遊戲機上。從身體文化的立場來看，男孩子這種遊戲的變化，有著不可忽視的重大意義。

相撲、玩具刀和捉迷藏，是從室町時代和江戶時代起就綿延至今的遊戲。不管是在明治維新、敗戰或是昭和的高度經濟成長這樣的生活方式劇變之下，孩子的世界中，持續數百年以上的傳統遊戲還是作為日常遊戲維持下來了。

但是，由於1980年代電視遊戲普及，而被逼入瀕臨滅絕的狀態。這並不只是單純的流行問題。而是喪失了沒有有意識地去面對，就很難取回的身體文化。

過去的遊戲，會鍛鍊身體的重心感，也能達到鍛鍊和其他人的溝通能力的機能。這些就是整體自我形成的過程。

溝通的基本就是身體與身體的接觸。從這裡開始學習對其他人的信賴感和距離感。例如說，多次練習相撲之後，就能累積他人身體和自己身體互相接觸的感覺。不為和其他人肌膚接觸而困擾，也就是建立了對其他人的基本信賴。這就是成為大人之後，一般的溝通能力基礎。是由過去的遊戲，擔任了培養自己和對於他人的信賴感的功用。

關於這種活動身體遊戲的衰退，和保存傳統工藝必須分開考量。過去的遊戲會活動到全身，這些活動佔了日常的大部份，並且這也是和自我形成關聯性很高的問題。歌舞伎和傳統工藝，當然是應該保存繼承下去的事物。但現在更重要的是，關於自我形成這個日常身體文化的價值所在。

65 ①過去玩的遊戲是怎樣的遊戲呢？
1　從二十年前就持續在外面遊玩
2　比電動遊戲更受歡迎的遊戲
3　和時代一同演變的遊戲
4　活動身體消耗大量能量的遊戲

66 ②特別是男孩子玩的遊戲大幅改變了，指的是怎樣的改變呢？
1　在外面的遊玩和傳統遊戲都完全消失了。
2　傳統遊戲固定成為日常遊戲。
3　玩遊戲的重心移到培養溝通的遊戲上。
4　玩遊戲的重心從活動身體的出外遊玩移到電動遊戲上。

67 針對過去遊戲的機能，筆者是如何敘述的呢？
1　經由身體接觸，會喜歡上觸碰其他人的肌膚。
2　關係到能和其他人順暢地進行溝通。
3　一邊流汗一邊活動身體，會變得健康。
4　能變得打從心底相信任何人。

68 筆者最想說的是什麼？
1　過去的遊戲，比起歌舞伎和傳統工藝來說是更重要的文化。
2　過去的遊戲，和歌舞伎同樣地漸漸衰退。
3　過去的遊戲，和傳統工藝不同，在鍛鍊身體這點上十分優異。
4　過去的遊戲，比起傳統文化來說是更貼近身邊的文化，所以容易輕視它的價值。

問題13　右頁是打工招募的廣告。從1・2・3・4中選出一個對問題最適合的答案。

69 瑪莉小姐想從事能活用日語和英語的工作。日語和英語是上級程度。至今為止沒有打工經驗。希望能避免在六日工作。符合瑪莉小姐要求的打工是哪一個呢？
1　①
2　②
3　③
4　④

70 伊先生有在日本的百貨公司工作過的經驗。日語是上級程度，英語是中級程度。希望能以將來成為正式社員為目標，長期工作下去。希望盡可能不要加班。符合伊先生要求的打工是哪一個呢？
1　①
2　②
3　③
4　④

打工招募！

職業種類	應徵資格		薪資	其他
	【必備技能、資格】	【需要技能、資格】		
①運動鞋店店員	・日語：中級程度 ・可於週六、週日工作者	・喜歡接待賓客者 ・對慢跑或運動有興趣者	時薪1,300日圓	職場是十人體制。和20～30歲的工作人員一同吵吵鬧鬧地開心工作。幾乎沒有加班。 看詳細資訊

②機場內免稅店店員	・日語：中～上級的程度 ・可於清晨、夜晚工作者	・能說英語更佳 ・歡迎無經驗者！ ・喜歡時尚打扮者 ・喜歡和人對話者	時薪1,200日圓	外國人現正活躍中！有加班。有機會錄取為正式社員。 看詳細資訊
③機場WiFi租賃櫃台人員	・日語：中級程度 ・英語：中級程度 ・有接待客戶經驗的人 ・電腦技能（powerpoint、excel、電子郵件） ・最少可以工作一年以上者	・開朗又溝通能力好者	時薪1,300日圓	一同工作的工作人員有各年齡層、各種背景的人們，大家感情都很好。有機會錄取為正式社員。幾乎不需加班。 看詳細資訊
④飯店工作人員	・日語：中級程度 ・能說韓語、英語、泰語其中之一者 ・有接待、服務業的經驗（打工經驗亦可） ・可於週末假日都工作者	・面帶微笑迎接顧客者 ・喜歡和人多說兩句者 ・喜歡照顧人者	時薪1,350日圓	有機會錄取為正式社員。有深夜加班。 看詳細資訊

聽解

問題1　在問題1中，請先聽問題。並在聽完對話後，從試題冊上1～4的選項中，選出一個最適當的答案 。

例題

活動會場中女性工作人員和男性工作人員正在對話。男性工作人員在這之後必須得去做什麼事呢？

女：櫻井先生，再過一天就要開演了，周邊商品的事已經解決了嗎？

男：是的。因為遲遲沒有收到，本來想要打電話給廠商，但就在剛剛收到了。大致確認了一遍，內容物和數量都和訂單一樣。

女：這樣啊，趕得及真是太好了。謝謝你。接下來就只剩去確認觀眾席而已了吧。

男：去確認觀眾席？

女：嗯。觀眾席如果有掉垃圾在那的話，客人也會覺得不開心的吧。所以在開演前要再確認一次才行。

男：這樣啊。那麼，我現在馬上就去確認。

女：這件事就由我來做，櫻井先生能不能幫我準備飲料和點心？

男：放在休息室的那些對吧。好的。

女：啊，對了。海報已經貼好了嗎？因為要貼很多地方，先做這件事吧。因為要貼很多地方，先做這件事吧。

男：海報的話，今早富岡先生已經幫忙貼了。

女：這樣啊，我知道了。那就麻煩你囉。

男性工作人員在這之後必須得去做什麼事呢？

1　確認周邊商品數量

2　確認觀眾席有沒有掉落垃圾

3　準備飲料和點心

4　貼上海報

第1題

男性店員和店長在餐廳對話。男社員在這之後首先要去做什麼事呢？

男：店長，不好了。剛才到場的客人，在登記簿上名字是登記在明天，但電話中卻說今天有預約。

女：咦！偏偏在這麼忙碌的時候發生這種

事。總之讓對方先稍等座位空出來。這可能是我們內部的疏失，所以要誠心誠意地向對方道歉。

男：啊，我馬上就將客人帶位到沙發區，已經道過歉了。

女：不要這樣輕輕帶過，再道歉一次。像這種時候誠懇道歉是很重要的， 要好好表達喔。然後，送對方啤酒或是果汁。這就由我來準備。危機也是機會，此時得抓住顧客的心才行。要謹慎，可別擺出傲慢的態度，說是客人搞錯了。

男：好的，我知道了。

男社員在這之後首先要去做什麼事呢？

1　請客人稍等

2　對客人禮貌地道歉

3　贈送客人飲料

4　指責客人的錯誤

第2題

男性和女性正在公司對話。女性在這之後要去做什麼事呢？

男：您好，這裡是會計課的鈴木。

女：一直以來受您照顧了。

男：那個，關於10月10日妳提出的出差旅費申請表。

女：啊啊，那次北海道出差的對吧。

男：是的。交通費那一欄，機票記的是75,000日圓呢。

女：是的。

男：妳提出的收據寫著76,000日圓喔。

女：啊，這樣子啊。我現在手邊沒有資料，馬上確認之後再回電給您可以嗎？

男：不好意思，那就麻煩你了。啊，順帶一提，下個月開始截止日從每月10日改成5日，請多多留意。這件事預定會在這星期統一寄信告知各位。

女：好的，我知道了。

女性在這之後要去做什麼事呢？

1　支付追加費用

2　確認機票價格

3　讀鈴木寄來的郵件

4　找機票的收據

第3題

客服中心的人和男性正在通電話。男性在這之後首先要去做什麼事呢？

女：您好，這裡是AK電信客服中心。

男：那個～，在你們那邊買的手機我前幾天退貨了，什麼時候會退款呢？

女：是說還沒有退款完成對吧。關於退貨手續，請問您是用敝社官網申請的嗎？

男：是的。我從首頁的「申請退貨、取消所購買的商品」申請的。

女：是這樣子啊。其實如果只是在官網上申請，還沒有完成退貨、取消的手續。將在過幾天由負責人聯繫您，對退貨、取消的手續進行轉移。

男：啊，是這樣。

女：是的。有兩種狀況，首先是您提供的資訊就能申請手續的情形下，過幾天將由負責人以郵件聯繫您，您回信之後，手續就完成了。另一種情形則是需要更詳盡的資訊，將由負責人致電給您，還請您接聽回應。

男：好的，非常感謝。

女：好的。如果還有不清楚的地方，歡迎隨時來電。我是客服中心的加藤。

男：好的，不好意思。

男性在這之後首先要去做什麼事呢？

1　在官網上完成手續
2　打電話給客服
3　寄郵件給負責人
4　等負責人的聯繫

第4題

男性和女性正在通電話。女性的公司之後要做什麼事呢？

男：您好，一直以來承蒙照顧。我是富士股份有限公司的內藤。

女：啊，內藤先生。一直以來受您照顧了。我是高橋。

男：啊，高橋小姐。是關於您那邊所使用的敝司影印機LM型號，這次發現內部有損壞，發現恐怕會起火，甚至有造成火災的可能性。

女：咦，這樣子嗎！

男：首先將由敝司取回機器，進行確認作業。在再次交貨之前會準備代用機器，請您放心。

女：好的，我知道了。

男：在敝司取回之後，將更換零件，重新組裝後再度交貨，日程大約是三天時間。造成您的困擾，非常抱歉。那就麻煩您了。

女性的公司之後要做什麼事呢？

1　購買新影印機
2　借用替代影印機
3　組裝影印機
4　三天內不要用影印機

第5題

醫院裡護理人員正在說話。患者將按照什麼順序行動呢？

女：那麼，接下來是抽血。請各位向後看，應該能看到櫃台，請在那邊櫃台提交這些資料。抽血之後依序是MRI，再來是照X 光。MRI 前方有更衣室，請在那裡換好衣服。啊，您有化妝對吧。化妝品含有金屬，所以有燙傷的危險性，請在MRI 之前卸妝。請在化妝室卸完妝後更換衣物。醫生診察將於下午兩點開始，請在那之前吃完午飯，再回到這裡。

患者將按照什麼順序行動呢？

ア：更衣室
イ：化妝室
ウ：抽血
受付：服務台
エ：MRI
オ：照X光

1　ウ→オ→エ→ア→イ
2　ウ→オ→エ→イ→ア
3　ウ→イ→ア→エ→オ
4　ウ→ア→イ→オ→エ

第6題

課長和女性在公司裡對話。女性在這之後首先要去做什麼事呢？

男：下週內部進修的負責人，是佐佐木小姐對吧。

女：啊，是的，是我。

男：準備得還順利嗎？

女：是的。先前已經收到講師寄來的資料，只剩下印刷，再來只剩下當日會場的準備而已了。

男：這樣啊。說到會場準備有很多工作呢。在前一天也可以，要檢查投影機是否正常運作，是否需要延長線，白板筆能不能正常寫字，像這樣細節部份也要仔細確認喔。

女：好的。我會在前一天去趟會場，實際進行確認。

男：啊，對了對了，忘了說，問卷已經做好了嗎？

女：是的，是參考上次做的。

男：那個啊～，是給聽講者寫的問卷吧。我覺得這次開始也做給講師寫的問卷比較好。能馬上做好讓我看看嗎？

女：啊，好的，我知道了。

男：啊，還有，有的講師會想知道聽講者姓名，所以有座位表比較好，這次怎麼樣呢？

女：啊，這樣子啊。前一天寄提醒信的時候，我會順道問這件事。

男：好的，麻煩妳了。

女性在這之後首先要去做什麼事呢？

1　製作給講師的問卷

2　確認會場的備品

3　製作座位表

4　寄郵件給講師

問題2

在問題2中，首先聽取問題。之後閱讀題目紙上的選項。會有時間閱讀選項。聽完內容後，在題目紙上的1～4之中，選出最適合的答案。

例題

女：哎，現在蔚為話題的「六人的故事」這部戲，你去看過了嗎？

男：雖然沒去看，但聽說非常受歡迎呢。

女：我昨天去看了，比想像中還精采喔。

男：這樣啊。原著確實是遊戲對吧。

女：對。一般在遊戲或動漫改編為戲劇時，都會使用很多道具對吧，例如說日本刀之類的。不過這次幾乎沒有使用道具喔。大家都是憑演技一決勝負。不覺得很厲害嗎？而且主角富田先生又很帥。

男：咦～，妳只要長得帥就夠了吧？

女：不是啦。確實演員的長相也很重要，但如果不能照原樣再現原著的世界觀和角色性格，就不能稱得上是戲劇了吧。

男：嗯～，我覺得原著作品的品質是最重要的。也會影響戲劇的屬性。

女：雖然是那樣沒錯，但表演的還是是人，所以演員的演技才是戲劇的生命吧？

女性說戲劇最重要的是哪一點呢？

1　演員的外貌

2　演員的演技

3　原著的品質

4　戲劇的屬性

第1題

電視購物節目中女性正在說話。這次改良的是哪一點呢？

女：這是敝司開發的高品質素描簿。紙張表面的凹凸自然而恰到好處，能夠連細節都描繪清楚。紙張密度極高，有表面強度，即使重複使用橡皮擦，重複塗畫，紙張也不容易剝落。顏色使用的是自然白，並沒有為了增強白色而使用染劑，重點就是不容易泛黃。潮濕和乾燥時的顏色不同這點收到許多用戶反應，這次為了使紙張的吸收力降低，紙面上顏料顯色度高，進行了防滲調整。因此水彩畫特有的暈染就能夠照所想的簡單畫出來了。彷彿要強力將大地吸入的藍天，像是要燒起來一樣的夕陽，水靈嬌嫩的樹木嫩葉和色彩鮮明的紅葉。推薦給想畫出這種風景畫的您。

這次改良的是哪一點呢？

1　紙張吸水性變好了

2　變得不容易暈染了

3　變得不容易滲透了

4　紙張表面變強韌了

第2題

研討會上講師正在發言。講師說這本書最大的優點是什麼呢？

男：這本書是我也想推薦給年輕人，會成為人生指南針的一本名著。我在這幾年，總是在著手進行日常的工作時，思考要如何讓團隊工作順利進行，這本書寫到了人際關係的原則，令人獲益匪淺。裡面並沒有提到什麼困難的事。例如說，為了讓人有好感，重要的是要記住別人的名字、經常保持笑容，還有要先對對方有好感。這樣的內容或許是連小學生都會注意到的。不過，如果問到實際上各位是否有實行這些事，不是還蠻困難的嗎。這本書提出了應該像這樣行動的技巧，並且也接著提到很多具體事例，所以很有說服力。這是這本書最大的優點。然後在讀過這本書後，我不知為何就變得受歡迎起來了。請大家一定要讀讀看。

講師說這本書最大的優點是什麼呢？

1　內容簡單

2　具體事例多

3　有寫行動方針

4　閱讀後能變得受歡迎

第3題

電視上記者正在對計程車司機進行專訪。今後的課題是什麼呢？

女：最近，地方的路口正逐漸進展為安全島形式。取代交通號誌，而是在路口中心設置一個中央島空間，車輛在它的周圍以順時針行駛。讓我們來訪問一下計程車司機的意見。關於安全島導入這點，有產生什麼樣的變化嗎？

男：這個啊。一開始沒有交通號誌，我還擔心會不會引起交通事故，但計程車司機們會互相避讓，意外地行駛得很安全呢。本來想在直線前進時，必須得順時鐘方向行駛會不會很麻煩，但這一點現在也不在意了呢。

女：這樣子啊。謝謝您接受訪問。

・・・

女：對計程車司機們來說似乎頗受好評，但其實也有一些弊病發生。在長野縣調查中，由視力障礙者提出了很難搞懂車輛接近方向的意見。在斑馬線前後鋪設容易發出行駛音的地面設置等，可以說開始需要思考對策了。

今後的課題是什麼呢？

1　讓身心障礙者注意到車輛過來的方向

2　準備給身心障礙者的交通號誌

3　為了身心障礙者加裝交通標誌

4　打造身心障礙者容易開車的道路

第4題

女：我來到了現在蔚為話題的這間牛排餐廳。在開幕後才經過一年時間， 現在已經成為這裡無人不知的熱門餐廳。每月營業額竟然高達800萬日圓，到底銷售額是如何增加的呢？讓我們來訪問一下店長。

男：這個啊，就是要提昇客流量。顧客如果能夠一直交替入座，餐廳的獲利也會增加。

女：確實如此，但這一點不是很難嗎？具體來說是如何提昇客流量的呢？

男：首先是將牛排改為全部切好再上菜。

女：確實，比起用刀叉切，用筷子吃更能一口氣大口大口地吃完呢。

男：是的。然後，這項策略的影響最為顯著，就是如果併桌的話會附上優惠。

女：像是什麼優惠？

男：不管是原先就座的顧客還是後來入座的顧客，都會贈送一杯飲料。這樣做，希望併桌的顧客也增加了，客流量就變高了。

女：原來如此。謝謝您這段話讓我們獲益匪淺。

這間餐廳客流量提昇最重要的原因是什麼呢？

1　因為有規定吃完後馬上離開店家
2　因為是把肉切好再端出給客人
3　因為有贈送併桌的人飲料
4　因為有贈送所有來店顧客飲料

第5題

丈夫和妻子正在家裡對話。丈夫為什麼沒辦法登錄呢？

男：這個網站登錄了好幾次都沒辦法，妳覺得是為什麼呢？

女：什麼什麼？只要輸入基本資訊就可以了對吧？很簡單呀。

男：這個啊，就算全部輸入按下確定，每次也還是會回到同樣的頁面。

女：啊，該不會是這個吧，你有加上電話號碼的連字號嗎？

男：嗯，有好好地加上喔。

女：這不是多的嗎？

男：咦？因為這個範例也是這麼寫的。

女：那就不是了啊。還能想到的就是密碼的部份了吧。像是沒有輸入數字，或是和電話號碼相同之類的。

男：啊，就是這個！妳看，要注意的項目。這邊有寫要包含大寫、小寫、數字和符號的三種以上。我只輸入了大寫和小寫。

女：原來是因為那個啊。

丈夫為什麼沒辦法登錄呢？

1　因為沒有加上電話號碼的連字號
2　因為密碼裡沒有加進數字或符號
3　因為密碼和電話號碼相同
4　因為沒有輸入基本資料

第6題

電視上記者正在對男性進行專訪。男性進這家公司最重要的理由是什麼呢？

女：今天訪問的是在手機遊戲APP 領域十分出名的這間公司裡，擔任職員的山本先生。山本先生原先是在其他公司任職對吧。

男：是的。大學畢業之後首先進了銀行工作。但是由於職務繁重身體很快就搞垮了，就先回了趟老家。

女：這樣子啊。

男：然後在療養期間以輕鬆的心情開始上專門學校的網路影片製作課程。然後就漸漸著迷了，在結業之後進了網路相關公司工作。

女：原來如此。然後過了一陣子就換到這間公司工作了對吧。

男：是的。當時是只有15個人左右的小公司，薪水也很低，之前真的在想換工作真的好嗎。但相反來說，我也感受到如果自己向前邁進，就有機會能進行許多工作的可能性存在。還有，最重要的是被社長的氣魄打動了內心。當時的網路業界談的都是能賺多少錢，只有社長是唯一一個對於能夠使用科技改變世界多少，對這點抱持熱情著手努力的人。而且，如果世界照社長所說的方向邁進的話，我也會一邊支持社長，希望能和他一起努力。

男性進這家公司最重要的理由是什麼呢？

1　因為受到社長喜愛
2　因為賺得比之前的公司多
3　因為想協助社長
4　因為覺得能活用自己的能力

第7題

電視上解說員正在說話。今後的課題是什麼呢？

男：這次和迦納的比賽是二比二平手，隊長山田選手也透過比賽好好地整合了隊伍，上次和澳洲的比賽是四比零敗北，因此在修正過後，和以往的比賽內容完全不一樣。今後的課題，是明明有能夠取得第三分的狀況。關於這點特別是年輕選手的能力不足，所以我想益加重要的是，要讓他們在到了終盤時競賽的品質也不會下降。哎，雖說希望年輕選手成長，但也不是這樣兩、三天就能夠有所改變的，這兩場比賽在意識面上來說，我覺得會是對他們很寶貴的經驗。下次和巴西的對決，真的會是很艱苦的一戰，也必定是最重要的一場比賽，接下來就剩下要好好準備而已了。

今後的課題是什麼呢？

1　隊伍能夠成功整合
2　年輕選手改變意識
3　習慣艱苦的比賽
4　年輕選手加強力量

問題3

問題3並沒有印在題目紙上。這個題型是針對整體內容為何來作答的問題。在說話前不會先問問題。首先聽取內容。然後聽完問題和選項後，在1～4之中，選出一個最適合的答案。

例題

電視上專家正在發言。

男：這次的新型肺炎疫情日漸擴大，也開始出現死亡者。世界上的醫療機構已在著手開發特效藥和疫苗，但很可惜的是，目前還沒有眉目。因此，必須要最大限度地預防感染的發生。戴口罩勤洗手能夠某種程度上預防感染，但也有人傳人感染，所以避免和其他人的接觸才是上策。話雖如此，改為在家工作的企業只有極少一部份而已。由於這是性命攸關的大事，比起商務，人命更應該擺在優先位置吧。作為領袖的氣度，就是在這種時候可以看得出來的。

專家想表達的是什麼呢？

1　應該開發藥物或疫苗
2　應該增加更多醫療機構
3　應該學習新型肺炎的預防方式
4　應該修正商務優先的這種考量方式

第1題

電視上男性正在說話。

男：最近牙齒美白的話題很熱門呢。今天要介紹的是，在牙齒上塗上氧化鈦這個物質之後，用LED燈照射起化學反應之後會變白，這項新的美白技術。LED強光照射之下，污垢竟然就會浮出來。以往的美白技術是用特殊藥劑浸染牙齒，從內部漂白牙齒泛黃部份，但牙齒表面有琺瑯質這樣堅硬的部份。要透過這個琺瑯質使用藥劑，也因此會感受到疼痛和刺激。另一方面，全新的美白技術完全不同。這種技術光是貼上琺瑯質的表面就能讓污垢掉落，所以完全不覺得酸軟或疼痛。光是十分鐘就能明顯變得潔白。

男性說的是什麼內容呢？

1 新的美白技術和從前的美白技術的不同
2 新的美白技術的順序
3 新的美白技術的優點和缺點
4 氧化鈦和琺瑯質的關係

第2題

教授正在大學課堂上說話。

男：各位應該聽說過最近熱賣的這款咖啡吧。那麼為什麼會賣得這麼好呢？其實這個祕密就在於行銷。現在如果沒有行銷，商業上是無法運作的。現在是行銷非常重要的時代。本堂課程讓各位瞭解行銷究竟為何這項基本概念，同時也會透過日常生活大家應該接觸過的商品、服務等具體事例，分析為什麼某項商品、服務會大紅，相反地也對某項商品為什麼會短命這些身邊的問題為切入點，來解析行銷。各位在學習行銷相關知識的同時，希望也能提高應用能力，學習如何活用行銷的創意。

這堂課程是關於什麼的課程呢？

1 熱賣咖啡的販售策略
2 行銷的基礎和具體事例
3 行銷活動的參與方式
4 行銷創意的學習方式

第3題

電視上女性正在說話。

女：每天做菜的話，希望效率高些早點做好，就會不知不覺地用大火做菜呢。不過其實幾乎所有的平底鍋，都推薦各位使用中火以下的火力。聽好了，各位。大火會讓平底鍋壞掉。這是基本知識。請看看食譜書之類的。用中火加熱，小火燉煮，文火煮二十分鐘等等。幾乎所有的料理都寫著使用中火以下火力。料理時火候基本上是使用中火。大火弄焦是理所當然的！另外，加速變焦過程的，還有油的份量。大家很容易會在意油的份量，對不對。不想變胖、或是對健康不好之類的， 會注意不放太多對吧。不過油令人意外地還蠻重要的，如果油量太少，材料就會黏在平底鍋上，這樣就會容易焦掉。

女性在說些什麼呢？

1 高效率做菜的方式
2 火力和油量的關係
3 油量和健康的關係
4 平底鍋劣化的原因

第4題

教授正在大學課堂上說話。

男：最近當其他人在報告時，有人會不好

好聽而去玩手機或是睡覺。或許有人會覺得自己已經報告完了，所以和自己沒有關係。不過請想想看。大家在這樣的時間裡也耗費了寶貴的金錢和時間。那麼，要怎樣才能對其他人的報告感興趣地聽呢？我推薦各位邊聽邊思考。並不是說思考今晚會做什麼菜這種事情喔。一邊預測我和其他人之後會如何評價，一邊聽報告。這個人會如何整理這次報告，在哪裡找出問題點，用什麼話將這些傳達給發表者呢。認真思考這些事情，會學到很多。聽好了。這間教室裡，有兩種學生。其他人報告時，什麼都不想發呆的學生，和會認真思考報告的學生。大家想成為哪一種呢。這一點微小的差異，會對將來造成巨大的影響喔。

教授說了什麼內容呢？

1　理想的聽報告方式
2　責備不聽報告的學生的方式
3　對發表者評論的方式
4　將來會成功的學生特徵

第5題

獲獎者在頒獎典禮上發表感言。

男：嗯～，這次有幸獲得如此光榮的獎項，我打從心底覺得感謝。這個遊戲開發的契機，是由於近年來隨著網路普及，人和人直接面對面的機會減少了。在這種情況下，希望能打造一個朋友和家人能不分年代聚集在一起歡笑的地方，首先是有這樣的想法。於是選擇的就是言語這個題材。言語雖然有個人、年齡差異，但都是普遍的工具。用它作為題材，我覺得可以打造出男女老少都能樂在其中的遊戲。例如說，「奶奶，「ステテコ」是什麼？」「這樣啊，原來你不知道這是什麼。「ステテコ」就是～」。或許會出現像這樣和祖母一邊玩，一邊聽她自然地教導各種用詞的情形。彼此面對面地對話，大家一起玩著歡笑著，這就是溝通的原點。這個遊戲超越了一般的桌遊，我期待它能成為連接人與人之間的工具。

獲獎者在說些什麼呢？

1　語言遊戲的有趣之處
2　所開發遊戲的作法
3　所開發遊戲中包括的和祖母的回憶
4　開發遊戲的理由

第6題

研討會上女性正在發言。

女：近年在日本企業，非常多外國員工是在五年以內離職的。究竟阻礙了外國員工穩定留任的主要原因為何呢？這次透過專訪調查瞭解到的是，企業方的根本性問題。對企業來說，為了填補人才不足的缺口， 積極錄用外國員工。但是在各部門，也就是個別單一的現場中，上司和周圍的人們完全不懂為什麼需要外國員工，也不知道希望他們來做什麼樣的工作。要說為什麼呢，這是由於企業對這點並沒有抱持一致的觀點，所以也沒有向現場傳達任何事。那麼外國員工也就無法將實力全部發揮出來了呢。不過，希望大家不要責備離職的外國員工。這是企業方的問題和責任。

女性在說些什麼呢？

1　辭去工作的外國員工特徵
2　日本企業隱藏的問題
3　人才不足的嚴重性
4　活用外國員工的職場狀態

問題4問題4並沒有印在題目紙上。首先聽取語句。然後聽完對語句的回答後，在1～3之中，選出最適合的答案。

例題
男：上個月提出的企劃，到底有沒有通過，結果還是不知道。
女：1　希望他們至少能告知結果呢。
　　2　應該提出企劃的。
　　3　結果沒辦法通過呢。

第1題
女：佐藤剛剛早退了，難道是裝病嗎。
男：1　嗯，直到剛剛還活蹦亂跳的呢。
　　2　沒錯沒錯，應該是生病對吧。
　　3　啊，身體搞壞了呢。

第2題
男：這邊再加100日圓，也能選擇附上湯或是沙拉。
女：1　那就為您點一份湯。
　　2　那就附上一份湯給您。
　　3　那就要一份湯好了。

第3題
男：抱歉。明天的約，因為要準備報告所以時機不對。
女：1　嗯～，我不太有頭緒呢。
　　2　這樣啊，那就下次再約吧。
　　3　咦，明天沒有要報告喔。

第4題
男：水野他才進公司半年就升職，真讓人忐忑不安呢。
女：1　為了不讓他趕到前面，得好好加油才行呢
　　2　我們才沒有要掉下去呢。
　　3　沒有隔閡呢。

第5題
女：中午有想吃什麼嗎？
男：1　咦，是說要我做飯嗎？
　　2　嗯～，沒想到什麼呢。
　　3　啊，先放進冰箱。

第6題
女：田中該不會是要離職了吧 。
男：1　嗯～，也不能斷言不會離職呢。
　　2　咦，沒有辭職的必要嗎？
　　3　咦，是辭職了來著？

第7題
男：真的是，那位客人，實在是吵到不行呢。
女：1　難得的晚餐都毀於一旦了。
　　2　嗯，趁這機會，希望能斷然停止呢。
　　3　能讓店員警告真是太好了呢。

第8題
男：突然打擾不好意思，能請您協助做問卷調查嗎？
女：1　非常不好意思，麻煩你了。
　　2　我原則上是不做這種事的。
　　3　不好意思，要收下就有點…。

第9題
男：這有點不太能讓孩子閱讀呢。

女：1　我會在有時間的時候讀的。
　　2　有那麼刺激嗎。
　　3　說是去做就做得到。

第10題

男：啊！今天之內得去一趟郵局才行。

女：1　現在送你過去吧？
　　2　稍微想起來了喔。
　　3　最近不知怎地有點健忘。

第11題

女：當有空位時會喊您入座，請在這邊的座位稍候。

男：1　啊，洗手間在這裡喔。
　　2　同行的人已經在裡面了。
　　3　啊，已經空下來了嗎？

第12題

男：麻煩您了，能請您先移駕到這邊的商品展出室嗎？

女：1　對啊，過去直接看比較好呢。
　　2　嗯～，或許稍微有點人手不足呢。
　　3　嗯～，要是能問一下就好了。

第13題

女：沒有被指名當隊長，真是太好了。

男：1　嗯，戰戰兢兢的呢。
　　2　嗯，很溺愛呢。
　　3　嗯，很鬱悶呢。

第14題

男：非常抱歉，敝店所有座位都需要預約。

女：1　哎呀，沒辦法取消了呢。
　　2　不好意思，您知道嗎？
　　3　咦？我應該是有預約了吧。

問題5　在問題5中，聽的內容會比較長。這個問題並沒有練習題。

可以在題目紙上作筆記。

第1題、第2題　題目紙上並沒有相關資訊。首先聽取內容。然後聽完問題和選項後，在1～4之中，選出一個最適合的答案。

第1題

妻子和丈夫正在家裡對話。

女：我竟然是第一次要去看相撲呢。好期待喔。要預約哪裡的座位呢。

男：離相撲場地最近的是S席，接下來是A席，還有在一樓角落的B 席， 最便宜的則是二樓席。

女：啊，說是S席和A席有附上紀念座墊呢。好想要座墊喔。還有既然機會難得，希望看表演時能近距離看，我覺得S席或A席都不錯。

男：確實很近，但有點貴喔。而且座位沒有高起，所以反而會被前面的人的頭部擋住看不到吧？要是二樓座位的話，階梯形式的位置應該看得比較清楚？

女：嗯～，二樓不會太遠了嗎？啊，S席和A席要一直坐地上呢。長時間這樣的話會有點難受呢。B席有座椅，確實應該會比較輕鬆。

男：如果想要紀念座墊的話，之後在網路上也買得到喔。

女：說得也是呢。咦，你看這張座位表！B席果然離得蠻遠的呢。

男：啊，真的耶。那就帶著靠椅去，在最棒的位置看吧。

女：嗯。這麼難得的機會，就豁出去一次吧。

兩人要預約哪裡的座位呢？

1　S席

2　A席

3　B席

4　二樓座位

第2題

媽媽、女兒和爸爸這三人正在家裡對話。

男：啊，市立博物館的公告。

女1：博物館也已經一年左右沒去了呢。小太，好久沒去了，要不要去一趟博物館呢？

女2：嗯，我想去！

男：這個月好像有很多展覽活動喔。讓我看看。每週日是「用顯微鏡看火山灰」。說是要用顯微鏡觀察日本各地火山灰所包含的礦物。

女2：火山灰？

女1：嗯。用顯微鏡能把細小的微粒看得非常清楚喔。其他還有嗎？

男：20號週三是「觀察部份日蝕」。據說這一天是日本全國都能觀察到部份日蝕的特別日子。

女2：部份日蝕是什麼？

女1：可以看到和平時不同，缺了一角的太陽喔。

女2：我想看我想看！

女1：雖然想看，但這個月的平日我排了很多班。等下得確認一下行程才行。還有嗎？

男：22日週五好像有演講會的樣子。題目是「三百萬年前，這個街區是片海洋」，會談三百萬年前車站周圍的地質和地形。

女2：咦，這個街區原來是海啊。

男：上面寫會講得清楚易懂，讓孩子們也能理解，所以應該可以吧。這場是下午兩點到四點，人數限制為100人。還有希望孩子們瞭解過去的生活，每年照慣例舉行的「學習資料展」。這次要介紹的是1964年東京奧運時所使用的生活道具。是每天早上九點半到下午五點啊。

女1：咦，聽起來好有趣喔。

男：還有體驗挑戰區，可以體驗以前的遊戲，像是免洗筷槍和溜溜球、劍玉等。

女2：哇～！我想玩溜溜球。

女1：溜溜球在奶奶家就能玩了吧。每場活動看來都很有趣，大概要看工作日來決定了。啊對了，下週五工作只要半天就結束了。你也是週五要休息嗎？

男：嗯～，要休息比較難吧。妳們兩個一起去吧。

女1：對啊。那就兩人一起去看這個吧。雖然有點難懂，但好像是辦給孩子參與的。

母親和女兒要去什麼展覽活動呢？

1　火山灰的觀察

2　部份日蝕的觀察

3　演講

4　學習資料展

第3題　首先聽取內容。然後聽完兩個問題後，分別在題目紙上的1～4之中，選出最適合的答案。

在店家和店員對話。

女1：本店推薦的枕頭有以下四款。首先是最受歡迎的「中空管枕」。像這樣左右高起，正中央較低，不管什麼睡姿都能睡得很舒服。非常貼合身形，經常翻身的人也能放心使用。感覺恰到好處的柔軟包裹著頭部呢。下一個是最近開始受歡迎的「軟綿綿枕」。請摸摸看。這個柔軟的感覺很不錯吧。它馬上就能恢復原狀，每天都可以品味飯店枕頭那種柔軟感覺。另外，這個枕頭竟然還能在自家清洗。枕頭意外地很容易髒呢。能夠洗滌會提高它的分數，對吧。然後是最新的「方塊枕」。有80個格狀的小方塊可以陷下又恢復，不管躺在枕頭的任何位置都是相同的感受。比較偏硬，能好好固定住脖頸。還有就是我們的招牌商品。這個「彈性枕」非常耐用，不管多沉重的頭部放上去都一定會恢復原狀。另外，摸起來的觸感也十分滑順。請摸摸看。

女2：哇，真的好滑！摸起來好舒服！

男：軟的枕頭確實躺起來舒服，但我會覺得肩膀酸痛呢。

女2：那就選硬的？硬的…，啊，這個新款的。我看看。咦，還蠻硬的耶。

男：嗯，是剛剛好的硬度。但現在的枕頭有點發霉，所以也有點難捨棄能清洗的枕頭呢。

女2：那是因為我明明要你偶爾拿去曬，但你都沒曬的關係吧！不要怪到枕頭身上。

男：好啦，不好意思。嗯～，要選哪一個呢。還是選硬度剛好的這個吧 ！

女2：我睡相蠻差的，應該選側躺或趴睡都沒問題的枕頭會比較好。

男：是啊。那要不要試試看這個？

女2：嗯。…不會太軟，這種完全貼合的感覺也恰到好處。決定了 ！

問題1：男性要買哪一款商品呢？

1　中空管枕

2　軟綿綿枕

3　方塊枕

4　彈性枕

問題2：女性要買哪一款商品呢？

1　中空管枕

2　軟綿綿枕

3　方塊枕

4　彈性枕

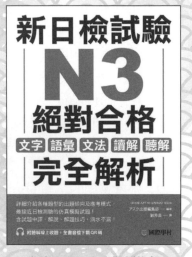

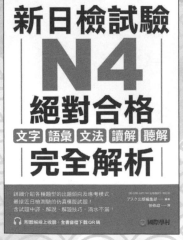

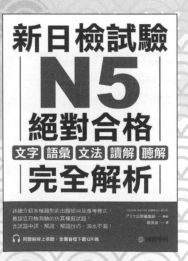

台灣廣廈國際出版集團
Taiwan Mansion International Group

國家圖書館出版品預行編目（CIP）資料

新日檢試驗N1絕對合格：文字、語彙、文法、讀解、聽解完全解析 / アスク出版編集部著；謝宜君譯. -- 初版. -- 新北市：國際學村, 2024.01
面；　公分.
ISBN 978-986-454-319-9（平裝）
1.CST: 日語　2.CST: 能力測驗

803.189　　112019308

國際學村

新日檢試驗 N1 絕對合格

編　　者／アスク出版編集部
翻　　譯／謝宜君
編輯中心編輯長／伍峻宏・**編輯**／尹紹仲
封面設計／何偉凱・**內頁排版**／菩薩蠻數位文化有限公司
製版・印刷・裝訂／皇甫・秉成

讀解・聽解單元出題協力
人類學院宇都宮分校兼任講師、日本國際協力中心（JICE）登記日本語講師／アドゥアヨム・アヘゴ 希佳子

語言知識單元出題協力
天野綾子、飯塚大成、碇麻衣、氏家雄太、占部匡美、遠藤鉄兵、カインドル宇留野聡美、嘉成晴香、後藤りか、小西幹、櫻井格、柴田昌世、鈴木貴子、田中真希子、戸井美幸、中園麻里子、西山可菜子、野島恵美子、濱田修、二葉知久、松浦千晶、三垣亮子、森田英津子、森本雅美、矢野まゆみ、横澤夕子、横野登代子（依五十音順序排序）

行企研發中心總監／陳冠蒨
媒體公關組／陳柔彣
綜合業務組／何欣穎
線上學習中心總監／陳冠蒨
數位營運組／顏佑婷
企製開發組／江季珊、張哲剛

發 行 人／江媛珍
法 律 顧 問／第一國際法律事務所 余淑杏律師・北辰著作權事務所 蕭雄淋律師
出　　版／國際學村
發　　行／台灣廣廈有聲圖書有限公司
地址：新北市235中和區中山路二段359巷7號2樓
電話：（886）2-2225-5777・傳真：（886）2-2225-8052
讀者服務信箱／cs@booknews.com.tw

代理印務・全球總經銷／知遠文化事業有限公司
地址：新北市222深坑區北深路三段155巷25號5樓
電話：（886）2-2664-8800・傳真：（886）2-2664-8801
郵 政 劃 撥／劃撥帳號：18836722
劃撥戶名：知遠文化事業有限公司（※單次購書金額未達1000元，請另付70元郵資。）

■出版日期：2024年01月
ISBN：978-986-454-319-9